赛博正义

赖尔 著

南京大学出版社

图书在版编目(CIP)数据

赛博正义 / 赖尔著. —南京：南京大学出版社，2024.6
　　ISBN 978-7-305-27438-1

　　Ⅰ.①赛… Ⅱ.①赖… Ⅲ.①幻想小说—中国—当代 Ⅳ.①I247.5

中国国家版本馆 CIP 数据核字(2023)第 233359 号

出版发行	南京大学出版社
社　　址	南京市汉口路 22 号　　邮　编　210093
书　　名	**赛博正义** SAIBO ZHENGYI
著　　者	赖　尔
责任编辑	高　军　　　　　　　　编辑热线 025-83592123
照　　排	南京开卷文化传媒有限公司
印　　刷	江苏凤凰通达印刷有限公司
开　　本	880 mm×1230 mm　1/32　印张 14.625　字数 410 千
版　　次	2024 年 6 月第 1 版　2024 年 6 月第 1 次印刷

ISBN 978-7-305-27438-1
定　　价　68.00 元

网　　址：http://www.njupco.com
官方微博：http://weibo.com/njupco
微信服务号：njuyuexue
销售咨询热线：(025)83594756

* 版权所有，侵权必究
** 凡购买南大版图书，如有印装质量问题，请与所购
　图书销售部门联系调换

作者简介

赖尔

本名周丽,网络作家,中国作家协会会员、中国新四军研究会理事与特邀文学创作员。

自2003年开始文学创作,至今已出版长篇小说40余部,作品被翻译成英语、日语、泰语、越南语等海外出版,并被改编成漫画动画、真人影视、手机游戏和实体主题公园,深受读者欢迎。

代表作《我和爷爷是战友》是中国首部以"穿越"形式创作的抗战文学作品,《女兵安妮》根据南京大屠杀惨案史实创作,《无声之证》《沧海行》《云千吟》等多部作品被IP改编。

文学创作方面,曾获全国精神文明建设"五个一工程"贡献奖、江苏紫金山文学奖、茅盾新人奖·网络文学提名奖、江苏省扬子江网络文学奖、金陵文学奖等多个奖项。

目 录

1 / 第 一 章　吃了几碗粉？
6 / 第 二 章　"素人综艺"还是"生存游戏"？
16 / 第 三 章　任务与处罚机制
22 / 第 四 章　触发正确的NPC
33 / 第 五 章　通往审判的路
47 / 第 六 章　"正道之光"，照耀在虚拟地图上
54 / 第 七 章　未知的关卡
66 / 第 八 章　无数的一个人
72 / 第 九 章　竞争关卡和NPC
80 / 第 十 章　湮灭与重生
88 / 第十一章　寻找盟友
94 / 第十二章　第五小队
102 / 第十三章　非凡的盟友们
113 / 第十四章　未曾设想的盟友
123 / 第十五章　人玩人
135 / 第十六章　50%的新规则
143 / 第十七章　坚不可破的联盟
151 / 第十八章　"正道之光"，选择最正确的人生

163 /	第 十 九 章	新游戏与新身份
171 /	第 二 十 章	每个人的身份牌
178 /	第二十一章	谁是狼人
188 /	第二十二章	最该死的人
202 /	第二十三章	罪恶的凝视
212 /	第二十四章	顶楼
220 /	第二十五章	狼人与反派联盟
231 /	第二十六章	"正道之光"的仲裁
236 /	第二十七章	"正道之光"的真相
244 /	第二十八章	新队员与新分组
251 /	第二十九章	灾难中的线索
262 /	第 三 十 章	感动城市的人
273 /	第三十一章	守卫护林员
282 /	第三十二章	虚拟游戏人
292 /	第三十三章	亡者的游戏
300 /	第三十四章	最有话题度的选择
312 /	第三十五章	最"触动"的流量
333 /	第三十六章	"大区"的整顿与重启
351 /	第三十七章	突如其来的竞选
379 /	第三十八章	老者的人生经验
396 /	第三十九章	荒诞的"三国演义"
419 /	第 四 十 章	杀气腾腾的城市
433 /	第四十一章	最后的反击
455 /	最 终 章	你的选择
462 /	后 记	

第一章
吃了几碗粉？

一扇带着玻璃观察窗的门，将黑暗和光明区分开来。

门被轻轻推开，一名面容枯槁而瘦削的男青年，病恹恹地推着输液架，蹑手蹑脚地从昏暗的病房里走出来，踏进了洁白而明亮的走廊里。他挑了一张空着的病床，倚着输液架慢慢地坐下，然后支起了原本被夹在腋下的"直播神器"，将手机固定在了上面。

屏幕被点亮，在一个叫作"大区"的界面上，名为"别来无恙"的账号，自动登入了社区——这个名为"大区"的软件，是这年头最火的国民级社交平台，拥有超过10亿用户。从文字到视频，从直播到VR①，从社交到移动支付，无所不包，相当于若干年前曾经风靡一时的微博＋微信＋抖音＋B站的综合替代品。

青年伸手点开了手机上的录屏软件，又冲屏幕用力挥了挥。他那瘦骨嶙峋的手腕上，不但连着输液管，还绑着一根白色的名条，上面标记着他的姓名、年龄和病区：路无恙，24岁，肿瘤科。

"哈喽，大家好，我是十万分之一的概率中奖者、男乳腺癌患者——别来无恙，又和你们见面啦！能继续在这里和你们絮絮叨叨，就是我每天最开心的事情啦！在开始今天的住院记录之前，我要跟大家分享三个字：活见鬼。"

"我跟你们说，今天我看见了杜医生，就是当初给我确诊的那位！

---

① VR：Virtual Reality，指虚拟现实。

他其实不是这个医院的,也不知道是过来开会还是干吗,反正今天我们就在住院部门口撞上了。他看见我的时候,那个表情哟,真就跟见了鬼一样,我一点都不带夸张的!毕竟当初他可是铁口直断,说我绝对、绝对、绝对活不过半个月……"

路无恙将两手放在脸颊旁,模仿世界名画《呐喊》的惊恐脸——得益于他那瘦到凹陷的脸颊,这个COSPALY①显然十分成功。

"……结果怎么着,你们瞧,我就是打不死的小强,不但活过了半个月,而且今天是我确诊后的341天,我还是活蹦乱跳的!所以啊,我就当面跟他说了:'你错了!坚挺的我,绝对没那么轻易狗带②的!'"

从爱德华·蒙克的《呐喊》,转变成得意的笑,路无恙亮出八颗牙,他握紧了打着点滴的拳头,冲镜头比了一个"FIGHTING"的手势。

然而下一秒,他那得意的小表情儿,就被护士长姐姐打断。只见她穿过走廊,挥动手里蓝色的活页夹,看似凶猛,下落却极是轻柔,轻而又轻地拍到了路无恙的肩膀上:"还熬夜呢?别拍了!给我回房间睡觉!"

护士站墙壁上的电子时钟,显示着"21:51"的数字。这个时间对于年轻人来说,夜生活才刚刚开始。可在晚上九点定时熄灯的住院部,已经是"熬夜"的范畴了。

"就一段!两分钟,马上就好!"路无恙冲护士长姐姐比了个"V"字形手势,讨价还价的模样,像极了顽劣的学生面对教导主任。

护士长姐姐给予眼神警告,路无恙赶忙拽卜手机,三下两下地保存视频并开始编辑。就在这时,软件跳出红色的"新消息"图标,他下意识点开:

---

① COSPALY:"Costume Play"的简略写法,指角色扮演。
② 狗带:"Go Die"的谐音,网络用语,指"死去"。

【什么鬼玩意儿！假得不能再假了，一看就是演的！】

【为了流量脸都不要了，还装癌症卖惨！祝癌症早日战胜博主！】

从质疑到辱骂，这已经不是路无恙第一次收到这种信息了。

当路无恙被确诊患上了罕见的男性乳腺癌，并被告知生命旅程已经走进了倒计时的时候，他就在"大区"上开了这个专栏。一是为记录，记录下自己所剩无几的人生；二是为分享，想让更多的人知道生病的感受，如果有相似症状的人看到他的视频，可以早发现早治疗，而不是像他那样，沦落到无药可救的晚期。

这个名为"别来无恙"的专栏，得到了很多网友的支持，有很多人为他加油打气，祝他战胜病魔、早日康复。但随着专栏人气和粉丝数量的增长，越来越多的反对者，开始在专栏下留言，在视频里发弹幕，质疑他的真实性，说他是个"装病博取同情的大骗子"。

路无恙试过解释。为了证明自己病症的真实性，他将当初确诊的病历连同CT片都拍了照，上传到了"大区"上，可喷子们却一口咬定图是P的。

【这年头什么不能造假？病历能信？我花两块钱在网店里都能开一份！】

这种评论，路无恙看得多了。他牵动嘴角，扯出苦笑的弧度。就在他决定无视这些留言，打算退出"大区"软件的时候，突然，一条新消息，冲入了他的视网膜——

【这病历还挺专业，搞得像模像样的，肯定有内部人帮忙策划。大家扒一扒这个医院和医生，帮网红造假，一点医德都没有，大家冲他！】

路无恙骤然瞪大了双眼，当看见留言中有人贴出了杜医生的科室和联系方式时，他扯过手机，开启了从未有过的在线直播："你们到底要我怎么样，才能相信我？"

屏幕里，青年的脸孔瘦削而苍白。随着他的质问，直播间里的人数逐渐攀升。路无恙看见一个熟悉的ID"正义之友马尔斯"进入了直播间——正是无数次发表"阴谋论"、质疑他在造假的网友们中的一个。

"看,"路无恙举起手机,将镜头对准走廊,扫过护士站的方向,"你们看,我现在就在医院里。这里是病区,前面是护士站……这是在线直播,我总不可能造假了吧?"

弹幕里有人点赞,有人送上爱心的表情包,但那个"正义之友"仍然摆出了"众人皆醉我独醒"的"清醒"态度:

【谁说直播就不能造假了?谁知道你在哪个影棚拍的?现在的网红直播都可虚伪了,都有脚本的,装得跟真的一样,其实都是演戏!】

"这不是影棚!"

火气"噌"的一下冲上脑门,路无恙的声音陡然提高,引来护士姐姐的目光。自知不该的他,强忍着怒火,费力地倚着输液架站起来,靠带滚轮的架子的支撑,他慢步挪到了走廊最尽头的地方,压低了声音:"这不是影棚,我也没有在演戏,究竟怎么样你们才能相信我……"

【如果是真病房,那就要有病人啊。怎么一个病人都看不到?太假了!】

"不是没有病人,已经熄灯了,大家都在休息。"路无恙试图解释。

【骗谁呢?这才十点就熄灯了?大学生宿舍都没这么早的!看来你这个影棚不行啊,穷成这样,都不雇几个群演的吗?】

"不是群演,大家都是病友,是真的睡了……"路无恙对着屏幕极力辩解。

【那你拍给我们看看啊!都啥样的病友?】

"不行,"路无恙冲屏幕摇了摇头,"我分享抗癌经历,是我自己的事情。没有征得他们的同意,我不可能拍摄的。"

【又没让你怼脸拍,就在病房里扫一下都不行?】

"不行,这是原则问题。"

【果然,我就说嘛,骗子!还什么原则问题。就是影棚里没其他群演,你是怕穿帮。】

路无恙刚想说,他明天试着跟病友聊聊,看能不能征得他们的同意,可就在这时,"正义之友"的新发言,又跳了出来——

【我做个神预言:明天白天这货肯定会说,能拍了,毕竟到时候演员请好了嘛。】

一股凉气从脚底蹿了上来,胸口炸开了一阵爆裂般的疼痛,心脏猛然漏了一拍,路无恙张了张嘴,他想咆哮,想大骂,可纵有千言万语,喉咙里却只能发出支离破碎的声音。

"咚——"

手机里的画面,突然抖动了一下。下一秒,镜头调转,不再朝向青年的脸孔,而是歪歪斜斜地对着走廊——护士长姐姐急切地冲了过来:"抢救!拿除颤器来!"

歪斜的画面里,更多身着护士服的"群演"冲入了走廊,有人还推着急救设备。看不到主人的急迫声音,成为画面外的对白:"赶紧呼叫住院医师!"

屏幕里的弹幕成百上千地跳了出来,"祈祷"的表情包连成了排儿,刷满了整个界面。但这一切,路无恙都看不见了,他的视野渐渐模糊,他只能死死地攥着手机,用或许没人能听懂的破碎声音,嘱咐施救的护士:"帮我、我……直播……我、我没骗人……"

他的视界逐渐黯淡下去,而他五指紧攥的手机屏幕,却因为刷出盛放的火箭与烟花,变得格外明亮而刺眼了。

第二章
"素人综艺"还是"生存游戏"？

　　路无恙费力地睁开眼，白亮的光线几乎闪瞎了他。他忙用手掌遮住双眼，却隐隐约约觉得哪里有些不对劲儿。他用几秒钟的工夫，才找到这违和感的来源：他手腕上的输液管和病人名条全都不见了，取而代之的，是一块黑色的电子屏手表，金属表链做工地道，似乎价格不菲。
　　路无恙惊讶地撑起上半身，还没来得及研究不属于他的手表，他的余光却捕获了这个奇异的世界，瞬间瞳孔地震——
　　在蔚蓝明媚到几乎不真实的苍穹之下，是鳞次栉比的高楼。这里似乎是中央商务区，高耸林立的建筑各有特色，外立面现代感十足。两条笔直的马路，成90度直角相交，交错成一个工工整整的十字路口。此时此刻，他就横在这个十字路口的正中央——并且，这里不止他一个人。
　　事实上，在这个十字路口的正中央，躺着十二个人，围成了一个圆环：有男有女，有老有少，每个人都是脚底朝向圆心，躺得笔直工整，似乎是在完成一项名为"人体时钟"的行为艺术，而他们每个人，都化作并对应了一个刻度。
　　这荒谬的环境、诡异的状态，还不是最让路无恙惊讶的。让他瞠目结舌、异常惊诧的，是那些日日夜夜困扰纠缠、钻心刺骨、仿佛在侵蚀他每一寸骨血的疼痛感，全都消失不见了！
　　脱胎换骨一般的轻松感，让路无恙一个鲤鱼打挺似的站起了身。

他挺直脊梁，低头审视着自己的手脚，内心不禁涌现出疑问：呼吸不再沉重，背脊不再佝偻，已经有多久没有这么轻松过了？

就在路无恙像电线杆子似的杵在那里发蒙的时候，另外十一个人，也都陆陆续续地清醒过来。先后坐起的人的脸上，挂着各式各样的诧异。

"叮——"

每个人身上，都响起了同样的声音。路无恙左腕上的手表，突然亮起了蓝光，电子屏幕上闪现出一行文字：

> 解谜关卡
> 参与人数：12
> 通关难度：★★☆☆☆

"这、这是哪里啊？我怎么在这儿？"

率先发出惊叫的，是一名皮肤黝黑的男青年，他穿着一身工装，衣服裤子上蹭了不少泥灰，好像刚从建筑工地里走出来一样。他先是左顾右盼地打量四周，当听见提示音并瞧见腕上的智能手表后，惊讶变成了惊喜："嘿，师傅师傅，这个表好像不便宜哎！"

被他称为"师傅"的男人，脸色又黑又红，额头上爬满了沟沟壑壑的皱纹。他双手粗粝，手背上更是千沟万壑，一看就知道是做苦活儿的。对于小青年的呼喊，老师傅置若罔闻，仍然是又惊又蒙，完全回不过神来。

这两个人的脸，稍微有点眼熟……路无恙微微眯起双眼，努力回忆曾经在什么地方见过他们——对了！是"大区"！这俩人的视频曾经被推送过"大区"的首页，叫什么"铲子兄弟"。他之所以有印象，是因为这两位"草根歌手组合"的标签太有辨识度了，是同一个装修队的泥水工师傅，好像还是师徒俩。

路无恙下意识地去摸手机，想调出"大区"界面，在上面搜索"铲

7

子兄弟"的信息。可翻遍裤兜、上上下下摸索之后,才发现自己失去了现代人最重要的外设器官——手机。

"我的手机呢?"不只是路无恙,也有其他人发现了这一点。发出疑问的是一位穿着"甜辣风"JK短裙、扎着高高的马尾辫、年轻又漂亮的女孩子。在展现出些许的困惑后,她的脸色变得明朗起来,只见她"啪"地拍响了巴掌,在片刻的困惑之后,眉飞色舞地说下去:"我知道了,这是综艺节目!素人综艺!是什么新节目吗?摄像头在哪里?"

高马尾女孩一边做出判断,一边左顾右盼,似乎是在寻找摄像器材和工作人员。可在这偌大的街区,既没有人,也没有车,静谧又诡谲,仿佛整个世界上,只剩下他们十二个人。

此时,又是"叮——"的一声。路无恙低头一看,腕表的电子屏上,蹦出了新的文字:

> 任务指引
> 第一关:触发正确的NPC①(3人)
> 时限:120′00″

突然,那行"120′"的文字,变成了数字倒计时:
119′59″
119′58″
119′57″
……

跃动的数字,瞬间带来了紧迫感。就在路无恙迷茫又紧张之时,突然,响亮的巴掌声,吸引了众人的侧目:"啪、啪!"

拍手的是一名身材健硕的高大猛男,个头儿至少一米九,过于紧

---

① NPC:Non-player Character,是游戏中的一种角色类型,意为非玩家角色。

绷的衬衫隐隐约约地勾勒出他发达的胸肌,他将两手交叠在胸前,一副领导做派:"时间紧迫,现在开始,你们都听我指令!"

面对这居高临下的态度,矮他一个头的高马尾女孩儿不甘示弱,丝毫不给他面子:"切,你谁啊?凭什么听你的?"

猛男白了她一眼:"因为我是队长。"

这一个蔑视的眼神,把"高马尾"都气乐了:"你说是队长就是?谁选的?大伙儿投票了吗?"

"我没工夫跟你抬杠,时间不多了,我直接告诉你们结论——"猛男沉下脸来,语气不容置疑,"我们都被吸到手机里了,而这里,是一个生存游戏。"

女孩先是一愣,随即发出了嘲讽的嗤笑。铲子兄弟还有其他几人,瞅向猛男的眼神里多少流露出一种怪异:这人神经了吧?网络小说看多了?活人怎么可能被吸到手机里?

众人陷入短暂的沉默,只是用眼神表达自己的情绪。只有路无恙慢慢地举起了手,轻声道:"我觉得他的话有一点道理,这里……应该不是现实世界。"

他知道,这里不是现实。在那个残酷的现实世界里,他无时无刻不在忍受着病痛的折磨,折磨到他不得不看淡生死,折磨到他有时候会想求个解脱……而在这里,一切都太轻松了,呼吸是顺畅的,手脚是灵活的,这是他许久不曾拥有的畅快了。

无法向众人解释的路无恙,只能尴尬地笑了笑。而他对猛男的这番支持,让高马尾女孩瞪大了圆圆的眼睛,丝毫不掩饰自己的嘲笑:没想到神经病还成双成对的?

猛男似乎也没料到,路无恙竟然会"挺"他,扭头就问:"你也是老玩家?"

老玩家?那是啥?路无恙摇了摇头,回了一个"不"字。

"那其他人呢?"猛男又望向众人,"有没有老玩家?"

没人应声。

猛男的表情有些复杂，不知道是在感慨全是新手的话队伍难带，还是得意于自己独一无二的江湖地位。他低头瞅了一眼手腕上的倒计时，直接发号施令："既然如此，就听我的。没时间解释了，现在，我要你们分成三个组，一组四个人。我带一组，你们俩，还有你，跟我来。"

他点了铲子兄弟和高马尾女孩。铲子兄弟面面相觑，走到了猛男的身侧，而高马尾女孩似乎还想说些什么，但此时手腕上的倒计时，已经走到了109分43秒。这不断归零的数字，着实带来了一种无形的压力，让她暂且放弃了质问——毕竟，按照猛男的话来说，他是十二个人中唯一的老玩家，是目前拥有信息量最多的人。

"你，"猛男又抬了抬下巴，示意路无恙，"也带三个人，你做二组组长。"

被莫名分配了职务的路无恙，望向邻近的陌生人：一位短发而靓丽的妹子，一位身材有路无恙两个宽的胖男孩，一位穿着太极练功服的中年男性。确认了眼神，四人都没什么异议，便自动地站在一起，形成了第二组。

剩下的第三组，一位是穿着T恤的帅哥，黑T白字，草书的"威武"二字龙飞凤舞；一位是身材圆润，妆容有点浓，但五官十分精致的妹子；还有两位则是中年女性：其中一人打扮入时、穿着职业套裙，另一位则素面朝天、穿着条淡蓝色的围裙。

"记住，我们的任务是找NPC，"猛男敲了敲手表的屏幕，示意大伙儿看任务指引，"找到之后不要对话，记住——不要对话！先观察情况，看清他们干什么就行。我们三十分钟之后还在这儿集合，之后再集体行动，听见没？"

这不容置疑的语气，倒真有点儿队长的味道了，铲子兄弟跟着猛男点了点头。猛男挑了挑眉，临走丢下一句："哦，对了，你们可以叫我'王队'。"

然后，猛男便摆出了"真男人从不回头"的架势，带着一组人穿过十字路口,走向高耸的大楼,留给众人一个坚定而壮硕的背影。

"什么人啊这是……"路无恙身侧的大码男孩忍不住轻声吐槽。

"他是个健身教练,在'大区'的 ID 是'王不强',真名未公布。他是健身版块的视频 UP 主①,经常上传分享一些健身技巧的短视频。"

轻柔而冷静的分析,源自那个短发靓丽的妹子。她的这番陈述,引来二组全体人员的侧目。感受到路无恙投去的惊讶眼神,短发妹子冲他轻轻点了点头:"你好,'别来无恙',我也认识你。"

"你见过我?"路无恙更蒙了。

"你是'大区'生活区的视频 UP 主,自称是'十万分之一的概率中奖者、男乳腺癌患者',视频内容是分享抗癌经历。你的粉丝不多,但你的内容创作方向极有稀缺性,我也关注了你……啊,对了,忘了自我介绍——"

女孩微微一笑,她的笑容很美,落落大方,有知性,也有自信:"我叫曲菱依,N 大新媒体专业,今年研三。我正在撰写的硕士论文是《论'大区'自媒体账号的信息茧房与破圈动力》,所以我专门在'大区'上研究社交账号,我认识你们中的好几个人。"

"我的真名是路无恙……呃,谢谢你的关注。"

曲菱依的笑容有点闪,弯弯的眉眼里似有星光,亮晶晶的。路无恙很久没有见过这么明媚的笑容了,忙尴尬地道谢,顺便报上了自己的真名。旁边的大码男孩,则吹起了曲菱依的彩虹屁:"哇,小姐姐,你是高才生啊,还会写论文!"

曲菱依笑着回答:"我也认识你,柴柴,'大区'著名吃播 UP 主。你是美食区的流量 TOP,因为你的视频更新频次是最高的,平均一天两更,每顿饭都会带着观众寻访一种美食,你的视频是出了名的下饭片。"

---

① UP 主:Uploader,即上传者,网络流行词,现指在视频网站、论坛上传视频音频的人。

二组的三个人先后自报家门，只剩下那位穿着灰色练功服、看上去仙风道骨的中年男人。他重重地"咳"了一声，又用手扶了扶鼻梁上的黑框眼镜，然后静静地望向曲菱依。

沉默，短暂的沉默。三双疑惑的目光，对上"四眼"的男人。

"……"见曲菱依久久没有反应，男人咳得更大声了："咳！那个曲同学……电影区，你研究过吗？"

"当然，"曲菱依不假思索地回答，"影视区是'大区'里话题度极高的一个板块，很多社会信息与话题的'破圈'，都是通过电视电影这个放大器完成的。"

男人缓缓点头，像是在肯定曲菱依的说辞，但他又不吭声，似乎是在等她接下来的表述。可他没想到的是，曲菱依低头扫了一眼手腕，随即话锋一转："啊，还剩下110分钟了，咱们先去那边看看吧。"

作为二组的组长，路无恙再度打量了一圈这诡异的环境。虽然有太阳，有建筑的影子，但没法确定时间，所以无法估算方位，找不着东南西北。他只能靠天蒙，选择了一条不与其他小队重复的路径，踏上了寻找NPC的路。

这条街道宽敞而整洁，没有车辆行人，显得格外空旷。道路两旁高楼林立，玻璃幕墙上一尘不染，光可鉴人。整个区域干净到像是大型的拍摄基地，没有一点烟火气。二组的四个人穿行在道路上，左顾右盼地寻找NPC的身影。

那个中年男人，一边左右张望，一边又时不时地瞥向曲菱依。察觉了他的视线，妹子发出疑问："您有什么事情吗？"

"啊，那个，"男人眼珠子一转，"那个曲同学，你说你研究过影视区，你关注了哪些大号啊？"

不等妹子回答，路无恙已经听出不对劲儿了。丰富的住院经历，让他见多了久病床前的种种表演，有生死别离的真情流露，也有暗自盘算的虚与委蛇——特别是那些打着"小九九"的，对着老人家哭着嚎着悲痛欲绝，心里惦记的却是动产和不动产，个个都是演员。再有就是,如果说"命不久矣"四个字教会了他什么,那就是一句话:毫无顾忌,有啥说啥!

"我说大叔啊,"路无恙脸上笑呵呵,嘴上却是犀利,"你有什么话直说不好吗?非这么拐弯抹角的?方便的话,就自我介绍一下吧,别逮着人妹子一直叨叨地问,非让人猜了。"

听他这一说,大伙儿也都回过味儿了。别看柴柴平时都惦记着怎么吃,没想到还是个人精,立刻接上一句打圆场,给中年男人留足了面子:"大叔肯定是影视区的名人,我说怎么那么眼熟呢……唉,瞧我这个记性,麻烦大叔您提点一下?"

男人先是被路无恙的话气得黑了脸,又在柴柴的吹捧之下,慢慢缓和了脸色。他将双手背在身后,配着他那身练功服,扮起了仙风道骨的"大师":

"我是电影评论家,我的栏目名称是《博文说戏》,"大师的脊梁骨挺得更直了,恨不得能瞬间蹿高个5厘米,俯视先前出言不逊的路无恙,"不像某些低级趣味的网红,只会拍拍视频,没有营养,我是在做文化内容,做有内涵的、优质的文艺评论。哦,对了,我是××大学的鲁教授。"

好心打圆场,却被评论为"只会拍视频""没有营养"的"低级趣味网红",柴柴摸摸鼻子,不说话了。而路无恙则是一个白眼,直接气乐了:

"鲁教授您是做文艺评论的,您倒是先评论看看,哪部电影的人物,自我介绍的时候不说姓名只说职称的?"

"你懂什么?"鲁教授吹胡子瞪眼,"这是文化界的惯例,你懂不懂什么叫'尊师重道'?"

路无恙摊摊手,"你不是××大学的吗,我又不是你们学校的,尊你干吗?尊你开了个谁都没听说过的视频账号?"

"你!"鲁教授涨红了的脸上,五官因扭曲而狰狞。两人正要发动一场嘴炮攻击,却被柴柴打断:"里面有人!"

说话的柴柴,弯着腰撅着腚,整张脸贴着玻璃幕墙,他用两只手圈成一个小小的观察区域,阻挡外部的光线。路无恙忙学他的样子,也拱起手掌,透过幕墙往里看——

是的,有人,很多人,而且是他决计想不到的人……

当看清屋里的状况,路无恙瞠目结舌,整个人宛若石化。

"这……这是什么?灭绝人伦啊!"

鲁教授敲击着玻璃幕墙,一路横着摸索入口。在他的疯狂寻找之下,感应门应声开启。四个人冲入建筑内部,更确切地看见了屋里的状况,证实了他们先前所见——

那是一间咖啡屋,窗明几净,装修风格十分小清新。马卡龙配色的家具既亮眼又柔软,点缀在桌上的绿植与花朵十分"森系",自然又恬淡。

然而,在看似正常的咖啡屋装潢下,却伴着最不符合逻辑的存在:地上爬着的,沙发上躺着的,柜子旁边靠着的,全是小婴儿,不到两岁的婴儿……

整个五十平方米的房间内,大约有十五个婴孩,他们都穿上了尿不湿、戴上了口罩,不哭也不闹,只是安静地爬着,挥动着短小圆润的手脚。

"欢迎光临'婴咖'~~~~"

察觉到四人的进入,前方柜台的小姐姐,发出了甜美的招呼声。她快步走到四人面前,做了一个"请"的手势:"四位要喝点什么吗?咖啡还是奶茶?这边靠窗的沙发座可以吗?我们这儿提供特色餐饮服务,客人们可以尽情地撸娃儿哟。"

服务员轻松的语调,好似撸娃儿就跟撸猫一样简单。她这超乎现实的发言,让路无恙又惊又骇,瞬间瞳孔地震,说不出一句话来。然而他身侧的鲁教授,却已经冲服务员发出了暴怒的吼叫:"你这说的是人话吗?这是什么鬼地……"

鲁教授的话并没有说完,因为他左腕上的手表,突然发出了一阵异样的、猩红的光——

下一秒,红光爆发!

破口大骂的鲁教授,维持着破口大骂的动作,在红光中化为了一具焦炭。

他的身体,还那么支棱着,只是全身化成了黑灰的塑像。这突如其来的变故,让所有人都愣在当场。许久之后,柴柴才畏缩地伸出手,轻轻去拍对方:"教、教授……"

就在柴柴的手指触碰到鲁教授的那一刹,炭化的雕像碎裂了,化为了灰烬,纷纷扬扬地消散在空中……

相比起三人的惊恐与沉默,唯有那名服务员仍是笑面盈盈,温柔的声音再度询问:"欢迎光临'婴咖',三位要喝点什么吗?"

第三章
任务与处罚机制

从红光爆发到鲁教授炭化和消失,大约只花费了十秒。直到这时,路无恙才领悟,手表屏幕上那句"触发正确的NPC"是什么意思,王不强千叮咛万嘱咐的那句"记住!千万不要对话!"又是什么意思。

显而易见,在这场不明来由的"生存游戏"中,与错误的NPC对话,就会被即刻消灭,落得鲁教授的下场。

面对笑面盈盈的服务员,还有她那彬彬有礼的询问,剩下的三人却像是见了鬼一样,飞也似的逃出了咖啡厅,不敢再逗留一秒。

建筑外的街道上,依然是那样明亮而整洁,空旷而平静。碧空如洗,云淡风轻,仿佛刚才那诡谲又惊悚的一幕,在这朗朗乾坤之下,从未发生过一般。然而,逃出的三人,惊魂未定——

路无恙脱力地倚着玻璃幕墙,他的大脑快速运转,试图找出一个合乎常理、符合逻辑的解释,可怎么想都找不出一个交代。

柴柴更是吓得脸色发白,他挥舞着小胖手,用力地撕扯着左手腕上的表带,想摘除那个恐怖的电子物件,可就在这一秒,手表屏幕又是一阵耀眼红光——

"轰!"

柴柴仍然站在那里,只是撕扯的动作停止了。而他的身躯,已在刹那之间,化为了焦灰。

清风徐来,灰烬化为尘埃,随风消散。

湮灭。

前后不过短短两分钟,路无恙眼睁睁地看着两名队友"死"在他的面前——不,他甚至不能确定他们是不是死亡了,在这个诡异空间里,他唯一能确定的是:鲁教授和柴柴都消失了。

心脏像是被无形的丝线提到了半空,路无恙突然有些慌,然后越来越慌。

其实,他原本是不怕死的,因为他早已做好了心理建设——毕竟在医生给他下达了"死亡倒计时"的确诊报告之后,躺在病床上的他,觉得多活一天是一天,每一天都是他赚着了。

可在这里不同。这里的他,可以跑,可以跳,没有病痛缠身,呼吸走路都是如此自由——不想回去,他不想再回到医院里,只能病恹恹地躺在床上,只能靠手机和社交软件与外界交流……

路无恙下意识地伸出右手,盖住了左腕上的手表,仿佛是在掩盖那个可怖的杀人机器。

"他们……会去哪儿?"

他轻声问,转头望向身侧的曲菱依,却在对方的脸上,读到了相同的困惑。妹子没有说话,只是默默地摇了摇头。

突然,一阵诡异的电子音乐,划破了这片令人心惊胆战的沉默。只见街道的尽头,驶来一辆白色的货车,车上的喇叭正高声播放着一首变了调子的《恭喜你》——那变奏曲风格就像是城市里穿行的洒水车 BGM[①] 一样,算不上动听的乐声徘徊在这空荡荡的街道上,显得说不出的诡异。

厢式货车缓缓驶来,在二人惊诧的目光中,停在了咖啡店的门口。车门被拉开,走下来一个身穿白色医护制服的男人。他从货箱里取出一个猫笼,然后提着笼子哼着小曲儿走进了店里。

此时什么也不敢问、连吭都不敢吭一声的路无恙,分明看见男人

[①] BGM:Background Music,背景音乐。

的那个猫笼里，装的不是宠物，而是一个白白胖胖的婴儿。

虽然不敢轻易对话，怕触发了NPC，但这样违反伦理常识的状态，让路无恙和曲菱依二人都如临大敌。他们站在咖啡店的门口，将男人和店员的互动，一一收进眼里：

"新货，两个月，"男人将猫笼放在桌面上，轻描淡写地说，"买家后悔了，退货了。"

服务员则走到沙发前，抱起一个正在地上爬行的、体型稍大些的婴儿，交到了男人手里："这个十一个月了，马上要学走路了，不可爱了。你们看着办吧。"

"等的就是他，"男人乐了，"院里有个娃儿心脏瓣膜发育不全，爹妈就等供体移植呢。"男人将婴孩塞进了笼子里，轻松地吹着口哨，就这么光明正大地从路无恙和曲菱依面前走过，然后登上了货车。

他那骇人听闻的发言，让路无恙的汗毛都倒竖起来。望着车厢上喷绘着的"生命科学有限公司"八个鲜红大字，路无恙和曲菱依对望一眼，同时冲了上去——

因为不能对话，生怕触发了NPC，所以二人能做的动作也十分有限。路无恙直接扒开了小货车后方的门，两人先后钻了进去，悄无声息地藏在车里，由司机带他们进入下一个地点。

这段路并不长，路况也好，很是平坦，所以车开得很稳。但就这么短短几分钟的时间，让路无恙心肝乱颤，一颗心颠簸得几乎要跳出喉咙来——在这狭小的车厢中，层层叠叠地堆着八个猫笼，笼子里关的都是婴儿，有醒着的，也有酣然入睡的。

其中一个笼子，正对着路无恙藏身的地方。他眼睁睁地看着那个粉妆玉砌般的孩子，他的嘴巴被口罩封住，不哭也不闹，只是用那双圆圆的、大大的眼珠子，滴溜溜地望着路无恙，清澈的眼神中既有好奇，也有无辜。

曲菱依或许是看不下去了，直将脸孔朝向窗外，望着行道树一路后退。大约五分钟后，货车拐入了一座园区，熟门熟路地冲进了地下停车场。

停好车，司机哼着曲儿，从副驾的位置上，拎起那个刚从咖啡店里取来的猫笼，不急不慢地下了车，穿过通道，走进了电梯间，按下了电梯的上行键。

路无恙和曲菱依则双双化身为特工，一路悄然跟随，侧身藏在电梯间拐角的位置，观察着货车司机的一举一动。当看见司机走入电梯，两人才走出藏匿之处，盯住了电梯界面上的楼层数字——18。

确认了对方的位置，两人搭乘下一班电梯，来到了18楼。当电梯门开启的刹那，他们看见的是一个几乎纯白的世界。这显然是一家医院，雪白干净的墙壁上，点缀着绿色的LOGO——那是一个圆环形的绘图，环形的正中间是枝叶茂密的大树，大树绵延的根须下方是"生命科学私立医院"几个大字。

穿过洁白的走廊，两人来到一扇关闭的玻璃门前。探测仪感应到了二人的来临，玻璃门应声开启，露出了被阻隔在内的病区。

这是一个儿童加护病房。偌大的房间中，横着两个保温箱，还有四个小小的病床，每一个都连接着众多的精密仪器。路无恙久病成医，他一眼就看出，监护仪上显示的跳动的数字，并不在正常的阈值里。

不远处传来轻轻的抽泣声。只见一对男女站在小病床前。男人搂着女人的肩膀，女人低着头，正望着小病床上的孩子，扑簌簌地掉着泪。虽然他们都面容憔悴，但这对父母的穿着打扮十分体面，从服装到手表到配饰，似乎都价值不菲。

正在这对父母愁眉不展、黯然神伤之时，一个小护士急匆匆地闯进了病房。她满面红光，眼角都带着笑，一脸兴奋地宣布了好消息："找到供体了！咱们的真真有救了！"

听见护士的话，那对父母先惊后喜，尤其是那位母亲，连腿脚都失去了力量，整个人瘫软了下去，只是紧紧地抓住了病床的栏杆，泪流满面地望着自己病床上的孩子。

然而,这对父母的悲伤与欣喜,却让路无恙心里一颤:他知道,这个"供体"指的是什么。但他不知道的是,这对父母究竟了解不了解这个"供体"到底是什么……

路无恙张了张口,他想开口质问,可又硬生生地咬住了。他知道,这些不是真的。

这个世界,不是真的。这些人,更不是真的,只是他不能去"触发"的 NPC 罢了。

心脏沉甸甸的,路无恙投向那对父母的视线里,多了一丝怀疑。他们喜极而泣的模样,在他的眼中少了一丝温情,多了一丝诡异与狰狞。

"你们是谁?"突然,小护士注意到了路无恙和曲菱依二人,"你们怎么进来的?有看护证吗?"

不能回应,眼见小护士快步走来,路无恙和曲菱依向门外退去。可这名护士颇为机敏,她步步紧逼,狐疑地打量着二人,并掏出手机开始呼叫保安:"喂,保卫科吗?这里有可疑的人……"

她的话还没说完,就噎住了。同样全身僵硬、仿佛噎住了一般的,还有被她紧迫盯住的路无恙。不能怪路无恙石化,实在是事态超出了他的想象——

关键时刻,曲菱依突然伸出左手,一把挽住了路无恙的胳膊。再然后,她忽地将肚子向前一顶,又用右手扶住了自己的后腰,一脸埋怨地望向身侧的他,对路无恙抱怨道:"老公,你怎么带路的啊!不是说去妇产科嘛,怎么跑这里来了?"

小护士的表情瞬间"阴转多云",呼叫保卫科的通话也转了口风:"已经没事了,你们不用上来了。"

陆曲二人不敢搭话,就这么手挽着手,一路伪装着退出了病房,穿过走道,来到电梯间。直到走进电梯,电梯门在身后关上,二人才松了一口气。

曲菱依收回了挽住对方的胳膊。路无恙则转动了一下僵硬的肩膀，转而向她竖起了大拇指，真心诚意地吹起彩虹屁："牛，真牛。这急智，这演技，真是绝了！"

曲菱依没回话，只是给了他一个得意的小眼神儿。而路无恙也因为这个"点赞"的动作，再次注意到自己手腕上的电子屏：

> 任务指引
> 第一关：触发正确的NPC（3人）
> 时限：57′32″

数字仍在一秒一秒地归零，而时间早已超出了原本与王不强等人约定的30分钟。

原本对这个任务指引和倒计时，路无恙是没有多少紧迫感的。但在亲眼看见鲁教授和柴柴的湮灭之后，他已经意识到了事态的严重性——

若是超出时限，没有完成任务，那他们的结局，可想而知。

两人不敢耽搁，一路狂奔，从医院跑到大街上。

第四章
触发正确的 NPC

这是一个奇怪的世界。

洁白的医院大厅里,人群熙熙攘攘,医生、护士、保安和病患们,都各自忙碌着。可当路无恙穿过大厅的那一刻,世界就像是被分割成了两半——

视野里的一切,干净而明亮。双向四车道的马路,宽阔而平整,路边的行道树郁郁葱葱,交通灯和照明也一应俱全。明明是与现实世界别无二致的景象,却偏偏没有人。

是的,一个行人都没有,太安静,也太宽敞了。

奔跑在大街上的路无恙,只觉得说不出的诡谲——仿佛在这个世界里,所有出现的人物,都是围绕着任务线的场景设置的。咖啡厅也好,停车场也好,医院病房和大厅,都是人来人往。而没有"任务"或"剧情"展开的大街,却是空无一人。

——好像是一个大型的、开放空间的虚拟游戏。

这是路无恙最为直观的感受,他有太多的问题,却找不到符合逻辑的答案——

难道他真的是被"吸"到了手机游戏里?这不科学,却似乎是最为合理的解答。那如果,如果他在游戏里死亡了,像鲁教授和柴柴他们那样"湮灭"了,他还能回到现实世界吗?届时等待他的是什么?会是在 ICU 里进行抢救吗?

纷纷扰扰的问题,他都答不出。或许整个队伍当中,唯一可能知

第四章 触发正确的NPC

道这个世界的真相的,只有老玩家"王不强"了……

正当路无恙一边拔足狂奔,一边暗自思忖之时,前方的道路上,浮现出一排身影。为首的那个,正是被他惦记着的王不强。

王不强三步并作两步地冲了上来,跑步的速度极快。站定在路无恙和曲菱依身前,他劈头盖脸就是一顿"批":"说好的按时集合呢?你们怎么不听命令?简直无组织无纪律!还有两个人呢?"

路无恙一时语结,他有点不知道该如何解释,该从何说起。他望向前方十米开外的队伍,一组和三组共计八个人,都好端端地在那里。全队只缺了鲁教授和柴柴……

路无恙深吸一口气,他抬起左腕,亮出了电子屏,刚想从这个威力惊人的爆炸物说起,可就在这时,王不强突然伸手,摁住了他的胳膊:"好了,不用说了,"王不强一脸严肃,眼神却游移不定,"时间紧急,我们赶紧把信息汇总一下,找出解谜的关键点。你们两个,找到了什么线索?"

他那回避的眼神,还有特地强调是"你们两个",显然是不想他们把"湮灭"的事情说出来。路无恙和曲菱依交换了一个疑惑的眼神。

此时,大部队也纷纷赶到,十个人站定在马路中央。王不强拿出一副带头老大的派头,叉着腰发动询问:"时间不多了,其他琐碎的事情就不用说了,只说线索。你们两个,去了什么地方?"

他这已经不是暗示,而是明示了。路无恙和曲菱依都不是笨人,考虑到王不强确实是目前队伍当中掌握信息量最多的,所以路无恙决定暂时听从对方,避重就轻地回答:

"我们去了两个地方,一个像猫咖一样的咖啡厅,但里面放的不是猫,而是婴儿。那里有一个女服务员,一个货车司机。司机带走了其中一个婴儿,要做供体。我们跟着货车到了医院,医院里人很多,我们在住院部看见一个护士,一对父母,还有六个患病的孩子。"

说完,路无恙转头望向曲菱依,示意对方还有没有什么补充。后

23

者思考了半秒,又添上一个信息:

"货车上印有LOGO,叫作'生命科学有限公司',而那所医院叫作'生命科学私立医院',再加上他们对孩子的态度和处理手段,我怀疑这是一家非法代孕公司。"

"你们猜得没错,整件事都与代孕有关,"王不强点了点头,"我们这队,到了一个孕妈中心。江萌萌,你具体说一下。"

被称呼为"江萌萌"的,梳着高马尾,穿着JK制服,正是众人初见之时,提出"素人综艺"概念的漂亮女孩,先前她还"怼"过王不强几句,质疑他凭什么当队长。不过,眼下的她倒是没什么反对意见,飞快地将情况交代了:

"我们去了一栋大楼,上面挂的是'生命科学·好妈妈服务中心'的牌子。进去一看,还挺高大上的。管理人员是个大叔,非常敬业的样子,我们看到三对夫妻在做登记,工作人员做了很详尽的询问,可以按照夫妻的具体要求来定制……"

手表屏幕上的倒计时仍在继续,还剩下48分48秒。

巧合又不吉利的谐音,让王不强开始焦躁起来:"第三组呢?组长说一下,都看到什么线索了?"

三组的组长是个帅哥,穿着一件黑色T恤,上面用草书龙飞凤舞地写了两个大字——威武。

"我们组找到的是一所高校。校园里不少地方都贴着取卵和代孕的小广告。我们先后目睹了两个事件。一个是在教学楼,我们在走廊里看见了一个指示牌,是生命科学公司举办的讲座活动,标题是'取卵会伤害身体吗?'

"之后我们找到教室,开讲座的人是生命科学有限公司的男性高管,也是一名教授,在场的听众全是女学生。我们听了两分钟,那位教授的基本观点是取卵无害——恕我直言,别看他西装笔挺的,说的都不是人话。

"第二个事件,发生在校门口。是一对中年夫妇拉住了一个女大

第四章 触发正确的NPC

学生不放，指控对方不遵守契约精神，没有按照合同条款，把生下来的孩子给他们。夫妻俩还当场报了警，要求警察抓人，要他们对女大学生采取强制执行，把代孕来的孩子还给他们。他们这一闹，很多学生都在围观，那女大学生不敢见人，直接拿装书的布袋子反扣下来，把脑袋套上了。"

这位"威武哥"说话挺有条理，不但几句话就把事情交代清楚了，而且还颇有画面感。路无恙甚至脑补出了校门外那一场"大战"以及女学生羞愧难当的窘境。

"啊，光想想就好尴尬好惨，"江萌萌直咋舌，"这女生以后在学校得直接'社死'了吧。"

"既然是自己签的合同，后果就得自己担着，天下没有后悔药可吃，这才是契约精神。"

说话的是三组里的一名短发女性，她年纪应该有四十多了，眼角有皱纹，但气质极佳，仍显美貌。她穿着一身灰色的职业套裙，布料的质地很好，配着一条光泽莹润的黑珍珠项链，有种精干而成熟的魅力。

路无恙总觉得这位女士有点眼熟，却想不起来在哪里看见过了："我好像见过您，您也是'大区'里的大号吗？"

"不，"女士淡定否认，继而淡然一笑，"我是高凌。"

这个名字，在众人之间激起了不小的涟漪。三组里那位穿蓝围裙的家庭主妇，更是"啊"的一声发出了惊呼。也难怪他们如此惊讶，这位高凌女士，的确是位名人，不过不是什么"大区"的大V或者UP主，她是全国知名企业的董事长，开创了一个全国有名的服装连锁品牌，在一、二线城市的重要商圈都开设有实体店铺。

"高女士您好，我是您的粉丝，您的创业经历太励志了，"蓝围裙的女人向高凌投去崇拜的目光，"我们是一个组的，我是一个视频UP主，你叫我'晴晴妈'就好了。啊，你的皮肤为什么保养得那么好，你比我大十岁，但皮肤状态比我好多了……"

话题瞬间转换到护肤上，别说王不强开始暴怒，连路无恙都有点

蒙。好在旁边有万能的高才生研究员曲菱依,小声向他介绍情况:

"这个晴晴妈是'大区'生活区的 UP 主,分享的内容是一名家庭主妇的日常生活,主要晒娃儿,也晒一日三餐。"

不同于他们第二组,第一和第三组都没有减员——显然,他们都遵从了"不要对话"的禁令,并没有触发惩罚机制。所以,在这八个人中,除了队长王不强是老玩家,其他人都不知道"湮灭"的事情,自然也就没有对惩罚的畏惧,才会在这时候闲话家常。

"都给我闭嘴,瞎扯什么呢,"王不强终于发飙了,"40 分钟找不出正确的 NPC,大家都得死!"

这句话并没有引起晴晴妈和其他人的注意,对他们来说,这是一种情绪发泄。唯有路无恙和曲菱依知道,这不是什么修辞手法,而是一个陈述,一个事实。

"我们看见那么多 NPC,"路无恙接过王不强的话茬儿,他点了点手表上的任务提示,"怎样才能知道,哪三个人是正确的 NPC?"

没错,三个组照面的 NPC,没有上千也有几百。光路无恙他们见到的,医院大厅里就乌泱乌泱的一堆人,更别提三组所见的大学校园了。要在这人海中筛出三个人,无异于大海捞针。

"假设我们所在的,是一个手机游戏的虚拟空间,"路无恙分析道,"按照 RPG① 游戏的一般设定,NPC 也分两种:一种是关键 NPC,身上有任务线的,也就是我们在找的这种;另一种是普通 NPC,也就是场景的气氛组,只能算是背景板。大家都梳理一下,你们见到的这么多 NPC 里,有哪些是有剧情发言的?"

他话音刚落,曲菱依已经盘出了关键 NPC,不愧是勤劳的"论文人",分析关键数据的能力一流:

"根据刚刚大家分享的信息,各组任务对应的场景和关键 NPC,分别是——

---

① RPG:Role-playing Game,角色扮演游戏。

第四章 触发正确的 NPC

"一组对应的场景和人物是生命科学·好妈妈服务中心:男管理员一名、工作人员若干、定制孩子的夫妻三对……

"二组对应的场景和人物是婴咖:女服务员一名;生命科学有限公司的货车:男性投递员兼司机一名;生命科学私立医院:女护士一名,以及等待给孩子移植器官的父母一对……

"三组对应的场景和人物是大学校园:生命科学有限公司的讲座教授男性一人,听讲座的女学生若干;校园门口:控诉的夫妻一对,被指控的女学生一名……

"……我有没有遗漏的?没有遗漏的话,在这些人中,我们要找到他们的共通点,或者是差异所在,才能圈出最有可能的三个人。"

曲菱依梳理出了关键 NPC 名单,这给众人厘清了基础方向。江萌萌嘴快,抢着提供思路:"肯定是跟这个生命科学有限公司有关,一组里有他们中心的管理员,二组里有那个货车司机,三组里有那个讲座教授,正好三个。"

"不对,"曲菱依否定了这个说法,"按照你的思路,梳理生命科学有限公司产业链上的人,除了你说的三个,服务中心的工作人员、私立医院里的护士,也都应该计入。"

"也不该是夫妻,三个组一共看到了五对夫妇,"路无恙一边思索一边嘀咕,"那排除夫妻之外的男性呢?剩余的三个男性,都是生命科学有限公司产业链上的人。"

"可那些丈夫也是这条产业链上的关联者啊,他们既是付费的购买方,也是受益人,"曲菱依摇了摇头,"这个逻辑并不能把他们都排除在外。"

曲菱依非常精准地抓住了两个选择逻辑中的漏洞。她的反驳,让其他人陷入了迷茫:这些 NPC 的身份各不相同,而手表提示上的"第一关:触发正确的 NPC(3 人)"这个任务指引,也过于模糊,简直如一团乱麻,根本理不出头绪……

就在众人一筹莫展的时候,突然,"威武哥"朗声陈述:"我们不能按自己的逻辑揣测,应该站在出题者的角度去猜。既然是游戏,就有游戏的策划设计,我们应该猜的是他的出题意图。"

"怎么猜?你有什么主意?"王不强眼睛一亮,如获至宝,一个箭步就蹭到了"威武哥"的身边。

"不管是游戏还是小说,做故事设计的时候都要规划一个故事核心,也就是主题。我们三组遇到的所有事件,都是围绕'代孕'这个话题产生的,是代孕的上下游机构以及产业链上对应的个人。既然场景和人物设计,都是围绕这个主题产生的,那么任务线肯定也不例外。"

"威武哥"抱起胳膊,陈述观点的表情显得异常自信。他的这份自信,感染了众人,也带来新的疑惑:

"你是做什么的?"王不强问。

"我是一名网络作家,"威武哥回答,"笔名'衡行'。"

"威武哥"衡行的回答,引来阿拆的惊叫:"啊!大神,我有看过你的小说!"

对于一个装修工人来说,网络小说是阿拆下工之后为数不多的也是最便宜的娱乐方式。不过自从他和孙宝勇搞起了"铲子兄弟"开始拍视频,也就没工夫再看网络小说了。

王不强抓到了"网文大神"这根救命稻草,立刻期待地望向衡行:"那你看,这三个关键 NPC 都是谁啊?"

"在代孕这个话题当中,最绕不开的一个伦理关系,就是生物学母亲,也就是卵子提供者,以及孕妈,也就是胚胎的孕育者。如果我是游戏策划,我就会将最重要的任务线,安排在生物学母亲或者代孕母亲的身上。"

衡行的分析打开了新思路,曲菱依则开始盘人头:"你们在大学门口看见的闹剧,有一个生物学母亲,一个代孕母亲。除此之外,还有谁?在服务中心办理登记的夫妻中,有人已经启动流程了吗?"

身为一组成员,江萌萌摇头:"那就不知道了,要仔细去问。"

第四章 触发正确的 NPC

江萌萌虽然不懂,但路无恙知道,对话就是风险,若是选错了人,就有可能瞬间被湮灭。他思索了一下,仔细确认:"刚刚你说过,这三对夫妻都是在跟管理员咨询,主要咨询什么?"

"都在问价,"江萌萌回答,"多少钱,有没有副作用什么的。"

那就是还没有开始签约,自然也就不是母亲。路无恙放弃了这条思路,继续反复思考琢磨:究竟还有谁……

"啊,我知道了!"

就在众人一筹莫展之时,突然,路无恙"啪"地拍响了巴掌,眼睛里闪闪发光:"还有一个母亲,真正的母亲!"

曲菱依最先反应过来:"医院的那位——孩子生病等待供体移植的母亲。"

他们这一搭一唱,更让衡行对自己的逻辑推演信心满满:"那就对了,一个真正的母亲,一个生物学母亲,一个代孕母亲——从创作主题上说,正好各是代表,齐活了。"

好像是这么个逻辑,不仅说得通,还很靠谱。王不强当即决定:"走,对话 NPC,触发任务去!"

此时距离众人最近的,正是生命科学私立医院,而手表屏幕上的倒计时,还在不断地归零——还剩下不到 40 分钟了。

十人团队一路狂奔,浩浩荡荡地向医院冲去。在病患们疑惑的目光中,他们奔跑着穿过就诊区的大堂,又按照路无恙的指引,乘坐电梯,进入 18 层的病区。

隔着病区的玻璃,只见那对苦命的父母,仍在病房里守候着自己的孩子。做母亲的依偎在孩子的病床旁,一脸忧郁,泪眼婆娑。

"就是那个女的?"王不强向路无恙确认。眼见路无恙点了点头,王不强的目光从众人脸上一一扫过,然后锁定了自己小组的江萌萌:"你是女的,你去跟她谈谈。"

路无恙一惊,迅速和曲菱依对视了一眼。他们俩都明白,王不强这明摆着是拿人"试毒"呢!

"等等！"路无恙伸手拦住江萌萌。虽然他和这个女孩素不相识，但也不能眼睁睁地看着她去送死——毕竟，衡行的推理究竟靠不靠谱，没人说得准。

"你干吗啊？"江萌萌不知道"湮灭"的事情，反过来瞪着路无恙，皱起的眉头里写满不解。

"别磨磨叽叽的，她不去，换你去！"

王不强大手一挥，重重地拍在路无恙的后背上，直接将人给拍进了玻璃门的感应区里。

玻璃门无声开启，路无恙跟跟跄跄地冲了进去，引来那位母亲的侧目。路无恙没敢跟她说话。他回过头，望向王不强那焦急的面孔。

到了这时候，他总算知道，这位老玩家是怎么在游戏中幸存下来的了。这个王不强王队长，指挥方法只有四招：催其他人快点，催其他人想办法，指派其他人做任务，以及无能狂怒。现在的问题是：他，路无恙，要去做那个替死鬼吗？

路无恙深吸一口气。他攥紧了拳头，勒令自己冷静。他不想死，不想离开这个能跑能跳、没有病痛的肉体，但他也知道，如果此时他回头，就会有其他人被王不强摁住，成为这个替死鬼。在现实世界里，他本应看淡了生死才对⋯⋯可是，此时，越来越强烈的恋世之感，却让他的内心充满了恐惧。他不想死，一点都不想死⋯⋯但其实，他没得选。他当这个替死鬼，可能要死。不当这个替死鬼，时间过了任务没完成，大家一起死⋯⋯再说了，或许这个"湮灭"的后果，也不是真正的死亡，而是回到现实世界。

怀着天真又乐观还有点自欺欺人的期待，路无恙挥动双拳，为自己打气。他一步步地走到那位母亲身前，轻声对话："你好⋯⋯"

路无恙的语调是忐忑的，但他不安的预想，并没有变成现实。他没有"湮灭"，那位悲伤的母亲困惑地望着他："你是谁？找我有事吗？"

对话顺利接上，路无恙也真的安然无恙，那就表明，这是正确的

NPC了。只是这个"触发",究竟要说些什么呢？毕竟,在尝试对话之前,他的脑子里只有"死"和"不死"这两个选项,根本没多想提问内容的事情。

好在曲菱依帮他解了围。只见她走进病房,驻足在小朋友的病床前,扫了一眼孩子安静的睡颜,然后曲菱依又抬起头,轻声询问那位母亲："真真还好吗？听说供体已经找到了,准备什么时候给真真进行心脏瓣膜的替换手术啊？"

前一次来听见的信息,此时都成了套近乎的工具,那位母亲听曲菱依报出孩子的名字和病情,便削弱了戒心,态度缓和了下来："明天就做手术了。真真很快就会好起来了,对不对？"

后半句,她是冲自己熟睡中的孩子说的。面对孩子,虽是忧伤又焦虑,但她还是挤出一抹勉强又虚弱的笑容。这让路无恙的心里泛起波澜：说实话,他是同情这个生病的孩子,同情这位母亲的。但是说一千道一万,她口中的"供体",也是这个游戏世界里的正常婴孩啊！

"靠杀掉另一个孩子,来维持你家真真的生命——这就是谋杀。"路无恙指出事实。

此时,站在病房外走廊里的晴晴妈,听见路无恙的控诉,她张了张口想说什么,却又将话吞了回去。而在病房里,那位母亲则在这番控诉之下倏地抬起头,她恶狠狠地瞪视着路无恙："你胡说什么！我们是付了钱的,买的是没人要、合同废弃了的代孕婴儿,走的是正规渠道！"

这匪夷所思的回答,让路无恙简直要气笑了："你说的是人话吗？没人要、合同废弃了的代孕婴儿,难道就可以任人杀任人剐了？那是活生生的人,是一条生命,不是你们商业定制失败的废品！"

就在他撂下这句话的瞬间,像是触发了什么关键词,对面那位母亲的双眼,骤然变成了莹亮的红色。她变得面无表情,语气也变得平稳甚至是机械："找到通往审判的路,审判,即将开始……"

与此同时,还有不知道从哪儿传来的一声轰鸣,像是炸雷一般在路无恙耳边炸开。紧接着,就是一阵天旋地转——刹那间,脚下的地板消失了,整个医院化为了崩塌的碎片,十个人从破碎的楼体上摔了下去!

人群中发出了崩溃而惶恐的惊叫。就在这一声声尾音都变了调子的"啊～～～"之中,预想中跌得粉身碎骨的场景却并未出现——仿佛有无形的力场保护了他们,十个人平稳地站在了地面上。

脚踏实地之后,路无恙等人惊惶地望着面前变幻的景致:只见那原本高高矗立的医院大楼,以及那些医护、病患等NPC,都已经消失得无影无踪。在空旷的地面上,只剩下一道红色光束,像是破空的利剑,直插天际。

惊魂未定的路无恙,听见手腕传来"叮——"的一声。低头一看,电子屏上显示的信息,终于产生了变化,多出了"任务进度"一行:

任务指引
第一关:触发正确的NPC(3人)
任务进度:1/3
时限:34′21″

第五章
通往审判的路

　　传达游戏规则和进程的电子屏幕,确认了任务进度。王不强最先回过神,惊喜爬上他的脸孔,下一秒,他眉飞色舞地催促道:"思路没错!快点快点,下一个,去学校!"

　　不愧是知名网络作家,靠衡行的"主题分析法"这个逻辑,倒还真的猜中了!王不强兴奋得好像已经掌握了通关密码,带着众人一路风驰电掣。

　　晴晴妈落在队伍最后,她回头望了望那道直插天际的红色光束,想到已经消失不见的医院和NPC,轻轻地叹了一口气:"唉……"

　　"怎么了?"她的队友,那位女企业家高凌,听见了她的叹息。

　　面对自己的偶像,晴晴妈小声感慨:"其实我能理解那个女人……换作是我家晴晴出了事儿,我也会想尽一切办法……"

　　在她的人生中,没有爱好,也没有事业,只剩下围着孩子转,"鸡娃",并且为孩子准备好一日三餐,365天不重样。她的生活里只有娃儿,没有"我"——"晴晴妈"这个ID,就是一种证明。

　　高凌没有接话,只是意味深长地望了晴晴妈一眼。

　　王不强疯狂催促,在三组组长衡行的指引下,大伙儿用了不到十分钟,就冲到了大学门口。此时的校园里一片嘈杂。那位头上套着布袋子不敢见人的女生,正被自己的同学们围着指指点点,却根本迈不出这牢笼。

　　看见她的窘境,三组里一个胖胖的妹子,看样子也是个爱打抱不平的热心肠,立刻冲了上去。

路无恙不知道的是,这个胖胖的妹子,也是"大区"上的知名 UP 主,而且是美妆区的大 V。她的 ID 叫作"大脸盘儿",专门为大码女孩儿们介绍化妆和穿搭。她那浓重的东北口音自带喜感,是美妆区出名的喜剧人。

在上一次侦查校园的时候,大脸盘儿全程目睹了女生被控诉、被责难、被鄙夷的过程,当时就上去打抱不平了一次。

此时她上前拉住了那个盖布袋的女生的胳膊,急切地道:

"喂!大妹子,你别听他们的!"

大脸盘儿狠狠地瞪了那些围观群众一眼,然后转而轻轻地拍打女生的后背,传递出温暖又坚定的力道:"不过傻妹子,也别怪我多嘴,这事儿是你欠考虑。出卖身体赚钱,哪儿是能干的事儿呢!这什么卵子讲座,都是胡扯的!就是给你们洗脑上套呢!一步一步勾着你们,勾引你们干傻事!"

"我、我好后悔,"将脸孔藏在布袋里的女生,发出了轻轻的啜泣声,"我好后悔……我以为代孕是一件简单的事,能赚钱就行……他们说,只要休学一年,就能赚 20 万……"

这个数字让江萌萌炸了,她直接嚷嚷起来:"怎么才 20 万?你被骗了啊!我在他们服务中心听见的,定制代孕要花 100 万!这种事儿还有中间商赚差价的?真是奸商啊!"

这句话让女生哭得更大声了。虽然看不见她哭泣的面庞,但抖个不停的双肩已经出卖了她,她边哭边抽抽:

"可、可是……等孩子降临了,我才知道那是不对的……我不要那 20 万了,我只要孩子……我过不去心里的那道坎,那是我的孩子,不是定制的产品……我好后悔……好后悔……"

大脸盘儿叹了一口气,半是气愤半是郁闷,多少有点哀其不幸怒其不争的意味。最终,她只能心情复杂地劝慰道:

"你错都已经犯了,木已成舟,也没地儿吃后悔药啊。你就做好你自己，努力争取抚养权吧，不要在意别人的目光。你要给力啊，记住，你才是孩子的生母，愿不愿意交出孩子，这是由你自己决定的，别人没资格评价你！"

千夫所指、无颜见人的女学生继续哭泣道："可是我……我签了合同，他们要我赔偿，2000万……我赔不起……"

江萌萌一听更炸了："什么鬼啊这是！100万只给你20万，结果赔偿的时候却是100倍2000万？这也太黑了！"

大脸盘儿也急了："告他们啊！去打官司！什么破合同，都是违法的！咱们国家可从不承认代孕！"

这句话似乎触发了关键词，因为女生的哭泣戛然而止。将头藏在袋子里的人，那悲伤与悔恨的语气全都消失不见，只化为了毫无感情的机械声音，说出了与医院里母亲同样的话语："找到通往审判的路，审判，即将开始……"

伴随"叮——"的一声，手表屏幕上的任务进度，变成了2/3。

与此同时，大地开始震颤，却不是坍塌，而是开始了像素化——仿佛是PHOTOSHOP里绘制的像素图，又像是堆砌的乐高积木，教学楼、宿舍楼，甚至是花坛里的鲜花树木，都生出了四方形的棱角，变得超现实了。

"轰——"

只听一声巨响，一道红色光柱轰然拔起，冲入云霄。原本略有起伏的地面道路，在这像素化的过程中，开始被解构和重铸，仿佛是汹涌的海浪一般，开始翻滚和涌动。

众人被颠得东倒西歪，连站都站不稳。地面上不断撕裂并扩张的裂缝，更是让他们左闪右避地寻找落脚之处。不只是玩家们，就连NPC也在这场震颤中被波及，那些围观的同学被一个接着一个地吞噬，跌进了深不见底的地裂之中。

"那里！就是那对夫妻！"晃动中的衡行，瞥见了那对购买了代孕服务、之后又对女大学生兴师问罪的中年夫妻，立刻大声指明目标。

35

那对夫妻站在校园边的马路上,在地震中摇摇欲坠。距离他们不远处的那辆私家车,已经被吞入了地裂的巨大缝隙中。

眼看 NPC 要没了,王不强踏着下沉的地块,飞奔上前,一巴掌拍上了女人的肩头:

"等等……"

王不强的话没能说完,就戛然而止——他手腕上的电子表面,发出了一阵诡异又耀眼的红光,猩红刺目,像是毒蛇的眼。

下一秒,红光爆裂!维持着伸手拍肩的动作,王不强瞬间炭化,化为了一具漆黑的塑像!

地面还在震颤。不断扩大的裂缝,撕裂到女人的脚下,将这对夫妻拖入无尽深渊。当他们被吞没的那一瞬间,王不强那具焦黑的人形塑像,也失去了触碰的对象。霎时间,他化作了灰烬,星星点点的飞灰,飘散在天地之间。

震动平息,世界重归平静。校园周边的一切事物,已经完成了像素化的过程,建筑、车辆、植被,就连那位套着布袋子的女生,以及所有的 NPC,都化作了方方正正的积木世界的一部分,仿佛凝固了一般地僵在那里,无声无息。

重新找到平衡与稳定的九个人,呆呆地站在那里,沉默地望着面前诡异的场景。呆了良久,铲子弟阿拆才从喉管中憋出一声来:"他……王队长……他怎么了?"

铲子弟声音打战,他左右张望,想从同伴的身上寻求答案,可没有一个人可以回答他。最终,阿拆只能将恐惧又无助的目光,投向自己的师傅:"他……他是死了吗?"

一个"死"字,像是一道劈天的惊雷,终于令众人的三魂七魄归了位。铲子哥孙宝勇意识到了什么,他惊恐地瞥向自己手腕上的电子表,慌乱地用另一只手去抓去拽去撕扯——

"别动!"路无恙一把拽住了铲子哥的胳膊,"破坏手表也会死!拽不掉的!"这句话像是一道魔咒,顿时让铲子哥化为石像,一动都不敢动了。

除了曲菱依之外,剩下的人都是第一次接触"湮灭"的真相,还处在震撼与惶恐当中。而此时此刻,路无恙明显表现出来的知情态度,让众人联想到许多:

"你们组另外两个人,"网络作家衡行脑子动得快,立刻抓住了重点,"难道也是这样没了的?"

"嗯,"路无恙点了点头,"湮灭。"

这个答案,无疑是一记重锤,砸在每个人心上。他们已经没了三个人,剩下的九个人,也面临湮灭的危险……

会死。

这个念头,让所有人陷入深深的绝望,尤其是任务指引还在一分一秒地进行倒计时,仅仅剩下 13 分钟了。

"那刚才在医院里,你拦着不让我和 NPC 对话,是为了救我?"江萌萌不是笨人,此时稍一回想,就察觉出了路无恙先前的意图。

"是的,如果和错误的 NPC 对话,就会被直接湮灭,鲁教授和王不强队长都是因为这个,"路无恙简单地交代了已知的规则,"柴柴是因为破坏手表,也没了。"

这是用人命探出来的规则。此时,再也没有人能轻视这个游戏世界——可这里,究竟是什么样的世界?他们是因为什么被带到了这里?又是谁在幕后设计这个吃人的游戏呢?

见所有人都垂头丧气,曲菱依打破了这片愁云惨雾:

"都先别'丧'了,还有 12 分 41 秒,我们得找到第三个 NPC。既然前面两个 NPC 都找对了,就表明我们的大体方向没有错。但这个定制代孕的母亲,却不是系统认定的关键 NPC,说明我们的解题思路还有瑕疵。"

"衡行所猜测的'母亲'这个主题,应该是没有问题的,"路无恙接过曲菱依的话,两人对望一眼,一起分析,"但曲菱依说的对,在游戏系统的逻辑里,生物学母亲不属于'真正的母亲',是我们搞错了。但现在最大的问题是,还有谁是真正的母亲呢?我们组没看到其他符合的 NPC 啊!"

"会不会是其他女性角色?你们不是看到了什么女护士、女服务员吗?说不定她们也是妈妈呀!"

有"救命之恩"这一层关系,江萌萌对路无恙的好感度和信赖度都上升了不少。这时候,她也帮着出谋划策,俨然把路无恙当成了"代"队长。

"婚育状态从表面上也看不出来,"路无恙面露难色,"咱们总不能一个一个地问过去吧……"

的确不能瞎问,王不强就是活生生的失败案例:瞎问就是死。

众人再次陷入了沉默,大家你看看我我看看你,试探的眼神中分明藏着一个问题:

谁去问?

"我觉得萌萌的这个猜想,应该不太可能。这个游戏设计有它的逻辑性,设计者或者说游戏策划,应该不会故意挖个坑,把'妈妈'的角色安在没台词或没剧情的普通 NPC 身上。"

曲菱依否定了江萌萌的想法,继续分析道:

"我们现在是处在游戏世界里,不管咱们是怎么进来的,处于未知的虚拟空间,这是事实。咱们就拿以前现实世界里玩过的手机游戏、电脑游戏做例子,制作场景和 NPC 都是需要数据建模的,换句话说,每个角色都有成本。越重要的角色,建造成本就越高,身上所背负的剧情和对话展现也越多,这才符合商业逻辑。"

"我同意,"衡行附和曲菱依的分析,"创作者是有逻辑的。就像我们写小说的就算要埋伏笔,也一定会在前期做好铺垫。我们决不会凭空捏造个没故事没身份的人出来,然后说他就是凶手——这是最低级的创作手法了。"

两个人,一个从商业逻辑的角度分析,一个从故事创作的角度分析,得出了相似的结论。路无恙瞬间领悟:

"所以这个游戏世界里,不会存在没用的场景!而关键 NPC 所在的场景,一定是重点区域。哪个区域场景刻画得越细致越复杂,就越有戏!"

曲菱依点了点头:"现在我们侦查过的场景中,只剩下那个好妈妈服务中心,还有咖啡店这两个地方了。第三个 NPC 就在其中。"

"我有个大胆的想法,"衡行眼睛一亮,"生母,孕母,有没有可能这第三个'真正的母亲',会是养母? 咱们写小说的都知道,关于生母与养母的伦理道德探讨,也是一个母题,好多文学名著都有这种设计。"

"得了吧,大哥,你就别'大胆地猜想了',"大脸盘儿用她那喜感的东北口音吐槽衡行,"你之前那个大胆的猜想,直接把王队长搞死了!当时就是你说生物学母亲是关键 NPC 的,结果呢?"

"虽然这脑洞有点大,但也是个方向,"路无恙思索了片刻,"有没有可能,咖啡馆那个女服务员,是被定义为'养母'的角色? 那么多婴儿在她那里放养……"

"都放养了还算'养母'? 这顶多算是'羊倌'吧!"大脸盘儿一针见血地指出。

她说得对。那个"婴咖"根本就是个挑战人类伦理底线的恐怖屋,而那名女服务员将孩子们当作猫咪或羔羊一般放养,当成了咖啡店经营的噱头和工具,确实不配被称为"妈妈"。

路无恙将目光投向江萌萌和铲子兄弟:"你们在服务中心没有看见像妈妈的角色吗? 既然是好妈妈服务中心,理论上应该是有孕妈在那里休养的。"

"我是没看见,"江萌萌的表情有些不自然,"那个管理员的销售话术蛮吊人胃口的,我就……"换句话说,她都在好奇并关心代孕的价码了,根本没注意侦查状况。

路无恙又去看铲子兄弟。

铲子弟阿拆琢磨了一会儿,突然拍了巴掌:"啊!我知道了,那房子后面还有一栋小宿舍,跟筒子楼似的,旧旧的,墙皮都脱了。我估摸着是员工宿舍,跟王队长说了,他瞅了一眼说破房子有啥好看的,时间来不及了,就拖着咱们走了。"

曲菱依立刻抓住了疑点:"你们之前说那服务中心挺气派的,后面又怎么会是破破烂烂的旧房子?再说了,一栋旧房子,如果没剧情,还建模刻画它做什么?摆设吗?"

就在路无恙想出言赞同她的时候,突然,手表又是一声"叮——"的提示音,紧接着,屏幕开始闪烁——

> 任务指引
> 第一关:触发正确的NPC(3人)
> 任务进度:2/3
> 时限:10'00"

下一秒,数字继续跳动:
09'59"
09'58"
……

屏闪与声音都是提示,无时无刻不在告诉路无恙他们,距离"团灭"只剩下不到10分钟了。到了这种时候,虽然没有什么把握,但也只能死马当活马医了。路无恙望向众人,说出自己的决定:

"我打算去服务中心,但我什么都不能确定,也许那栋房子就是个空摆设,谁都说不准……如果有愿意一起的,大家就一块儿去碰碰运气。如果你们有自己的答案,咱们就各奔东西。"

"我跟你去,我也赞同这个选择。"曲菱依立刻做出选择。

"我也去。"铲子弟阿拆举手。

"我也一起,"江萌萌站到了路无恙身边,冲他送上一个笑容,"忘了说了,谢谢你。"

铲子哥、晴晴妈、高凌、大脸盘儿,也都走向了路无恙。只有衡行还杵在那里,没有表态——看来他还沉浸在自己文学创作者的逻辑当中,对"养母"这个脑洞构想,有着别样的青睐。

看大伙儿都在不知不觉间,将路无恙当成了新的领袖,这让他顿时局促起来:"我觉得……其实我觉得,鸡蛋不能都放在一个篮子里。万一我赌错了,我希望你们能有不同的选择,我希望有人能赌赢的。"

"说得好,"路无恙的话,反而给衡行打了鸡血,只见他豪气干云地做出决定,"对!咱们就赌一把,各奔东西!"

说完,衡行就往咖啡馆那条道上走,刚刚抬起右脚想迈第一步,就听身后的铲子弟阿拆笑着说:"这下好,咱们稳了!跟大神反着选绝对没错!书评里的网友都说了,作者大大是逻辑鬼才,没有一次在线的!"

衡行无语,那跨出去的右脚又在空中调转了方向,硬生生地绕回了路无恙这边,跟着大伙儿一起溜了。

任务计时的数字不断减少,9个人被这无形的鬼魅追逐着,豁出命地狂奔。虽然有一组组员带路,他们没有浪费一秒钟的时间,但这么长的路程摆在这里,谁也没有瞬移的本事。等到众人奔进挂着"生命科学·好妈妈服务中心"牌子的大楼时,倒计时还剩下2分钟了。

"唉,唉,你们是做什么的!怎么横冲直撞的?保安!保安!"

在装潢风格高端华美的一楼大堂里,原本坐在办公桌后方的男人,看见这群闯入者的时候,惊叫起来。男人梳着个大背头,西装笔挺的,胸前的口袋上还别着个旋成花儿似的丝巾,一身的穿搭就两个字——讲究。看样子,他就是江萌萌口中的"管理员"了。

然而,路无恙他们几个连看也不看他,完全无视NPC的话语,脚步没丝毫停滞。

"站住!"

闻讯而来的保安,冲上来阻止众人。铲子弟阿拆身体素质好,跑在最前面,眼看着保安拦截在前,他展现出了惊人的行动力——只见阿拆抄起身旁的椅子,一个360°全旋直接摔在了保安身上。

东北妹子大脸盘儿也不甘示弱,别看她身材壮实,但行动一点都不迟缓。面对冲上来想要拽住她的保安师傅,姑娘踩着凳子飞身跃起,一脚把对方踹出去两米远——这一招的动作简直如行云流水,潇洒得把阿拆都看呆了,他愣了半秒才反应过来,冲大脸盘儿竖了个大拇指。

保安被两大护法撂倒,跌在地上"哎哟哟"地叫唤着。众人无视他们,穿过装修精致华美的公司大堂,来到了大楼背后的里院。正如阿拆先前描述的那样,映入众人眼帘的是一栋小破楼。

这是一栋四层的炮楼。斑驳脱落的米色墙皮之下,露出了红砖的本色。风拂过那些破旧的窗台,撩动了三楼的纱帘,可以隐隐约约看见有个人影。

"在那儿!"眼尖的晴晴妈,抬手指向窗口。

01′37″

01′36″

……

路无恙用在现实世界里他早已不再拥有的彪悍速度,像一阵疾风似的冲向小破楼。面对紧闭的大门,他抬起右脚一个猛踹,直接将门锁都给踹歪了——但不锈钢的内锁还没有完全脱落。正当路无恙使出了吃奶的劲儿,想要梅开二度的时候,只听身后一声暴喝:

"我来!"

铲子哥孙宝勇从身后摸出一把工兵铲来,对着门锁一顿猛砸——他是装修工人,当初他不知怎么被"吸"进这游戏的时候,正在雇主家干活,身上带着工具呢!

工兵铲三下五除二,就把门锁给摆平了。路无恙再飞起一脚——大门砸在墙上,发出一声巨响,震得墙皮都簌簌掉落。

众人撞破大门、冲进走道之后看到的场景,让他们所有人都惊呆了——

像是多年以前最破旧而廉价的小旅店,在那狭长而幽暗的通道里,横着一扇又一扇小门,里面是一个接一个的只有几平方米大的房间。狭窄逼仄的小房间里,每一间都横着四张病床,将空间撑得满满当当——更可怕的是,躺在床上的,全是挺着大肚子的孕妇!

被惊扰的孕妇们,捧着自己的肚子,慢慢地从床上抬起头来,望着这群闯入者——在她们的脸上,看不到惊讶或惶恐,只有麻木和迟钝。

在这老旧又破败、逼仄又拥挤的糟糕环境里待产的她们,根本没有一点生而为人的尊严!什么"服务中心"?这里根本就是个豢养待产孕妇的养殖场!

这景象太过冲击,直接给江萌萌吓哭了。别看她在网上是个呼风唤雨的"大姐头儿",经常组织明星后援会里的姐妹们搞活动,但此时此刻面对如此场景,面对这么多失去尊严的女同胞,同为女性的共情力,让她感到无边的恐惧。

而身为男性的孙宝勇则毫无感觉,他只想快点完成任务,因此毫不顾忌地用视线扫过每一个孕妇,同时询问自己的伙伴:"谁呦?哪个是对的?"

大伙儿也都蒙了:他们要找一个母亲,可躺在这里的少说有上百个孕妇,个个都是母亲,谁才是那第三个正确的NPC呢?

"叮——"

手表再次发出提示音,电子屏发出不断闪烁的蓝光——

01′00″

0′59″

……

倒计时不足一分钟,他们却面临真正的"百里挑一"的抉择。就在晴晴妈已经绝望到开始"嘤嘤嗡嗡"地哭出声之时,路无恙的脑子突然闪过一道惊雷,他大声呼喊:

"不对!她们都不是!"

同一时刻,曲菱依也意识到了正确答案:

"只有婴儿降生并呼吸的那一刻,才被算作法律意义上的

'人'——有了孩子,才能算作真正意义上的母亲!"

　　同时作答的两个人,瞬间对望一眼,交换了相同的决策。下一秒,两人飞奔上二楼和三楼,开始逐间寻找——

　　0′43″

　　0′42″

　　……

　　没有!二楼和三楼还是病房,女人们的肚子或大或小,但都是待产的状态。

　　0′11″

　　0′10″

　　……

　　"哇——"

　　一声婴儿的啼哭,回响在幽暗的走廊里。路无恙循声而去,狂奔上了四楼,一冲上楼梯就看见一间非法的手术室——门框上还亮着"手术中"的红灯。

　　顾不上什么"非礼勿视"的道德伦理,他用力推开大门:只见护士抱着一个刚刚出生的婴儿,站在一旁。而手术台上,躺着刚刚经历过生产的母亲,已经痛得昏迷过去。

　　0′06″

　　0′05″

　　……

　　"你醒醒!"在小护士震惊到僵硬的目光中,路无恙飞奔到病床旁。他冲产妇大声嚷嚷,却唤不回女人的意识。

　　晚一步跑上楼的曲菱依,也冲到了病床旁。她面无表情地抓起了对方病号服的衣领,照着脸就是一巴掌:"醒醒!"

　　0′03″

　　0′02″

　　……

第五章 通往审判的路

随着倒计时的归零,手表屏幕一秒一秒地闪烁着刺目的蓝光。衡行、大脸盘儿和高凌不愿放弃,还在逐间逐间地寻找NPC。剩下的人则已经开始跟这个虚拟世界诀别了——

晴晴妈一边哭一边开始跪地祈祷,也不知道拜的是哪一路神灵。孙宝勇吓得一屁股跌坐在地,整个人直哆嗦。江萌萌哭丧着脸,精美的妆容都垮了下来。也就阿拆还算镇定,他两手插在兜里,透过窗户望向蔚蓝天幕,似乎望向了更深远的地方……

在四楼的手术室里,震惊到石化的护士小姐终于回过神来,她冲上来阻挠路无恙和曲菱依,想把他们驱赶出去。可二人分毫不让,不论护士怎么挠怎么拽,路无恙一步都没有挪开,仍硬撑在女人的手术台旁,不停地大声呼喊:

"给我醒醒!我叫你一声'妈'了行不行!"

0′01″——

这一声"妈",似乎是触发了关键词,昏迷中的女人,骤然睁开了双眼——刺目的红光,在她的眼眸里瞬间绽放!

"找到通往审判的路,审判,即将开始……"

机械的声音,吐出毫无情感波动的话语。下一秒,女人的躯体冻结了。一层白色的寒霜,先是覆上了产妇的身躯,又像是拥有了生命一样,一路游走着爬下了手术台,在地面上迅速铺开扩散!

不过眨眼的工夫,小护士就化成了冰雕。一旁的婴儿维持着哭泣的模样,也被冻结静止。冰霜带着水汽结晶特有的细碎声响,蔓延在整个建筑里:从地面到楼梯,从四楼到三楼到二楼到一楼,冰霜所到之处,所有事物都化为了冰雕。

短短的几秒内,除了路无恙他们9个"玩家",所有的NPC都被冻结。这让衡行他们都愣住了。

"保佑保佑……"

一片异样的静谧中,只有双眼紧闭的晴晴妈,一边搓着手,一边碎碎念着祈祷。不知道在参拜哪位神明的她,跪在地上磕了个响头——就在她的额头触及被冰霜覆盖的地面时,只听一声脆响!

"铿——"

被冰霜封锁的建筑,碎裂了!连同那些NPC,上百名的孕妇,全部化为了碎裂的冰晶,簌簌地坠落在地面,化为一地冰雪与尘埃。

"轰!"

伴随一声巨响,红色光柱冲天而起!

手表"叮——"的一声,进入了本关的BOSS战——

> **任务指引**
>
> 通关要求:找到公审法庭,完成本关的终极审判,进入"正道之光"
>
> 时限:05′00″

第六章
"正道之光",照耀在虚拟地图上

险险完成了解锁 NPC 的任务,路无恙他们来不及庆幸,就被接踵而来的新的倒计时,吓得拔足狂奔。

"法庭在哪儿?"被新任务新计时搞得神经紧张、已经濒临崩溃的江萌萌,几乎是边哭边问的。

"看光柱!"数据分析能力简直满点的曲菱依,言简意赅地回答。

在生与死的高压环境之下,能保持理性与逻辑的人不多,唯有在现实世界里天天直面死亡的路无恙,了解了曲菱依说的那个"点":

"三道光柱是等边三角形!中间!一定在中间!"

一边狂奔一边作答的路无恙,率先向光柱的中央冲去。

与此同时,大地开始新一轮的震颤。在 12 人醒来的那个原本空无一人的十字路口,随着地面的剧烈震动,一座新的建筑拔地而起,像是自地底深渊中升起的一般。

当众人赶到的时候,出现在他们面前的,是一栋古典而宏伟的建筑——公审法庭。

充满了古希腊雅典元素的巨大建筑,高耸而对称的立柱,显得气势恢宏。然而,众人此时无暇欣赏感叹,而是横冲直撞地冲进了法庭的大门里。

建筑很高,在立柱间穿梭的众人,就像是巨人脚下夺命狂奔的羔羊。伴随着急促而纷乱的脚步声,他们穿过大理石铺就的走廊,来到一扇古朴厚重的石质门扉前。

路无恙示意伙伴们要集众人之力推开石门,当他们的手掌触及石门的刹那,诡异的事情发生了——指尖传来的,不是石材冰冷而坚硬的质感,而是虚无。

路无恙的手掌径直穿透了大门。他瞪大的双眼中,映出门扉透出的荧荧蓝光。在那看似冷硬的石门之中,隐隐约约可以看见幽蓝色的几何图案——无数银蓝光点与线条,构成了平面图形和立体模型。

是了,他们所在的,是数字虚拟空间,是一个奇异的游戏世界。

再度意识到这一点的路无恙,深吸了一口气,穿过了恢宏的石门。众人鱼贯而入,一齐进入了一个空旷而宏大、古老而典雅的审判庭。

偌大的庭审现场,却没有法官,没有观众席。在这超过1000平方米的开阔空间里,在会场最中间的位置,用两排半圆形的欧式矮围栏,分隔出两个不同的区域。

就在9个人茫然无措的时候,忽然,空中亮起金色的光芒,一个不带情感的机械声音,在空旷的会场中响起:

"审判现在开始——"

冰冷无机质的声音,盘桓在虚空中,激起阵阵回声:

"问题:组织妇女以人工授精、试管婴儿等方式进行代孕的机构,是否有罪?请选择——"

伴随着脱离情感的陈述,两个半圆形的区域上空,亮起了一红一蓝两种光芒。

同时,手腕上的电子表也发出了新的提示音,倒计时开始——

0′59″

0′58″

嘀——嘀——

每一秒数字的变动,都伴随着机械的提示音,催促着9个人开始他们的选择。

显然,这是一场"自助"的审判。他们必须在一分钟的倒计时内"用脚投票",走到"有罪"或"无罪"相对应的区域。

可问题是,这一红一蓝两个区域,哪个代表"有罪",哪个又代表"无罪"呢?这也没有任何文字的标注啊!

嘀——嘀——

规律的读秒声,让9个人陷入了疯狂焦虑:不敢选,又不得不选。

"有罪,"江萌萌再次急哭了,抗压能力不强的她,自第一次哭崩之后,泪水几乎就没断过,"我也知道有罪,我也知道组织代孕是违法的啊!可哪个颜色才是有罪啊?"

"红的!肯定红的有罪,红灯停嘛!"

铲子哥孙宝勇的判断,被江萌萌一边痛哭一边大骂:

"这又不是红绿灯!哪儿那么简单?!"

嘀——嘀——

还有40秒。

"我觉得红的应该是无罪,"东北妹子大脸盘儿给出了不同意见,"如果要给正义选颜色,应该是红色吧?"

这个逻辑,让衡行忍不住杠上了:"那蓝色也象征海洋,象征地球,象征和平啊——凭什么蓝的就变成有罪了呢?"

嘀——嘀——

还有20秒。

颜色是一种客观存在,是没有正义与邪恶之分的,人们主观上赋予其含义。其中的逻辑,是公说公有理婆说婆有理,没有统一的标准。9个人就像是热锅上的蚂蚁,却拿不出一个统一的意见来。

嘀——嘀——

倒计时进入最后10秒。

"死马当活马医,都是命,大伙儿就各凭心情吧!"

路无恙发了话,还是他率先做出选择——只见他毫不犹豫地走向了蓝色光线笼罩的半圆形的裁决区。

"为什么?"江萌萌急切地问。

"蓝色,"路无恙苦笑着回答,"我看习惯了。"

在现实世界里,在被洁净白色笼罩的医院病房里,他看得最多的颜色,就是病号服条纹的蓝色。

有罪或是无罪,生存还是死亡,两种结果,百分之五十生存概率的选项,他没有来源于理性的依据,只有来源于感性的喜好与憎恶。

倒计时即将归零,众人已经无暇思考,只能凭借直觉做出最终选择——

路无恙、曲菱依、衡行、大脸盘儿、江萌萌、高凌、晴晴妈,奔向蓝色裁决区,认为组织代孕的机构,有罪。

孙宝勇,以及跟随他的阿拆,奔向红色裁决区,他们同样认为组织代孕的机构,有罪。

"啊!你们都……"

当看见众人的选择,孙宝勇后悔了,他想换选项,拔腿就往对面跑!

嘀——嘀——

0′00″

当数字归零的那一刻,一道刺目的金色光束从天而降,笼罩在七人所在的裁决区。

那道光是如此耀眼夺目,简直像是金色的太阳,为众人镀上了一层金色。莫名地,路无恙想起了先前手表提示上的字眼——

正道之光。

然而,同一时刻,被"正道之光"放弃的那两个人,在顷刻之间炭化、湮灭。

"铲子兄弟"用生命测试出了颜色与结果之间的逻辑——蓝色代表有罪,红色代表无罪。

剩余的 7 个人,来不及震惊和悲愤,因为就在"正道之光"宣判的下一秒,机械的审判之声,竟开始了下一个问题:

第六章 "正道之光",照耀在虚拟地图上

"问题:要求并定制代孕的客户,是否有罪?请选择——"

嘀——嘀——

系统重新计时,给予众人选择的时间,仍然是一分钟。蓝光与红光也再度闪烁,照耀在两个裁决区的上方,区分出了"有罪"和"无罪"两个区域。

7个人被笼罩在蓝光之下,路无恙和曲菱依对望一眼,两个人都没有挪动。

7个人之中,却有一个人行动了。

是高凌,那个著名的女性企业家。

她踏着坚定的步伐,身形优雅而高傲,一步一步地,走向了代表"无罪"的红光。

"别去!代孕是违法的!"江萌萌大声劝阻对方。

高凌没有立刻回话。她一步步地走向对面,直到她步入红色光芒之中,站定在围栏组成的裁决区里,才缓缓回过身,望向对面的6个人。

她的表情是如此镇静,她的声音是如此平静。高凌望着众人,轻轻地扬起唇角,轻声道出自己的选择:

"我知道,这是违法的……"

她的微笑,优雅,自信,充满成熟女人的魅力:

"但我就是一位定制代孕的母亲。我必须坚信:我无罪,才能面对我的女儿。"

是的。高凌未婚,却通过欧美的精子库,以代孕的方式定制了一名混血宝宝。她非常爱她,爱自己唯一的女儿。

其实,以她的聪明才智,当然能够预判,"正道之光"会选择哪一方。然而,这个审判结果,她无法顺从。她必须选择无罪,选择自己实践了的道路,否则,她无法面对她的宝贝。

时钟归零,金色光华如利剑劈开虚空,照耀在"有罪"的裁决区,宣布了这场选择的胜利者。

沐浴在金光中的路无恙他们,只能眼睁睁地看着高凌维持着坚定而决绝的微笑,化为黑色的雕像,然后——

湮灭。

无处不在的冰冷声音再度响起,回荡在空旷而沉寂的庭审空间里,宛若裁决的丧钟:

"最后一个问题:为金钱而出卖身体的代孕母亲,是否有罪?请选择——"

6个人愣住了。

这个问题,有标准答案吗?

"你好意思问?"大脸盘儿怒了,这位彪悍的东北妹子,叉着腰昂着头,冲着头顶的金光大骂,"逼得女人靠生娃赚钱的,不是那些臭男人吗?当爸的隐身啦?男人才是既得利益者,怎么审审审罪罪罪怪的都是女人!"

大脸盘儿义愤填膺的控诉,刚刚脱口而出,下一秒,她手腕上的电子表骤然亮起红光——

炭化,湮灭。

这惩罚来得如此突然,剩余的5个人全都惊呆了。

这个虚拟游戏的规则,是如此混乱而随性。眼看着为女性说话的大脸盘儿瞬间湮灭,江萌萌甚至忘记了哭泣,愤怒到极致的她,无声地冲天空竖起了中指!

红光乍现——湮灭。

从言语到动作,两位妹子愤怒的表达,同时触发了惩罚机制。这出乎意料的双重死亡,让路无恙突然意识到了一个事实:

"这个什么游戏世界,根本就是'大区'!"

大脸盘儿可能"挑起性别对立"的话语,以及江萌萌"不够正能量"的动作,和"大区"这个社区App视为"违规"的评判标准,有着极高的相似性。在"大区"里,违规违禁的文字或者图片都会被"夹"掉——有时候,这个审核标准简直可以用"匪夷所思"来形容,正常的表达都会被视为违规,连同主人的账号都会被无端封禁,甚至是炸号……

他们所处的这个世界,分明就是"大区"的变形!

嘀——嘀——

路无恙来不及细想,因为倒计时已经降到了10秒以下。

剩下的4个人,在法律与道德、逻辑与情感的冲撞之下,不敢轻举妄动。也根本没有时间让他们探讨决策。他们可以仰赖的,只有内心最为冲动的情感:

"当妈妈,是没有罪的……"

晴晴妈喃喃自语着,走到了代表"无罪"的红光之下。

数字归零。

"正道之光"在两个裁决区域的上方不停闪烁轮转,似乎是在挣扎。

路无恙、曲菱依、衡行、晴晴妈,4个人都仰望半空,茫然地望着。

1秒,2秒,3秒过去了……

就在所有人屏住呼吸、等待最终审判的时候,金色光束轰然落下——

路无恙眼前一黑,世界陷入黑暗。

第七章
未知的关卡

"滴——滴——"

隐隐约约地,频率固定的嗡鸣声,传入路无恙的耳中,与ICU病房里医疗机械的声音,有几分相似。尚未睁开双眼,白色炫光就已透过眼皮,被路无恙所感知。

他还活着。

这个认知,让路无恙猛地睁开了双眼——所见的,却是一片纯白世界。他微微歪过头,只见在这五六平方米的狭小空间里,墙是白的,地是白的,连低矮的床铺也是纯白的。天花板散发的均匀的白光,让路无恙感到一阵眩晕,问题像是澎湃的海浪,一个接一个地向他涌来:

曲菱依呢?衡行呢?其他人呢?他们是通过了"正道之光"的试炼了吗……等等!他这是在哪里?这么安静又洁白的空间,他是回到现实、回到医院里了吗?!

身处这个既像病房又像牢房的单间,路无恙又惊又疑,惊喜和遗憾同时涌上心头。喜的是回归现实,不用惊惧于虚拟世界的湮灭游戏。或许,那场虚拟游戏,只是一个可怕的梦境。

不过,在经历劫后余生的庆幸之后,他却又感到遗憾:他又回归了命不久矣的现实,回到了那个病恹恹的、无力垂死的躯体里……等等!他不痛!一点都不痛!

路无恙骤然起身,惊愕地瞪向了自己的胳膊和双手:手腕上没有留置针和输液管,没有贴着电极片、连着辅助仪器的电线,只有那块金属表链的电子表,依然锁定在他的腕上。黑色的电子屏幕上,蓝色的数字正在一秒一秒地倒计时:3,2,1。

紧张感如同一张无形又严密的大网,将路无恙团团包裹,让他甚至忘记了呼吸,只有瞳孔为之地震。

然而,当数字归零的那一刻,没有代表湮灭的红色光束,而是伴随着一声轻响,原本雪白无瑕的墙体上,突然开启了一扇门扉。

松了一口气的路无恙,小心翼翼地走向那扇通往未知领域的窄门,所见的,是一个同样洁白却显得空旷开敞的新空间。

大厅拥有椭圆形的穹隆,圆润曲线的墙壁线条,勾勒出一个半圆形的广阔区域。路无恙慢慢地踏入这个白色大厅,同时看见对面与四周的墙壁上,也开出了一扇扇小门,走出一个个人影。

众人之中有男有女,年龄不一,甚至还有好几个老年人。他们神情不同,步伐各异,有的快速而坚定,有的迟缓而惊疑。

只见人们或快或慢,走向大厅的中央,他们被包裹在曲墙与穹隆之下,仿佛身处于一个巨大的"蛋"的内部。

路无恙四处张望,很快,他看见了两张熟悉的面孔:曲菱依、衡行。

两名同伴也在同一时刻捕捉到了他,三人快步会合。还没等路无恙向曲菱依他们问出一句"还好吗",就听穹顶处传来一声机械的声响:"叮——"

这一次,不是手表的电子屏幕,而是从大厅蛋形的穹隆上,亮起了荧荧蓝光。蓝色光点组成了裸眼可见的虚拟影像,正是新一轮的任务指令,跃入了每个人的视野:

竞争关卡
参与人数:48
通关难度:★★★★☆

当看到四星难度的提示时,路无恙倒吸了一口凉气:上一轮任务才二星难度,结果12个人只剩下他们3个。这次的四星难度,会是个什么概念?

众人仰望穹顶,默默地凝视着银蓝的文字。有些人若有所思,有些人则茫然无措,还有些人相互交换了一个眼色,已经悄无声息地站定在了一起。

蓝色幻光继续变化,组成了新的文字:

> 任务指引
> 预备阶段:组成6人小队
> 时限:10′00″

09′59″

09′58″

倒计时已然开始,人群中立刻产生了骚动。先前站定在一起的4个人中,一位个子不高但胸肌发达、身材显得极为敦实的中年男人,已经举起了手,开始发号施令:

"飞鹰救援队,熟手会的来,4=2。"

无论是"4=2"①的游戏组队术语,还是"飞鹰救援队"的名头,都带来了极强的熟悉感。路无恙在"大区"上看过这个民间救援队的报道,他努力回忆了片刻,终于认出了那个说话的"带头大哥"。

那人的ID叫"大鹰",是飞鹰救援队的队长。这是一个民间救援组织,曾经在城市水患时自发进行营救行动。他们凭着满腔热血,出钱出力,当时救下了不少被困在洪水当中的市民。官方媒体还出过新闻报道,赞扬过飞鹰救援队的事迹——这也是路无恙能认出他们的原因。

---

① 4=2:"二"音同"等",即4人等2人,即可成队。

第七章 未知的关卡

只见除了队长大鹰之外,还有两男一女,身材都是健康结实的那一类。他们都穿着干练的服装,身后还背着工具包,一看就很专业的样子。四个人往那儿一站,立刻吸引了众人的目光。

就在路无恙忙着辨认和回忆的这一小会儿工夫,已有两个男人走向大鹰队长,聚拢在飞鹰救援队四人组的身旁:

"我们俩,熟手。"

其中一个男人伸出三个手指,比了一个"3"的手势。路无恙很快会过意来:他们已经通过三场关卡任务了。

大鹰队长冲二人点了点头,他伸出了左腕,亮出了自己的电子表。包括救援队的另外三名队员,以及刚刚申请入伙的两个男人,立刻围到了大鹰的身侧,同样做出了亮出手腕的动作。

六个人的表盘相互靠近,此时,黑色的电子屏幕上亮起了蓝光,同时浮现出了阿拉伯数字"1"。

显然,第一小队已经组队成功,仅仅用了不到三十秒。

剩下的众人当中,有些人还是一脸茫然,愣在原地不知何去何从,但也有一些人,已经用眼神相互确认了身份——熟手的身份,老玩家的身份。

"二队,"一名老者抬起胳膊,用苍老的声音说出了一个数字,"五次任务。"

这辉煌的战绩,让人群中发出了小声的惊叹。几个男人立刻走向老者。在他们小声交流的时候,路无恙也将疑惑的目光投向自己的伙伴:"这人是谁?这么大年纪,这么厉害?"

曲菱依解说道:"顾小年,知识区的大V,是著名的经济学家,应该已经七十多岁了。"

"姜还是老的辣啊,"衡行咂了咂嘴,不由感慨道,"这么大岁数,能在这种地方活过五关,这个智商不得了。"

是的。经历过之前的任务,他们都知道,在这个虚拟的游戏世界里,"活着"两个字,是一道多么艰辛的难题。他们可以想象得出,飞鹰救援队四人组是靠丰富的险境应对经验而过关斩将,在这场游戏中存活。可这位耄耋老者能以一人之力通过五道关卡,绝对是依靠过人的智力了。

"那位,"曲菱依又认出一位大 V,"那边那位,是当红主播,ID 凌灵。"

"哦,那个富婆啊,我听说过,带货超强的。"衡行恍然大悟:这位当红主播,据说曾经创造过一晚上带货三千万的惊人业绩。

对于三天两头住院的路无恙来说,比起求财,他更求命,因此对经济领域的大 V 并不熟悉。他只是顺着曲菱依的指引,望向那个被网络小说家称为"富婆"的当红主播。

这位凌灵女士大概三十岁,妆容十分精致,打扮得相当时尚,无论是连衣裙还是配饰,都是大牌——连路无恙这种直男都能认出来的大牌 LOGO,那影响力是真的够可以的了。

更引人注目的,是凌灵女士那御姐的傲气——显然,她是一位擅长组织人员的管理者,只见她抬起纤纤玉指,做出了与经济学家顾爷相似的举动:"老玩家。"

没有多余的话语,足够表明身份。很快地,几个人聚拢到她身旁,凌灵向他们确认了一下关卡次数之后,又以手表的信息同步,组成了第三支队伍。

再然后,凌灵摇曳着她婀娜的身姿,身形款款地走向了顾小年,微微一笑:

"顾爷,有竞争就有朋友,我们两个队伍不如先结盟,如何?"

"这个女人,不简单啊。"相距不远的三人组听到凌灵的提案,衡行忍不住啧啧感慨。

只见被尊称为"顾爷"的经济学家顾小年,与凌灵聊了些什么,双方似乎很快达成了共识。两支队伍的人员汇聚在大厅的一侧,开始介绍各自的状况,制定他们的盟军计划。

显然,一、二、三组都是经验丰富的老玩家,这十八人用了不到三分钟的时间,就完成了组队。相比起他们的目标明确、训练有素,大厅中剩下的人则显得一盘散沙,很多人还一副摸不着头脑的模样:有的人站在原地发蒙,有的人在墙壁上胡乱摸索着,似乎是在尝试弄清楚,自己究竟身在何处。

纯粹的新人,代表着迷茫与混乱,代表着各种不确定性。无怪乎这几个经验丰富的领导人,立刻把熟手招募在麾下,放任新人们在游戏中自生自灭。

路无恙、曲菱依、衡行三人再度对望:他们三个肯定是一组,但剩下的人要怎么选,这是一个难题。

"那个人,"曲菱依扬起下巴,指向了那个正在触摸墙壁的年轻人,"武术家,ID'仗剑',他的中国功夫系列的短视频,在舞蹈区很火,挺能打的。"

被曲菱依点名的青年,穿着一身中式立领的白衫,显得十分清瘦。他的腰上还缠着一柄软剑,看上去的确很符合他的网名——仗剑。

收到同伴提点的路无恙,正要走向那位武术青年,拉对方入伙,可刚跨出两步,就被人拦住了去路。

"哈喽,三位大佬,能带我一个吗?"

拦路的是个三十岁上下的青年,黑眼圈浓得跟熊猫似的,虽然挺年轻,但是发际线后移得厉害,穿着一身墨绿色的格子衬衫,背着个黑色的电脑包——一看就是标准的程序员。

这标准程序员打扮的人,冲三人挤出灿烂的笑容,还特别热情地申请入伙,路无恙有些惊讶:"你也是老玩家?"

"不,"程序员摇了摇头,"但我知道,你们肯定是一起的,你们是所谓的'老玩家',跟着你们准没错。我叫胡超,你们喊我'大超'就好。各位大佬,以后我就跟着你们混啦。"

这家伙,人精啊。衡行挑了挑帅气的眉毛:虽然这个胡超是对虚拟游戏一无所知的新手小白,但是光凭着对人群和情势的判断,立刻就辨认出他们三个是老玩家,是相对可以依靠的人。

队友送上门来,路无恙当然不会拒人于千里之外。面对大超伸出来的右手,路无恙短暂地与之相握,确定了合作关系。

大超挺会唠家常,很快和衡行聊上了。一听说衡行的笔名,立马"大神长、大神短"地猛吹彩虹屁,并且自我介绍,说他在某大厂工作,同时还在"大区"上发发视频,解说游戏,虽然没什么点击量就是了。

另一边,路无恙则走向武术青年,轻唤对方的网络ID:"你好,仗剑是吗?我也是大区的UP主,我的ID是'别来无恙'。"仗剑停下了研究墙壁的动作,转而望向路无恙,轻轻点了点头。

对方的反应,礼貌却很冷淡,路无恙并不介意,单刀直入地说:"你愿意跟我们组队吗?"

仗剑依旧无言,只是用深邃的目光望着路无恙。他的表情很怪,写着困惑不解,却又变成了不安和急躁。他似乎有很多问题要问,他张了张嘴,翕动的嘴唇却发不出一点声音。

最终,仗剑的喉管里发出一声奇怪的呜呜。这让他的表情变得更加怪异,惊诧之外,似乎还带上了一丝愤怒。

曲菱依和衡行也走了过来,还有亦步亦趋的大超。看见仗剑那拼命说话却无法发声的模样,衡行将目光投向曲菱依:"他不会是个哑的吧?"

曲菱依无奈地耸了耸肩:"反正在视频里,确实从来没看他说过话。仗剑的短视频都是纯音乐配上他的武术动作,没有旁白的。"

衡行撇了撇嘴角,按照网络小说的创作逻辑,这个仗剑基本也就告别主角行列了:失去了语言沟通的能力,战斗力再强也得打个折扣,没有对白,人物形象无法立住嘛。

当然,这番判断,衡行也只是放在脑子里盘算,绝不会傻到当对方的面说出来。可对面的仗剑已是涨红了脸,他像是在憋什么大招一样,费力地想要表达什么,可就是说不出来。他那难受的模样,让路无恙倍感疑惑。

"你是想知道,自己在哪儿?为什么会在这儿吗?"路无恙试图为仗剑补完问题,并自问自答,"我知道这听起来太不像话,但我们的确是在一个虚拟空间,大家应该是被吸到一个手机游戏里了……"

仗剑被这个匪夷所思的答案惊到了,明亮而锐利的眼神瞪视着路无恙。面对仗剑那"你在说什么天方夜谭?!"的表情,路无恙毫不意外。说实话,他也想给对方一个明确些、详细些的解答,但他自己都没能摸清楚游戏规则。他只知道,这一切都是虚拟游戏,是"正道之光"所设下的生死局。

"……总之,先按照任务提示去办,"路无恙伸出食指,指向天花板那蓝光组成的文字,"任务很难,需要同伴们配合,你要是没有认识的人,就跟我们先组队吧。"

此时,"组成六人小队"的任务指引下,倒计时已经变成了 4 分 17 秒。仗剑微一思量,只用了两秒钟的时间,就向这第一位向他伸出橄榄枝的队友,认同地点点头。

六人小组,还剩下最后一个席位。路无恙再度环视大厅,望向那些或胸有成竹或茫然无措的人们——

第一、二、三组已然进入了正轨:一组的队长大鹰带领他的队员们,正在做人员分配,预排作战计划。二组的顾小年、三组的凌灵,已然达成了结盟的合作意向,合并成了一个十二人的队伍,在大厅一隅进行会议。至于剩下的二十多名新手玩家,则显得狼狈而凌乱。

在这些散乱的新人中,突然,一个人影吸引了路无恙的目光——

那是一位少女,眉目神采奕奕,青春洋溢的面容上还带着一些青涩稚嫩,看起来也就十七八岁的样子。不过路无恙关注到她,并不是因为小姑娘年轻漂亮,而是因为她比别人矮上一大截——她坐在一辆电动轮椅上,正茫然无措地左顾右盼。

衡行注意到了路无恙偏移的视线。这位以码字为生,擅长谋篇布局的网络作家,立刻理解了路无恙的情绪,他微微蹙起眉头,提醒道:"我说啊,这游戏是个什么样子,经过了上一轮,你还不清楚吗?你刚招了个哑巴帅哥也就罢了,不会还想再招个残疾人吧?咱们队伍又不是什么老弱病残收容所——刚任务都提示了,竞争关卡,四星难度,不会简单的。"

路无恙沉默了。他明白,衡行说的有道理。

上一轮的游戏,他眼睁睁地看着队友湮灭,十二个人只剩下他们三个。在这个虚拟游戏中,稍有不慎就有可能万劫不复。他不敢去猜,那些"被湮灭"的人究竟会怎么样,能否回到现实世界。虽抱有幻想,但他不敢去赌。在这个游戏当中,他们只能遵守规则,想法子活下去……

"……我是想活,但我也不想看着别人去死。"

路无恙抬起双眼,望向提出异议的衡行,平静地提问:"这么说吧,我们算道数学题:假设按照游戏规则,只有一个队伍能在竞争中存活,你觉得我们获胜的概率有多少?"

衡行被这个问题噎住了。他望向大厅的那一段,对面有兵强马壮、装备精良、救援经验丰富的一队,还有结成联盟、明显是要靠团队配合以智力取胜的二队和三队,衡行吸了吸鼻子,讪讪地回答:

"乐观一点估计,也就……不到10%吧。"

"对啊,也没多少概率,跟抽奖差不多了,"路无恙笑了,他又指了指仗剑和轮椅女孩,"他们都是纯新手,又身体不便,没有我们,他们自己组队,生还的概率可能是0。如果跟了我们,大家一起变5%。对于我们来说,其实这5%的概率,也没什么差别啦。你就这么想:本来就是小概率事件,还不如大家一起碰碰运气,图个开心。"

衡行完全被对方绕昏了,眉头皱成了豆腐皮:"你这什么歪理邪说?你想当圣母就当呗,能把帮人说得这么功利还搞数学题的,你是第一个。"

一直旁观二人争执的曲菱依,突然淡定地插了一句:"医院里躺得久了,决策都是概率题。"

她的这句话,瞬间点醒了衡行:对啊,路无恙是"大区"里的视频UP主,现实里长期住院,分享自己的抗癌经历。怎么治疗,手不手术,可不就是概率题吗?反正都是小概率事件,与其拼那百分之几的可能性,还不如图个乐呵,少一点心理包袱和负担——说实话,真要他看着这些老弱病残"被湮灭",他也看不下去……

衡行不再阻拦。路无恙向曲菱依投去了一个感谢的眼神,然后伸手拍了拍衡行的肩膀,紧接着,大步流星地走向轮椅女孩。简单地说明之后,轮椅女孩也欣然入队。

"我叫唐凯欣,你们喊我'糖开心'就好——有糖就开心,很好记的。"她的眉眼笑弯成了月牙,闪亮亮的——这热情而明亮的笑容,很难让人想到,她是个残障人士。

倒计时已经来到 2 分 27 秒,路无恙学着大鹰队长那些人的动作,和组员们一起伸出手。六枚手表的电子屏幕相互感应,亮起蓝光之后,浮现出了数字"4"。

第四支队伍,也被确定下来。

就在这时,有人窜到了路无恙他们身后:"您好,请问一下,这组队是要干什么?"

路无恙扭头一看,对上的是一个大腹便便的中年男人。男人的右手,还牵着一位银发的老阿姨。相比起将近两百斤的男人,这老奶奶却极是消瘦,她的表情十分怪异,半歪着脖子,眼神直往天花板上飘。

这两位,是被"大超"先认出来的:"啊,你是那个带着老妈跑快车的司机师傅,上新闻的那个!"

大超这么一吆喝,路无恙也有点印象了,似乎是在新闻报道里听过这档子事儿:有个快车司机的老母亲得了阿尔茨海默病离不开人,他只好把老妈带在车上……

新闻报道的主人公、这个做服务行业的中年男人,看着十分彪悍,但态度极为客气。他再次向众人问好:"你们好,请问这是哪里?这个什么组队任务,究竟要怎么做?"

眼看还有两分多钟,路无恙也没法解释什么手机游戏、虚拟空间了,只是言简意赅地提醒对方,让他带上老母亲,再找上4个人,凑成一个队伍。

司机师傅依葫芦画瓢儿,拉了几个不明就里的新手,凑成了第五支队伍——有男有女,有高有矮,有胖有瘦,最大的是84岁的老太太,最小的是个14岁的滑板少年,胳膊下夹着他的滑板——队里最瘦的也是他,竹竿儿样的身材,满脸的稚气,还带着点儿谁都看不上的中二气质。

01′17″

01′16″

……

倒计时还在继续。司机师傅正是壮年,身材又是彪悍显眼,自然而然地成了五队的领头人。这位"膘哥"——外号是大超起的——平时阅人无数,虽身在奇异空间,但眼睛这么一看,就把场上的形势给搞了个七七八八:

一、二、三队摆明了各自为政,根本不打算搭理他们,只有这个第四队,分明知道些什么内情,而且看上去人都比较随和,队长还比较好说话的样子。

"路队,"膘哥就跟刚出壳儿的小鸭子一样,认准了路无恙,跟在他旁边问长问短,"虽然不知道这地方有什么规矩,但既然有任务,有竞争就有合作。咱俩合作吧。我跟着你混,一起行动。"

膘哥比路无恙至少年长20岁,这时候却摆出"跟着你混"的低姿态,的确是"社会人"没错了。

对于这份合作申请,路无恙没有拒绝。趁着这一分多钟的时间,他简单地将第一场游戏时遇到的情况说明了一下,说到了任务要求和湮灭机制。膘哥听得目瞪口呆,愣了好半响,才冒出一句:

第七章　未知的关卡

"开、开什么玩笑？这是什么新型骗局吗？"

然而，还没等他震惊完、咆哮完，穹隆顶部的倒计时就走到了尽头——蓝色光点幻化成了数字：

0′01″

0′00″

下一秒，世界开始崩塌——

白色的大厅里，穹顶开始碎裂，无数碎片呈反重力现象，浮上了虚空。

而在众人脚下，白色地面迅速塌陷。众人来不及反应，瞬间跌入了万丈深渊……

第八章
无数的一个人

这是一座现代化大都市。如果用无人机从空中航拍,便能居高临下地看见,高楼鳞次栉比,纵横交错的道路上车水马龙。

然而,就在这看似正常的城市上方,天幕突然涌起滚滚乌云。伴随着一声轰鸣,电闪雷鸣,城市的运作停滞了,仿佛被按下了暂停键。

紧接着,在涌动着电光的厚重云层当中,突然闪现几道五彩光芒。光束穿透了云层,像是在乌云的厚毯中钻开了几个孔洞——

赤、橙、黄、绿、青、蓝、紫、白,八道光柱从天而降,如同一道利剑,正劈在城市的东、南、西、北、东南、东北、西南、西北八个方位。

在绿色光柱之中,路无恙他们从高空跌落。在急速坠落的过程中,众人发出惊恐的尖叫,不过好在有惊无险,六个人重重地砸在地面上,却毫发无伤。

"这什么破设定,一点都不科学,"衡行摸着鼻子,踉踉跄跄地站起来,"牛顿的棺材板儿都要压不住了。"

"那你是更希望咱们符合万有引力定律,一起摔成肉泥喽?"曲菱依斜眼瞥他。

衡行又被噎住了,半晌才憋出一句:"那倒也……大可不必。"

一回生,二回熟,路无恙他们是老玩家,对于这个虚拟世界各种不合常理的设定,也已经见怪不怪了。相比起他们的淡定,四队里面的另外三个新手,则显得惊惶不安。

哑帅——这是大超为仗剑起的外号,毕竟谁也不知道他的真名——不愧是练过功夫的,一个鲤鱼打挺就站了起来,他右手摸上腰间软剑,一脸戒备地环视四周。不符合物理规律的境遇,让他对周遭环境抱有100%的怀疑。

程序员大超则瘫坐在地上,他抬头看看天,又低头看看地,似乎在盘算这究竟有几千米的落差。

糖开心妹子漂亮的脸蛋,又白又红的。先是吓得煞白,又因为忘了呼吸而憋得通红,好半天才回过神,开始大口大口地喘气,然后又赶紧摸索着自己的电动轮椅,看看有没有哪里摔坏了。

"叮——"

就在这时,手表响起了提示音。亮起的屏幕上,先是闪现出一行文字:

【本关卡内,地图功能开启。】

再然后,就是路无恙他们熟悉的任务提示了——

> 任务指引
> 第一阶段:锁定并带领一名吴光,进入安全区
> 时限:101′00″

100′59″
100′58″
……

数字开始了倒计时。

时间归零已经不是什么新鲜事了,衡行的目光集中在关卡的文字说明上,他困惑地问:"吴光?那是谁?"

他的问题,很快就得到了解答。仿佛时间被暂停了的世界,恢复了运作。城市道路上的车流继续行进,人行道上的人也开始前行。

然而,无论是车里的司机,还是路边的行人,无论是开着奔驰大

G的,还是开着奇瑞QQ的,无论是西装笔挺、拎着公文包的,还是衣衫褴褛、提着垃圾袋的,每一个人,都长着相同的脸孔。

不,严格意义上来说,他们的脸孔并不完全一样:所有人的五官,虽然是一致的,但神采截然不同。西装男一脸的意气风发,流浪汉一脸的生无可恋。有人忧愁,有人欢喜,有人愤怒,有人漠然。有人两鬓斑白,有人的眼角早早爬上了皱纹,也有人青春靓丽,从发型到穿着都十分潮流而帅气。

这些人,似乎都是同一个人,却又是无数个不同年龄、不同身份、不同境遇的人。

瞬间,路无恙悟了:他们都是吴光,却是不同生活场景中的吴光。

千人一面,整个城市,都被各式各样的吴光占据了。他们的仪态不同,行为方式不同,但顶着相似的脸孔,成为成千上万个"市民吴光",或火急火燎或庸庸碌碌,生活在这座诡异的城市。

这样诡谲的场面,让三个新人都看傻了。眼前的场景,已经明显脱离了"现实"两个字。

糖开心为了验证自己是不是在做梦,抬起手狠狠地掐了一把自己的脸颊,又"嗷——"的一声痛叫起来。

哑帅英俊的面容写满了震惊,摸剑的动作僵硬在那里,整个人就跟石化了似的。

之前在预备关卡里特人精、特能说的大超,这时候嘴皮子都哆嗦了,牙齿上下直打战,他颤声问:"这、这这……这是什么地、地方?"

"我说过,这是虚拟空间,而且可能是一个手机游戏里。"

善解人意的路无恙,完全能够明白新人们正在经历的恐惧感,他轻声作答,重复在之前白色大厅里的话语:

"……具体是什么游戏,我们又是怎么穿越进来的,都搞不清楚。但唯一可以确定的是,我们要团结合作,才能在游戏里存活并通过。"

不愧是现场最年轻的成员,还是学生妹的糖开心,倒是很快地接受了这个听上去极为扯淡的回答。她乖乖地举起了手,提问道:"那我们具体要做什么?要怎么才能过关?"

"其实,"路无恙颇为无奈地挠了挠头,"我们也不太清楚。每一关的任务都不一样,我们也是摸着石头过河,走一步算一步。"

这个答案,显然让糖开心有点失望。

"不过有两点请大家注意,"路无恙继续说下去,"第一,不要试图拆掉手表。第二,在我们搞清楚这一关的规则之前,请大家不要跟NPC 说话——"

他指了指街道上数不清的吴光。三个新人立刻会意,毕竟对于常玩游戏的年轻人来说,NPC 不是一个陌生的词汇。

"我倒觉得,这次对话不是什么问题。"衡行提出不同意见,他低头望着电子表面的任务提示,仔细琢磨着:

"还记得上一次的任务吗?当时明确提出,要找到'正确的NPC',还给出了'0/3'的数量指引。这次却没有限定。而且是选择一个吴光,所以不可能没有沟通吧?我倒觉得,这次 NPC 是可以正常对话的。"

曲菱依瞥他:"那你去试试?"

面对她明显的揶揄,衡行这一次倒没有吃瘪,而是将目光投向了另一人:"咱们这里,不是有一个完美的人选嘛,一个绝对不会有风险的人。"

他的目光,锁定了哑帅。

没错,既然是哑巴,就不会存在触发对话而被湮灭的风险,可以作为试探规则的第一人选——这番思量,哑帅自然是不明白的,他只是微微挑眉,困惑地望着衡行。

"不,我们不拿任何人冒险,"路无恙否决了衡行的建议,"不坑队友,做任何决定,都要清清楚楚明明白白。这样就算是挂了,也挂得光明磊落,不遗憾,不后悔。"

"你这人啊,"衡行撇了撇嘴,并不赞同路无恙的说辞,"矫情。"

面对衡行丢来的评论,路无恙只是淡淡一笑:对方嫌他矫情,嫌他圣母,怎么说都行。但他还是想坚持自己认同的道理。

长久以来的病痛生活,逐步迈入死亡的恐惧,让他产生了与普通人不同的、对生命的另一种理解:生命是可贵,但死而无憾更可贵。

路无恙扫了一眼手表上的时间,倒计时还有 100 多分钟,他快速进入正题:"还记得我之前说的'湮灭'机制吗?"

在预备关卡里,就在大家被传送的几分钟前,路无恙曾经向四队全员还有五队的领头人膘哥,简要地说了第一关的状况。当时新手们都被惊到了,还来不及细想,就遭遇了大地崩碎,集体坠入了这一关。现在,路无恙重提话题,简要地说明:

"这游戏里,每一步都有可能是坑,大家商量着来比较安全。现在时间还早,我觉得还是先走一圈,观察一下状况,摸清这轮任务的门道之后,咱们再行动。"

说完,他抬眼望向天空。穿透乌云的光柱,色彩已经减淡了不少,但还能分辨出颜色——显然,八支队伍以不同的色彩区分,并被分配到了城市的八个方位。

"这次有地图功能。"曲菱依提示大家滑动手表的屏幕,第一屏是任务提示,第二屏就是地图。

正如路无恙猜想的那样,赤、橙、黄、绿、青、蓝、紫、白,八个队伍以最北面的一队为首,以顺时针的顺序,降落在了地图的八方。而代表他们四队的,是屏幕上的一个小绿点,正对应在城市的东南角。

时间只过去了短短的两分钟,但在手表屏幕上,橙色、黄色两支队伍,已经开始了移动——二队队长顾小年、三队队长凌灵,之前预备关卡里就表态要结盟,眼下也确实开始了行动,地图上闪烁的两个色点,开始向对方靠拢。

同时,其他几个色点也在移动。赤色的一号队伍一路南下,直冲城市核心。白色的八号队伍像是喝了酒一样,在路上一直绕圈圈,突然,地面的上方,浮现出一行文字:

第八章　无数的一个人

【第八号队伍,完成了关键 NPC 的锁定。】

下一秒,代表八队的小白点儿上,多出了一个金色外框。

路无恙、曲菱依、衡行互相使了个眼色,飞速转动的脑子里,几乎做出了相同的判断:"这个八队全是新手,肯定是随便找了个路人对话,稀里糊涂地就锁定了自己任务的关键 NPC。"

"这触发机制好像挺简单的啊,"衡行摸着下巴思索,"那不就完成任务了吗?还要 101 分钟干吗?这任务设计不科学啊。"

那个带着金框的白点儿,在地图上继续晃荡,与一路南下的红点——第一号队伍——相遇了。突然,小白点消失了。

"轰——"

又是一声轰天的雷鸣,天幕中的白色光柱骤然消失。而表盘显示的系统地图上,浮现出了新的文字提示:

【第八号队伍,淘汰。】

第九章
竞争关卡和NPC

第八号队伍的骤然淘汰，让路无恙他们三人组顿时傻了眼。他们不是没有见过湮灭的玩家，但一整个队伍遭到团灭还灭得这么快，他们是真没想到过。

"这、这是发生了什么？"连向来脑洞最大的网络小说家衡行，都是一脸惊诧。

然而，就在衡行试图琢磨出个所以然，路无恙和曲菱依面面相觑的时候，手表界面的任务倒计时，也进入了新的节点——

100′00″

当100分钟这个精准的数字出现，大地开始了轰鸣与咆哮，脚下的街道剧烈地震动起来。路无恙一个趔趄，赶忙抓住了相近的曲菱依。大超直接双手抱头，蹲在了地上。糖开心的轮椅随着地面的晃动而摇摆，因为道路的倾斜，骤然向前滑了出去——

他们对面的街道被撕开了一条硕大的口子。路上往来的汽车，以及驾驶着它们的吴光们，瞬间被吞入了地缝当中。

眼看着糖开心被轮椅裹挟，也径直冲向了那条深渊大口，说时迟，那时快，哑帅飞身跃出的同时，甩出了腰间软剑——只见剑光一闪，剑尖正卡在轮椅的轮轴上，阻滞了滑动坠落。同时，哑帅也飞奔而至，他一把扯住轮椅的扶手，就地一滚，连人带车地将糖开心拽回了街道的这一侧。

几乎是同一时刻，街道对面的街区，已经全面崩塌了。他们眼睁睁地看着,一栋摩天大楼轰然坍塌,连同楼宇中工作的吴光们,一起化为了尘埃。在那片崩落的土地上,甚至连废墟都不存在,只有被街道区隔开来的巨大的黑洞。

地震停止了,城市重归平静。那道黑暗的深渊巨口,横亘在街区边缘,似乎从地底暗狱之中,发散出毒雾一般的黑色烟尘。

惊魂未定的众人,瞪视着幽暗深渊。两秒之后,路无恙才回过神,赶忙跑向哑帅和糖开心的身边:"你们没事吧?"

哑帅摇了摇头,作为无声的回应。

直到这时候,糖开心才终于恢复了意识。险些就去阴曹地府报了道的她,赶忙扭头向哑帅道谢:"谢谢、谢谢你!如果没有你,我差点就死了……"

哑帅微微点头,看那淡然的表情,应该是在表达不用介意。只见他收回软剑,重新缠回了腰间。这个动作颇有一种武侠气。

短短几分钟,已经让路无恙出了一身的冷汗。这第二关的游戏,刚开场就如此危险凶悍,这是他始料未及的。他又低头瞥了一眼手表上的地图,只见画面已然发生了改变——

地图上城市最外围的那一圈,已经变成了深灰的颜色。代表第六号队伍的紫色圆点,在地图上消失了。

如今的地图上,只剩下六个圆点。

【第七号队伍,淘汰。】

文字提示一闪而过,路无恙心里一沉。他抬眼望向天幕:果然,紫色光柱也消失了。乌云涌动的天空,只剩下六种色彩。他知道这代表什么:两支新手队伍,惨遭湮灭。

七号队伍的淘汰原因,不难猜测,大概率是在地震当中被吞没了。但第八号队伍的湮灭原因,路无恙还是想不太明白。

大超也注意到了手表上地图的改变,他瞪大双眼,连声惊叫道,"这是……跑圈跑毒啊!"

一语惊醒梦中人。没错,这地图模式,与那些绝地求生类游戏极为相似。地震是在倒计时整点时发生的,这种规则设置,也有迹可循。

"你们看你们看,"大超指着地图给路无恙看,"看这黑掉的毒圈,正好是城市半径的十分之一。这个任务时间不是一百分钟嘛,我估计哈,是每隔十分钟,就要毁掉10%的城市地图。我们必须跑毒圈,在时间清零之前,找到一个NPC,也就是叫吴光的,然后带他躲进安全区里。"

大超说得极度流畅,而且有理有据,路无恙惊讶地望着他:"你怎么猜到的?"

"你不是说这是虚拟的游戏世界吗,这套路,我熟,"大超颇为得意,连眉毛都挑得飞舞了起来,"我主业是大厂的码农打工人,副业是'大区'游戏区的解说UP主,玩游戏录屏搞介绍和解析的。"

难怪了。路无恙恍然大悟:既然他们是在虚拟的游戏世界,那么最熟悉规则制度的,肯定是资深游戏玩家了。别看大超是个新手,但对游戏的理解,比他们其他人都厉害。

"照这个跑圈逻辑,不但每隔十分钟会消失一部分地图,同时NPC的数量也在减少,"路无恙分析道,"那咱们得赶紧找人,锁定NPC带他跑路才行。"

说着,他将目光投向了另外两位曾经一起出生入死的同伴:"菱依、衡行,你们怎么看?"

"假设城镇居民是一万人,每十分钟消亡一千,"曲菱依仍然是数据逻辑,"即便到最后一个十分钟,依然能有几百个人。我建议,在没有搞清楚关卡逻辑之前,没有确认人物的选择机制和要求之前,不要贸然地锁定人选。"

曲菱依的说法,冷静,无情,但符合事实。路无恙环顾四周:尚未崩塌的这一半街道上,各种身份的吴光依然忙碌不休,仿佛刚刚的地震并没有影响到他们的生活。正如她预估的那样,这城市里可能有上万个吴光。

第九章　竞争关卡和NPC

"我同意曲菱依说的,咱们先别急着锁定NPC,"衡行附和道,他眉头深锁,给出了另一种可能,"我觉得八号队的死,非常奇怪……我有一个大胆的脑洞啊,他们会不会是被人搞死的?"

"什么?"众人一齐望向他。

衡行滑动手表,将界面翻到任务提示文字,继续说下去,"刚刚地图上不是跳出过提示,八队锁定了NPC吗?然后还没地震,他们就团灭了。我估摸着,如果一个队伍锁定的NPC挂了,整个队伍也会团灭。"

"有道理,"大超跟着猛点头,"如果我是游戏策划,我也这么设计。"

路无恙仔细一琢磨,突然觉得背脊上升起一股凉意:

"你的意思是,八号队的NPC,被人故意杀死了?为什么要这么做?"

这一次,衡行用手指敲了敲电子屏幕,他一字一顿地,吐出了虽然不在表面上却被每一个人记在心里的任务文字:

"竞,争,关,卡。"

没错,在预备环节里,任务提示就给这一关定了性:竞争关卡——至于怎么个竞争法儿,系统没有进一步的叙述。

如果是在普通的游戏里,按照这种"吃鸡流"的游戏设置,每个小组为获得最终胜利,向竞争对手痛下杀手,也不是没有可能。

然而,路无恙无法想象,更无法接受:这不是什么普通的游戏,他们这些玩家不是数据,而是一个个人啊!

但另一方面,衡行的推测也有很大的可能性:他们刚刚都看到了,在地图标识的移动路径上,当第八号队伍遭遇了一号队伍,瞬间团灭——而一号队伍又都是老玩家,各个身手不错、装备精良,组织纪律性还很强。会不会是他们预判了游戏规则,然后狙击了八号队伍刚刚锁定的NPC?

越想下去,就越是遍体生寒。瞥见路无恙的脸色极为难看,众人也没有再添油加醋地揣测，只有曲菱依淡淡地陈述道："小心驶得万年船。"

路无恙深吸一口气："菱依说得没错，咱们小心为上。也许是我们想多了——不过现在，我们先避开一号队行动，这样比较保险。"

他瞥了一下手表屏幕上的地图，目光锁定了那个正在绕圈圈的青色圆点："我们先去找膘哥汇合。他们不了解规则，容易出事。"

四号队、五号队，相隔并不遥远，从地图上估算，大致只相隔五六千米。不过考虑到"跑毒"和"缩圈"的规则，单靠大伙儿的双腿肯定是不行的。

就在路无恙他们合计着要怎么走，是不是要在大街上拦一辆车来代步的时候，远处一辆大巴车，竟然东摇西摆地冲了过来——

黄色大巴像是一只喝醉的野兽，骑在双黄线上左摇右摆地蛇行，在马路上飞驰。眼看着大巴一头扎了过来，路无恙和哑帅几乎同时抓住了糖开心的轮椅，带着众人向路边逃离。

冲过来的瞬间，大巴车头一歪，撞在马路牙子上。

车门开了。

一个板寸头的年轻吴光瞬间冲了出去，他的T恤上沾着大片黑色的污迹，手里抓着个沾满黑污的刀子。

拿刀的这位先跳下车，等到他跑远之后，车上一群"吴光"涌了出来，他们的神色各不相同。有人惶恐地挤下车，有人尖叫着"警察！医生！"，也有人骂骂咧咧地走下来，嘴里嘀咕着："搞什么，耽误我上班……"

路无恙走向车门，探头去看，只见大巴车的驾驶座旁，司机吴光已然倒在地上，肚子上被扎了一个血窟窿——这个窟窿不是红色的，而是深黑。

而在他身边蹲着个穿解放鞋、戴安全帽的民工吴光，正焦急地捂着对方的伤口。黑色的、黏稠的血液，从他的指缝里汩汩溢出，他一边冲司机大哥狂吼"醒醒！你别睡！"，一边扭头向外求助："有人没！

第九章　竞争关卡和NPC

报警啊,打120!"

久病成医的路无恙,在医院里见证过不少急救场面,立马冲进车里去帮忙。他脱下衬衫,蹲下身就要去捂司机的伤口,想要帮着止血——他刚蹲了一半,就被衡行拉住了后领:

"等等!万一你一碰他,锁定了怎么办?锁个死吴光吗?"

路无恙瞬间僵住了。

大超也跟着帮腔:"哎呀,路队,这都是NPC,别想太多。"

衡行和大超的话,让路无恙迟疑了。就在他维持着半蹲的动作、仿佛石化的那一刻,另外一个人越过了他,向司机伸出了援手。

那是另一位吴光,穿白大褂的吴光。这位医生和民工相互配合,把司机拖下了车,抬上了担架。而在他们身侧,一些不同身份职业的吴光,杵在街边看热闹,对着救护车指指点点的模样,让路无恙心中升起了异样的感受——

行凶的是吴光,救人的也是吴光,旁观的还是吴光。同样的吴光,不同的身份,处世态度也截然不同,正应了那样一句话:人类的悲欢并不相通。

而他们要寻找的、要锁定的吴光,又是个什么样的人呢?曲菱依说要考虑游戏机制和选择逻辑,但这个机制和逻辑,指的又是什么呢?

就在路无恙陷入思索的这一刻,完全进入GAME MODE的大超,竟然一屁股坐上了大巴的驾驶座,他低头一看驾驶台,钥匙什么的一应俱全,立刻喜上眉梢道:

"能开!咱们有车了!"

衡行和哑帅一人一边抬起轮椅,带着糖开心和曲菱依迅速上车。大超见人齐了,便一脚油门踩了下去——

大巴车碾过马路牙子,拖着先前被蹭凹了的车头,歪歪扭扭地向城市中心驶去。

"等等!别走!我的菜!"

原本蹲在120急救车旁的民工吴光，突然反应过来，他一边大吼，一边奔跑着扒住了车门，身子一蹿，直接跳进了车厢里。

他的动作，让六名玩家始料未及。路无恙低头一看，只见车厢地上横着一根扁担，两头各挑着个蛇皮袋子，里面装满了土豆。

"你们是偷车的吗？"民工大哥咄咄逼人，凌厉的眼神扫过在场的玩家们。

谁也不敢轻易答话，也不敢轻易触碰对方，生怕直接跟这个民工吴光锁定了——除了忙着开车的大超，其余五个玩家面面相觑，不知道如何反应了。

见他们不搭话，民工大哥更来劲儿了："你，还有你，年纪轻轻的，怎么就成了盗窃团伙了！"

民工吴光指着路无恙他们的鼻子就骂，他这一抬手，路无恙才发现，对方的手掌心一道长长的血口子——刚刚歹徒吴光捅人的时候，民工大哥伸手去拦，给刀划了一下。

路无恙把自己刚才脱下的衬衫丢了过去，下意识地说："你包扎一下吧。"

话一出口，他自己都愣了一下。他赶忙去看手腕上的表屏，幸好没有湮灭的红光，地图上也没有显示出"锁定NPC"的文字提示和小金框——幸好，一切仍旧正常。

众人都松了一口气。看来这一次的游戏规则中，并没有什么对话禁忌。

路无恙善意的举动，让民工吴光露出了疑惑的表情。他那略显浑浊的视线，上上下下地打量着在场的几位玩家——显然，在NPC的脑回路中，并没有理解这些人和自己的差别，哪怕大家长得并不是同一张脸。

衡行暗暗地横起手刀，无声地冲哑帅使了一个眼色。他那表情分明就是在说：你不是会功夫吗？学电影里的，一个手刀，把这个吴光劈昏得了。

第九章 竞争关卡和NPC

不过这位新结识的伙伴,显然没有达成这份"脑回路同步"的默契。哑帅无声地瞪视着他,表情略显焦虑地摆了摆手,那表情似乎是在说自己并不懂得对方的手语。

这两人无声的对线,突然让路无恙的心中,升起了没来由的疑惑:进入这个虚拟游戏空间之后,他所有病痛都消失了——如果他能在这个虚拟环境里痊愈,其他人为什么不能?为什么哑帅不能说话?为什么糖开心还得坐轮椅?

"我觉得……"

路无恙刚要把这个疑问说出口,突然,整个人猛地向前冲了好几步——要不是他眼疾手快抓住了把手,差点就要被甩出车厢了。

同一时刻,随着巨大的噪声,大巴车来了一个狠狠的急刹车,车上的众人东倒西歪,跌了个七荤八素——

"什么鬼?!"开车的大超一边用力地摁响喇叭,一边暴躁地向前方吼叫道。

路无恙三步并作两步地跑到车头,透过玻璃望向前方道路。眼前的场景,令他惊呆了——

形形色色的吴光们,像是潮水一样涌了过来。惊叫着仓皇逃窜的他们,相互撞击着奔逃,有人被撞倒在地,又被反复踩踏。

在那乌泱乌泱的人群末尾,仿佛牧羊人一般驱赶着他们的,是第一小队的成员们。大鹰队长拎着一个装备,形状像极了炮筒。他一脸阴郁地瞪视着前方,瞪视着那些惊惶奔逃的NPC。

这一瞬,衡行之前"击杀NPC,干掉竞争对手"的猜测,像是一道霹雳惊雷,猛然在路无恙的脑子里炸开。

第十章
湮灭与重生

街道上，不同衣着打扮的吴光们四处逃窜，甚至发生了踩踏事件，现场一片混乱。他们的身后，是大鹰队长和他的第一小队。六个玩家手里，攥着锹、铲、镐等装备，阴沉地瞪视着这混乱的场景。

路无恙心里一紧，联想到之前八号队的莫名淘汰，似乎衡行的推测成了现实：一号队伍干掉了八号队伍锁定的NPC，使得后者整队湮灭。

"歇菜了，快跑！"游戏经验异常丰富的大超，也意识到情况不妙。他猛地转动方向盘，操控着大巴车向东西向的车道转弯，想躲开那奔涌的人潮。

然而，此时此刻，跑得最快的那群吴光，已经逼近了大巴车厢，甚至有人开始拍打车体，想要上车寻求庇护。

眼看吴光们拦到了面前，大超丝毫没有减速的打算，他一脚油门踩下去，刚想操控大巴撞开拦截者，却被人一把拉住了胳膊。

"停下！"

异口同声喊出来的，是路无恙和那位民工吴光。率先伸出手摁住大超的，则是哑帅。他口不能言，只是眉头紧蹙，面色不善地盯着大超。

短短几秒的工夫，越来越多的NPC拥在车外，将整辆车围了起来。除非大超碾过那些吴光，否则汽车是挪动不了半分了。

"你们这是干吗？"大超难以置信地瞪着路无恙，急切地说，"那只是 NPC！游戏你们没玩过吗？NPC 都是假的，谁管他们啊！"

大超说得对。在一众电子游戏里，对抗 NPC 甚至是干掉 NPC，都是常规操作了。隔着电脑屏幕的 3D 角色，你可以明确地知道，他们不过是程序数据模拟出来的形象。屏幕就像是一道屏障，区隔了真实和幻境，让你深切地意识到，你们不在同一个世界。

可此时此刻，围绕在大巴旁边的，哪怕一个个都是相似的脸孔，哪怕他们透露着浓浓的非现实感，但在路无恙的眼中，他们还是人，可以说话、可以奔跑、可以思考的人类啊。

路无恙回过头，望向那位民工吴光，他那遭受过风霜蹂躏的面孔上，此时写满了惶恐。他完全不能理解眼下发生的一切，只能像抓住最后一根救命稻草一般，死死地攥住他手里的扁担。

就在路无恙注视吴光的这一刻，透过这位仓皇不知所措的民工的肩膀，透过公交大巴车明亮的车窗，路无恙看见一个黑影，正站在高楼的边缘，手里似乎端着什么。紧接着，一个红色的圆点，出现在民工吴光的脑门上。

那激光红点，并不陌生——在无数的电视电影中，路无恙都曾经目睹过这种叫作狙击枪的东西。

狙击枪？！

当这三个字蹦进路无恙的脑海，他猛地瞪大了双眼。根本来不及思考，他下意识地扑了过去，将民工吴光扑倒在地！

与此同时，一声尖锐的声响，玻璃应声碎裂。

路无恙和民工吴光双双倒地，后者被压得"哎哟哎哟"直叫唤，一边质问"你干吗"，一边手忙脚乱地把身上的青年推开——

被推开的路无恙瘫倒在地上，他双目圆睁，瞪视着车顶。而在他的脖子上，多了一个黑色的孔洞。

没有黑色的"石油血"，只有一点红光从洞口透出，像是岩石深处透出的岩浆，突破了层层抑制，光亮骤然绽放——

红！光！爆！裂！

这爆炸的火光,曲菱依、衡行都曾见过——第一道游戏关卡的鲁教授、柴柴、王不强……除了他们三个之外的所有幸存者,都是在一阵爆裂的红光之后,瞬间炭化,然后……

湮灭。

"路无恙!"曲菱依和衡行异口同声地呼唤,带着相同的紧张和惶恐。

然而,他们最惧怕的情景,还是发生了——红光浸没了路无恙的躯体,让他化为一具漆黑的焦炭。

此情此景将三位新玩家直接给吓崩溃了。直到这个时候,他们才知道在预备关卡里路无恙所说的"湮灭"究竟是什么意思。

至于民工吴光,更是吓得六神无主,他慌乱地摆动双脚,想要逃离那具焦尸——他的脚尖,不小心踢到了那具黑炭……

瞬间,炭体碎裂!

衡行闭上了双眼,他不忍心去看路无恙碎成飞灰的场面。虽然他们相识不久,但他们一起在游戏关卡中出生入死……

"路、路无恙?"突然,曲菱依惊讶的呼唤,传入了衡行的耳中,又让后者忍不住睁开了眼睛——

路无恙是碎了,但……好像又没完全碎。

那具焦黑的躯体,在被吴光的脚尖触碰之后,表面龟裂成无数碎片,就像之前第一关的玩家们那样,碎片飞散,飘向空中——

但!是!

龟裂的炭体之下,露出了路无恙新生的、完好的躯体。

他就像是蜕了皮的蛇,炭化的外皮碎裂之后,躯体随之重生。

纷纷扬扬的炭灰带着星星点点的火光,飘散在空中。在那飞舞的黑蝶之下,新生的路无恙,重新睁开了双眼——

"这、这什么情况?"

路无恙惊诧地望着自己炭化了一半、正在蜕皮的双手,又惊讶地望向其他队友。

第十章 湮灭与重生

"你刚才死了,"曲菱依又惊又喜,指出了诡异的事实,"但没死透。"

路无恙惊了:"还有这种操作?!"

死而复生的惊喜,瞬间笼罩了众人。然而,大伙儿还来不及深究,就见巴士的地面上再次出现了红色激光的圆点,红点快速转向吴光——

哑帅不愧是练过武的人,他眼疾手快,立刻揪住了民工吴光的后领,然后大脚一开,直接将吴光从车门那儿踹了出去,踹进了车下汹涌的人潮里。

民工吴光顿时淹没在了形形色色的吴光之中,像是一颗水珠融入大海,一时难以区分了。

路无恙抬眼,对上高楼上的那道黑影。因为逆光,他看不清对手的模样,只能看见一身黑衣的那个人,转身离开了大楼天台。

显然,狙击手放弃了攻击,离开了他的狙击点位。与此同时,在街道的正前方、在距离车头几百米的地方,第一队的队长大鹰和队员们,也都消失了踪影。

然而,危机并没有解除。刚刚死而复生的路无恙,意识到关键所在,大声催促道:"快走,对手的目标不是吴光,是我们。"

他说得没错,一个满大街都是的NPC吴光,为什么会被狙击手锁定?思来想去,答案只有一个:幕后黑手以为民工吴光是他们锁定的NPC,干掉这个吴光,就可以团灭第四小队。

"走,必须找到盟友,不然下个被干掉湮灭的,就是咱们队,"路无恙道出残酷的事实,"现在一号队明显杀人清场,咱们得想法儿苟住。"

身为游戏粉的大超,立马一个哆嗦,一脚踩上油门——这一次,他倒是没再打算碾过车前的NPC,而是挂了倒挡,狠狠地向后方倒车。车头空出些许空间之后,脱出了"吴光"们的拦截,他猛地转动方向盘,操控大巴转向旁边的道路。

随着大巴的启动,吴光们被渐渐抛在了车后,大超从后视镜里望向自己死了又活的队长:

"路队,咱们往哪儿走?"

他的问题没有被解答,因为此时的路无恙没工夫搭理他——曲菱依和衡行都围着路无恙上下打量。

"你小子,真没死透啊,"衡行又惊又喜,紧接着又转为了疑惑,"你是怎么做到的?"

路无恙无奈地摇了摇头:"我不知道,刚刚那一瞬,我也以为我死定了……"

"你傻不傻啊,为了一个 NPC 不要命?你以为你是谁?圣母啊?"衡行撇着嘴道。

"我……我没想那么多。"路无恙苦笑着回答。

其实,"生"和"死"这两个字,路无恙在生活当中,早已思考了无数次。

在现实世界里,路无恙的父母都已不在人世,只留他一个人与病魔搏斗,路无恙早已做好了充分的心理准备,让自己接受命运的宣判,平静地面对死亡。

然而,在这个虚拟世界,他不再是一个人。NPC 也好,玩家也好,在他眼中,都是活生生的人。他从来没有这么期盼过生命,希望自己能活,希望队友能活,甚至希望 NPC 也能活。

如果说挡枪是下意识的行为,刚才的他没有过多的思考,可到了这一刻,亲历过死亡,又莫名复活的他,有了更深一步的思索,路无恙的脑海中,模模糊糊地出现了一个疑问:

"为什么只有我能活?为什么只有我没有被湮灭?"

衡行一个白眼甩给他,反问道:"这你问我们?"

脑海中那个模糊的疑问,渐渐化为了一个美好的设想,路无恙扬起嘴角,逐渐绽放出惊喜的笑容:

"我好像明白了!大家的湮灭,不是真的死亡——他们是能回去的,回到现实的！我回不去,所以我才能重生！"

衡行皱起了眉头"啥意思？"

"你是说……"曲菱依沉吟片刻,试图捋清路无恙的逻辑,"咱们身处这个手机游戏的世界,玩家湮灭死亡之后,就会重新回到现实世界里。而你是绝症患者,在现实世界已经步入死亡,所以你没有归处,在游戏里反而能够重生？"

"没错！我就是这个意思,"路无恙猛点头,嘴角的笑容,满是惊喜与欢愉,"我来之前就进了ICU,我应该已经挂了！"

他那惊喜的语气和笑容,直接让其他队友看傻了。作为新玩家一直没怎么说话的糖开心,忍不住轻声嘀咕:"第一次看见这种人,死了还这么开心的……"

路无恙继续解释,"我本来就没多少时日了,在这个游戏里,我不痛苦也不难受,能走能跑能跳,这比我在现实里快活多了！"

"至于大伙儿,"他笑着望向车里的同伴们,"之前我好担心大家湮灭就是死亡,现在想来,说不定是回去了,回到现实世界了——这是好事啊！"

衡行一拍大腿,笑着附和:"哎,还真挺有道理的。那咱们是不是就不用担心了？反正死了就能回现实世界,什么任务,什么一号队,谁怕谁！"

"你们也太乐观了,"曲菱依立刻泼了他们一盆冷水,"路无恙,这只是你的猜想,不是定论。"

"嗯,菱依说得对,这只是我的猜想,是乐观的愿望,"路无恙点了点头,"但不管怎么说,总是个好的念想。既然我没死成,以后的任务有什么需要蹚雷的,就让我来。"

路无恙的这番"蹚雷宣言",让衡行笑得直咂嘴:"按我们的行话来说,你这就是开了'金手指'啊。"

两人的对话冲淡了这场虚拟游戏的紧张感,也给众人带来了些许希望:也许湮灭真的不代表什么,也许大家真的不用太恐惧,也许……"

"没有数据支撑的猜想,都不能作为依据,"曲菱依冷静而认真地叙述,"你们不要想得太简单。路无恙能活一次,未必能活第二次。路无恙的这次重生,或许只是这一关的新机制,在没有搞明白之前,咱们都不能掉以轻心。"

曲菱依的这句话,将路无恙从美好乐观的设想,拉回了充满困境的现实。他点点头,笑着说道:"菱依说得对,咱们不能过分乐观,先努力过关吧。"

一直在开车、没敢回头参与讨论的大超,此时终于插上了话,他一边盯着前方路况操控方向盘,一边头也不回地问:"咱们的'金手指'队长,下一步该怎么走?"

"我们队势单力薄,就凭我们六个人,不是一号队的对手。"路无恙收起笑容,思考了几秒,做出了判断,"先往东南,接上膘哥他们五号队,多一份助力。再然后,我们得去找二队和三队那个联盟,他们应该有办法对付一队。"

到了这时候,在路无恙的脑海里,"活"的这个念头,变得越来越鲜明——

在这个荒诞的游戏世界里,他可以全力去闯,不用再"躺平"。

思索之后,路无恙低头望向手腕。此时,电子表面上的地图已然发生了改变,这让他不得不重新审视状况:

一号队的红色圆点,不知什么时候已经戴上了金框,这表示他们已经锁定了NPC。在与他们四号队短暂地相交之后,现在这个红点已经调转方向,奔向了位于地图西面、戴着金框的蓝色圆点——六号队伍。显然,这是他们的下一个目标。

原本在地图东北的橙色圆点二号队,已经和黄点的三号队顺利会合,两个队伍聚集在城市东部,并且都没有带上金框。

令路无恙惊讶的是,五号队的青色圆点也被镶上了金框。而已经锁定了NPC的五号队,正以惊人的速度,向他们大巴的方向飞驰

第十章　湮灭与重生

而来,眼看就要会面了——

"路队,前面有辆车,"开车的大超嚷嚷起来,"不对,是一群车!"

透过大巴的挡风玻璃,只见在这双向四车道的柏油路上,一辆黄色的出租车正电掣星驰地反向行驶。而在出租车的后方,追击着十几辆私家车,将好端端的大马路,开成了极品飞车的赛场。

被追击的黄色出租车相当给力,眼看一辆灰色轿车逼近了它,出租车一个急速变道,在轿车挤上来的瞬间,甩起车尾"别"了轿车一把。轿车连忙躲闪,拐弯加刹车,后方好几辆车接连追尾。

就在这时,黄色轿车也逼近了路无恙他们所在的大巴——只见那个一身横肉铺满了驾驶座的人,正是膘哥。而副驾驶上系着安全带的,则是他满头白发、患有阿尔茨海默病的老母亲。

看到熟人,膘哥猛按喇叭,"叭叭、叭叭"地向他们示意。在混乱嘈杂的喇叭声中,只见膘哥摇下车窗,一条大胳膊伸出窗外,半个头伸出来,冲大巴上的路无恙他们,大声吼叫:

"调头!调头!跑!"

"哈?"开车的大超,瞬间晕了:这一会儿会合一会儿要调头的,他究竟往哪儿开啊?

电光石火间,在这道路上疾驰,两辆车又是相对而行,膘哥的出租车瞬间掠过了他们侧边。在相对加速度的作用下,膘哥的一声"快逃",短暂得几乎听不清,就被风吹得掠过了路无恙的耳边。

就在路无恙反应中的这半秒,已经被撞烂了尾巴的那辆灰色轿车,又冲巴士驶来——

隔着车窗,路无恙看见了驾驶员——那是一位穿衬衫、梳背头的吴光。他的双眼紧盯着前方,却不再是膘哥和他的出租车,而是锁定了路无恙他们的大巴。在灰色轿车的后方,是越来越多的私家车,冲他们飞驰而来。

这一瞬,路无恙突然明白过来:"这群 NPC 在追击玩家!"

第十一章
寻找盟友

"这群 NPC 在追击玩家!"

路无恙的这个判断,直接让大超崩溃了。眼见前方十几辆各式各样的轿车,大超踩下刹车,疯狂转动方向盘,掉头转向。

大巴一个神龙摆尾,擦中了灰色轿车的车头。这一次,白衬衫大背头的吴光没能脱险,直接连人带车地撞进了隔离带。一阵浓烟从车前盖里冒了出来,整辆轿车彻底歇菜。

撞毁的轿车稍稍减缓了后方车队的速度。而借着这个当口儿,大超也调头成功,巴士追随着黄色出租车的车屁股,向市中心逃窜。

因为路无恙的死而复生,大伙儿对虚拟游戏的紧张感和畏惧感,刚刚降低了几分。可此时此刻,经历这《死神来了》一般夺命似的生死时速,大伙儿的肾上腺素明显又飙升了——这群 NPC,是真的在玩命地冲他们撞啊!

大超从后视镜望向车尾后的道路,只见那一排排私家车纷纷绕过了障碍物,穿过弥漫的浓烟,急速向他们追来。而在前方的中心广场上,聚集着路人吴光们——前有拦路虎,后有追兵群狼,黄色出租车和大巴陷入了同样的困境。

在现实世界里开快车的膘哥,显然不是资深的游戏玩家,做不出"碾压 NPC"的决策来。前方广场聚集的人群,逼得膘哥减速慢行。可后方追车将至,总不能真的被 NPC 开车撞死。同样担任司机的大

第十一章 寻找盟友

超,哭丧着脸问自己的队长:"路队,怎么办？NPC都冲着我们来了,咱们还要顾忌他们吗？"

大超说得没错。在这些NPC"吴光"中,虽然有民工吴光那样见义勇为的好人,但也有这群不知为何将玩家们视为眼中钉、将马路当成碰碰车赛场的疯狂反派。

路无恙默然思考,片刻之后眼光一沉,决定按游戏的逻辑来,"鸣笛示意,是生是死就看运气了。"

收到指令的大超,立刻疯狂地按下喇叭,在一片轰鸣声中,向广场进发。

"大超,转弯,这条路,"路无恙瞥了一眼手表地图,又扫视现场,最终指向广场边的一条小道,"尽可能减少伤亡,追车也进不来！"

说完,路无恙将头探出窗外,冲前方的黄色出租车大幅度地挥手示意。大超心领神会,也打起了转向灯。从后视镜中看到这一切的膘哥,立刻打了双闪——两车用车灯进行了短暂的沟通,路无恙缩回车窗,扭头望向曲菱依:"菱依,还有多久缩圈？"

"不到一分钟,"曲菱依调出地图,根据绿、青两个圆点闪烁的位置,结合第一轮缩圈时变成灰色的城市废墟,很快做出判断,"半分钟,往西500米,大概率可以卡进缩圈范围。"

30秒,500米,那就是时速60千米——身为程序员的大超,数学计算能力相当不错,立刻大踩油门,开始狂飙加速。不过他开的又不是什么奔驰宝马,而是一辆破旧的大巴车,这个车速简直能让它散了架。只听发动机发出阵阵轰鸣,大巴以一种抖得快掉渣的速度,急速杀进小巷。

大约是这疯了一般狂响的喇叭和轰鸣声太过吓人,地面的路人吴光们纷纷闪躲,巴士扎进了那条只能容纳单行车的小巷,一路超速狂飙,毫不避忌地剐蹭着路边的小车和店铺招牌,激起电光与火花。

膘哥的黄色出租车一个华丽转身,简直原地玩起了漂移,然后趁乱跟上,也钻进了小巷子里。而在他们身后,疾追而来的车队则被这

89

狭窄的道路所拦截,从浩浩荡荡的追击阵势,转成了一条鱼贯而入的贪吃蛇。

"90分29秒,90分28秒……"

曲菱依念出不断递减的数字,大超满脑门的汗,一脚把油门踩到了底。路无恙奔跑到巴士的最后方,从车尾的玻璃往外望——因为紧跟着大巴车,黄色出租车的时速跑不上来,被后方一辆黑色轿车给追逐着不断撞击,简直被撞成了碰碰车。

每一次撞击,都让白发苍苍的老人为之颤抖,脸色格外苍白。膘哥不时用余光瞥向自己老妈,又急又恼,原本油光发亮的脑门上布满了汗珠。

那辆黑色轿车还是辆豪车,仗着做工结实硬朗,不时向出租车尾发动进攻。眼看黄色出租车的车屁股都被撞烂了,后备箱凹进去一大截,被撞烂的保险杠惨兮兮地拖在地上,拖蹭出一路火光。

伴随又一次猛烈的撞击,火光大盛,不知什么东西被点燃了,一股黑烟从车屁股那里涌了出来。而坐在副驾驶座上的老太太,脸色更是惨白如纸,"哇"的一下,直接呕吐到了身上。

路无恙心中一阵焦灼,他一把扯下车窗旁的救生锤,三下两下砸破后车窗。在衡行"你干吗?"的惊呼中,路无恙从破碎的车窗处探出身子,在风驰电掣之中抓住了小巷侧面的防火梯。

现实世界里只在电视电影里看过的惊险动作,被路无恙原样"复刻"。他像是猿人泰山一般攀上了防火梯,快速爬到了四层楼的位置,跳远一般地蹦到了隔壁一家人的阳台上,抄起上面的花盆,往下方砸去。

黑色轿车还在固执地碰撞黄色出租车,驾车的那个吴光哪里会料到,有人竟然搞起了"高空抛物"?只见一个接一个的花盆,被路无恙从四楼扔下,瞄准了轿车的车顶和车窗,将玻璃砸出了大大小小的窟窿。

车窗发出剧大的碎裂声,整个挡风玻璃碎成了蛛网。黑车终于消停了,歪斜着停在了小巷当中。而跟在它后方的"贪吃蛇",则一辆接着一辆地追尾,撞击声充斥着整个小巷,四起的浓烟塞满了整个通道。

黄色出租车甩掉了追兵,可时间这个敌人永远不会停下。大巴里的曲菱依继续报时,为无暇他顾的司机大超作指引:

"90分10秒,90分9秒……"

大超咬紧牙关,油门早已给他踩到了底,他瞪视着前方巷口外的那一抹光明,横冲直撞地向前突破。已经被撞得破破烂烂的黄色出租车紧跟其后。

"90分7秒,90分6秒……"

随着计时靠近整数,大地已经开始了震颤。小巷两边的墙体上,爬上了龟裂的纹路,外墙开始碎裂崩塌,而架设在墙壁上的防火梯,也变得摇摇欲坠——

3秒……

2秒……

小巷里那条瘫痪了的"贪吃蛇",已经开始从尾部崩塌。同一时刻,大巴车像是分天劈海一般,挤开了重重障碍物,猛地窜出了小巷,飞进了新的街区。

1秒……

0!

猛烈震颤的大地,开出了黑暗深邃的裂口,将巷子里的车辆全部吞没。就连巷子本身,连同两边的建筑物,也同时崩塌碎裂。防火梯坍塌下来,在阳台上狂奔的路无恙,一同向地面深渊坠落。他一把抓住前方还没完全坍塌的店铺招牌,借着布艺幡子一阵晃荡,啪的一声,重重地砸落在黄色出租车的车顶。

黄色出租车的车身,被这"飞人"砸得一沉。而那崩碎的道路,已经蔓延到了它的后车轮。眼看连车带人就要一起被拖下深渊,前方大巴车破碎的车窗里,突然飞出一截消防带。消防带的一头绑着轮椅,轮椅被卡在了车窗框架之间,另一头则像是灵蛇一样飞向出租车,正缠在小黄车的右边后视镜上——硬质的喷头,卡住了。

大巴疾驰,拖着黄色出租车逃出深渊,冲到了平稳的路面上,将那被吞噬的深渊,留在了车尾。然而,车顶上的那个男人,就没有这么好运了。在惯性和地心引力的双重作用下,路无恙往那硕大的、冒着黑烟的地缝里跌去——

哑帅动作最快,他跃出巴士,踏着出租车的车顶,飞奔到了地缝边缘,往下望去——

一只沾满了血口的手,扒着地缝边参差不齐的石块——路无恙整个人单手悬在那里,正要死死咬住牙关,想要挑战引体向上。不过,对于这个没有腹肌和核心力量的宅人来说,这个动作实在是有点难。

哑帅的眉头舒展开来,显然是松了一口气。下一秒,他赶忙伸出手,拽着路无恙的肩膀,把人拖上了岸。

世界重归平静。

大巴和出租车都紧急停车,停在了马路中央。除了系着安全带的老奶奶,其他玩家纷纷下了车,围观了路无恙被救上来的这一幕——大超除外,不是他不关心路无恙,而是他一下车就吐了,趴在巴士旁恨不得把胃液都吐个干干净净。

曲菱依快步上前,她脸色铁青:"路无恙,你不要太天真。你真以为你有金手指吗?"

路无恙没能立刻回答她,因为他正跌坐在裂缝边缘的马路上,忙不迭地喘着粗气。好容易顺过气来,他才向曲菱依挤出一抹尴尬的笑容:"我、我……"

他"我"了个半天,却说不出话来了。的确,之前的死而复生,多少在他心中种下了名为"侥幸"的种子,也肥了他的胆子。刚刚眼看着黄色出租车被引燃、老太太在车里晕得七荤八素,他只有"别出事!"的念想,于是就傻乎乎地跳了出去——

第十一章 寻找盟友

衡行为同伴打圆场,"我倒觉得咱们路无恙是个英雄。刚要不是他打退了追车,让那小黑车没法儿继续使绊子,我看膘哥这小出租,八成是没法儿逃出生天的。"

站在一旁的膘哥,听了衡行这句话,立刻眼光一沉。他张开两条肉墩墩的膀子,整个人往地上一扑,给了路无恙一个结结实实的大拥抱:"大兄弟,谢谢!"

这拥抱太过热情,膘哥两条大胳膊勒得路无恙连气都喘不上了——幸好衡行和哑帅一人一边把膘哥拉开,不然路无恙刚才没给摔死,这下子也要被勒死了。

"咳!咳!"路无恙一边咳嗽喘息,一边扫了眼手腕上的表面——倒计时已经来到了89分钟。下一轮的"缩圈"开始前,他们还有9分钟的时间。

"别,别客气。"路无恙顺过气,冲膘哥摆了摆手,一边扫视第五小队的人员:除了膘哥和膘哥患病的老妈之外,还有在预备关卡里见过的14岁滑板少年,以及一个满脸污迹、邋里邋遢的吴光。

这只剩下三个玩家一个NPC的阵容,让路无恙忽然意识到了什么。他瞪向了膘哥。而他的惊诧落入膘哥眼中,后者也猜到了他的意思。只见膘哥神色一黯,声音哑了几分:

"是……就剩下咱们几个了。"

第十二章
第五小队

第五小队，完全是由六名新手组成的队伍，对这个虚拟游戏没有一丁点儿的认知和经验。当他们六个人被传入关卡的时候，并不是降落在街道上，而是在一家大型超市里。当膘哥看见超市里所有的员工、顾客，都是长着同一张脸、不同衣着打扮的男人吴光时，他以为自己见了鬼，整个人都蒙圈了。

"我这下懂了，什么叫'虚拟游戏'——咱们就是在游戏里。"

好在队伍里有一个14岁的滑板少年，显然平时没少玩游戏。结合在预备关卡里从路无恙那儿听来的消息，男孩很快将这荒谬的场面与"游戏"两个字画上了等号。

听了少年的话，膘哥也想起了路无恙之前的叮嘱，他强忍着震惊和不适，承担起了五队队长的责任，并做出了"先找四号队"的判断。

然而，在队员们短暂的惊诧、迟疑与沟通之后，倒计时100分钟的第一轮"缩圈"，也随之降临——身为新手的他们，甚至不知道要去查看手表上的任务时间提示，就遭遇了地震。

当地震来临，超市里的货物纷纷掉落，简直化身为凶器。眼看地板迸出裂痕，整个世界开始摇摆颠覆，膘哥大吼一声，招呼大家往外逃。

膘哥的母亲已经84岁了，又受病症影响，脑子根本不清醒。当众人因为地震而大惊失色的时候，她还沉浸在自己的世界里，在摇摇

第十二章 第五小队

欲坠的货架上挑挑拣拣，糊里糊涂地将商品塞进口袋里。

膘哥眼见情况不对，立马扯过一辆购物推车，直接把自家老娘抱进了推车里，然后推着推车一路狂奔，飞也似的向外逃。滑板少年的运动神经也很发达，板子往地上一丢，瞬间就蹿了出去。

剩下三名队员有些后知后觉，两人跟着他们跑，还有一位男士则采用了地震灾难时的标准防护动作，抱着头躲进了桌子底下——然而，这个判断葬送了他，因为这里不是现实，他所遭遇的也不是真正的地震，不过眨眼之间，他就被地缝吞没了。

短短一分钟的时间，却让膘哥他们体会到了什么叫作"命悬一线"。他们甚至不知道那位男士的名字，就被迫目睹了他的消亡。逃过一劫的五人，在这陌生又诡异的环境当中，更加不知所措。其中一位妹子哭得梨花带雨，上气不接下气，完全没了主意。

好在膘哥这个队长还颇有领导力，当下做出决定，找路无恙他们会合——先找到可以依靠的盟友，再商量怎么办。滑板男孩仗着年轻人对游戏有更快的理解力，很快就在手表屏幕上琢磨出了地图的使用方法，找到了代表四队的绿色圆点。

膘哥推着自家老妈，带领剩下的三名队友，按照地图指引，向四队所在的城市东南角进发。

根据城市地图的方位，五队剩下的五个人走上了一座大桥。桥上车来车往，那些面目相同的路人，各个都目不斜视，只顾着走自己的路。

平时开车在路上讨生活的膘哥，视力极佳，他刚上桥不久，就看见前方几十米的地方，一个人影正试图翻过栏杆……

没有半秒的迟疑，膘哥把手推车往滑板少年那儿一搁，瞬时就冲了出去。将那人影拦腰一抱，就势滚在地上。

脱离险境，膘哥才看清那轻生者的面目：也是一个NPC吴光。只是不同于街道上行色匆匆的人们，在这个吴光的脸上，读不出一点生气，只有满满的"丧"字。

没有悲伤,也没有愤怒,只有空洞的眼神,那是对生活失去了所有信心与希望,只求一个解脱。

嫖哥当然知道,面前的这个"人"不是一个真人。但面对那张年轻却消磨了生存意志的面孔,他忍不住语重心长地劝说起来:"小伙子,相信我,生死之外无大事,天下没有过不去的坎。你别灰心,迈过这道坎,一切会好起来的。……"

嫖哥絮絮叨叨地说着,也不知道究竟是哪一句戳中了系统关键词,突然,"叮——"的一声,手表上浮现出一排文字提示:

【第五号队伍,完成了关键NPC的锁定。】

"糟糕了!"看到任务提示的这一刻,滑板少年首先意识到情况不妙。他窜到嫖哥身边,又急又恼地质问:"谁让你乱搭话的?触发任务了!"

"啥?啥任务?"面对少年埋怨的表情,嫖哥一脸茫然。

对于忙着养家糊口、照顾老娘的嫖哥来说,别说玩游戏了,连属于自己的私人时间都没有多少。对于游戏规则根本没有多少认知的他,刚想问男孩是怎么回事,就听一声尖锐的刹车声——

一辆黄色出租车,停在了大桥的一侧。从桥上走下另一个NPC吴光,他黑沉着一张脸,右手拿着一根大号的不锈钢扳手,左手则拿着手机,正在打电话的模样:

"……好,我知道了。"

沉声回应之后,出租车司机吴光结束通话,将手机放回裤兜里,然后径直走向嫖哥,一双眼死死地盯着他们几个。他那毫不犹豫的、六亲不认的步伐,让嫖哥暗暗觉得不妙。

虽然对这个游戏世界有太多的困惑和不解,但做服务行业也算是阅人无数的嫖哥,从对方的表情中读出来的,绝对不是"善意"两个字。心中警铃大作的嫖哥,立刻招呼同伴们:

"走,咱们快走。"

他带着第五队的玩家就要穿过大桥,可那出租车司机吴光的脚

第十二章　第五小队

步更快。他一边狂奔直追,一边用空闲的左手拽住了长发妹子的头发,然后用力挥动右臂——那支大扳手,重重地砸在柔弱女生的头上。

"你做什么?!"

"住手!"

富有正义感的膘哥和滑板少年,几乎是同时大吼出声,他们冲上去阻拦,拉住了出租车司机吴光行凶的双手。然而,令他们意想不到的事情发生了——

一道刺目的红光,从女孩头部的窟窿中迸发。那个原本柔弱美丽的女孩,在被红光笼罩的瞬间,变成了一具焦炭。而随着司机吴光的挣扎扭动,他的手指碰到了那具炭化的身体,女孩瞬间破碎成渣,飞灰飘散,被风吹到了桥下的河流中……

这个场面,将少年吓蒙了,不禁松开了制止凶犯的双手。

还是膘哥心理承受能力强,他抬起脚,借着自身重量的加成,将司机吴光踹向栏杆——加害人倒退几步,恰巧踩上了少年的滑板,整个人一滑,竟是后背靠上栏杆,向后翻了过去,坠入了河中。

凶犯落水,众人却并没有逃脱困境。因为膘哥他们看见,路上的行人吴光们之中,也有人接通了手机电话。紧接着,他们将不怀好意的目光,投向了剩余的四名玩家。

"快跑!"

膘哥大喊,他一把从推车中抱起自己的老母亲,奔向那辆失去司机的黄色出租车,将母亲推到副驾驶座上。

滑板少年赶忙跑去捡起他的宝贝滑板,在掠过那名轻生者吴光的时候,少年明显愣了一下。他顿了一顿,瞥了一眼自己手腕上的电子表屏幕,"完成了关键NPC的锁定"几个字,让他倍感压力。犹豫了半秒之后,少年一把拽住那个试图轻生又被膘哥救下的NPC,将人塞进了出租车的后座。然后,少年从敞开的右后车门那儿,冲另一名同伴呼喊:

97

"快上来!"

可是,太迟了。在男玩家跑向出租车门的那一刻,一辆银灰色的轿车从后方追了上来,将男玩家和车门齐齐撞飞。

那名男玩家被撞得高高飞起,又重重摔在地上——炭化,湮灭。

目睹了这一切的膘哥,再也不敢耽搁,立刻重重地踩下油门,将出租开成了疯狂赛车,飞也似的窜了出去。

再后来的事情,就是路无恙他们在马路上看见的那一幕——群车追逐,疯狂地追击着黄色出租车,这些NPC有什么深仇大恨一般,非要将玩家们置于死地。直到第四队出现,膘哥他们才脱离了险境。

听完膘哥的复盘叙述,路无恙心中的疑虑更深,他望向曲菱依和衡行,问题一个接着一个:"为什么NPC会杀玩家?难道是游戏系统里的新设置?真的像大超说的那样,这是一个《绝地求生》式的游戏关卡?"

"可这不合逻辑啊,"衡行用他写网络小说的思维来衡量,"游戏策划应该跟我们写书一样,要有一个统一的逻辑设置。你想啊,如果NPC要杀玩家,我们落地的时候,他们就应该有所表现,可当时他们都没有任何杀意……"

衡行摸着下巴分析,继续说下去:"……还有,我们的巴士在广场上被围住的时候,下面乌泱乌泱那么多人,也没谁说要扒车上来杀我们。这些NPC的风格,明显前后不一致啊。啊,对了,大超,你就是搞这个的,你说对不对?"

被点名的大超,也思考了好一阵,突然提出了一个新的观点:

"会不会那通电话就是游戏系统给予特定NPC的任务提示?也就是说,当NPC接到系统的电话,就从普通的路人NPC,转而成了敌对NPC,甚至开启了杀戮模式!"

这个猜想,好像是有那么一点儿意思,衡行气得拿拳头直捶车顶:"这什么破系统啊!一点都不注重游戏平衡性,这一关已经够难了吧？还搞全民绝杀？"

"我觉得不是，"曲菱依微微蹙起柳叶眉，轻轻地摇了摇头，"就像衡行说的那样，这逻辑不统一。这个游戏对于关卡设置，是有它的规律的，上一关解谜关卡，主要就是通过对事件的推理猜测，找出正确的NPC，所以才被叫作'解谜'。"

"没错。"路无恙点头附和。

曲菱依继续分析，"到了这一关，关卡设置为'竞争关卡'，显然通过的重点是八支队伍的合作与对抗。游戏关卡的难点，已经有了'缩圈'这么一个大规模、具有杀伤力的游戏模式。从逻辑上看，应该不会再叠加多种游戏系统设置了。至于NPC设置，从对话和互动上可以看出来，系统没有过多的约束性条件，更何况……"

曲菱依顿了顿，眉头蹙得更紧了，路无恙赶忙问："更何况什么？"

"更何况，"曲菱依沉声叙述，"如果系统要让NPC开启敌对模式，直接后台指令就好了，何必要用打电话这种多此一举的手段？"

没错。系统都可以搞出地震、地裂这种末日灾难般的手段，何必还要通过打电话这么落后的手段，去管理自己设置的NPC角色？

"有道理。"路无恙猛点头，赞同曲菱依的说法。下一秒，他突然意识到："等等，我们玩家没有通信设备，但NPC他们有啊——你的手机呢？"

他转而望向队伍中唯一的吴光，也就是那名被膘哥救下的轻生者。只见这个面容憔悴的吴光，从口袋里摸出一部老旧的手机，递给路无恙的同时，黯然道："欠费，停机了。"

显然，这个NPC吴光的动作是配合的，一点也没有对玩家充满敌意的样子。而刚刚司机在桥上当众行凶、众人又驱车追逐的灾难，场面着实令人骇然，也将这个吴光吓得不轻——这一惊一吓一分神，倒冲淡了他轻生跳河时的决绝与忧郁。

停机的手机不如砖，衡行翻了个白眼，不过很快就想到了办法："没事儿，一会儿再找个吴光，抢个手机来研究就是了！"

他这不假思索的强盗逻辑,让路无恙觉得好笑:"你以为这是'罪恶都市'啊?"

"难道不是吗?"衡行反问,语气中带着讽刺。

没错,在这个虚拟城市中,不只是玩家在对付 NPC,形形色色的吴光也对玩家展开了追击和屠戮——这里成了名副其实的"罪恶都市",只是他们还想不明白,这份"罪恶"的源头,究竟在哪里。

"总之,我们先保护好这个吴光,"路无恙拍了拍这个落难青年的肩膀,转而望向膘哥和滑板少年,"你们队已经锁定了他,他的生死,关系到你们的命运。而且第一小队也在暗中行动,他们在精准追杀已经被锁定的 NPC……"

紧接着,路无恙将第八号小队锁定 NPC 后,遭遇第一小队并团灭,以及之前有狙击手试图杀害他们身边的民工吴光未遂的事情,简要地告知了对方。听了他的话,膘哥面色铁青,显得有些后怕:

"好小子,"他大力地拍了拍滑板少年的背部,"幸亏你聪明,把人给拖来了,不然咱们都得交代!对了,娃儿,你叫什么名字?"

"陈拾实。"滑板少年快速回答,被大人称赞了的他,脸上闪过一抹骄傲与得意。

路无恙低头看手表,数字在 86 分钟上跳跃,这不由让他面色凝重起来:

事实上,这一关卡才开始 15 分钟,他们就面临了两次"缩圈"和生死一线的疯狂追击,第五小队的玩家湮灭了一半。接下来会发生什么,他不得而知,但他知道,接下来的游戏进程一定不会简单……

此时,地图上的小队标注,只剩下了五个有色圆点:赤色的一队、青色的五队,都标着金框;橙色的二队、黄色的三队、绿色的四队,都没有锁定 NPC 的金框标识。

至于之前金框蓝圈的第六号队伍,此时也已经消失无踪——而这支队伍,正是之前路无恙观察的、被一号队针对的那支新手队,看来,他们也已经惨遭团灭了。

再从方位上看,一队孤零零地游荡着,徘徊在"缩圈"后的城市地图的西面。二队和三队集结在城市的东北,位置几乎没怎么动过,只是随着"缩圈"而往城市中心移动了一些。至于他们四队和五队,则紧挨着城市东南的废墟边缘。

只用了半分钟的商议,众人就做出决定:先与二队和三队会合,形成一个联盟团队,一齐应对心狠手辣的第一小队,以及击杀玩家的NPC们。

第十三章
非凡的盟友们

这本该是一座繁华而美丽的城市，此时却成了一座罪恶的孤岛——城市外沿是无尽的深渊，黑色的烟气从深不见底的暗处升腾，将这座罪恶之都封锁在圈内。而在被封印的地裂边缘，是残破的道路，是坍塌的楼宇，是不再理智的人群……

就连市中心都出现了混乱。高楼上燃起了火光，浓烟直冲云霄。街道上有人在争吵，有人在斗殴，拥有同一张脸孔但拥有不同身份和境遇的吴光们，对着彼此相似的面容，用力地挥动拳头，甚至有人祭出了刀具，在对方身上捅出了黑色的窟窿，石油一般黏稠的黑色液体，滴落在道路上。

混乱之中，一辆残破的大巴车，缓缓地开动着。这辆车的车头车尾，都已经被撞得破破烂烂、凹凸不平了。车窗玻璃早已碎成渣渣，只用几件衣服遮挡，防止外界的窥视。而开车的那个人，身材肥壮，他戴着一顶黑色的鸭舌帽，将面孔藏在帽檐之下。

这个人，自然就是膘哥。拥有专业技术的他，自然比大超这个半吊子开得稳健。至于大超，也终于摆脱了呕吐感的束缚，可以安安心心地坐在大巴车的地板上，跟大伙儿一起讨论起游戏设置了："路队，你的意思是说，这个虚拟游戏是专属于'大区'的？"

"这是我们之前的猜测，"路无恙望向众人，"我们所经历的上一个关卡，一共十二名玩家，都在大区里有账号，有的还是知名 UP 主。你们之中，菱依已经认出了'仗剑'——哦，我忘了介绍，菱依是搞网络舆情研究的硕士,她调研过很多大V……"

说着,路无恙望向哑帅,"你是'大区'舞蹈区的大V,专门做武术视频的,对吧?"

哑帅张了张口,他想说什么,但依然发不出声音。

"那你们呢?也是'大区'的大V吗?"

路无恙望向其余几人,想要验证之前的猜想:在场的玩家当中,他无法确定是否与"大区"产生关联的,是大超、糖开心、陈拾实,还有膘哥——虽说他知道膘哥带着老母亲开快车的事情上过新闻,但他不能确定膘哥有没有"大区"的账号:

"膘哥,你有账号吗?"

"有啊,"膘哥头也不回地开车,嘴上回答路无恙的问题,"我之前不是上了新闻吗?有不少网友挺仗义的,跟记者打听我的状况,说想跟我聊聊。我看这么多好心人,就听了那个记者的,在'大区'上搞了个账号,隔几天传一条视频,偶尔跟大伙儿聊几句。"

大超也举起手:"我之前自我介绍过啦,我是搞游戏直播的,不过我不是什么大V啦,就是'大区'游戏区的一个小UP主,没多少粉的。"

"我也是UP主,"糖开心附和道,她拍了拍自己轮椅的扶手,"我是生活区的,做城市残障设施的测评。"

"厉害,这个内容方向是真的有价值。"路无恙给糖开心手动点赞。

只有小小年纪的滑板少年陈拾实,把眉头皱成了个"川"字,"可是我不是UP主也不是大V啊。我也在'大区'上刷视频,以前也想开账号,但我妈不让!"

"难道我们猜错了?"路无恙困惑地望向曲菱依,又望望衡行。然而,这两名伙伴也没法回答他的问题。

就在路无恙陷入思考的时候,只听前方的膘哥大声道:

"没路了。"

路无恙爬起身,透过车窗望向前方——这是一条断头路,前方是一座工厂,厂子大门紧闭,只有门前"吴光污水处理厂"的几个金色大字,在阳光下熠熠生辉。

"你看看人家,"衡行瞥向那名曾试图轻生跳河的小青年吴光,"都叫'吴光',一个名字一个长相,人家就是开工厂的大老板,你怎么就混到活都活不下去了呢?"

抱着膝盖、蜷缩在角落里的落魄吴光,发出了无奈的叹息:

"我也想活啊,但他们不放过我……"

衡行好奇地问:"谁?谁不放过你?"

落魄的青年吴光抿紧了嘴角,他默默地翻出了那部欠费的手机,屏幕图形解锁,然后丢给了衡行。

虽然手机欠费,没钱没网,但好歹还有电,还能打开应用程序。衡行仔细一看,只见这个社交账号的私信里,满山满谷都是陌生人的留言——

谩骂,各种各样的谩骂,能向前骂到祖宗十八代向后诅咒后代三辈,也有能挑战人类想象力的极限,骂出各种匪夷所思的酷刑。每一个字,每一句话,都是在质问:你怎么有脸活?你为什么还不死?

衡行看了直咂嘴,一旁大超凑着头也在看,惊得忍不住问对方:"这什么仇什么怨啊?你到底干什么了?被骂成这样?"

他的问题,让青年吴光嘴角一撇,眼眶一红,眼看着就要哭出来了:

"我错了,我知道错了……"

认错的青年吴光,是刚刚毕业的大学生——当然,对于路无恙他们这些玩家来说,这只是 NPC 的身份设定而已,但对于这个哭泣道歉的青年来说,却是他所经历的人生。

他的人生并不复杂,从小就是学霸的他,可谓是一路开挂地上了大学。在校表现优秀,不仅绩点高,还做了不少社区志愿活动,所以还没正式毕业,他就拿到了大厂的 OFFER,并且作为优秀学生代表,在毕业典礼上发言。

吴光本以为这次发言将是他学生时代的一个高光时刻,却不曾料到,接下来的几句话,将彻底改变他的命运。

"……在座的妹子,你们的机会比我们男生要多,你们还可以靠嫁人来进行第二次投胎,而我们男人只有奋进,必须拼尽一切,才能在这个社会上有立足之地。

"……同学们,尤其是学弟们,请你们一定用功、努力,才有可能成功顺利地走上社会。如果你的人生只有'996'和'007'这两种选择,相信我,这不是资本家的问题,是你自己的问题——这只能表明,你的人生价值不够,必须用全部时间去兑换你的工资。

"……我的人生目标,是在工作的第二年挣到一百万,然后去美国读硕士和博士,学到本专业最先进的技术之后,再回国创业大干一场,为你们提供更多的工作岗位。"

是的,他飘了,他膨胀了。

站在聚光灯下的青年吴光,觉得自己就是那盏灯,用他从个人的、片面的人生经验中体悟出的那番"至理名言",引导自己的同学,引导成百上千的学弟。

然而,就在他立于舞台之上夸夸其谈的这一刻,台下就已经响起了嘤嘤嗡嗡的声音。有人拿出手机,将他发言的模样拍了下来,连同那些他觉得无比"励志""催人奋进"的言论,都被人录下了视频。

再然后的事情,大家就都猜到了。青年学霸吴光的发言视频,被同学爆料在了网上。紧接着,就有媒体发文批判,评论标题很是严厉——

《警惕精英主义!高等学府的大学生代表,怎能如此精致利己?》

媒体带路,网友愤怒的情绪被点燃了。很快,青年吴光的个人ID被"扒"了出来,他从毕业生代表,变成了精致利己的无耻典型。无穷无尽的谩骂和网暴,将这个前一天还意气风发的青年人,摧残得体无完肤。

在被网友们疯狂谩骂的同时,他的优秀毕业生身份没了,他的工作也没了——大厂的 HR 打电话给他,说这个岗位已经撤销。

就连同学们也纷纷与他割席,声称他是"普男"是"清朝老僵尸",是"工贼"是"资本走狗"。

他试图辩解,但毫无用处。

到了这个时候,被人逐字逐句"剖析"过的他,当然已经知道自己说了很多错话。他确实太自以为是了,他以为那些是紧贴社会话题的"金句",却把自己葬送了。

网友们都谩骂他,因为他说了"十恶不赦"的话,做了"十恶不赦"的事。

"十恶不赦"的他,只能去跳河。因为他觉得,只有跳到清清白白的河水里,才能向世人证明:他是说错了,但他本来不是那个意思,没有"歧视""媚外""看不起普通打工人"的意思……

听落魄的青年吴光抽泣着说完经过,衡行挠了挠头,一脸的纠结。

身为网络小说家的衡行,当然明白网络创作是有"雷区"和"禁语"的。但对于年轻气盛、口无遮拦的大学生吴光来说,这些是他不曾考虑的东西。

"你说的确实不靠谱,我听了都特别不舒服,有一种高高在上的自以为是。媒体说你是'精致利己',我觉得也没说错……"

说话的是糖开心,身为女性又是残障人士,属于"弱势群体"的她,对于吴光的那些说辞很是反感,但她没有"痛打落水狗"一般地继续去指责对方,而是深深地叹了一口气:

"……你挨喷是活该。但是,我也不认为你有多大的错,你不该遭受这一切。"

青年吴光将脸孔从膝盖上抬起,他的眼睛湿漉漉的,望向坐在轮椅上的漂亮女孩。只听糖开心继续说下去:

"你说的话错再大,也无非是狭隘,是冒犯,是你的三观和格局小了——但是,这也不是其他人网暴你的理由啊!如果说错话就要被孤立、被排挤、被网暴,那以后谁敢说话?咱们这里的人,又有哪一个没有说错过话呢?谁又能保证自己说的话就是永远正确的呢?"

吴光的鼻子一皱,看他那表情,似乎下一秒就要号啕大哭了。将他的崩溃收进眼里,也曾经被网友们针对过的路无恙,叹了一口气:

"其实,隔着屏幕,别人根本没有把你当成一个活生生的人。说错话的你,是一个刻着'有罪'符号的、完美的靶子,让他们可以将生活中所有负面的情绪,隔空发泄在这个靶子上。"

这个话题越说越沉重,路无恙想起那些不相信他的病症、控诉他在影棚里表演的网友,不由得又是一声长叹。他试着转变话题,同时也关注到另一个盲点:

"对了,吴光,你刚才说,你歧视女性的话遭到了同学抵制——在你们这个城市里,还有女吴光吗?"

"什么女吴光?"青年满脸的困惑。

"女性,女同学,有吗?"路无恙接着问。

"当然有了。"青年斩钉截铁地回答,同时一脸困惑地瞪着路无恙。

这就怪了。在进入城市之后,所有的 NPC 都是吴光的面孔,而且他们确定,这一路上他们没有看到一名女性。

路无恙和曲菱依、衡行交换了一下眼神:看来这个关卡,还有别的他们不曾挖掘出来的设定。

"叭——"

大巴车突然响起的喇叭声,吓了大家一跳。在路无恙"怎么了?"的询问声中,膘哥做出回答:

"有人!"

短促的喇叭声,像是一个暗号。众人直起身,望向车辆前方:只见那紧闭的大门处,旁边的保卫室里探出一个脑袋——不是吴光的面容。

是一名玩家,身材微胖,穿着一身亮蓝色的知名品牌冲锋衣。路无恙对这人略有印象,也是因为对方的服装色号非常鲜明和显眼,他记得在预备关卡里,这人加入了凌灵女士带领的第三号小队。

蓝衣的老玩家左右张望了一下,似乎是在观察马路周边的状况,警惕 NPC 围攻。不过这是一条断头路,周边没有民房也没有商铺,相对比较安静,并没有 NPC 聚集的样子。蓝衣玩家观察了片刻之后,打开了保安室的小门,然后一路小跑着奔了出来,轻敲巴士车门:

"哈喽,各位,"他冲大伙儿送上一个和善的笑容,"你们是来找我们队的吧?跟我来。"

蓝衣玩家一边说一边按动手上的开关——污水处理厂那紧闭的大门,开始缓缓地向两边开启。

在对方的示意下,膘哥踩下油门,开始缓慢地驶向污水厂里。路无恙则低头看了下手腕上的电子表面:地图显示,二队、三队的圆点,就在这条路的尽头,从城市比例尺上预估,也就七八千米的样子。

看来,二队、三队是故意把据点藏在了工厂的后方,将本来开敞的一条路封上了,正好利用工厂的位置,形成了一道防御屏障。

"不愧是战略游戏老玩家,利用地图做防守,拿厂子当防火墙。"

路无恙的赞叹,让蓝衣玩家嘴角上扬,露出更加灿烂的笑容:

"我们两个队长都经验丰富,一进游戏就先制定策略,看地形,设战略。"

拥有五次游戏关卡经历的经济学家顾小年教授,以及拥有三次关卡经历的网红主播、营销女王凌灵,显然都是谋篇布局的好手。听了蓝衣玩家的话,路无恙心中安定了许多:有了这份助力,就不怕 NPC 的击杀,也不怕第一小队痛下杀手了。

大门缓缓开启,露出了工厂内部的道路以及办公楼与厂房。大巴车顺着工厂的内部路向前,开了大概五十米,只见在两栋五层高的厂房之间,用钢架和棚顶架起了一段通路。在这段遮风挡雨的棚顶下方,是一条双向车道。

第十三章　非凡的盟友们

大巴缓缓驶入了棚顶之下,眼看就要穿过这条两三百米长的内部通道,只听那名蓝衣的玩家忽然出了声:

"停一下,"他冲司机膘哥打招呼,"我还得回去守门哈。"

膘哥依言停车,蓝衣玩家跳下巴士,他两手搭在额角,冲车上的玩家们做了一个神气的手势。下一刻,他忽然从冲锋衣的衣领里摸出一支口哨,"嘘——"的一声吹响。

一声哨响,带来了新的局势——从两侧的厂房里涌出来数十名吴光,有穿工装的,有穿T恤的,还有光着膀子文着大花臂的,手上拿着扳手和铁棍,一窝蜂似的朝大巴冲来。

糟了!中计了!这是"瓮中捉鳖"啊!

路无恙立刻意识到不妙:两侧厂房夹住了并不宽敞的车道,上有雨棚罩顶,前方后方都有吴光拉出了铁栅栏封了路,将巴士死死地堵在了中间。

一拥而上的吴光们,向大巴发动了冲击。路无恙飞快地冲到门边,一脚将涌上来的花臂吴光给踹了出去!

"膘哥,跑!"

不用他说,膘哥也已经意识到"被包围了"的现实。他立刻挂下倒挡,想退回大门那儿——可不仅仅是后方的铁栅栏一道阻碍,先前那蓝衣玩家的行动更快,摸进保卫室的他,早已按下了开关,关上了钢铁大门。

大巴车动力不足,又没有足够的距离加速,自然撞不开层层障碍物。膘哥迅速关闭前后车门,但这车破得太厉害了,车窗碎了好几块,眼看着就有吴光从窗子往里爬,又被哑帅一巴掌拍飞了出去。

虽然哑帅是个武术选手,但他毕竟不是武侠小说里可以用草木伤人的侠客高手——他是能打,但也没那么能打,很快吴光们开始了围攻。

另一头,衡行、曲菱依、大超、陈拾实都各自守起一片窗户,拿出了"打地鼠"一般的动作,对着冒头的吴光就是一顿猛敲。至于那个试图跳河的大学生吴光,则被糖开心一把摁住了,拉着他蹲在轮椅旁边。

她知道,这名学生吴光与第五队的队员已经达成了"生死与共"的游戏条件——保住这个吴光,就是保护五队的所有人。

一名穿卫衣、板寸头的NPC吴光,挥舞着手里的钢管,从驾驶座的窗户那儿试图攻击膘哥——他这一钢管下去,还没砸到膘哥头上,就被人一铁锅拍开。

挥动平底锅的,是八十多岁的白发老太太——这锅还是她从超市里"顺"来,藏在衣服里的。她还"顺"了好几袋龙须面,因为膘哥从小喜欢。

众人守着窗口,NPC们一时挤不上车,于是他们使出了更加恶毒的手段:

他们挤在巴士的一侧,同时推动车体,竟是要将大巴车掀翻!

大巴车成了路无恙他们自保的唯一屏障,然而这道屏障眼看着就快撑不住了,路无恙急得一头热汗,他四处张望想要寻找逃脱的突破口——与此同时,只听车顶"哐"的一声响,竟是一名吴光跳上了车顶,想要打开通风口跳进来!

哑帅眼疾手快,甩起软剑剑光如电,瞬间戳中了那个刚探进通风口的脑袋。只听一声惨呼,那吴光摔了下去。路无恙闻声望去,透过那被暴力拆开的洞口,他瞥见了上方的顶棚——或许是年久失修,雨棚有一处露出了残破洞口,连接的钢架也折了一根。

路无恙顿生一计,他一把扯过之前在小巷里拽下的晾衣绳缠在腰上,同时对哑帅说:"仗剑,送我上去!"

大巴被推得晃晃荡荡,已经没有时间犹豫了。哑帅两手向下握紧搭成桥。路无恙一脚踩上这人桥,哑帅用力上举,路无恙便趁着这股力量,双手搭上了车顶边缘,翻身爬了上去。

站在摇晃的车顶上,路无恙摇摇欲坠,但还是奋力地抡起晾衣绳,扯向那条因为断裂而斜扎出来的钢架——大约是在极端困境下

第十三章　非凡的盟友们

爆发出的惊人能量,一击命中!

"你们走!"

路无恙冲车里的同伴们大叫,同时他已经拉住晾衣绳荡向另一边车道,用自己身体的重量加上摇晃的动能,狠狠地拉拽残破的顶棚。

果然,雨棚无法承重,那钢架被路无恙用身体拖拽,发出"铿铿"的声响,一根接一根地垮了下来。钢架和顶棚碎片瞬间坍塌,正砸在NPC吴光们的身上!

有人被砸中、瞬间瘫倒在地,更多人抱头鼠窜,一时顾不上攻击大巴。而化身为人体负重器的路无恙,也随着破裂的钢架和顶棚,硬生生地摔进了NPC的组群中。

"你们走!"

在被吴光们淹没的这一瞬,路无恙大声叫嚷,再次重复他的指令。

在这易守难攻的圈套地形中,再不走,就是全灭。深知这一点的曲菱依,在四队、五队全员被路无恙"舍生取义"的举动惊呆的这一刻,唯有她率先站了出来,一掌拍向开车的膘哥:

"走!他死不了!"

她笃定的话语,让膘哥踩下了油门,快速向后方倒车——这一次,没有NPC们的骚扰击打和种种阻碍,他很快撞破了第一道铁栅栏。车轮碾过门禁,又一再加速,向大铁门冲去!

"快拦住他们!"钻进保卫室的蓝衣玩家,再次吹起哨子,用尖锐哨声招呼NPC们进行拦截。

NPC吴光们纷纷追了过来,他们追得快,但膘哥退得更快!

"拉好扶手!"

膘哥一声中气十足的大吼,车上的众人赶紧拉住了把手和车椅扶手等一切可以稳固自己的东西。与此同时,膘哥加足了马力,用大巴的车尾狠狠撞向大门!

"哐!"

只听一声轰鸣,撞瘪了的大巴车顺利地脱出了包围圈。然而这一幕,被 NPC 包围击打的路无恙,却并不能看见。被人死死摁在地上的他,只能眼睁睁地看着一个光头的吴光,挥动一把硕大的水管钳,重重地向他的脑门砸来——

第十四章
未曾设想的盟友

"哐——"

油门声、发动机声、铁器的碰撞声交织在一起,发出巨大又混杂的声响。

先是从空中重重摔落在地,继而被众多NPC围住群殴的路无恙,在听到这声巨响后,终于松了一口气。被围在人群中的他,看不到大巴车突出重围的场景,在他的视野里,只有吴光们恶狠狠的脸孔,以及他们挥动的拳头和凶器。

一根锈迹斑斑的、又大又重的水管钳,从空中高高落下,向路无恙的脑门砸来——

足以让人脑袋开花的巨大力道,砸在了青年的右眼上方——幸好这是在游戏的虚拟世界中,不会出现血腥的场面,如果是在现实世界,路无恙不只是右眼保不住,头骨也要被开出一个血窟窿来,甚至可能直接被开了"瓢儿"。

事实上,他也的确被"开瓢"了。随着凶器的起落,路无恙的眉骨被砸得碎裂而凹陷。仿佛是地底岩浆从石头缝隙中穿透出来,在路无恙骨裂的裂纹之中,迸射出猩红的光芒!

红光——

爆裂!

躺在地面的青年的躯体,瞬间化为了一具焦炭。

坐在路无恙身上、狠狠下了杀手的那位光头吴光,面对这炭化的

113

尸体,似乎毫不意外。他淡定地爬起身,还用脚尖踹了踹那具焦黑的躯体——黑炭开始碎裂,飞灰飘散。

看见这一幕,光头偏过头,又冲尸体啐了一口痰,然后头也不回地走向大门。

在光头的带领下,一群凶恶的吴光向厂子的正门走去。可走了没两步,就听队伍的末尾,传来了惊讶的叫唤:

"等等!他没死!"

光头愣住,他扭头一看,只见那碎裂的黑炭,并未全部湮灭。仿佛是碎裂的蛋壳一样,黑色躯壳碎裂成渣,内里却又重新呈现出一具新的、完好的身体来。

还是路无恙。

"还有这种事?"光头三步并作两步地回头,他抄起水管钳,又是一阵重砸。一边砸,还一边在嘴里嘀咕着:

"看你这次死不死!"

头盖骨被砸成渣的路无恙,再次被红光笼罩,又焦化成炭。然而,随着光头又一次重击,碎裂的黑炭之下,再次凝聚出他完好的身体。

这一幕,让所有的NPC吴光都愣住了。光头傻了半晌,突然拔腿跑向保卫室,边跑边大叫:

"头儿,这有个玩家……死、死不了!"

"什么?还有这种事?"

蓝衣的老玩家——咱们就喊他"蓝胖子"吧——冲出了传达室的岗亭,快步走到犯案现场,查看路无恙的状态。光头立刻重新演绎了一遍什么叫作"死不了",又当着蓝衣人的面,重新将路无恙杀了一遍。

眼看路无恙炭化,却没有随之湮灭,而是再次重生,蓝胖子也傻了眼。他愣了许久,突然冲光头勾了勾手指。光头从裤兜里掏出一部手机,拨通了一个号码,然后毕恭毕敬地递给了蓝胖子:

第十四章　未曾设想的盟友

"队长,出状况了,有个玩家能重生!"

蓝胖子将情况简单地进行了说明,时不时地回答电话那一头的问题:

"……对,应该是四队的人。"

"……其他人都逃走了,四队还有五队,就抓着他一个。"

"……嗯,收到。"

显然,在通话的那一头,自家组长很快做出了指示,蓝胖子猛地点了点头:

"……是,我明白了。"

蓝胖子结束了通话,然后冲光头下达指令:"你们先把他捆起来,关进小黑屋——对了,就跟那家伙关在一起。"

光头依言照做,几个吴光涌上前,就着先前那根晾衣绳,将路无恙五花大绑了起来。

然而,这一切的对话以及被捆绑的动作,躺在地上重复生生死死的路无恙,都没有听见,也没有感觉到。

在被砸"死"的那一刻,路无恙的所有意识,就彻底地消失了。在躯体凝聚的这段时间,他也感受不到外部的干扰,只是隐隐约约地,觉得脑子深处,有一阵极规律的声音:

嘀——嘀——嘀——嘀

他不确定,自己的耳朵究竟有没有听到那个声音。他只是朦朦胧胧地觉得,那声音很是规律,很是熟悉,却无法分辨它的来源,似乎是从极为遥远的地方传来,又像是根植在脑海的最深处——但,他无法求解。

当路无恙再次获得意识的时候,已经身在牢笼之中了——确切地说,是一间小黑屋,应该是间废弃的储物室。

房间墙壁的上方,有一面比巴掌大不了多少的狭小窗口,昏黄的光从观察口里透了进来,映出这十几平方米大的地方。除了杂七杂八堆砌着的物品,路无恙看见对面的拐角处,蜷缩着一个人,一个半边身子佝偻在地、异常虚弱的人。

"喂,你是谁?"

路无恙的呼唤,让对面的男人,慢慢地抬起了头——又是那张熟悉得几乎看吐了的脸:吴光。

对面的吴光,明显是被殴打过的,脸上青青紫紫地挂着彩。他原本一身剪裁得体的西装,被撕得破破烂烂,沾满了泥尘和脚印。他的双手被捆在身后,双脚也被束缚住了,整个人显得羸弱又狼狈。

这又是什么陷阱吗?路无恙的脑子里闪过疑问,他不再提问,只是戒备地瞪视着对方,静观其变。

对面那个身体虚弱的、落魄的西装男吴光,张开了沾染着血迹的嘴角,用颤抖的声音问:

"你也是被他们抓来的吧,可、可以请你帮我解下绳子吗……"

路无恙没回答,只是戒备又疑惑地瞪着对方:他帮对方解了绳子,万一对方反水捶他怎么办——哦,等等,反正他也捶不死啊。

想到这里,路无恙撇了撇嘴角:他好像确实可以无所畏惧。于是,他点了点头,表示了同意。

西装吴光艰难地挪动了身体,他伤得很重,几乎是一寸一寸地挪向路无恙。这一幕,让路无恙看不下去了:没有人比他更清楚,对于一个病患来说,哪怕是前进一小步,都是一种煎熬。呼吸、走路、举手,这些对于常人来说最为简单的动作,对病患来说,却是要承受巨大痛苦的。

"你别动,我来。"路无恙轻声道。在游戏世界里摆脱了病痛折磨的他,即便是死死生生,身体也没有感觉到任何不适。

于是,被捆成粽子的路无恙,几乎是用毛毛虫似的动作,一点一点挪到西装吴光的身边。两个被捆住的人,一齐侧过身,路无恙背着双手,用手指去拽对方绳索的线头。一番折腾之后,终于把西装吴光的捆绳解开了。吴光也立刻投桃报李,赶紧帮路无恙松绑。

几分钟后,两个人都解脱了束缚。路无恙赶紧低头看了下手腕上的表——

任务时限：$67'24''$。

这就表示，在他们小队在工厂被围，而他死去活来的这一段时间，这座城市又经历了 80 分钟、70 分钟两次大"缩圈"。不过由于他们的位置偏向城市核心，因此并没有被缩圈波及。

路无恙又赶忙调出地图界面，只见城市外围果然又灰了一大圈。而代表各支队伍的彩色圆点，并没有多大的改变，先前的五支队伍依然存在。

看见第四小队的绿点、第五小队的青点，路无恙松了一口气：看来同伴们已经顺利逃脱。

放下一颗心来的路无恙，重新将目光投向与自己困在一处的这个男人。直到这个时候，他才看见男人的西装衣领上，别着一枚徽章。

那是一枚校徽——正是第五小队救下的自杀青年，那位失意的大学生吴光所就读的名牌大学。

"你也是×大的？"路无恙灵光一闪，开口问，"你是毕业生代表？"

西装男点了点头，同时龇牙倒抽了一口凉气——显然，点头的动作牵扯到了他的伤口，身为游戏 NPC 的他必须承受这个游戏世界里的痛楚。

突然，路无恙灵光一闪："你也做毕业生代表发言了？"

"对，"西装男龇着牙反问，"你怎么知道？"

路无恙没有回答，只是追问："你说了些不着边际的话，被网友喷了？"

"是的。"西装男的表情有些尴尬，颇有种"往事不堪回首"的意味。

"然后呢？"路无恙好奇追问，上上下下将人又打量了一遍，"你没跳河？"

"跳河？"西装男一脸困惑，显然他没有这段经历。

见对方答不上,路无恙思考了半秒,又问:"那你现在是做什么的?"

"开工厂,"西装男回答,"这里就是我的厂子。"

原来,西装男和跳河青年在人生的前二十多年,经历基本相同。他们都从小是学霸,都考入了名牌大学,都成了学生代表在毕业典礼上进行发言,然后说了些自负的、不着调的、挨喷了的话。

紧接着,就是发言视频被上传,被网暴。但与青年不同的是,这位现在穿着破西装的吴光,当年挺了过来。虽然网友对他口诛笔伐,虽然刚到手的工作 OFFER 泡了汤,但学校里的同学和导师并没有抛弃他。

"让你胡扯,惹事了吧?"同寝的室友笑话他,但下一刻,这位好哥们揽住了他的肩膀,"别听那帮网友的,你又没杀人没放火,至于骂成这样吗?跟哥出去散散心。"

"以你的学习能力,迟一点工作也好,"指导他毕业论文的导师,语重心长地劝道,"从现在开始好好备考,上个硕士研究生,多一点时间学习,也沉淀一下自己。"

于是,这个吴光没有跨上那座大桥,没有跳进冰冷的河水中,而是跟室友去内蒙古玩了一圈。他丢下了手机,远离网络,满眼只有茫茫草原。在天高海阔了半个月之后,他回到了学校,又 GAP① 了一年,终于考上了本校的研究生。

再后来,他真的像在毕业典礼发言上说的那样,博士毕业后回到了国内,开办了这家污水处理厂。厂子盈利的第一年,他为母校捐了一笔巨款,盖了一栋新的研究楼。

不过,这位拿着"人生赢家"剧本的吴光,万万没有想到,突然有一天,厂子里的工人们会开始闹事,伙同外面的一些小流氓,手持器械四处打砸,快速占领了工厂,还把他锁进了储物间。

---

① GAP:指在某一年,跳出原有的生活轨道,尝试新的生活。

第十四章　未曾设想的盟友

"他说,厂子被他们接手了,"说到这里,厂长吴光仍是心有余悸,"如果不是几个工人帮我求情,我可能就被他们打死了。"

听完了厂长吴光的故事——当然,这番人生境遇,是路无恙断断续续逼问出来的——路无恙脑子里的第一个问题是:这个游戏的机制,到底是怎么设置的?

厂长吴光也好,轻生的大学生吴光也好,这里所有的 NPC 吴光,是虚拟世界设定的身份,他们的人生际遇,都是数据的设定和存档。这不是一个真实的世界,当然没有所谓的"过往人生",只是游戏策划、游戏脚本赋予他们的基础设置。

然而,另一方面,路无恙又不得不联想到:假如人生可以存档,假如人生可以回溯、可以去做支线选择,是不是很多悲剧就不会发生?

如果他的父母当年没有去旅行,是不是就可以避免意外?如果他大学时能少熬一点夜,是不是那倒霉催的癌症因子就不会被激发出来?如果他没有在"大区"上做直播跟网友们争个是非黑白,是不是就不会被气到进了 ICU?

然而,在现实世界里,没有"如果",更没有"存档点"这三个字的存在。

放在现实世界里,那个做错了事的大学生吴光,有极大的概率,走不出网络暴力的阴霾。在轰轰烈烈的网络审判前,年轻人能够自证清白的方式并不多,往往有人选择了最为极端的那一个——这样的新闻,在那个真实的环境里,路无恙不是没有看到过。

可事实上,如果他们挺下去,如果能跨过这一关,他们就会变成眼前的这个厂长、这个投资人:兑现诺言,做有价值的工作,甚至可以回馈社会……

"唉,同人不同命,人这一生啊,真是难说。"

长长地叹出一口气,路无恙不由发出这番感慨。而就在这句话脱口而出的瞬间,突然,手腕上发出"哔——"的一声提示。

黑色的电子屏幕,亮了——

【第四号队伍，完成了关键 NPC 的锁定。】

随着文字提示的闪烁，代表第四小队的小绿点上，生出了一个金色的边框。

"哈？"

路无恙蒙了，只能发出无意义的声音。他瞪着手表上的文字提示，好半天才抬起头，震惊地瞪视着对面一脸虚弱、鼻青脸肿的厂长吴光。

显然，刚刚的那句话，触发了什么关键词，将这个厂长吴光，锁定为第四小队的关键 NPC。

"糟了！"

下一秒，路无恙就意识到了大事不妙。他是不会死，但 NPC 会啊！如果这个厂长吴光被杀掉了，第四小队的其他人可没有无限复活的护甲啊！

心中警铃大作，路无恙立刻动作起来。他左右张望，看储物间里还有什么能用来防御一下的东西。当看见一个破办公桌之后，路无恙赶忙把桌子推到房间拐角，然后一把拉起厂长，把人往桌肚子底下塞：

"你给我躲这里，无论如何不能冒头！"

把人藏在桌子下面，路无恙又拖出一堆七七八八的杂物，放在前面阻挡。然后他费力地拖动储物架，横在门前做防御工事，自己又踹断一根破拖把，横着棍子守在门前。

果然，门外传来纷乱的脚步声——

路无恙用自己的身体抵住储物架，使出吃奶的力气，封住储物间的大门。

门外传来开锁的声音，下一秒，大门被狠狠踹了一脚。

路无恙不出声，只是咬紧牙关，奋力抵住。

"给我踹开！"

门外传来发号施令的声音，是先前那名蓝胖子玩家。紧接着，大

第十四章 未曾设想的盟友

门被踹得砰砰作响,然后又换成了沉重的冲击声,似乎是几个人同时在用身体撞击门板。

"让开!我来!"

门外一声大吼,随之而来的,是一阵刺耳而疯狂的声音——电锯转动的马达声。

火花迸射,大门被锯开一道裂缝。高速运转的电锯刀片,瞬间切进了门扉内侧。路无恙看着只能干着急,就算他是不死之身,也不能上去送人头啊。再说这屋里面也没有任何东西能对抗电锯。

短短半分钟的时间,半扇门就被切开了,露出了那个光头的痞子吴光不怀好意的脸孔。NPC们一拥而上,大力地推向储物架。路无恙奋力阻拦,但他孤军作战,当然敌不过对面一群人。

眼看对手推倒储物架,陆续进来,路无恙立刻回身,用自己的身体挡在刚码好的"防御工事"上。

NPC们撕扯着,想拉开路无恙,但他死死地拽住架子,不让自己挪动分毫。他的态度非常坚决,就算跨过他的尸体,也要守住这个厂长吴光!

然而对面的也都不是省油的灯。光头吴光再次拉动马达,横起电锯向吴光走来。在他的身后,蓝胖子冷笑道:

"你死不了是吧?没事,切成两半,我倒要看看你还能怎么复活!"

光头高举电锯,眼看就要切向路无恙的半身,就在这一刻,只听厂房外面"砰——"的一声巨响,下一秒,仿佛是炮弹一样的水柱冲进了门里!

水柱力道之大,冲得NPC们左摇右摆。手里抓着电锯的光头,被淋了一身,全身打起了摆子,哆嗦着瘫倒在地——显然是被电麻了。

"哐——"

又是一声巨响,储物室大门所在的那面墙,直接被撞开了。

121

透过那坍塌的、残破的墙洞,路无恙惊诧地望向对面。只见墙外横着一辆挖掘机,那车窗玻璃后方的人影,是个身材壮实的肌肉男——正是第一小队的队长,叶大鹰。

第十五章
人玩人

黄色挖掘机挥舞着挖斗,一斗子敲进了屋子里,砸倒了一片NPC。同时,更多的玩家从门里涌了进来——

队伍最前方,是飞鹰救援队的成员,他们手持水管,以水枪水柱作为武器,横扫屋里的NPC,将试图行凶的吴光们冲得七荤八素东倒西歪。

再然后,是身材抵人家两个的膘哥,抄着一柄大老虎钳,逮着流氓混混们猛敲。

还有哑帅,不是他跑得慢,而是门太窄,他实在挤不过有他两个壮的膘哥。哑帅赤手空拳地杀进屋,一拳就撂倒了那个蓝胖子。只见他行云流水一般地使出了一套擒拿动作,右手锁喉,左膝叩在了男人的胸前,将对手给拿捏了个严严实实。

虽然不明白为什么第一小队会来帮忙营救,但刚刚那千钧一发之际,好歹是逃过了一劫,路无恙吊着的一颗心放了下来,立刻也加入了战斗。

"距离整点还有120秒,根据数据预判,目测区域安全。"

一个冷静的声音,从墙壁的破洞外传来,那是曲菱依在分析地图,确认下一轮"缩圈"的时间和地点。

向全体队友通报了时间之后,曲菱依从洞口探过头来,看了一眼正在冲NPC挥拳的路无恙——下一秒,她的嘴唇轻动,像是呼了一口气,冷峻的表情也随之放松下来。

这场混战只持续了短短几分钟。本来储物间空间不大,在玩家们以挖掘机、水枪武器占据了先机之后,后面的战斗基本上就是一句话——痛打落水狗。

NPC 吴光们倒了一片,有人流出了黑色黏稠的"石油血",也有人临阵脱逃,疯狂逃窜奔出了厂子。当那群使坏的 NPC 冲出了污水处理厂的大门,队友们就没有再追逐了,并没有关门打狗、赶尽杀绝。

待到尘埃落定,路无恙才招呼衡行和大超,将阻碍物搬开,露出了桌子底下的厂长吴光。

"锁定了。"

"早就知道了,"衡行笑着答,一边用食指碰了碰手表屏幕,"所以我们不就来了吗?主要救 NPC,顺便救个你。"

"我谢谢你嘞。"路无恙笑着回答,他横起胳膊,冲衡行给了一肘子。

他当然知道,衡行是故意调侃他的。他锁定 NPC 还没两分钟呢,大伙儿就杀到这里了。这么短的时间,足以"打脸"衡行的说辞,证明他们究竟是为了谁而来。

心底一阵温暖,路无恙望向自己的伙伴们。虽然身处虚拟的游戏空间,但这份共渡难关的情感,却是真诚的,炽热的。

不过,他想不明白的是,为什么第一小队会和自家同伴混在一块儿,他们不是屠杀 NPC,干掉了第八小队和第六小队吗?

路无恙倍感困惑,望向坐在挖掘机驾驶座上的叶大鹰。衡行当然猜得到他在想什么,于是伸手拍了拍他的后背:

"先出去,一会儿跟你说。"

路无恙扶着厂长吴光,和衡行一人架住一边胳膊,把人抬出了储物室。可刚一走到厂房的门外,路无恙就被面前的景象镇住了——

几十名吴光站在那里,却不是之前被蓝衣玩家蛊惑的工人和小流氓们,而是之前广场上的那些吴光。他们之中有白领,有流浪汉,有年长一些的,也有学生模样的,还有路无恙曾经救下过的那名用扁担挑土豆的民工吴光。

路无恙这才明白:难怪三支小队能攻进污水处理厂,能够迅速打赢NPC清场,原来是有这些人帮忙!

就在路无恙发蒙的时候,一队队长,也是现实中飞鹰救援队的队长叶大鹰,从挖掘机上翻了下来。他个头不算高,但身材极为结实,一身的腱子肉。只见叶大鹰走到NPC们的中间,冲众人抱了抱拳,大声说道:

"各位,多谢帮忙。这次任务已经完成,大家可以散了。"

吴光们面面相觑,一名打着条纹领带的青年走了出来,带头说话:

"大鹰队长,我们的命都是你救下来的,就让我们大家跟着你吧。"

NPC们对叶大鹰和第一小队的态度如此和善,这让路无恙深感意外,他心中的各种疑问也不断涌现。这时,衡行适时地站了出来,简要地解释道:

"我们也是被大鹰队长救下来的……"

二十多分钟前,当路无恙以一人之力阻挡黑恶势力,给大伙儿争取出逃跑的时间,膘哥踩着油门驾驶大巴车横冲直撞,一路倒车倒出了污水处理厂。

然而,那群混混仍是穷追不舍,有NPC开出了卡车一路追击。

相比起卡车的性能,这已经撞得不成样子的大巴车,实在是撑不了太久。就算膘哥的驾驶技能再高超,也搞不定客观上的劣势。众人拆下一切能拆的东西,从车窗里疯狂投掷,想阻拦那些追击者。

眼看追车越来越近,就在众人倍感焦急之时,突然,一阵警笛声由远及近。不多时,一辆火红色的消防车,出现在众人的视野里。

第一小队的成员,一男一女,都身穿干练制服,背着工具箱,他们站在消防车的顶部,举起了水枪——

水流如注，像是炮弹一样向前方击去，却不是针对破破烂烂的大巴，而是紧追不舍的卡车。而在消防车的后方，跟着的是大批 NPC 吴光。眼看情况不对，卡车调头撤回了厂区。

"……我们错怪大鹰队长了，"衡行继续解释，"他们是想救第八小队和第六小队，但没能救下来。"

"是的，游戏一开始，我们也没能摸清规则。"

站在一旁的叶大鹰点了点头，黝黑的面庞上，露出了遗憾的神色。

时间倒回——

在最初进入关卡之时，按照八个方位被传送到地图的第一小队，位于地图的北角。在现实世界里运营着飞鹰救援队的叶大鹰，在第一时间判断了形势：第八小队距离他们极近，又都是新手组成，于是，他们决定去找第八小队会合，与他们一同进行游戏。

第一小队的六名玩家中，四名都是飞鹰救援队的成员，行动力极强，而且本就是现实世界里的朋友。除了队长叶大鹰，一名女队员叫"若若"，还有两名男队员：一个大名"罗冬冬"，一个外号"侉侉"。

在预备关卡里，第一时间加入第一小队的两名外援，也都是老玩家，有游戏经验，也擅长审时度势。这一组人可谓是精英中的精英，都不是拖泥带水的人。

在叶大鹰的指挥下，大伙儿迅速向地图的西北角移动，寻找第八小队——他们的步伐很快，迅速锁定了第八小队的位置。

然而，大伙儿都不曾料到的是，这个关卡里有"缩圈"的游戏设定。当倒计时 100 分钟整，地面开始崩塌，纯新手的第八号小队，根本来不及反应就陷入了危机，只能慌张地嚷着"救命"。

叶大鹰他们六个人赶到的时候，第八小队的成员已经在地震中有了大幅伤亡，他们只来得及救下两名奔逃中的八队成员。

可遗憾的是，这两名刚被救下的幸存者，也湮灭了——第八小队不知何时锁定了关键NPC,随着附近的NPC们被地缝吞没,那两名已经逃出生天的玩家,突然惨遭炭化,继而湮灭。

正常时序——

"难怪,我在地图上看见你们两个队伍的圆点相遇,然后第八小队就被淘汰了……"

听到这里,路无恙恍然大悟。想到自己冤枉了好人,他面向叶大鹰,不好意思地道歉:

"抱歉,我们先前想错了,还以为你们下的杀手……对了,第六小队又是怎么回事?还有先前在广场上,你们驱赶着一群NPC,同时我们还遭遇了狙击手暗杀,我们一直以为,是你们的人动的手。"

"不是,"叶大鹰沉声道,"我们也是被狙击的对象,所以才需要大家的掩护。"

他口中的大家,就是现场的这些吴光们。

时间继续回溯——

在救援失败、目睹第八小队全军覆没之后,叶大鹰他们也很快掌握了这一关游戏的核心设定:

第一,每到一个整点,系统就会有一次"缩圈",部分地图会湮灭,必须保证大伙儿处于安全位置。

第二,任务要求锁定一名NPC,然而一旦锁定,就必须保护好该NPC的性命,否则整个小队都会随之湮灭。

讨论出了这一关的游戏规则,叶大鹰他们立刻调整了战术:为了减少"缩圈"的影响,他们先不和NPC互动、不进行锁定任务,而是专注向地图中间位置进发,找寻安全点。

然而,虽然做出了判断,但在实操过程中,却远远没有他们计划中的那么简单。在第一小队一边沟通一边移动的过程中,突然,队长叶大鹰的手表发出了提示音,低头一看,竟然跳出了任务提示:

【第一号队伍,完成了关键NPC的锁定。】

这提示的出现,让队员们都蒙了。他们不知道自己是如何触发了NPC的锁定条件,甚至搞不清楚自己究竟是锁定了哪一个NPC——他们故意挑了一条人迹罕至的路线,尽量减少和NPC的接触,可即便是如此小心,却仍触发了任务!

"队长,在这里!"

侉侉率先找到了那个被锁定的NPC,指向了脚下的位置——原来,队员们从立交桥上走过,他们哪里想得到,有一名流浪汉正蜷缩在桥底下。不知他们哪句对话触发了关键词,锁定了这名桥下的流浪汉。

既成事实,无法可想,叶大鹰只有带上这名流浪汉吴光一起走。紧接着,他们在路边找到了一辆车门大开似乎是被人废弃的皮卡。在游戏世界里,也讲不了什么规矩,大伙儿立刻"征用"了这辆皮卡。若若自告奋勇,当起了司机。叶大鹰则带着其他队员和流浪汉,坐在了皮卡的车斗里。

皮卡一路颠簸,驶向市中心。可就在通过一栋大楼的时候,一声枪响打破了沉寂,也惊住了所有人。

这一枪,击中了流浪汉的大腿,幸好没命中要害,只是冒出了"石油血"。叶大鹰当机立断,立刻招呼若若停车,把流浪汉藏在车底。

与此同时,街面上也出现了新的变化:道路上的NPC吴光们,纷纷接到了电话和视频,露出了惊愕、慌张的表情。而不远处的高楼大厦之上,冒出了浓浓黑烟——

混乱,开始了。

很快,原本这些遵守秩序的市民,变得或手足无措,或疯狂暴躁:有些人跌坐在地,有些人疯狂奔跑,有些人甚至当街行凶、抢劫,冲进商场开始了"零元购"……

虚拟城市,化作了罪恶之都。而造成诸多混乱的根源,恰恰是进入游戏的玩家们。

时间回到当下——

"你问问他,"叶大鹰努了努嘴,指向被哑帅五花大绑的玩家蓝胖

第十五章 人玩人

子,"他们究竟做了什么。"

"我……我也是没办法,听队长的而已……"

蓝胖子先前的强横,此时荡然无存。在众人瞪视下全身发抖、两股战战的他,和先前命令小痞子屠杀路无恙的他,简直不像是同一个人:

"……我、我没做什么,都、都是他们自己干的。"

他将目光投向了那些相同面孔的吴光,试图将自己的错误撇个干干净净。

时间再次倒回,回到刚刚进入游戏、倒计时 101 分钟的时候——

一进游戏,第二小队和第三小队按照预备关卡里的商议,第一时间就进行了会合。

顾小年是个洞悉经济规律和人心贪婪的老人精,凌灵则是个网络营销的高手,两人碰头一合计,决定一方面建造据点、豢养 NPC 以应对游戏规则,另一方面发动 NPC 去对付玩家和其他 NPC。

遭遇第一次"缩圈"、倒计时 100 分钟地图崩塌时刻,面对从灾难中幸存,继而慌乱逃窜的吴光们,顾小年随机抓住了一个人,故作深沉地讲述:

"你看看,世界末日到了。生死存亡的时候,你还要按部就班地生活吗?"

如果是在平时,顾小年大概会被路人当作神经病。但地震在前,城市崩塌,一切灰飞烟灭,对于目睹这一切并幸存的 NPC 来说,"末日论"并不是一句疯话。

"你能看得出来吧,我们和你们不一样,"顾小年继续循循善诱,"我们是救世主,是来救你们的。"

年过七十的老头子,瞬间化为了"老神棍"。而美女凌灵则伸出了纤纤玉指,冲自己的队员们打了一个响指:

"小伙伴们,让我们给这位天选之子,送点小礼物吧。"

身材婷婷的她,款款地走到了马路中央,拦截了一辆奔驰。当车主被逼得停了车,继而下车破口大骂的时候,三队的玩家们一拥而上,直接把这倒霉蛋围殴了一顿,硬生生地打死了。

游戏而已,虚拟人物嘛,都长着同一张脸,一看就是假的。

对于玩家们来说,捶死一个NPC,是正常的游戏流程:这些家伙,根本不是人——不是吗?

奔驰车主的尸体,被丢到了路边。凌灵摇晃着她袅娜的腰肢,走向那"天选之子",以她白皙娇嫩的手指,送上了豪车的钥匙:

"现在,它是你的了。"

恐惧与混乱相伴而生,没有约束和制裁的罪恶行为,让NPC们彻底失控了,整座城市陷入了末日的恐惧以及罪恶的泥沼。

"你们都是一样的,为什么这些人能当老板、能赚大钱,你们却只能当打工狗?凭什么有人天生命好,有人只能睡马路?"

"现在,世界末日来了,洗牌的时间到了。"

"干掉他们,你就是那个'人上人'。"

愤怒情绪的煽动,永远是最为快捷的方法。

在顾小年、凌灵这些玩家们的鼓动下,"末日论"迅速传播,而每隔十分钟就出现的缩圈式大地震,更是验证了他们的说法。越来越多的NPC,抛弃了往日的法律与道德,加入了"抢到就是赚到"这样弱肉强食的黑暗丛林中。

王侯将相宁有种乎?

凭什么都是吴光,他就是开豪车的,我就是骑三轮车的?

干掉他,豪车就是我的。

取代他,工作就是我的。

世界末日都来了,还要什么规矩?

抢到,杀到,就能赚到。

在这座虚拟城市中,那些混得不好的吴光,找到了新的"致富道路"。他们对其他市民痛下杀手,哪怕这些人和自己长着一样的面孔。

炮制了这场混乱的二队、三队联盟，满意地观赏着 NPC 吴光们的挣扎与攻击。紧接着，顾小年和凌灵商讨之后，还做了三个步骤的布局：

第一，在城市中心偏东的位置，建立了据点，控制并囚禁了几十名吴光，作为在游戏进程中，随时可供选择的"备胎"。

第二，他们利用 NPC 们之间的网络通信，将"杀掉对手"的理念传播出去，将 NPC 当枪使，鼓励他们去杀外面的一切人物，包括玩家和 NPC——特别是和其他小队玩家靠近的、已经建立了连接的关键 NPC。

第三，派小队成员和笼络而来的 NPC 建立行动小组，占据通往据点路上的污水处理厂，设下圈套：表面引诱其他队伍加入联盟，实则瓮中捉鳖，痛下杀手。

"既然是竞争关卡，一共八支小队，"顾小年望着凌灵，谈笑风生，"按这游戏系统的风格，通往下一个环节的通过率，多则 50%，少则 25%。"

凌灵笑了："英雄所见略同。"

二人相视一笑，"略同"的"所见"里，没有挑明的一点是：两队先结盟，干掉其他对手。若是通过率低于 25%，也就是游戏规则只容许一支小队通关，那么——

那么，到时候……

之后的话，无须明说，两只狐狸皆是心知肚明。

时间回归——

简要地说明了二队、三队联盟的计划，蓝胖子苦着一张脸，继续说：

"……我只是个小喽啰，都是听两个队长的。"

蓝胖子把自己的责任撇了个干干净净，仿佛之前那个下令将路无恙"一分两半"的人，不是他一样。

路无恙直接甩了对方一个巴掌——又快，又狠，又响，打过瘾了，

路无恙甩了甩右手,才接着问:

"那个狙击手是哪个队的?"

"那不是玩家,"捂着被扇红的脸,蓝衣玩家哆哆嗦嗦地道,"是NPC。"

路无恙更好奇了:"你们怎么做到的?他一个NPC,就算枪法再厉害,也没办法洞悉我们玩家的路线吧?"

"有我们组的队员带着他一起行动。凌队长承诺他了:事成之后,让他当市长。"

蓝衣玩家的回答,让路无恙无语了:关卡结束后,这游戏地图还在不在,都是一个未知数。要个市长有啥用?凌灵这话忽悠的,也就欺负NPC这种游戏里的人工智能了。

听完了始末,路无恙转向叶大鹰,这一次,他基本把情况捋清楚了:

"所以,广场上我们那次碰面,你们驱赶着一堆NPC,是为了保护自己锁定的吴光,不让他暴露在狙击手的视野里?"

"没错,这是其一,"叶大鹰点头道,"其二,要缩圈了,能救一个是一个。"

这格局!路无恙不由竖起大拇指,由衷地佩服对方。

路无恙不知道的是,在现实世界里的叶大鹰,正职是一家建材公司的小老板,业余做民间救援队的组织者——而且,他是真正经历过灾难的,是地震中的幸存者,所以,他不愿意放弃任何一个人。

就在众人交换信息的时候,任务时间的倒计时也来到了60分整。

手表发出了提示音,然而令路无恙疑惑的是,在场的众人没有一个紧张或采取避险举措的,仿佛都胸有成竹,知道"缩圈"绝对不会缩到这里一般。

"这就要谢谢曲菱依了,"看出了他的困惑,衡行笑着道,"是她根据地图信息找到了规律,预测出了缩圈的地点。"

第十五章 人玩人

路无恙将目光投向曲菱依,只见她淡定地分析:

"前四次的缩圈,除了第一次,也就是 100 分钟的时候,是城市最外围、无差别的湮灭……"

"后面的三次,倒计时 90、80、70 分钟的三次'缩圈'模式,都有迹可循——"

"系统应该是在没有锁定关键 NPC 的队伍里,随机挑选一支队伍,以该队伍为圆心,湮灭其周围半径两千米的范围。"

曲菱依不愧是研究生,擅长做数据整理和挖掘,逻辑清晰,预判准确,给队员们做出了指引:

"现在,我们三队都锁定了关键 NPC,反倒是第二小队和第三小队没有完成,这一次的'缩圈',应该是在他们联盟的据点附近发动。"

仿佛为了证明她的推论,路无恙看见手表屏幕的地图显示,橙色和黄色的圆点旁边,亮起了一个闪烁中的、代表危险的红色圆圈——紧接着,那片区域开始变得灰暗。

红圈闪烁,远处传来阵阵轰鸣,脚下的大地开始剧烈地颤动。远处的一栋高楼,在浓浓的烟尘中坍塌,验证了曲菱依的判断。

不过,从地图上看,这一次的"缩圈",并没有吞噬那两个圆点——说实话,路无恙的心里,隐隐生出了一点点的小失望。

他虽珍惜生命,但也没那么圣母:这群人,机关算尽而且毫无人性,怎么这次"缩圈",就没能把他们震没了呢?

如果说挑动 NPC 杀 NPC、制造城市的混乱,还可以辩解说是"游戏的玩法",但把主意打到玩家身上,明显就是犯罪——根本不拿人命当回事了。

"啧啧,"坐在轮椅上的糖开心,咂嘴发出了不悦的声音,"怎么就给这帮混蛋逃过去了呢?"

她心直口快的表述,算是帮其他队员都吐露心声了。

只有曲菱依仍然冷静:"没必要去做道德评判,或许几关之后,我们也会做出同样的选择。"

"咳咳,"不想面对这个沉重的议题,衡行咳嗽了两声,他转而望向路无恙,露骨地切换了话题,"对了,你是怎么锁定NPC的?"

　　路无恙把自己被流氓混混们砍得死去活来,继而被丢进储物间的事情说了,也简要复述了这个厂长吴光的经历。

　　他的话语,让轻生者大学生吴光瞪大了双眼,他一脸的难以置信,望向世界上的另一个自己。

　　从他的表情中,读出了他内心涌起的轩然大波,膘哥伸出壮壮的胳膊,拍向大学生的肩膀:

　　"你看吧,天无绝人之路,这人啊,命里就没有跨不过去的坎儿。挺过这一关,有大好的日子在等着你呢!你能读博士,当厂长,还能给学校捐楼呢,到时候谁还会看不起你?"

　　前几句话,也是膘哥当初将人从桥上救下来时,劝过的话语。然而,唯有到了此时此刻,看见厂长吴光站在自己的面前,大学生吴光才终于意识到,自己可以拥有一个不同的未来……

　　"啊!我知道了!锁定关键NPC的触发词!!!"

　　突然,衡行一拍大腿,狂吼道:

　　"是'命'!"

第十六章
50%的新规则

"啊！我知道了！锁定关键NPC的触发词！是'命'！"

衡行一声大吼，引得众人齐刷刷一扭头，向他投去疑惑的视线。

只见这位搞网络创作的小说家，拿出自己对文字的敏感度，分析道："刚刚路无恙说了，他跟厂长吴光没说几句话，就锁定了。但他有一句，'同人不同命'。然后膘哥救这学生仔，肯定也少不得说几句命运的话，也有'命'。至于你们——"

衡行望向叶大鹰，继续道："你说过，第八小队刚到游戏中就遇到缩圈地震，然后锁定了NPC，他们肯定是喊了'救命'。而你们在桥上一边走一边商议战术，说不定也哪句里聊到了'命'字。"

"啊，对了，"第一小队同时也是飞鹰救援队成员的伟伟，一拍脑门地回忆起来，"我跟老大说了'遵命'。"

这下说得通了。众人这才恍然大悟，并对衡行报以赞叹：好在有这位网络作家，终于参透了这次"锁定NPC"的游戏规则，解了大家心中的困惑。

"不愧是网文大神，"大超又开启了"夸夸"模式，对着衡行猛吹"彩虹屁"，"对了，大神，我有个问题，一直特别好奇……"

"你问。"衡行得意地挑了挑眉，为自己的文本分析能力而沾沾自喜。

大超好奇地眨巴眨巴眼，一脸吃瓜群众的八卦感："网上有好多传闻，你和女粉丝到底有没有……"

衡行暴怒,打断了大超的话,他的发言被一阵阵剧烈的"哔!哔!哔!"声所取代,硬是没蹦出一个完整的句子来。不过,从他那愤怒的表情上,不难看出他对于这个问题的反对。

就在路无恙想要拍拍他的肩膀,让他别生气慢慢说的时候,突然,衡行手腕上的黑色表面发出了一阵猩红的光芒——

红光爆裂!

当衡行的身躯炭化并湮灭的那一刻,在场的所有人都僵住了。

路无恙瞠目结舌,难以置信地瞪着那飞散的灰烬,却再也寻不到同伴的身影。

沉默。

四周一片死寂。所有人都石化了。大超更是吓得一屁股蹲儿跌坐在地,他怎么也想不到,自己八卦的一句问话,竟然就把衡行给问死了。

这是在"大区"的世界里。

可以怼天怼地怼空气,但发表不和谐的词语,是要被禁言,甚至封号的。

这就是"大区"。

一个网络社交平台,一个虚拟的游戏世界。

……

路无恙目瞪口呆,整个人仿佛化作一尊石像。他完全无法接受衡行的湮灭——这个和自己一同闯过游戏关卡、在种种困难面前同心协力的伙伴,会因为这样一个乌龙的理由,就突然被湮灭了。

就因为,他要辩解的那些话语,不够文明?

他忽然想起了第一次的游戏关卡里,在面对最终审判时,愤然质问"正道之光"的大脸盘儿,还有愤怒至极、冲天空竖起了中指的江萌萌……

她们的语言,她们的动作,当然都不文明。但是,她们的不甘与愤怒,是源自那些不公平的对待。质疑这样的不公,难道是错的吗?

路无恙无语，他的内心当然知道这个问题的答案，但是他的嘴巴，却一个字也答不出。

他不是网络小白，多年以前，路无恙就在"大区"上开了账号，如今是拥有众多粉丝的视频 UP 主。长久以来的网络大 V 生活，给了他丰富的实践经验。

他当然知道，哪些词是所谓的"禁语"。

他当然知道，在那一则网络用户文明公约里，约束的是有形的、固定的词语，却从来无法约束那些恶俗、那些反讽、那些煽动，无法约束那些看热闹不怕事大的旁观者，无法约束吃人血馒头的流量……

无法约束的，是人心里的那些恶意。

然而在这一刻，路无恙能做的，却只有沉默。

沉默着，带着愤怒，带着可笑，带着质疑——

沉默。

手表的电子屏幕上，时间数字仍在不停跳跃，一秒一秒地归向原点。

一时之间，在场的玩家们都闭上了嘴，默然地站在那里。

就在玩家们心情愈发沉重之时，只听手表上又是"叮——"的一声提示。

任务指引的文字，产生了新的变化。

> 任务指引
> 第二阶段：选取四支小队，进入下一阶段
> 时限：54′11″

游戏进行到了第二阶段，游戏时间却依然延续第一阶段的进度。路无恙调出地图界面一看，只见第二小队的橙色圆点、第三小队的黄色圆点外，都套上了代表"锁定了关键 NPC"的金色边框。

看来，二队、三队的两个队长，也通过上一次的"缩圈"位置，判断

出了游戏规律:系统会优先挑选锁定 NPC 的队伍,在他们附近进行"缩圈"。

正如玩家蓝胖子交代的那样,二队和三队联盟,先前已经控制并囚禁了几十名 NPC 吴光,一见情况不对,便立刻触发任务,确保自己不被系统盯上——他们都是经验丰富的老玩家,顾小年有五次关卡的经验,凌灵是深知网络话术规则的超级主播,他们能悟出"命"这个字的条件,也不意外。

而新阶段的游戏规则,也正如顾小年和凌灵的预测那样:在这个竞争关卡里,系统会挑选 50% 的队伍,进入下一个阶段。

"如果倒计时结束,不止四支小队存活,那会怎么样?"

滑板少年陈拾实提问。初次进入游戏的他,实在是搞不懂,现在地图上有五个圆点存在,五个小队一起进入下一关就是了,这有什么难的?

然而,饱受游戏摧残的老玩家们,却向他投去了"你太天真了"的眼神。

"没人试过,"侉侉的一张脸,完全垮了下来,苦着脸回答少年,"大概会全员湮灭吧,反正我们通过了三次关卡,从来没见过这么活下来的玩家。"

假设时限结束,地图上还有五支队伍,那系统很有可能自动判定:全员湮灭。

以这游戏系统种种残酷的关卡设计,以及过往玩家的湮灭状况来看,这种结局是一种大概率的选择。

"现在就是两个联盟,明摆着不是他们干我们,就是我们干他们。"膘哥握紧了拳头,恨声道。

原本少说话、多做事的膘哥,此时却一反常态地出来带节奏,其中的缘由,心思活络、眼力见儿也相当给力的大超,第一个就想明白了:

目前存活的五支队伍中,就膘哥带领的第五小队人最少:一个膘

第十六章　50%的新规则

哥,一个八十多的老母亲,一个十四岁的少年。而他们队伍锁定的NPC还是个失去希望、想跳河图个一了百了的大学生。从人数上看,最容易被搞垮的,就是他们第五小队。

假设,只是假设,路无恙或者叶大鹰顺手给那试图跳河的大学生吴光一刀,游戏就可以直接进入下个环节……

眼里看了个清楚明白,心里更是盘得通通透透,但大超什么也不敢说:毕竟刚刚他多嘴一句八卦,就把衡行送上了天——大伙儿没跟他算账,就算他运气好了。他只是用那双贼溜溜的眼睛,观察着三个队长的表情。

显然,路无恙和叶大鹰都没有对自己人动刀子的习惯。三个人一番合计,路无恙更是把目光投向了曲菱依:

"菱依,依你的预判,现在进入了第二阶段,还会有缩圈吗?如果有的话,会是什么规则?纯随机?"

曲菱依瞥了一眼手表,倒计时已进入53分钟:

"我觉得这个'第二阶段',并不是真正的STAGE 2,"她平静地分析,"第一,时间没有清零,第二,地图没有切换,这表示基本游戏规则是一致的,大概率仍然会有缩圈。而且依我看,这一次的毒圈,应该会在我们这里。"

这个推测,让众人一惊。

只听曲菱依继续剖析道:"游戏的规则在于平衡。之前未锁定NPC的队伍,主动性更大,因此系统在他们四周缩圈,是系统在削弱他们的优势,逼他们尽快入局。但现在,五支队伍均已锁定,从地势上看,三对二,他们那儿又刚震过一轮,所以这次系统的判定,应该是轮到我们了。"

"那咱们分开行动?这样概率不就小了?"

罗冬冬提出建议,但下一秒,就被自家队长否定了:

"不行,对方是高手,又有狙击手在暗处,"叶大鹰摇头道,"一旦分开,很容易被逐个击破。"

"那怎么办？咱们也不能建据点，搞搞防守。"

罗冬冬愁眉苦脸地感叹。讲真，这厂子地势不错，易守难攻，要不是有"缩圈"这个游戏机制，他们就干脆往这儿一蹲，建成防御堡垒，就不用怕狙击手偷袭了。二、三队的联盟肯定得攻过来，到时候他们占据堡垒地利，再跟他们干一仗就是。

三位队长也都有此感慨：如果能搞防御基地，那大伙儿的胜算就大了。但是偏偏系统的这个"缩圈"机制，逼得他们移动，逼得他们不跑不行……

"那搞个移动的堡垒，不行吗？"抱着滑板的少年陈拾实，年纪轻轻的，脑子就是活络，"搞个车队，大家一块儿行动，来对手了可以冲撞，缩圈了也好逃跑啊。"

"这主意好，"叶大鹰赞同地点头，"我们多找几辆特种车型，校车、消防车、救护车，组成车阵，把三个 NPC 保护起来。"

说干就干，飞鹰救援队的若若、罗冬冬、侉侉已经在四处张望，试图从工厂里寻找方便操作、具有一定防御力或攻击力的车辆了。

侉侉看中了一辆铲车，三步并作两步地冲了上去，几番捣鼓，就让车铲上上下下地动作起来。

这技能的熟练度，让陈拾实啧啧称奇："你们怎么什么车都会开啊？"

"我们还会开摩托艇呢，"一头干练短发的女队员若若，冲陈拾实眨了眨眼，"等回去之后，有机会让你试试——对了，还可以带你出海，去潜水，摸鱼摸海龟。"

陈拾实的双眼瞬间绽放出期待的光芒。他还是个半大的孩子，听了这句话，顿时心驰神往。而一旁的路无恙，在听了"回去"两个字后，却是心中一沉：

他们还能回得去吗？回到现实世界吗？

不，一定能回去的！

他坚信，大家一定回得去！而且他相信，湮灭不代表死亡——衡

第十六章 50%的新规则

行在游戏里湮灭,或许就已经回到现实世界了。只有他自己,因为在现实世界里死了,所以才能在游戏世界里不断地死而复生。

越是思索分析,越觉得这个结论是最靠谱的——在路无恙的内心深处,已经接受了"自己在现实里已经死亡"的想法,只为了让"湮灭的结果"充满希望。

"这样,"路无恙建议道,"大鹰队长,膘哥,你们带着大家,在这里建车队,搞移动防御。我去对面,看看状况,摸一摸他们的信息和战术。"

"太危险。"否决的是曲菱依。

"没事,我不会死的,我有挂,金手指。"

路无恙笑着反驳。可当"金手指"三个字脱口而出的时候,他的笑容却不由得僵硬了一下,神色也黯淡了些许:这个开挂的说法,是网络小说里的常用词。

虽然曲菱依反对,但是依现在的局势来看,路无恙的确是所有玩家当中最有利、最不怕死的那个。而他们的确需要一个视角,去侦查第二、三队的联盟。

叶大鹰和膘哥同意了路无恙的建议。在场的十四名玩家,除了膘哥八十多岁的老母亲,其他人都从周围NPC吴光们手里借了一部手机,拉了个13名成员的通信群。

眼看路无恙要孤身上路,曲菱依微微皱眉,冷声道:"我跟你一起去。"

这陪伴的态度,让其他玩家都化身为"吃瓜群众"。大超的一双眼,更是在路无恙和曲菱依身上来回转动,似乎想读出些情感八卦来。

膘哥更是用肘子撞了撞路无恙,笑着赞叹:"你小子,厉害啊。"

路无恙被他们看得不好意思,脸都有点红了,慌忙摆手道:"不,不是你们想的那样,没、没有……"

"走了。"曲菱依面无表情地打断路无恙。她完全无视众人八卦的视线,仍是那样冷静,好像大伙儿起哄的对象,根本与她无关。

"不行，"路无恙摇头，"菱依，你数据分析能力强，你跟着大家比较好，能帮大家预判形势。"

曲菱依瞥他，冷声道："第一，对手的情况，更需要数据分析。第二，在这 50 分钟内'缩圈'的规则不会有更大变化，而这里都是跑圈的熟手。第三，就算你有不死之身，也只是一个人，对手可以想出一百种方法对付你，先前的囚禁就是一个案例……"

她停顿了半秒，似乎在思考什么，才继续说："第四，你所谓的'无限复活'只是现阶段的一个特殊表现，根本机制在没有破解之前，都不可以 100% 放心，没人能保证这个复活机制有没有时限，或者是不是有次数限制——如果你半途湮灭了，团队需要知道信息。所以，综上所述，你需要帮手。"

逻辑分明，有理有据，而且一下子还是四条。曲菱依说话的语气，几乎不带感情起伏，是最为冷静和疏离的语调。这让周遭试图磕 CP 的吃瓜群众，纷纷感到被浇了一盆冷水，连打趣的话也变得没有底气了。

离下一轮缩圈还有 90 秒倒计时，由第一、四、五小队结成的联盟，决定兵分两路——

叶大鹰、膘哥带着队友和 NPC，登上了由铲车、消防车、皮卡、卡车等依次组成的车队。侉侉开铲车开道，飞鹰救援队的其他人坐着一辆皮卡，紧跟其后。三名关键 NPC 被安排在了消防车上，由哑帅、糖开心、陈拾实他们陪着，被其他车辆围在队伍最中心。膘哥那位八十多岁的老母，说什么也不愿意离开儿子，膘哥没办法，只能把她带在身边，他们驾驶一辆卡车，载着其他愿意入伙的吴光们，跟在车队的最后。

路无恙不会开车，因为他成年后的生活基本上都在和病魔斗争，让他根本没有去考驾照的机会。好在曲菱依的驾驶技能满点，两人在厂子里翻出辆小车，向手表地图上跳跃的黄、橙二色圆点所在的位置，疾驰而去。

第十七章
坚不可破的联盟

这本是一座现代又寻常的城市，马路宽敞、高楼林立、基建完善，就像是现实世界里一座正常的小城市。但这里又是诡异而离奇的，没有"天网"和监控，没有充足的警力，没有足够的医生，连社区里的"红马甲"也只有一个人。这许许多多顶着相似面孔的吴光不同的人生际遇，让他们可以获得任何一种身份。然而，在这个游戏世界的设置里，却不会有两个相同年龄、相同身份的人。

路无恙将右臂搭在副驾的车窗外，他偏过头，望向窗外荒诞的场景：从他们进入这一关到现在，也才仅仅过去了五十分钟，可这座城市就变成了这个样子：崩塌的土地，残破的废墟，高楼浓烟滚滚，街道上车祸连连，好似世界末日。不同身份的吴光们对着彼此挥舞着拳头，语言骂战如雷鸣，暴力出拳如电闪。罪恶都市"哥谭"，也不过如此。

"还不到一个小时，就因为顾小年、凌灵他们的几句话，搞成了这个鬼样子……"路无恙真的不能理解，只能发出无奈的感叹。

曲菱依专心开车，连视线都不曾偏转半分，只是冷淡地回答："这座虚拟城市的人员设定，本就没有现实基础。没有法律，没有足够的公职人员，就无法支撑文明社会的秩序。"

路无恙都被曲菱依这句官方的回答给逗乐了。

曲菱依瞥去一眼，转而丢出一个致命的问题："你准备怎么办？"

"什么怎么办？"路无恙没明白。

"见到了二组和三组,你打算做什么?"

曲菱依的问题,简单、粗暴、直白,又带着几分残忍,让路无恙收起了笑容,陷入了沉默:这个问题,他不是没有思考过——见到了那支"不义联盟",他又该做什么?

五选四,摆明了要淘汰一支队伍。他们的目标很明确,必须在第二小队和第三小队当中做出选择,湮灭其中一支队伍。然而,他们不是警察,更不是检察官,凭什么去决定别人的生死?

"如果你想保持双手干净,"曲菱依的双眼锁定前方道路,她目不斜视,冷静地叙述,"那就挑起他们的内讧,让他们自相残杀。"

曲菱依说得对,这是最优解。从理智上来说,路无恙非常能理解,但从感情上来说……他将嘴角抿成了一条直线,犹豫了两秒,才反问道:

"那我们……不就跟他们一样了吗?"

这个答案,曲菱依也不意外。她依旧目不斜视,淡定道:

"那你就等他们打上门来,自卫反击。从人数上看,十四比十二,但你知道其中的水分。"

没错,三队联盟十四人,有老人有孩子,还有不便行动的残障人士,也就叶大鹰他们的救援队和哑帅能打一些。

反观二队和三队的联盟,虽然一共只有十二个人,但个个都是老玩家,兵强马壮,而且有战略有战术——更要命的是,这支"不义联盟"的底线极低,他们是不拿玩家的命当人命的,越是没下限,就越狠,就越是占据优势……

"这什么世道,越是好人就越倒霉,"路无恙深吸一口气,无限感慨,"好人越是顾忌,就越是斗不过坏人,就越是吃亏受罪……"

"这已经不是吃亏受罪的问题了,在这个游戏里,就是'生'和'死'的选择。"

曲菱依顿了一顿,终于转而望向路无恙,冰冷到无情的目光,锁定在对方脸上:

第十七章　坚不可破的联盟

"你该放弃幻想了。"

路无恙沉默了，他的心里一片雪亮。其实，他之所以提出要一个人出来侦查，正是出于这份目的：他打算仗着自己无限复活的不死之身，孤身去对面"偷家"。只要杀死对面锁定的关键NPC"吴光"，游戏就能进入下一个阶段……

就在这时，地面发出震颤，面前的道路开始了颠簸，轿车开得摇摇晃晃，颠得人七荤八素——不过正如曲菱依预判的那样，这次"缩圈"发生在第一、四、五小队的附近，被行驶的轿车远远地甩在了身后。

与此同时，轿车前方的道路上，传来了喧闹的声音。

"又震了！"

有人呼喊，有人咆哮，也有汽车发动机的声音，与后方地震中建筑崩塌的轰鸣，混杂在了一起。更为荒谬而诡异的是，其中还有经文的念诵声，似乎是从扩音器中传来：

"相信神的力量，神会庇护你们的。只要跟随救世主的脚步，地震就不会伤害到你们……"

苍老的声音，诡异的话语，看来就是玩家蓝胖子先前说到的"老神棍"了。

曲菱依和路无恙对望一眼，前者立刻转动方向盘，将轿车扭进了一条小巷里。趁乱停车之后，两人借着暗巷的掩护，迅速攀上了楼宇旁的消防梯，蹿上了高层住户的阳台，然后趴在阳台上，小心地望向前方的道路——

宽阔的马路上，地面像是被扭曲挤压的面皮，向远方延展。而在那波折不平的道路上，远远地，出现了一支武装队伍——

是的，武装。在队伍的最前排，有一群穿着各异的NPC吴光，足足上百人。他们手里抓着不知从哪儿抢占来的武器，从刀具到钢管，耀武扬威地开道前进。

而被他们拥护并保卫在中心的，是一辆黄色的校车。

此时,大地还在震颤,校车不得不停下,NPC们也簇拥在车辆四周,随着顾小年那个老神棍的呼吁,等待着地震的结束。

路无恙和曲菱依仗着地势,居高临下地将队伍中NPC的规模尽收眼底。他们也透过校车的车窗,看见了站在车厢里的玩家们——

对方团队一共十个人,有男有女,都持有武器,神情似乎颇为放松,完全没有紧张的模样。

车上没有吴光的影子,这说明二队、三队将己方锁定的关键NPC,放在了乌泱乌泱的人群中——这个战略,第一小队之前也用过,就是"赶羊"一样地驱赶众多NPC,将核心角色隐藏在人群中,让对手摸不着方向,无法锁定目标。

是的,曲菱依说得对,他该放弃幻想了。这种情势下,不是他一个人仗着无限复活,就能做"刺客"成功制服对手的。

路无恙暗暗思忖,同时继续观察对方的举动。他掏出手机,在组群里发言——

【锁定目标,NPC有上百人。十名玩家在校车里,有防弹玻璃。】

聊天群里并没有回应。路无恙知道,自己的同伴们正在应对这一波的"缩圈"。直到震感稍减,他连忙又打字询问:

【你们没事吧?】

不多时,聊天群里跳出了两个字:

【安全】

似乎意识到了信息的不完善,那人又补了几个字:

【——叶大鹰】

毕竟,他们是借用吴光们的手机进行对话,各自账号的昵称并没有修改,头像也是千奇百怪。

就在路无恙松了一口气的时候,组群里又跳出了一句语音。路无恙埋下头,躲在阳台的掩护下,点开语音聆听——只听手机里传出兴奋的声音:

第十七章　坚不可破的联盟

"好消息！对面挂了一个！就那个狙击手和他身边的垃圾玩家，想狙我们的NPC,结果刚一震,他们那座楼直接塌了！"

这欣喜若狂的声音,来自大超。对他来说,对面敌手的减员,就是己方最大的助力。

瞬间,路无恙眼睛一亮。

他又瞥了一眼道路前方的队伍：随着地震的结束,这个"不义联盟"又开始了前进。路无恙把头缩回了栏杆之下,借着墙体的掩护,直接拨通了跟大超的语音通话：

"大超,你让蓝胖子接电话！"

之前撤离污水处理厂的时候,三位队长一合计,把玩家蓝胖子带上了——虽说对方是先不仁不义的,但大伙儿总不能把他捆了锁在厂房里,等着他在"缩圈"时被湮灭。

手机里传来蓝胖子颤巍巍的、带着心虚的声音：

"喂……路队长……您、您找我？"

路无恙问："你是第二小队的,还是第三小队的？"

"第三小队,"听筒中的声音答得很快,态度十分恭敬,"队长是凌灵,是她派我到工厂拦你们的,都是她的意思,我是没办法,不得不听命令。"

路无恙自动忽略蓝胖子那些甩锅的话语,继续问："那盯着狙击手的那位呢？那个给NPC看地图打辅助的玩家,也是你们队的？"

"不,那是二队的。一个队伍出一个人,在据点外面跑任务——我就是那个被派出去的倒霉蛋。"

路无恙无视对方所有的诡辩,只是下达指示："好,现在我知道了。你有电话的,对吧？我现在放了你,你打电话,把这里所有的情况,都告诉给你两位队长——记住,两个队长都要说。"

"啊？"蓝胖子显然给听蒙了。

路无恙继续指示："你把电话给大超。"

"哈？路队,你要放了这小子？"

"对,放了他。"路无恙认真地回答。

"为啥?这不放虎归山吗?"大超压低了声音,"那个,对方已经减了一员了,咱们一不做二不休……不就有优势了吗?"

大超的意思,路无恙当然明白,但他仍然坚持:"你听我的,放了他。"

毕竟是自家队长发话,而且大超自己也是"戴罪之身",他只能乖乖听话。路无恙听见电话那头传来了交谈声,似乎是大超向叶大鹰、膘哥他们说明了情况,过了半分钟,大超再度上线通话:

"路队,人已经放了。"

"好的,谢啦。"

路无恙结束了通话,一转头,正对上了曲菱依别有意味的眼神。

"医院里待久了,只看明白两件事:第一,久病床前无孝子,"路无恙微微一笑,笑容里是从未见过的狡黠,"第二,不患寡而患不均。"

曲菱依是个聪明人,她不需要路无恙的解释,便明白了这"不患寡而患不均"的意思——

顾小年和凌灵都是玩人心的好手,最会算计。之前刚进入关卡,两队立刻结盟,干什么都锁在一起,本打算逐个击破其他队伍,确保两队联盟的胜算。可如今,对手三队结盟,人数还稍占优势。而他们自己联盟内部,却变成了6∶5的局面——比起挑战和对抗其他三队,不如先下手为强,保证自己队伍是那50%……

撒出了诱饵,路无恙和曲菱依再次探出目光,观察着下方道路上的队伍——

校车停了,停在了原地。

从车窗里,依稀可以看见玩家们的动作。顾小年放下了他的扩音器,凌灵接通了电话。老头儿似乎提出了要求,凌灵的电话并未贴在她的耳边,而是举在她和顾小年之间——应该是用了免提外放模式,两人一起聆听蓝胖子的报告。

曲菱依挑了挑眉,向身侧的路无恙提问:"你说,能剩下哪个?"

第十七章 坚不可破的联盟

"不好说,"路无恙摇了摇头,"要看谁比较狠了。"

停顿了片刻,路无恙不怎么抱希望地提出另一种可能:"不过也不好说,他们也可能达成一致。毕竟从人员的战斗力,以及武器装备的层面来说,如果二队、三队保持结盟状态,一起对付我们的话,还是占据较大优势的。"

曲菱依眨了眨眼,嘴角微微扬起:"这话,你自己相信吗?"

路无恙扯动嘴角,似乎有些遗憾,但更有不怀好意和乐观其成:"不信。"

躲在高楼上的两个人,静静地观察着对手们的一举一动——

只见凌灵女士挂了电话,和顾小年这位老专家说了什么。当然,他们俩的对话,路无恙和曲菱依自然是听不见的,但从他们笑面盈盈的表情和握手的动作上,似乎是已经达成了一致。

黄色的校车再次启动,缓缓向前行进。

"不会吧?"路无恙惊了,校车里一片和谐的景象,显然在他的意料之外。

就在路无恙深深地陷入自我怀疑、反省自己是不是把对手想得太坏、想得太龌龊的时候,突然,黄色校车猛地加速,一拐弯冲向了侧边——

簇拥在校车旁边的 NPC 吴光们,瞬间被撞倒了。校车似乎选取了一小撮人,大约七八个吴光瘫在地上,校车在他们的身上反复碾压。

与此同时,车上的玩家们开始了相互攻击。他们挥舞着尖刀,扎向同一车厢里的人。

惨叫声不绝于耳。

黄色校车的车轮下,涌出了黑色的"石油血"。

红光爆裂!

黑色灰烬在车窗里弥漫,遮蔽了外界探究的视线。路无恙根本无法判断,究竟是哪一组人占了上风,只听空中传来一声轰鸣,一道惊雷劈过天幕。

"轰——"

与此同时,手腕上的手表也传来"叮——"的一声提示音。路无恙只来得及瞥见"淘汰"两个字,还没看清楚究竟淘汰的是哪支队伍,脚下又是一空——

世界,崩塌了。

第十八章
"正道之光",选择最正确的人生

高楼建筑、道路设施,连同脚下的土地,都化为了尘埃消失。路无恙只觉得自己跌入了万丈深渊。他下坠的速度是如此之快,快到他体验到了失重的感觉。在不受控制的惶恐之中,路无恙只能下意识地探出手,紧紧抓住对面同伴的胳膊,想要保护对方不受伤害。

急速坠落令他眩晕,他看不清这世界。在一片虚化的、奇异的光点中,只有曲菱依的双眼是清晰的。她的表情是如此冷静,只在凝视着同伴的清亮眼神当中,带着一丝困惑。

短暂的几秒钟,却因未知的恐惧而倍感漫长。终于,路无恙结结实实地摔在了地面上,世界也重新聚起了新的形态——

依然是城市,依然有高楼大厦,有车水马龙,只是街道上的人们,换了面孔:不再是吴光的模样,而是不同的人,有男有女,有老有少,有高有矮,有胖有瘦……

路无恙收回了垫在曲菱依后脑勺上的手,好容易撑着地面爬起了身,环视着四周的景象。不同于之前关卡里诡异的场景,这个城市显得太正常了,不同的人在城市中行走,或是处理着自己的事务,完全无视路无恙他们这些玩家的存在。

此时,聚拢在路无恙身边的玩家们,只有他们第四小队的成员:曲菱依、哑帅、大超以及坐着轮椅的糖开心。

"这是……进入下一关了?"大超惊讶地问。

"不。"曲菱依冷静解答,她举起左手,敲了敲黑色的表面。

> 任务指引
> 第三阶段:找到各队锁定 NPC 及其人生逆转的关键时刻,接受"正道之光"的选择
> 时限:05′00″

电子屏幕上的任务提示,让大超惊讶又欣喜的眼神,立即黯淡了下去。第一次进入游戏的他们,面对这似乎无休止的关卡进阶,感受到了无比的疲惫。好在路无恙他们是老手,早已料到游戏没那么简单——

"正道之光",虽迟但到。

路无恙迅速调出地图页面,只见在这座城市的区域规划和交通路线上,只有七个关键场所:学校、商场、办公楼、街道、大桥、医院、派出所。而玩家的四支小队,四个不同颜色的圆点,又被分散在了城市的东、南、西、北四个角落。

膘哥所在的第五小队在城市的北角,叶大鹰他们第一小队在东角,既然代表小队的圆点都在,那就表示他们的安全不用太担心。而此时,倒计时只有短短的五分钟,路无恙顾不上联系其他队伍的同伴,他满脑子都是任务提示里的话语——

找到锁定 NPC 及其人生逆转的关键时刻。

"我知道了!"急中生智的路无恙,猛地拍响了巴掌,"吴光人生逆转的关键时刻,就在学校毕业典礼上!那场毕业生代表发言,决定了他的人生走向!"

路无恙曾经和厂长吴光一同被捆着关在仓库里,两人有过深度的沟通,此时也算是因祸得福,路无恙很快就意识到了所谓的"关键时刻"。

一边是网络暴力千夫所指、万念俱灰、走上人生的绝路,另一边是渡过难关,留学深造到回国开厂,成为人生赢家,吴光的人生,自那

场毕业典礼之后,就走入了岔路。

倒计时还有四分多钟,路无恙不敢耽搁,立刻招呼同伴赶路。他一把推过糖开心的轮椅,奔跑开道,带着众人向校园狂奔:

"走!去学校!菱依你给膘哥打电话,让他们去学校会合!"

紧跟着路无恙的步伐,大超一边跑一边琢磨着:"没错,学校是个坎儿,这是给咱们撞着了。可其他的吴光是怎么变的?比如大鹰队长他那个流浪汉,总不是因为毕业典礼上被骂了吧?"

这个问题,路无恙自然是答不出的。推着轮椅狂奔的他,并未理会街道上发生的一切,他甚至没有去看路边那些 NPC 的动作——

一个初中生打扮的女孩被一位农村老太太拦住,后者向她问路。好心的女孩领着老妇人,将她带到巷口。就在这时,一辆飞驰的面包车猛踩刹车,停在了女孩身侧。两个男人伸出双手,将女孩扯进了面包车里。

路无恙永远不会知道,吴光也可能出现在这个巷口。

这世上,或许会有一位路见不平的青年吴光。他会去拍打面包车的车厢,会去拉扯女孩的胳膊,想去努力营救,将女孩从黑车里拉出来。可见义勇为的他,却被车里的男人用铁棍击中了后脑,从一个勇敢聪明的好青年,变成一个脑袋有问题,甚至连自己名字都记不住的人。日后如游魂一般晃荡在街道上,成为睡在桥洞底下的流浪汉……

而这个巷口发生的一切,便是第一小队锁定的流浪汉吴光所遭遇的"人生逆转"的"关键时刻"。

街道、校园、医院、商场、桥梁、办公楼、派出所……这些生活中的寻常地点,或许就是人生的转折之处。

一句短短的话语,一个小小的事件,也许是吵一次架、打一场架,又或者是鼓一次掌、送一束花,便会造就无数的、不同的人。

这是人的境遇,是无穷的可能性。

或许,每个人都会成为吴光。可能是光鲜的、富有的、睿智的吴光,也可能是失意的、贫穷的、困顿的吴光,他们可以成为维护社会秩序的执法者,也可能成为手持凶器的不法之徒。

人的一生,在每一个小小的瞬间,都有可能改变,导向无数个不同的结局。

比如,就在这一秒——

倒计时4分28秒,路无恙他们还在狂奔。

幸好这一阶段的游戏地图,并未太过庞大复杂,七大场景非常分明,距离也不算太远。大伙儿用一分多钟的时间,就奔进了大学校园区域。

一进校园,路无恙就看见了指示牌。除了几大教学楼和大礼堂的位置之外,一栋科研楼的名字,吸引了他的注意力:

舞光楼。

舞光,那或许就是厂长吴光口中所说的,为母校捐赠的科研楼吧。

这个念头一闪而过,但路无恙不敢深究耽搁,只是拔足狂奔,继续推着糖开心的轮椅,带着众人,沿着指示牌的方向,奔到了毕业典礼所在的大礼堂。

大礼堂的建筑外形元素,与第一关的法庭有些相似。哑帅和大超一人一边,推开厚重的门扉,只见礼堂里座无虚席,满满当当坐着的,都是身穿黑色学士服的毕业生。

而在礼堂最前方的舞台上,一个年轻人正在演讲。

他的五官模样,是如此熟悉,正是先前关卡里的每一个吴光。但他的表情,却显得那样陌生。年轻的、稚嫩的、神采飞扬的他,说每一句话都眉飞色舞,带着十成的自信,带着对未来无比美好的憧憬。然而他后面却说出落后的、狭隘的、偏激的观点:

"……在座的妹子,你们的机会比我们男生要多,你们还可以靠嫁人进行第二次投胎,而我们男人只有奋进,必须拼尽一切,才能在这个社会上有立足之地。"

观众席的人群骚动起来,嗡嗡嗡的纷纷议论声,打破了典礼的肃静。

此时得意的吴光不会知道,在场愤怒的观众也不会知道,这个隐隐歧视女性努力的年轻人,在未来的人生中,可能会为了保护女孩子的安全,而被恶人打到颅脑受损、智力障碍。

此时此刻,台下议论纷纷。而台上的青年吴光,并没有意识到大家的反感,他将这些议论视为对自己言论的赞同和附和。他的眉毛挑得更高了,继续阐述他那不成熟的个人"政见":

"……同学们,尤其是咱们的学弟们,请你们一定用功、努力,才有可能成功顺利地走上社会。如果你的人生只有996和007这两种选择,相信我,这不是资本家的问题,是你自己的问题——这只能表明,你的人生价值不够,必须用全部时间去兑换你的工资。"

这个吴光也不会知道,未来的他也可能进入名牌"大厂",拿着不错的工资,做着每天19个小时的工作,靠咖啡和可乐"续命",然后中风脑梗,倒在他不到2平方米的工位上。

春风得意的学生代表吴光,在台上侃侃而谈,用他局限在校园当中的浅薄人生,评价整个世界。台下的学生之中,有人被他的傲慢所激怒,于是拿起手机,开始拍摄他的不当言论。

路无恙知道接下来会发生什么,他知道视频会在网络上掀起轩然大波,知道媒体评论会为这个青年做出"精致利己"的定性。所以,他快步走上前,轻轻地捂住了学生举起的手机镜头。

戴着学士帽的那名学生,疑惑地扭过头,望向这个突然闯入礼堂的陌生男人。

路无恙送上善意的笑容,轻声给出自己的建议:

"把你们的同学,当个人吧。"

是个人,就会犯错。

一个心高气傲、没有社会经验的年轻人,说出不智的话语,这当然是他的错。

他错了,理应付出代价。

但是,这个错误的代价,是否需要放大到被网暴,乃至于"社会性死亡"的层面呢?

互联网时代,让举报和批判,太过轻易,也太容易隆重。

针对错误的言论,人们当然可以发表自己的看法。但网络批评,不代表"网络审判",更不代表"网络私刑"。

若是每个人,都能把网络对面、素未谋面的陌生人,当作一个活生生的、真正的人,而不是一个网络账号、一串网络 ID,大家会不会变得温和些?

"还有你,"路无恙望向台上趾高气扬的年轻人,朗声道,"如果你不是自诩高人一等,如果你能把你的同学当作跟你一样平等的人,就不会说出这些歧视女性、歧视劳动者的话语。"

万万没想到,毕业典礼上会突然冒出这么几个搅局的,台上的毕业生代表吴光,显然愣住了。先是错愕,再变得愤怒,得意的挑眉变成了眉头深锁,年轻气盛的吴光伸手指向台下,厉声质问:

"你是什么人?怎么进来的!"

年纪虽然不大,但这官威倒是挺大的。路无恙又好气又好笑,再联想到那个被臁哥他们从大桥上救下来的、垂头丧气、颓废不堪、似乎只比活人多口气的轻生者吴光,他感慨地回答对方:

"你啊,也真的没什么好得意的。你跟他们没有任何不同,只是人生的际遇,有太多的不确定罢了……"

说到这里,路无恙深深地叹了一口气:

"把人,当个人吧。"

若是把人当人,当成一个活生生的人,就不会有性别歧视,就不会有无休止的网络暴行,就不会有虚拟和现实世界里的屠戮与残杀……

台上的吴光还没来得及反驳,只听礼堂大门又是一声闷响。

路无恙他们扭头一看,只见臁哥推门而入,身后跟着老太太以及陈拾实——第五小队,也赶到了所谓的"关键时刻""关键场所"。

第十八章 "正道之光",选择最正确的人生

当两队成员全部踏入礼堂的这一刻,突然,灯灭了。

万籁俱寂。

四下一片黑暗。

观众席上的百余名毕业生,全都消失不见。戴着学士帽、站在主席台上做代表发言的青年吴光,也没了踪影。在这黯淡而空旷的场景内,只有场馆天顶上闪烁着星点的微光,仿佛是高高在上、窥视人间的星辰。

下一秒,前方主席台上,突然亮起两束追光——

一束红色,追在舞台左侧,厂长吴光站在光圈的中央。他脸上的伤都痊愈了,不再是鼻青脸肿,还梳了一个油光锃亮的大背头。他身上的西装也不再是残破的,而是工工整整、服服帖帖地撑在那里——整个人一眼望过去,就是成功人士。

一束蓝光,追在舞台右侧,曾试图轻生的学生吴光站在蓝色光圈之中,显得手足无措。他穿着那身惨白的卫衣,神情黯淡,头发也是乱糟糟的像鸟窝一样——满脸写着的,都是一个"丧"字,在蓝光的映照下,显得格外发青,青到诡异。

而在舞台的最上方,星点的微光连成一片,聚合成金色的光芒。

那个熟悉的、不带情感的机械声音,在空荡荡的会场上方响起:

"审判,即将开始——"

"'正道之光',即将选择出吴光正确的人生。"

同时,手腕上的电子表也发出了倒计时的提示音:

02′47″

02′46″

嘀——嘀——

路无恙看到自己腕上的表盘上,显示出一闪一闪的红色亮光,亮成了一道边框。

"正道之光"的"审判",新玩家们前所未见。大超、哑帅、糖开心,还有膘哥他们五队的三个人,都是一脸困惑,打量着舞台上的不同

光束。

唯有路无恙和曲菱依,知道这代表什么。

他几乎能猜测出,接下来会发生什么——

"正道之光",将选择所谓"正确的人生"。而选错了NPC的团队,将被直接湮灭。

而这个选择的答案,也早已被光线的色彩所"剧透":红色表示无罪,蓝色表示有罪,这是在第一个关卡中,同伴们用生命试错试出来的结果。

这就是"竞争关卡"。

没有情感,没有协商,只有数据,只有对错。

路无恙扭头望向身后的膘哥,看着他们不明就里的三个人,脸上相似的困惑:

"路队,咱们要怎么办?"

要怎么办?

膘哥的问题,像是一把钝刀子,扎进了路无恙的心里。他不知道该怎么办。他只能沉默着凝视对方,他看见膘哥手腕上的表盘,正闪烁着蓝色的光芒。

于是,他可以百分之百地判断出:两分多钟以后,等待对方的,会是什么样的结果。

"嘀……嘀……"

倒计时还在继续,表盘上红色边框还在闪烁,路无恙望着三名同伴的面庞:苍老的、壮年的、稚嫩的……他们的手腕上,闪着代表"有罪"的蓝光。

明明是同伴,只因为身处不同的队伍,锁定了不同的NPC,便走上了"生"与"死",两条截然不同的道路。

"正道之光",选错了吗?

给吴光一个机会,让他在逆境中站起,成为一个有益于社会、懂得回报母校的人,这有错吗?

第十八章 "正道之光",选择最正确的人生

当然没有。"正道之光"选择的,是一个不曾放弃自己的、更好的吴光。

可是他们玩家呢?他们又做错了什么呢?

路无恙沉默着,他只能凝视着自己的盟友,却一句话也说不出来。

他沉默的模样,消沉的表情,让善于察言观色的大超,以及阅人无数的膘哥,都意识到了不对。大超向来话多,直白地询问:

"老大,你是不是知道什么?这什么'正道之光',不会是二选一吧?"

丰富的游戏经验,让大超提出了直击游戏本质的问题。而路无恙的低头不语,更是给了大超一种佐证:

"不会吧?选哪个?死哪个?"

大超絮絮叨叨的话语,让膘哥倒吸一口凉气。而膘哥身后的陈拾实,更是吓傻了一般,将滑板紧紧地抱在怀里,仿佛那是一根救命稻草。唯有膘哥家的老太太,从头到尾都没有搞清楚状况过,仍是神游太虚。

这一个"死"字,像是一道惊雷,突然让路无恙开了窍。

不对!他不会死!还有机会!

路无恙低头,疯狂地掰扯自己的手腕,想将电子表扯下来。这个动作立刻触发了惩罚机制,红光爆裂!

炭化,湮灭。

又再度重生。

路无恙一言不发地撕扯着,他的手指弯曲成爪,一寸一寸地把表盘往外抠。

如果他能把手表交给对方,是不是就能换一条命?

然而,路无恙的每一次尝试,都以死亡为代价。

湮灭,又重生。

路无恙反复尝试而不得的动作,无疑就是一种答案。

159

膘哥瞪大双眼,愣在那里许久,终究是回过神来,长长地叹了一口气。膀大腰圆的他,伸出了自己粗壮的胳膊,搂住了白发苍苍的母亲。

嘀——嘀——

01′33″

01′32″

……

望着路无恙搏命的动作,在他重生到第五次的时候,曲菱依突然张了张口,又顿了半秒,转口提出一种新的可能:

"你是队长,我们的队伍并未满员,或许还能调整人员。"

曲菱依的分析和提案,让路无恙猛地睁大双眼,望向对面的三人。他立刻伸出了手,将自己的表盘靠向对面——正如他在预备关卡里做的那样。

膘哥没接茬儿。

这位身材走样、大腹便便的汉子,一边搂紧了自己的老母亲,一边大手一挥,拍向了陈拾实的后背。

他是如此用力,嘭的一声,毫无防备的少年,被他拍得一个趔趄,跌跌撞撞地下了两层阶梯——好在被路无恙一把扶住。

陈拾实转过头,惊讶地瞪着膘哥。

膘哥咧开嘴角,给了他一个大大咧咧、一点都不帅气的笑容:

"小子,靠你了。"

陈拾实说不出话来。才上初中的他,不知道该怎样面对这样的场景。他是家里的独生子,从小到大就是家里的宝贝,所有的好处,都是他占着的……

但是,他从来没有占过这样的便宜——要人命的便宜。

"叔,"男孩一开腔,语气打战,"我、我不能……"

"别啰唆!"膘哥立刻打断他,转而望向路无恙:

"路队,你看能不能给他绑上?万一要入不了你们那伙儿,啧啧,那我可半点儿没损失,摆足了姿态,做了个大好人了。"

他一咂嘴,后半句带着几分真心,几分戏谑。

路无恙没法反驳。他知道,膘哥的这个选择,看似是最好的选择——可事实上,没有什么是"理所应当":十四岁的生命,未必就比八十四岁的生命,显得更加可贵。一个懵懂少年,未必就比一个壮年男人,更有生存的权利。

把人当人,就没有办法去比较生命的价值。

没有对与错,只是选择。

路无恙无言以对,只是伸出手,将自己腕上的表盘与陈拾实的靠在了一起。

表面同时亮起,黑色屏幕上亮出一个数字"4"。紧接着,陈拾实的手表外框,亮起了红色的光芒,取代了原本的蓝色。

曲菱依猜得没错:衡行的缺席,给了四队一个新的空位。

看见人员的转变,膘哥长长地叹了一口气:看不出是遗憾,是惋惜,还是如释重负。他只是扶着自己的老妈,让她坐在观众席柔软的座椅上。

"嘀——嘀——"

0′59″

0′58″

倒计时仍在继续,时间已经到了一分钟以内。

整个礼堂,一片静默,只有倒计时的声音。

路无恙他们默然无声,默默地望着那对母子。

患了阿尔茨海默病的银发老太太,对外界的事物没有太多的反馈。她只是执拗地摸索着自己的衣兜,仿佛在翻找着什么宝贝。

一脸横肉的膘哥,望着自家老妈,反差的表情,似乎有一种好笑的温柔。他那带着些宠溺的眼神,好像不是在看一个失能的长辈,而是在看一个可爱的孩子。

老太太在兜里使劲儿翻找着,摸出了一包辣条——那是她在游戏一开始的时候,从超市里搜刮"储备"来的。

看见自家老妈的动作,膘哥喷笑出声——真的是喷笑,一下子没忍住,笑得唾沫星子都飞了出来——他伸手接过辣条,扯开包装,塞了一根到嘴里,一边嚼一边辣得直吐气。

"妈,你也来一根。"

膘哥扯了根辣条,往老母亲嘴边塞。老太太撇着嘴歪头:

"不吃,牙坏。"

"没事儿,掉光了儿子给你补。"

膘哥哑巴着嘴儿,笑着回答。

太辣了,辣得他眼泪都飙出来了。

嘀——嘀——

0′01″

0′00″

金色光束,轰然落下。

"正道之光",做出了正确的选择,选择了更美好、更励志的人生。

金色光芒,灿烂得犹如晨曦,闪亮地洒在舞台上。

而在观众席的这一侧,路无恙他们的世界,却陷入了无垠黑暗之中。

竞争关卡——

通过。

第十九章
新游戏与新身份

似乎是跌入了万丈深渊,在急速坠落的失重感之中,路无恙陷入了晕厥。

不知多久,意识逐渐清晰,朦胧中隐隐听见"嘀——嘀——"的声响,声音间隔极有规律,仿佛是在进行什么倒计时一般。

曲菱依呢?其他的队友呢?之前竞争关卡最终是哪两支队伍通过了?叶大鹰队长他们的飞鹰救援队活下来了吗?

刚一恢复意识,无数的问题就排山倒海地钻进了路无恙的脑子。他猛地睁开眼,只见自己躺在一张柔软的大床上,周围却看不见同伴的身影。

只有他一个人,躺在这估摸有四五十平方米的套间里。路无恙又惊又奇,赶忙翻身下床,自己查看周遭的状况——

不同于上一场"竞争关卡"前的那个"预备关卡",他孤身所处的区域,并不是上次那间纯白色的小单间,屋里也没有什么令人啧啧称奇的科技设施,而是一间普通的卧室,一间普通的客厅,一间干湿分离的卫生间。

水晶灯,木质家具,米色墙纸,地面铺满了蓝金花纹的地毯。这个套间的装修风格偏华丽轻奢,一眼望去,就像是现实世界里五星级酒店的标准间。

路无恙快速走到窗前,猛地拉开了挂着穗子的、厚重的窗帘,却见窗外一片蔚蓝——

无边无垠的大海。

没有人,没有车,没有道路,甚至没有土地。他所处的这栋高楼,孤零零地矗立在大海的中央。翻涌的波涛,拍打着建筑底层的墙体,像是随时都会吞噬这个孤子而渺小的建筑。

这与世隔绝的超现实景象,无疑是展开了新的关卡。意识到这一点,路无恙赶忙低头抬手,望向腕间的电子屏幕。

> 演绎关卡
> 参与人数:12
> 通关难度:★☆☆☆☆

仿佛是察觉到了路无恙的注视,屏幕上瞬间跳出了白色的文字。看见那个被标注为"一星"的难度设计,路无恙情不自禁地舒了一口气,放缓了呼吸。

上一次的竞争关卡,四星难度,八支小队共计48人,最后只有不满12人可以存活下来。他眼睁睁地看着玩家们湮灭,比如衡行,比如嫖哥……

深深地吸了一口气,路无恙再度揣摩这则短小的游戏提示:这一次的游戏难度倒是不大,但所谓"演绎关卡"的玩法,他是从未见过的,这究竟是要扮演个啥?

就在路无恙皱眉、心生疑惑的这一刻,突然,只听"叮——"的一声,套间的大门那儿传来声响,门扉也随之开启:

一个用于酒店迎宾的机器人,带着屏幕上双眼弯弯的笑脸表情("^_^"),安静而平滑地滑入了房间。而在它进门之后,门扉又快速关闭。

"尊敬的客人,您好。"

机器人准确地停在路无恙的面前。它一边发出礼貌的问候,一边用两只机械手,捧起一只上锁的皮箱,递到路无恙的身前:

第十九章　新游戏与新身份

"这是您的任务道具,请您查收。"

在机器人笑眯眯的注视下,路无恙伸手接过皮箱。皮箱的顶部有一个小小的、方形的玻片,明显是用来验证指纹的。路无恙没有立刻伸手验证,而是一手提着皮箱,一边向那个高度只到他腰部的机器人提问:

"其他人呢?"

机器人面部的屏幕上,电子显示的双眼眨了眨,仿佛是在理解路无恙的问题。下一秒,屏幕上跳出一个更活泼、更夸张的"大笑"的表情包:

"各位都是尊贵的客人,让各位开心是我的使命,祝您游戏愉快。"

说完,机器人转过身,向套间的大门滑行而去。路无恙立刻快步跟上。

当门扉打开的那一刻,路无恙趁机而动,想跟着机器人的动作一起出门——然而,一道无形的墙壁阻隔了他。

"砰——"

路无恙的头,重重地撞在看不见的屏障上。他整个人瞬间被弹飞,又一屁股跌坐在地毯上。

在大门关闭的那一刹那,跌坐在地的他,只瞥见门外幽暗的走廊,远远地延伸下去,似乎没有尽头。

就在此时,手表发出"叮——"的提示音,关卡正式开启。

> 任务指引
> 第一关:角色扮演并完成指令
> 时限:60′00″

数字开始变动,仅仅一个小时的倒计时,如预计那般上演。

身陷游戏的路无恙,只能接受自己的命运。他就像是一颗棋子,被一只无形的大手,摆在了这个"生存游戏"的棋盘上,被指引,亦是被摆布。

他抬起右手拇指,摁向皮箱顶部的玻片,果然顺利地解开了密码锁。皮箱开启,露出了一套叠得整整齐齐、剪裁得体、质地上乘的西装。西装的上部,平放着一个金色的信封,封口处是一枚红色的火漆印。

路无恙疑惑地揭开信封,拆断了火漆,展开信纸:

【您,路无恙,24 岁,是一位癌症晚期患者,只剩下一个月的生命。】

开场第一段,就把路无恙"暴击"了:这是什么"角色扮演",根本是他本人的画像嘛!

内心深处波澜翻涌,路无恙一边皱眉,一边继续看下去:

【在生命进入倒计时的日子里,您的主治医生告诉您,您的病症是有诱因的,是由某种特定药物引发的——在您高三备考期间,您的成绩是班级里的第一,有人出于嫉妒,在您的饮食里投入了某种放射性物质,连续三个月的时间,由此产生了病变。】

路无恙忍不住咒骂出声,他双眼圆睁,炽热的视线仿佛要灼穿纸面:这种设定,光是假设就已经让他火冒三丈,想要杀人的心都有了!

然而,短暂的爆粗之后,路无恙旋即冷静下来:游戏就是游戏,全是瞎编的。其中最简单的反驳方式,就是他并不是班级里的优等生,事实上恰恰相反,他是班上的后进生,成绩吊车尾的那种。

至于他的病症,也不是什么投毒,而是遗传使然。

回想当年,往事仍历历在目——

那是在路无恙高一的时候,母亲因身体不适去医院检查。谁知道这一查,就已经是晚期了。立刻住院治疗,父亲在医院里忙进忙出,时常顾不上儿子,路无恙就天天在学校里蹭食堂,吃完了就在外面路上闲逛。他也不敢给爸妈添乱,唯一的娱乐方式就是玩手游,偶尔会到关系好的同学家里,打打家用游戏机。

第十九章 新游戏与新身份

再后来,高二了,妈没了,爸也没了。那是一个大中午,他还在学校上课,突然接到他爸的电话,电话里的声音一直在抽抽,断断续续才听出来几个字:

走了,你妈走了……

高二的路无恙,飞出了校门,冲向医院。可进了住院楼的大堂,他却只能手足无措地站在那里。17 岁的他,没有民事能力,也没有签字权,只能杵在那里,只能等待。

可是,他没能等到他爸的出现。

从正午等到午夜,电话打了八百遍,他都没有联系上父亲。直到凌晨,他才接到警方电话。

之后去了派出所,看了监控:在那个艳阳高照的正午,他爸从公司奔出来,失魂落魄地往医院里赶,却在抄近路、穿过市民公园的时候,一脚滑进了池塘里。

正午,太晒,也太热了,公园里连路人都没有,自然也没有人听见他的呼救声。监控画面里的池塘,在翻滚了几朵水花之后,便重回平静。

同样变得平静的,还有路无恙的心,再无波澜。

他的高三,是班主任和其他老师一起捐钱,帮他念下去的。按照班主任的劝说,只要他再熬过一年,考上大学,就能重新走上正轨……

其实那时候,路无恙自己也很纠结。他不想让老师们失望,他也知道考上大学是他最好的出路,可是,他就是做不到——学不下去,真的学不下去。

他会想起高二午休时的那个电话,他会想起监控视频里无声的画面,他会想起桌上那两张并排摆着的黑白照片——而那两张照片,是他每天晚上回到家,都不得不去面对的。

于是,他只有打开手机,进入"大区",随便翻找 UP 主的视频,将那些美食区、生活区、鬼畜区的视频打开,将手机音量调到最大,让那些喧闹的声音,伴随着千篇一律的特效"哈哈哈哈",将整个房间,用夸张的声效填满。

幸好,幸好,路无恙的纠结,并没有持续太久。还没等到他在考场上辜负班主任和老师们的期望,他的病痛就已然到来。

遗传病的剧本颇为相似,先是感觉到痛楚,然后去医院检查,一查便查出个中期。

于是,不用高考了,不用纠结了,命都在倒计时了,还想啥未来的工作?

路无恙变卖家产,将父母所有的储蓄拿出来,该看病看病,该住院住院。他是个不考虑未来的人,过一天算一天,为了治疗的日子不那么无聊,便在"大区"上开了个账号,直播自己抗癌的经历。

然后,这一播,就播了五年。

其间,他也被不少人质疑过,在网上喷他,说他都是演的,说他是在骗钱。有时候,他也能一笑了之,可有时候,却又会忍不住想去争个清楚明白——

毕竟,在他的人生中,也只剩下"活着"与"等死"这两件事了。日子平淡而无波,就像是画面里无声无息的池塘。唯有"大区",是他唯一的通道——有人可以对话,有人可以吵架,那些嘈杂的声音,也是种混杂的颜色,填补了雪白无瑕的病房。

往事突然攻击了路无恙,直到意识恍惚的他松动了手指,让那张写满人物设定和指令的信纸,从指尖飘落,这才将他拉回了现实。

路无恙猛地吸了一口气,弯腰拾起信纸,接着看下去——

【您发誓,要在死前找到投毒的凶手。于是,您组织了一场同学聚会,将有嫌疑的十一名同学,全部请到了酒店里。】

【现在,您的任务是召集所有同学,前往酒店二楼的会议厅内,投票选出罪恶的元凶。您必须观察所有同学,找到您的仇家,揭穿他的阴谋。】

连续两段文字,描述了这个"扮演关卡"的任务目标,也让路无恙

第十九章　新游戏与新身份

脱口而出：

"剧本杀啊？"

没错，扮演角色，揣测动机，找到凶手，这玩法真的和"剧本杀"没有两样了。在信纸的最下方，还有两排小字：

【注1：您必须全程扮演您的角色，但不得用言语、文字等手段，向其他玩家透露您的角色信息，否则将视为违规。】

这句话好理解：换言之，哪怕见到同伴，他也不能说出自己的身份，否则就要被"湮灭"。

路无恙继续看，还有第二条标注——

【注2：小心，罪恶的凝视。】

罪恶的凝视？那又是什么鬼东西？这一条，路无恙就看不懂了。

就在他皱眉思索的时候，指尖的信件突然燃烧起来，瞬间就化为了灰烬。

不同于之前经历的"解谜关卡"和"竞争关卡"，所有的任务提示都异常简略而模糊，必须以生命为代价进行探索，小心翼翼地摸索出对应关卡里的游戏规则。这一次的"扮演关卡"剧本杀，则给了玩家非常明确的任务指引。然而，糟糕的是，玩家被赋予了新的身份和人物经历，彼此之间也形成了新的人物关系——加害者与被害者的人物关系。

路无恙的脑子飞速转动：一共12名玩家，其余的人里，会不会有他之前的同伴？而同伴们又会不会成为那个"黑手"？如果确实形成了对立关系，会不会必须要死一个、活一个？

问题接踵而来，路无恙低头看表，时间已经过去了5分多钟，还剩下54分多的倒计时。他停止了无用的想象，眼下最重要的，是搞清楚另外11名玩家的状况，确认其中有没有自己的同伴。

既然是"角色扮演"，那肯定是要"武装到位"了。路无恙从皮箱里扯出西装，套在身上，对着酒店的镜子理了理领口——还挺帅，是他从没见过的职场气息。

穿了多年的病号服,这还是路无恙人生中第一次穿上西装这么高档的玩意儿。套装上身,帅气挺拔,连带着人的气质都不太一样了。路无恙大步流星,走向所在标间的那扇大门——

正如他预料的那样,通过"换装"完成"角色扮演"任务的他,顺利地通过了那堵看不见的空气墙,迈进了幽深的长廊里。

第二十章
每个人的身份牌

这是一座屹立在汪洋中的摩天大楼,无边无际的蔚蓝海洋将它包围,浪花拍打在玻璃幕墙上,似乎随时会将这栋高耸的建筑吞没。

对比无垠瀚海,这栋摩天楼显得有些渺小。然而,穿行在这一眼望不到头的酒店长廊里,路无恙却觉得这里幽深而漫长,仿佛是一座巨大的迷宫,没有边际。

酒店共有 72 层,这个数字,是他从电梯的按钮上得到的。他出发时所在的那个标准间,位于酒店的第 42 层,这一整层有 36 个客房,房号都标注在了大门上。

扣除顶楼的总统套房,底层的宴会厅、餐厅等,粗略地计算一下,整个酒店也有 2000 个左右的房间。12 名玩家,落在这 2000 间屋子里,简直是大海捞针。眼看腕表上的数字一点一点地倒计时,路无恙扯着嗓子呼喊:

"有——人——吗——"

他的呼唤,在深邃的长廊中徘徊,却无人响应。

死一般的寂静,是这座建筑给予他唯一的回应。

路无恙翻动手腕,点击表面屏幕,却无法像上一关那样,调取出地图显示——不过就算调出地图来,也没啥用:玩家们都藏身于酒店内部,就算有位置标识的圆点,也大概率会因为垂直而重叠。

72 层,总不能一层一层地找,更何况电梯也不止一部,酒店东南西北方位各有出入口,像是没头苍蝇一样地乱找,彼此很有可能会错过。

必须让大家统一目标集合,才有可能完成他"召集所有同学"的任务。想到这里,路无恙眼珠子一转,他拔腿狂奔到长廊的一侧,找到消防箱,从中取出消防斧。

只要启动火警,玩家们肯定会逃出房间,并且向酒店下层区域疏散,自然而然就能集合了。这个思路,让路无恙双手持斧,他大力地举起胳膊,照着警报器的方位就要劈下去!

"叮咚——"

突然响起的声音,打断了路无恙的动作。他竖着耳朵分辨,那是电梯启动的声音。

劈砍的动作,瞬间僵住了——如果他启动火警,电梯系统被锁死,那里面的玩家不就被关住了?思及此处,他暂停了自己的方案,转头又循声而去,飞奔到了之前的电梯厅里。

果然,电梯的屏显上,有"电梯下行"的箭头提示,而且是从六十多层下来的。路无恙赶忙快速摁下自己楼层的按钮,试图截停电梯——

停了!

快速下降的数字,在变成"4"字头后,明显减缓了速度,最终落在了"42"上。

伴随着数字的停滞,电梯门缓缓打开。路无恙抄起那柄消防斧,摆出了一个防御的姿势。与此同时,半启的电梯门里,也飞出一根明晃晃的棒球棍——

眼看这一棍一斧,就要在半空中碰撞出火花,路无恙从那电梯缝隙中看见一张熟悉的面孔,立刻向后跳出一大步,躲开了对方的攻击:

"曲菱依?"

半秒之后,电梯大门彻底敞开,露出了年轻女郎和被她掩在身后的青少年——正是一脸戒备的曲菱依,以及抱着滑板的陈拾实。

第二十章　每个人的身份牌

四目相对,路无恙和曲菱依同时松了一口气。电梯二人组踏出轿厢,路无恙则捡起地上摔落的棒球棍,重新递给曲菱依,笑着感慨:

"太好了。"

悬着的一颗心,瞬间落了地。彼此的出现,至少彰显了一条关卡规则——路无恙他们小队,作为上一关存活下来的队伍,全员进入了这一关。

在这生存游戏里看见队友,无疑是看见了亲人,路无恙张嘴就想询问、想同步信息,就在这一秒,曲菱依却伸出食指,点在了他的嘴唇上,将他所有未出口的话给憋了回去。

路无恙手足无措,眼神不自觉地瞄向那根葱葱玉指,看着看着,简直要对眼儿了——就在这时,曲菱依开了口:

"老同学,我是受害者。"

路无恙愣住。他眼睁睁看着曲菱依收回她那只纤细白皙的食指,然后冲他点了点头,使了个眼色。

结束了亲昵的举动,路无恙的三魂七魄也终于归了位。稍一琢磨,他便明白了曲菱依的意图,正是对应游戏规则的那一条:

【您必须全程扮演您的角色,但不得用言语、文字等手段,向其他玩家透露您的角色信息,否则将视为违规。】

是了。在这场"剧本杀"似的"演绎关卡"中,他们必须用系统给予的身份来进行游戏,进行对话。但其中又存在一个难点:他们不能直接说明自己扮演的角色身份,很有可能系统会监测一些"关键词",就像当时的衡行那样,触发了"禁语",瞬间就遭到湮灭。

曲菱依的那句"老同学"就是角色扮演,而"我是受害者"则是在不违规的情况下,尽可能地传达信息——游戏系统规定不能说真话,但没规定不能说假话啊。

曲菱依在说反话,她不是"受害者",她是"加害人"。

意识到这一点,路无恙的心顿时就凉了半截。刚刚遇见同伴的喜悦,瞬间被冲个无影无踪,脊背上涌现一股寒意——他们是前两局的同伴,可这一次,他们分属于不同的阵营。

路无恙的脑袋都耷拉下去了,他颓丧地望着曲菱依,忧心忡忡地陈述:

"我是加害人。"

他的这句反话,已经表明了不同的立场。曲菱依瞬间明白,她轻轻地点了点头,随即送上一个淡淡的微笑——是肯定,也是信任:

"明白。"

游戏系统所限,他们每一句能说出口的话,都要经过千思万想。然而,此时的路无恙心里,已是掀起了轩然大波,无数念头闪过:

通过曲菱依和陈拾实的出现,大致已经可以推测出,上一关"竞争关卡"的两支幸存队伍,来到了这个"演绎关卡",除了他们三个,还有哑帅、大超、糖开心。

另外一支队伍,有可能是叶大鹰队长和他的飞鹰救援队成员,也有可能是营销鬼才、当红主播凌灵的团队——顾小年的队伍大概率已经被淘汰了,因为他们的队员已经被干掉了1个,不足6人;如果是他们顺利过关,这一关就应该是11人参赛了。

昔日并肩作战、同生共死的伙伴,却在这个"演绎关卡",被赋予了新的人物身份,被分成了不同的阵营。按照这游戏一贯的设定,正和邪的对抗,必有一方要"狗带"。

而他路无恙,绝对、绝对、绝对不会去伤害曲菱依——毕竟,他们是从游戏最初一直走到现在生死与共的伙伴啊!

"一定有办法的,"路无恙猛地抬起头,他的双目锁定了曲菱依,坚定地陈述,"一定有办法的!"

他的话外之音,曲菱依听懂了。后者再次轻轻点头,微微一笑,但下一秒,她又收起了笑容,正色道:"小心,身份所限,自己人也不可靠。"

路无恙的脑子里,瞬间蹦出一个己方团队中最不可靠的家伙:

"大超?"

曲菱依没说话,只是微微颔首。

大超,那个见人说人话、见鬼说鬼话的游戏直播 UP 主,上一关就凭借一个无心的问题,让衡行说出了禁语,瞬间被系统湮灭。在这个演绎关卡中,"谨言慎行"四个字就是关键,尤其要注意大超那样的状况,千万不能重蹈覆辙。

两个人你来我往,话中有话,尽可能在不触及系统关键词的情况下,努力传递信息。他们这打哑谜似的沟通方式,让曲菱依身后的陈拾实听不下去了,滑板少年脑子里可没那么多弯弯绕绕,皱着眉抱怨:

"你们在打什么哑谜啊?说话吞一半吐一半的,就说咱们下一步该干吗吧!"

路无恙挑了挑眉,试探性地问:"正?反?"

"啥啊?"陈拾实一脸嫌弃地瞪他,"你说的都是啥啊?什么正反?你们好好说话不行吗?"

现在的小孩子,脑子应该很活络才对啊,怎么这点儿试探还听不懂呢?路无恙简直都要怀疑,陈拾实是不是故意在装傻了。

而就在此时,曲菱依解答了他的疑惑:"他刚满十四岁,是被限制玩'剧本杀'的。"

陈拾实应该是真的没玩过这么需要察言观色、钩心斗角的游戏,自然也就无法理解他们现在的小心谨慎了。

"我之前试探过了,他有角色设定,但应该不涉及关键剧情,应该不是主动发起者——大概率是平民。"

在拿到自己的身份牌之后,曲菱依很快意识到自己"反方"的角色设定——

按照信纸上赋予她的"过往",她有了新的身份,"加害人"的身份:在五年前的高中三年级,她曾经是一位暴躁的"小太妹",跟随"大姐头"欺负女同学,结果害得自己的同班同学摔下楼梯,从此成了残疾人。

看到这条叙述,曲菱依立刻联想出那名受害人——大概率是坐着轮椅的糖开心,作为"大区"上少见的社会公益 UP 主,她也是无障碍设施测试员,没有谁比她更合适那个"被校园霸凌导致残疾"的角色了。

现在,与路无恙的碰面,基本让她盘出了关卡里的三大阵营——

正方,也就是受害人,目前有路无恙(确定)、糖开心(存疑,概率较大)。

反方,也就是加害人,目前有她曲菱依,而她相信绝不仅仅只有一个,除了她的身份书里透露出来的"大姐头"之外,腿脚完好的路无恙既然也是受害者,那他肯定对应着另一个加害人,对应着另一条案件线。

此外,还有平民,和案件关联度不大,或许会是证人或目击者,比如她在 61 层偶遇的陈拾实。按照她之前看见陈拾实之后,第一时间发出的试探性话语,如果对方有身份,大概率已经被诈出来了。

曲菱依取出了包里的纸笔,将正方命名为"A 队",将反方命名为"B 队",将平民命名为"C 队",分别填上了她所归类的人员,然后将纸亮给路无恙。

只需一眼,路无恙就明白了曲菱依的命名逻辑——用 A、B、C 的归类方法,就不算是泄露身份信息,自然也就不会被湮灭。

接下来,他们要做的,就是将总共十二名玩家同时召集到酒店二楼的会议室,开始"剧本杀"的阶段——

到了那时候,A 队、B 队、C 队三支阵营,必然会有一场厮杀。

"走一步算一步,"路无恙抬起手腕,用手指敲了敲倒计时 51 分钟的数字显示,"先收集信息,召集玩家,怎么'审'怎么'杀',到时候看具体情况。"

在这场虚拟世界的生存游戏中,唯一可以确定的是:他们什么也无法确定。一切都在变化,他们的性命完全掌握在系统的控制中。

第二十章　每个人的身份牌

谁知道到了会议室,会不会又突然触发什么新规则,进入下一个游戏阶段?

曲菱依微微点头,然后挑眉:"你打算怎么召集?"

路无恙亮出手里那柄消防斧:"靠它。"

他巡视一圈,确认几部电梯都没有人在使用,然后他带领曲菱依和陈拾实,快步走到火警系统的旁边,大力地举起斧头,重重地劈下——

瞬间,警报疯狂嚎叫!

警报声以一种似乎能刺穿鼓膜的高音调,在整座酒店里徘徊。与此同时,原本酒店房间璀璨通明的灯光,悉数变得黯淡,唯有警报用的红光在通道内急速闪烁,让整个世界落入一片猩红。

紧接着,路无恙听见楼梯间的下方,逃生通道的大门重重开启,又重重砸上的声音。路无恙立刻探头去看,从层层叠叠的楼梯孔洞中,向下方大声呼喊:

"谁在那儿?"

几秒钟后,楼梯下方传来一个低沉而浑厚的声音:

"路队?"

这个声音,路无恙是认得的。他的内心,瞬时一阵雀跃:太好了!是叶大鹰叶队长!这么说来,上一关里的第一小队,全员存活!

然而,就在路无恙露出笑容,从蜿蜒的楼梯中向下方的人打招呼,呼喊"大鹰队长"的时候,闪烁的红光中,一个黑影出现在了叶大鹰的身后——

"小心!"

在路无恙惊惶大叫的瞬间,黑衣人一斧劈向了叶大鹰的脑袋!

红光,炸裂!

第二十一章
谁是狼人

不断闪烁的红光,在这逼仄的空间内旋转,让本就幽暗狭小的楼梯间,化为了修罗战场。

全身漆黑、戴着兜帽的黑衣人,一斧头劈向叶大鹰的脑袋。就在这电光石火之间,听见了路无恙惊呼的叶大鹰,迅速地偏过头。

叶大鹰的闪躲,避开了这致命的一击,但斧头顺势而下,砍在了叶大鹰的肩胛上,顿时皮开肉绽。来不及感到疼痛,叶大鹰反腿就是一脚,迅速踹开黑衣人,拉开距离。

这猛力一脚,踢得黑衣人踉踉跄跄地倒退了两步,斧子也脱了手,跌在铁质的楼梯扶手上——

"哐、哐、哐、哐……"

斧头坠落的声音,从金属敲击的铿锵,化为不知边际的回响。

就在这徘徊之声中,路无恙连跑带跳地冲了下去,驰援叶大鹰。那黑衣人眼见情况不妙,瞬间拉开逃生出口的大门,冲进了酒店下层的长廊。

路无恙赶忙扶住叶大鹰,查看他的伤势——伤口很深、很重,但好在没有性命之忧,只留下那深黑色的"石油血"伤口,没有直接被系统判定为死亡而湮灭。

路无恙摘下西装领带,给叶大鹰包扎伤口。同时,曲菱依和陈拾实也跑了下来,十四岁的冲动少年还想往下追,却被曲菱依一把扯住了胳膊:

第二十一章 谁是狼人

"别！危险。"

"那就让凶手乱跑？"陈拾实惊了，"他再砍人呢？"

"那也轮不到你这个未成年来追，"路无恙截断了话头，他抬头皱眉，望向叶大鹰，"看见是谁了吗？"

叶大鹰摇了摇头："没，灯光太暗，戴着兜帽，看不清。"

路无恙又望向曲菱依，两个人交换了一个眼神，是相同的忧虑——

麻烦了。这个突然出现、对着玩家大开杀戒的凶手，按照"剧本杀"和"狼人杀"的游戏规则，大概率就是他们十二个玩家中的一员。

可怕的是，他们这十二人，都是从上一关存活下来的"好人"。这让他们更加无法想象，这个掩藏在他们之中的"狼人"，究竟是谁。

凶手一闪而过，再加上警报灯的红光干扰，的确分辨不出身形模样。除了他们在场三人，以及身体有疾的糖开心，剩下的八个人，都有可能是这只"狼"。

上一关卡中，好不容易凝聚的信任，此时荡然无存。

怀疑的乌云，化作了一片阴霾，笼罩在路无恙的心间。

现在，已知关卡里出现"正""邪""平民"三个阵营，而且还有一只杀人的"狼"，路无恙将目光投向曲菱依：

"反方B队？"

这已经成了两人的"黑话"了。疼得龇牙咧嘴的叶大鹰，显得又疼又困惑。曲菱依把A4纸亮给叶大鹰看，然后回答路无恙：

"不好说。并不是只有反派，才会有杀人动机。"

"啊，我知道了，"插嘴的是陈拾实，这小子一脸兴奋，好似解开了谜题，"就跟《名侦探柯南》里似的，好人也会捅刀子——复仇嘛，不寒碜，经典桥段了！"

路无恙直翻白眼，实在不明白这娃儿兴奋个什么劲儿。不过，陈拾实的结论倒是没有错，不说日本动漫吧，早期侦探小说里就常有这种复仇杀人的桥段,再结合他们十二个人身处孤岛的情况,有点儿阿加莎·克里斯蒂《无人生还》的味道了。

曲菱依竖起手指,做了一个"嘘——"的动作。她一边示意叶大鹰噤声,一边又用手指弹了弹 A4 纸面,轻声询问对方:

"正?反?想好了再说。"

叶大鹰虽然是上一关才认识的,跟路无恙他们的熟悉度不高,配合度自然也有限。但不管怎么说,他是这个赛博空间生存游戏的老玩家了,微一琢磨,也就猜出了曲菱依的话外之音。

"呃,"叶大鹰支吾了一下,他停顿了半秒,仔细思考了一下自己的说辞,"总之……活该天打雷劈的那种。"

这么严重吗?这得坏到什么地步啊?叶大鹰这扮演的角色,身份究竟是什么人啊?

路无恙惊了,陈拾实也惊了。他们都无比好奇,叶大鹰究竟扮演的是什么身份。

唯有曲菱依仍是一脸淡定,她掏出包里的笔,就着报警器的暗淡红光,在 B 组的名单上,加上了"叶大鹰"三个字。

真相越发扑朔迷离,然而光待在这里纠结,也不是办法。路无恙看了下手腕上的电子屏幕,倒计时显示:

44′21″

他又瞥了一眼纸面上的名字,曲菱依、叶大鹰俨然是与他相对的阵营。这一刻,他反而有些感谢那名狼人的出现了:

"或许不是'正'和'邪'的阵营相杀,或许只要揪出'狼',就能过关。"

路无恙溢于言表的庆幸,落在两名"反派"的眼里。他的欢喜,当然是出于对同伴的维护了——只要不是"正邪对立,不死不休"就好。

曲菱依却打断了他美好的期盼,一针见血地指出事实:"无非是死一个,还是死一群的区别。"

路无恙沉默了。

第二十一章 谁是狼人

在这个虚拟的游戏世界里,没有"道理"可以讲,只有"规则"必须遵守——且这些规则,最终解释权都归属于游戏系统。身陷其中的他们,根本毫无议价的权利,只能在倒计时给予的时间里,迷茫地前行。

沉默中,四人沿着幽深的楼梯间,一路下行。比起大人们的沉默,只有十四岁的少年,"平民"陈拾实显得异常聒噪。他一边用食指关节轻叩怀里的滑板,一边琢磨他的"复仇动机论":

"既然叶队长说他'活该天打雷劈',既然那么十恶不赦,那不就更说明了,刚刚要杀他的那个'狼人',其实是一个好人了?"

然而,三个大人都没有搭理他,只有叫嚣的警报声,回荡在楼梯间里。

好与坏,善与恶,正与邪,这些被虚拟游戏赋予的身份标签,如同这幽深漫长的楼梯,一路旋转,一路盘桓,转折,转折,再转折……像是一条没有尽头的贪吃蛇。

四人不停地走,下到三十几层、二十几层,途中并没有看见其他玩家。赶路之中几人也交流了一下,发现大家的目标,其实是一致的:

【前往酒店二层的会议厅。】

果然是难度最低、标注为一颗星的关卡,任务目标倒是非常明确。就在四人一路下行之时,忽然,下方大约三层的位置,传来"嘭——"的一声。

重重的一声,像是什么人撞击到了逃生门上。紧接着,一个人影滚了出来,身体撞在了楼梯横杆上,发出了痛苦的呼声。

"谁?!"路无恙赶忙应声,他一边奔跑去帮忙,一边从狭窄的缝隙向下望——

人影缠斗。

受伤的那人,跌跌撞撞地摔在地上,胸膛上插着一柄尖刀。他的痛呼并没有持续太久,伴随着阵阵炸裂的红光,人影从台阶上滚了下去，化为深黑的暗影。

湮灭。

持续的警报声中，受害人消失不见。在这闪烁的猩红光芒中，路无恙甚至没来得及看到对方的脸孔，只看见人影湮灭。而那作为凶器的尖刀，跌落在地，发出一声脆响。

"狼人得手了？"晚一步赶到现场的叶大鹰，惊讶地问，"谁死了？"

路无恙摇了摇头："太快了，没看仔细。但从身材上看，不像是我们队的人。"

换句话说，这个被狼人谋杀的死者，属于叶大鹰他"老一队"的成员了。叶大鹰的脸色，瞬间变得阴沉。

众人在明，狼人在暗，接下来的行动，路无恙他们格外小心，终于在倒计时 30 分钟的时候，进入了酒店二楼的安全通道。

路无恙一马当先，踹开了防火门，进入二楼走廊查看——这里并没有被火警影响，长廊里灯火辉煌，仍是一派平静而繁华的景象。

酒店的服务机器人，捧着装满酒水的餐盘，穿行在走廊中。厚实的地毯，消弭了它们滑行的声音。察觉到了路无恙他们的闯入，一个机器人自动地滑行而来，冲四人显露出屏幕上的电子笑脸：

"尊贵的客人，您好，请跟我来。"

带着卖萌的表情包，机器人在前方领路，引领四人组进入会议厅。宽敞、开阔、明亮的厅内，摆着一张宽大的圆桌，已经有不少人坐下了——

"哑帅！大超！糖开心！"路无恙惊喜地发现，自己小组的队员都在。

哑帅抬起右手，微笑而无声地做出回应。大超和糖开心则异口同声地呼唤"路队"，尤其是后者，露出了微微安心的表情。

其实，自上一关结束到再次相遇，时间只过去了不到一个小时。但这分离的短暂时间，充满了未知，充满了无数的可能性。此时，重

第二十一章 谁是狼人

新看见同伴的存在,让大家都产生了失而复得的安全感。

然而,相比起"老四队"的"喜重逢",叶大鹰所率领的"老一队",则显得气氛凝重,一共只到场了四人:叶大鹰、若若、侉侉、风夕。

叶大鹰、若若、侉侉,都是飞鹰救援队的同僚,另外还有罗东东,也是救援队的成员。他们四人在现实世界里就是好朋友,做了许多救死扶伤的、了不起的工作。

风夕是上一关的预备关卡中,加入"老一队"的。他也是老玩家,经历过两局游戏——现在是第三局了。路无恙对他印象不深,之前只是打过照面,没有交流过。

"罗东东呢?"若若张口就问,"有人看见他没有?"

叶大鹰摇了摇头。众人也都是沉默。

若若的眼角不自然地抽动了一下,脸色瞬间发白。他们都知道,在这诡谲的游戏当中,有太多的不确定性,弄不好就会……

"你别多想,"看出了若若的担忧,侉侉拍了拍她的肩膀,安慰道,"他可能就是慢,咱们再等等。"

然而,这一等,又等了十分钟,他们还是没有等来罗东东的踪迹,倒是等来了机器人的游戏任务——

会议室的大门轻声开启,屏幕上显示着眼睛笑眯眯的机器人,欢快地滑入了大厅里。

"各位尊贵的客人,感谢大家的光临……"

机器人屏幕的眼睛眨了眨,表情卖了个萌,欢快而可爱——但在所有玩家的眼中,唯有诡异,只听它继续用那卖萌的机械音说下去:

"……欢迎大家参与我们的游戏环节。这一轮是'坦白局',请各位在剩余的时限内,完成各自身份与案情阐述,并进行讨论和票选。得票最多的玩家,将被淘汰。"

与此同时,众人腕间的手表也都发出了"叮——"的提示音:

> 任务指引
> 第一关:角色扮演并完成指令
> 时限:20'00″

正如机器人所说,还剩下二十分钟,这就是给予他们"剧本杀"的所有时间了。事不宜迟,路无恙抢先提出最关键的问题:

"等等,我确认一下,现在可以说出自己的身份牌了,是吗?不会再有什么禁语了吧?"

"是的,"机器人的笑脸闪了闪,"这是'坦白局'。"

解除了禁制,大伙儿有商有量,这事情就好办了。路无恙顿时松了一口气,他与曲菱依交换了一个眼神,后者掏出了那张 A4 纸,直接拍到了圆桌上,将表格亮给所有人看:

"这是我们之前摸出来的身份牌,"路无恙向大家解释,"现在可以直说了,目前有加害人、受害人、旁观者三个阵营。而且我们之中,还存在一个杀手'狼人'。"

路无恙指向表单上自己的名字,从自己开始坦白:"游戏赋予我的身份是受害者。五年前,我因为是班级第一而遭人嫉妒,被人下药,导致病变,目前还剩下一个月的生命,于是组织了这次聚会,你们都是我的同学——也就是说,都是五年前事件的参与者。"

他的视线扫过众人,想从大家的脸上读出些许的反应。滑板少年陈拾实是第一个响应他的,他抬起胳膊,一副课堂发言的模样:

"我跟你有点关系!信纸上说,我看到了有人投毒,但我没有提醒你,因为我是班级第二。"

紧接着陈拾实的话头,风夕一边用指节轻叩桌面,一边说道:"我的身份和你很像,也是旁观者,但我选择了举报。信上说,我目睹投毒之后,告诉了班导。但班导不予处理,反而说我看错,把同学想得太坏。之后我变得怯懦怕事,所以现在只是一个普通的酒店服务员。"

"啊。"哑帅举手示意,却说不出话来。

曲菱依把纸笔丢给哑帅,他伏案在 A4 纸上的第三阵营,写上了自己的名字,还加了括号示意——

(班主任)

原来,哑帅的身份牌,就是风夕口中那个不管事的"班导"。大家迅速理清了人物线,然后又相互张望,用眼神试探:

受害人、旁观者都出现了,那个"下毒"的加害人,究竟是谁呢?

没人应声。

会议室陷入了一片沉默。

大伙儿面面相觑,场面一时十分尴尬。

沉默了好一会儿,见没人出来承认的样子,路无恙只好打破静默:"也许是没来的两个人……"

"也许是有人在撒谎。"风夕冷静地道,一针见血地指出这种可能性。

众人再度静默。

虽说是"坦白局",但人心隔肚皮,谁又能保证,坐在自己面前的同伴,没有撒谎呢?

"我是加害人,"这一次,换作曲菱依打破尴尬的沉默了,她指了指 A4 纸上、第二阵营中自己的名字,"但我不是下毒事件的加害人,是另一件事。身份牌上写的是,我是校园暴力的从犯,是小太妹之一,害得一位同学从楼梯上摔下去,摔断了腿。"

说到这里,她的目光停留在糖开心的脸上。正坐在轮椅上的糖开心,察觉到她的注视,也无奈地点了点头:

"没错,那个残废的倒霉蛋,就是我。身份牌上说,我是校园暴力的受害人。"

她的陈述,让若若尴尬地举起手:"抱歉,我就是那个主犯。身份牌上说,我是小太妹中的老大,看你不顺眼,一直在学校欺负你,最后还搞出了大事。"

"啊。"哑帅又是一声,他冲糖开心比了一个"抱歉"的口型。

看来,对于这件事,哑帅这个"班主任"也是知情的,只是再次选择了沉默——从某种程度上说,完全不发声、不作为的班主任,倒也挺符合他这个哑巴角色的。

"我的身份牌,也跟这件事有关,"叶大鹰插话,"信上说,我偷拍女生裙底,被女生发现,于是挑唆小太妹去对付受害人,最终导致受害人残疾。"

这个身份设定一出,路无恙忍不住"呃"了一声。直到这时候,他才明白,为什么叶大鹰之前说自己的身份是"活该天打雷劈"的那种——这么一听,的确挺该死的。

现在,八个人都亮明了身份牌。现场的十人当中,只剩下大超和侉侉没说话了。所有人的目光,都聚焦在他们身上。

大超的表情极不自然,鼻子抽了抽,张了张嘴,又没说出话来。

而就在这时,侉侉先开了口:"我也是旁观者,不过跟加害人有点儿关系。信上说,我是小太妹的男朋友,所以我也看到了她们施暴的举动,但袖手旁观,啥也没做,只当看个笑话。"

他们的这些身份设定,听得路无恙的血压一阵升高,太阳穴都跳了一下。

现在,只剩下大超没说话了。他张开了嘴,却又僵硬了两秒,刚说出"我也是旁……"这几个字,路无恙就打断了他:

"既然是坦白局,大家以诚待人啊。正派反派都是游戏身份而已,但谁要是撒谎的话,就是对不起同伴了——回头第一个被票的,肯定是这种人。"

他适时插入的这句话,立刻让大超改了口,后者望向路无恙,一脸的抱歉:"我是加害人,就……给你下毒的那个。对不起啊,路队。"

意料之中。路无恙轻轻点了点头:"游戏而已,没什么对不起的。"

第二十一章 谁是狼人

话是这么说,但路无恙还是不着痕迹地与曲菱依交换了一个眼色。正如他们之前预料的那样,大超不可信,而他的表现,也不难理解:他向来是个察言观色、看风使舵的"人精",大超一直不说话,肯定就是有身份。

之前,路无恙开口说自己被下毒,身为"加害人"的大超,当然害怕得罪了路队,会被票出去,于是打算死撑到底,蒙混过关。

但大超没想到的是,除了下毒的案子,还有第二个暴力伤害案件。之后的曲菱依、若若、叶大鹰也都说出了自己"反派"的身份,反而让加害人的人数,多过了受害人。再加上路无恙适时的一句提醒,大超这才"破防",赶紧审时度势,"坦白从宽"了。

曲菱依勾勾画画,在A4纸上把在场所有人的身份,在阵营上都标注了出来——

受害人:路无恙(毒)、糖开心(暴)

加害人:曲菱依(暴)、若若(暴)、叶大鹰(暴)、大超(毒)

平民:陈拾实、风夕、哑帅、侉侉

最后,她又大笔一挥,在旁边写了一个大大的"狼"字,并打了一个大大的问号。而身为"好搭档"的路无恙,则与她一唱一和,解说出另一个关键信息:

"我们之中,还有一个狼人杀手。"

第二十二章
最该死的人

"我们之中,还有一个狼人杀手。"

配合着曲菱依的图表展示,路无恙简要地说明了先前楼梯间里的情况,包括狼人如何攻击叶大鹰,又如何干掉了一名"老一队"的队员。

听到狼人的存在,大超的双眼顿时亮了:"那简单了!咱们把这个杀人的狼票死就好了!现在就两个人不在这里,明摆着一个狼,一个死者嘛!"

找到攻击目标的大超,瞬间恢复了自己原本的"话痨"风格:毕竟,只要把这只"狼"踩死,就不用担心自己这个下毒的加害者,会有被大家"票"的风险啦。

风夕淡定地瞥了他一眼,加重了指节敲击桌面的力道:"那可不一定。在这里的都是老手了,大家都明白,游戏里的湮灭机制,有时候匪夷所思——侉侉和包包博士有可能都是死者,一个是被系统杀,一个是被狼人杀。"

"你是说,狼人就在我们之间?"大超瞪大了眼睛,戒备地望向众人。

"我只是说,有这种可能,"风夕的手指停住了动作,他的双眼锁定了大超,目光炯炯,"倒是你,又凭什么一口咬定狼人不在场呢?难道是你心里有鬼,故意引导风向,想洗脱自己的嫌疑?"

刚刚大超的表现,起初的遮遮掩掩,后期的改口,大家都是看在眼里的。此时，风夕这么一说，大伙儿更是齐刷刷地将怀疑的目光，投向了大超。

看见众人的眼神，大超明显慌了，忙不迭地摇摆双手："不是我，真不是我！我不是狼！"

比起大超的惊慌失措，路无恙更好奇风夕的存在。在上一关里，他独自被关了许久，与大部队分隔开来，和"老一队"的相处时间更是极短，除了对叶大鹰和他的飞鹰救援队有印象之外，对其他人都不太认识。路无恙疑惑地望向自家小队的"百事通"曲菱依，后者察觉到他的视线，小声解释了一下：

"风夕，他是'大区'知识区的 UP 主，做时评的。这人之前在互联网大厂工作，后来三十五岁被'优化'。大厂'毕业'之后也没找到下家，就靠自己的行业经验，转战'大区'做了自由职业者，出镜做 UP 主。他的时评流量很高，追逐热点，条理清晰，而且每次结尾都能给你上价值——算是非常会做小作文的那种人。

"不在场的包包，ID 全称是'包包不用怕'，科普区的 UP 主，本职是三甲医院皮肤科的医生。经常在'大区'分享专业知识，更新频率不高，两周一更，因为人长得年轻又帅气，很受粉丝好评，江湖戏称'皮肤科吴彦祖'，也有喊他'包包博士'的。

"两人都是老玩家，风夕过了三关，包包两关。上一个竞争关卡，一开场他们就加入了叶大鹰的团队，能力很 OK。之前你被关在造纸厂的时候，他们都有出力，帮忙营救。"

听曲菱依简述了两名玩家的情况，路无恙心中有数了。难怪风夕一下子就抓住了大超话里的漏洞，人家是做时评社评的，挑刺是基本技能啊。

眼见自己的辩驳没人搭理，尤其是自家队长、向来好说话的路无恙，竟然也没有表态，大超更焦急了，他跳开座位，窜到了路无恙的身边，恳求道："队长，你相信我，我真不是狼。"

路无恙还没开口接话，只听风夕继续分析道：

"如果按照动机,最符合狼人设定的,应该是你们路队长。他命不久矣,却组织了这次聚会,明显就是要报复的——不只是加害者,还有我们这些'平民'身份的旁观者,对受害人来说,都是该死的混蛋,不是吗?"

风夕的这一段话,从动机上来说,确实存在合理性。顿时,攻守之势异也。加害人和平民站在了一起,而原本是受害人的路无恙、糖开心,却成为被戒备的对象。

"各位,听我说——"

站出来说话的,是最有领导气质的叶大鹰。他这一开口,大伙儿多少都要给些面子:

"首先,我可以确信,路队不是杀手。因为如果不是他,我已经被狼人杀死了。"

这句话,他是冲风夕说的。风夕颔首,表示认同。看见对方的点头表态,叶大鹰才接着说下去:

"其次,我不同意把票投给不在场的两个人,不管他们是不是狼。这游戏的设置大家都懂,既然需要我们在此集合,他们不出现,或许已经是违规了。如果我们把票投在已经违规、可能已经湮灭的人身上,会有什么结果?会不会投他们的人,也算是违规呢?你说呢?"

最后那三个字的提问,叶大鹰偏过头,望向机器人服务生。后者只是闪动它的电子屏幕,继续摆出卖萌的表情包:

"尊贵的客人们,投票规则需要各位自己摸索哟。祝大家游戏愉快。"

听君一席话,胜似一席话。这废话式的回答,却让众人格外不安。叶大鹰说得没错,这破游戏,从来都不按常理出牌,他预计的那种情况,的确大有可能。

抛开不在场的两人,剩下的十人当中,大家必须票选出一个人——换句话说,必须亲手选择一个人,送他"上路"。

第二十二章 最该死的人

谁比谁更适合存活,谁又比谁更适合去死呢?

这个问题,在所有人的心中闪过。

是的。在上一关,他们都是同生共死的伙伴,一起走过生死关头,好不容易才走到这里。

然而,此时此刻,这个难度只有一颗星的关卡,却成为他们最困难的抉择。

没有人敢说话。

时间一分一秒地过去,静默被无限放大,每一秒都显得那样漫长。要他们开口,送一个人去死,很难。但在这绝境之中,每个人的心里,都有一个明确的声音。

活下去。

只要自己能活下去就好。

然而,心知肚明是一回事,可谁也不愿意站出来,去做那个挑事的人。

于是,沉默,继续沉默。

直到机器人眨巴眨巴电子屏幕上的双眼,发出卖萌而欢乐的声音:"尊贵的客人们,还有十分钟的时间哟。祝大家游戏愉快。"

说话的同时,它还在圆桌周围游走,为每一位客人送上酒水饮料——似乎是在为他们即将展开的唇枪舌剑,进行水分补给一样。

大超的神经首先绷不住了。他是给路无恙下毒的人,刚刚的"坦白局"中,他又是唯一一个耍滑头被拆穿的,再加上风夕明显的质问,深感不安的他,率先按捺不住。他的眼睛滴溜溜地转,望望路队,又望望叶大鹰——

两个队长,他是万万不敢动的。刚刚跟俩队长一起进来的曲菱依和陈拾实,也是不能轻易指责的。路无恙和曲菱依是老搭档了,感情绝对可以,万一激怒了他们,再算上他之前搞死衡行的旧账……不行!光想到这里,就一身鸡皮疙瘩了。

至于陈拾实,人家才十四岁,他要敢"咬"一个未成年人,做这种没人性的事情,十成十会被愤投九票。剩下的人,若若、侉侉都是飞鹰救援队的,明显和叶大鹰一条心,也不能动。

糖开心、哑帅,跟陈拾实一样,都属于老弱病残——换作凌灵、顾小年那种风格的队伍,死的肯定是无法辩驳的哑帅,或者是没有战斗力的糖开心。但在"老四队"里,在路无恙的带队风格下,这种泯灭人性的事情,显然是无法容忍的。

思来想去,在场的人当中,没有人情关系,又没有残障或是未成年身份加成的人,就只有风夕了。

"你口口声声说狼在我们之中,你有证据吗?我们都想不到这层关系,你为什么知道?会不会是你贼喊捉贼?"

大超咄咄逼人,直接向风夕抛出三连问。

风夕一愣,他没想到大超这时候还敢跳出来蹦跶,竟然还把矛头指向最无害的他身上:

"喂,你有没有逻辑啊?我是最没有动机的人好吧?我是旁观的,我还举报了,最后是不得不置身事外,我有什么理由要'刀'人?"

"那可不一定,"大超眼珠一转,瞬间编造出一种可能,"你也有杀人动机啊!你刚不是说,你向班主任举报了吗?他没管你,还斥责你,说你把同学想得太坏了,从此让你怯弱怕事——或许你就是那个杀手,你想'刀'你的班主任,于是先'刀'个其他人转移视线啊!"

大超瞬间拉了哑帅下水,把风夕竖在了哑帅的对立面。他知道,"老四队"的成员未必会保他大超,但一定会保哑帅,毕竟在上一个竞争关卡里,哑帅可是救过大家的命的。

只要拉住哑帅,确保"老四队"全部投风夕,局面就定了。至于叶大鹰他们,大概率也不会管这个才认识不久的新队员。

大超的小算盘,打得是"噼里啪啦"作响。在场的成年人,都看得明白,唯有陈拾实傻乎乎地跟着点头:

"对哦,好多侦探小说里,都是用无差别攻击的方式,掩盖真正的杀人动机。"

"别听他胡说!"风夕急了,赶忙截断陈拾实的话头。

"我对任何人都没有敌意,也没有利害关系!"

这句话,风夕是冲哑帅说的,也是冲路无恙他们几个说的。下一秒,风夕又狠狠地瞪向大超:

"你在编小说吗?你这个满嘴跑火车的谎话精,谁会信你?就身份来说,你才是最恶毒的那个!谁知道你是不是杀手,是不是反社会人格,不仅想毒死路队,还想搞死我们所有人!"

风夕的质问,反而让大超乐了。大超的眼睛明显亮了一些,他竖起拳头,用力敲击桌面上的A4纸,大声地说:

"照你的说法,这里的加害人都有嫌疑了?你搞清楚,这两个案子里作恶的不止我一个!"

风夕噎了两秒,他瞬间意识到,自己中了大超的计。他不该提什么恶毒不恶毒的,按"正"和"邪"的立场划分,他一下子扩大了打击面。

风夕无语,他不由得望向曲菱依、若若、叶大鹰三个加害人,想通过他们的表情,揣摩他们的心思。曲菱依面无表情,看不出情绪。叶大鹰和若若则互望一眼,明显是在眼神交流。

这一次,换风夕有点慌了。这种生与死的票选,他最不能得罪的,就是自己小队的伙伴。于是他赶忙改口,想把自己的指责给扭回来:

"我不是说加害人有罪,我的意思是,我们可以从动机上来推测,谁最有可能是杀手身份。这不是单纯的正派和反派的问题,平民也可能有罪,也可能有动机。"

他连说了好几个"可能",试图挽尊,减少"反派组"的敌意。这种"和稀泥"式的辩解,却扩大了打击面。"平民"侉侉,率先开了腔:

"你啥意思?旁观者也有罪?你脑子没大病吧?"

糟了！风夕冷汗都下来了。侉侉是飞鹰救援队的，他的话就是一种风向——为了保住身为"加害人"的叶大鹰和若若，他们小组并不介意把他推出去挡枪。

侉侉的话，也让对面的大超扬扬得意。正如他算计的那样，在场所有人中，唯有他和风夕最没依没靠，如果能"咬"死风夕，他就稳了。

大超乐见其成，这时候闭了嘴，选择静观其变。风夕如坐针毡，脑子飞速旋转，盘算着怎么才能挽回自家小队的选票，能拉拢谁，又要攻击谁。千挑万选，他捡了一个全员里最软的柿子：

"我们的票选，难道不应该分析谁的杀人动机最强，或者谁的罪过最大吗？依我看，咱们这群人里最可恨的，不是加害人也不是受害人，而是他！"

风夕挥手一指，指向了桌子对面的人——也是全员里唯一一个不能说话的人：

"他是班主任，难道最大的恶，不应该是这个成年人吗？是老师不作为，才在学生中制造出了混乱，才有加害人和被害人。如果论有罪，他才是最大的罪人吧！"

被指控的哑帅，一脸无措，只能发出一声茫然的"啊"。

另一边，大超喜形于色，心里那块悬着的大石终于落了地：在风夕"咬"向哑帅的时候，就注定他的结局了。"老四队"的人绝对会保哑帅到底，群起而攻之，是风夕唯一的收获。

在现实世界里，风夕是在"大区"搞自媒体时评的，"抬杠"是他的基本技能，也算是半个"杠精"。而在游戏世界里，他又是老玩家，看多了这生存游戏里的残酷，他以为趋利避害是本能，墙倒众人推是常态。他以为自己"咬"哑帅，是捡了个软柿子，可实际上却是踢到了铁板。

因为，他不了解"老四队"的成员，也不清楚"老四队"的风格——

从队长到队员，老弱病残是这支队伍的特点，所以路无恙他们的"老四队"绝对不会搞什么"社会达尔文主义"，他们会共情，会为弱势的同伴拼到底。

"啊……"

不能说话,自然也就无法辩解,哑帅的一声"啊",却让路无恙他们瞬间开战。不过路无恙刚刚开口想反驳,有人却比他的动作更快:

"你还是人啊?欺负一个哑巴?"坐在轮椅上的糖开心,杏眼圆瞪,柳眉倒竖,"你看准了哑帅不能反驳是吧?我看大超刚刚说得有道理,你就很有动机,说不定你就是狼人,就是想复仇,想搞死班主任,先杀几个转移视线!"

见糖开心站在自己这边,大超把嘴闭得紧紧的,自动消声"神隐"。

"你们胡编乱造也讲一点逻辑,不要搞'莫须有'乱发挥好吗?说到作案动机,最恨我们所有人的,不就是你吗?你恨加害人,也恨旁观者不作为,最希望狼人'全杀'的,应该是你好吧?!"

风夕这句话,简直让路无恙气笑了,他的双手用力拍在 A4 纸上,瞪视着风夕:

"照你这个逻辑,最有杀人动机的,是我们两个受害人喽?这是哪个世界的道理,凭什么受害人反倒成了最有罪的?凭什么?"

他们的连翻攻击,让风夕一个头两个大,他瞥了一眼 A4 纸上的三大阵营,语气中带上了一丝暴躁:"凭什么?你说凭什么?就凭你们人少啊!"

一语中的。

因为加害人更多,因为旁观者更多,因为受害人只有两位,所以最适合泼脏水,所以最适合送上祭坛。

他们口口声声说什么"犯罪动机",说什么"有罪"和"无罪",他们又何尝不知道,这些什么施暴者、受害人,都是系统赋予他们的游戏身份?

他们当然知道!

他们每个人都知道,就连未成年的陈拾实都明明白白:这些"加害人""受害人""旁观者"的身份,统统都是假的,都是用来借题发挥的口实。

归根到底,为的只是"票"出一个替罪羊,送上断头台而已。

那么,究竟要送谁上去?

当然是——也只能是——送那个人缘最差的,关系最浅的,背后支持者最少的人。

所有的争吵,所有的互相指责,瞬间停止了。

会议厅里,重回寂静。

所有人都默然无语,在这莫名安静的空间内,只能听见手表上倒计时的声音:

"嘀——嘀——嘀——"

倒计时持续。在刚刚的争吵与指责中,时间已然过去了八分多钟。留给大家做出选择投票的时间,只有短短的一分半了——

01′30″

01′29″

01′28″

嘀——嘀——嘀——

风夕的话,捅破了那层窗户纸,也揭开了"游戏身份"和"角色扮演"的那一层伪装。

什么动机,什么狼人,都不重要。所有人重新回到了原点,回到了他们最初的身份——

现实世界里,素不相识的人们,被吸入了这个诡异的赛博世界里,成为生存游戏里的一员。

没有谁比谁更该生,也没有谁比谁更该死。

生命的价值,永远无法比较。

人和人之间,有亲疏远近,有情感的高低。

而在这绝境之中,唯有选择。

最年长的叶大鹰,率先打破了沉默,他深深地吸了一口气,又长长地吐了出去:"都别吵吵了,也别说那些有的没的了,就投吧。"

第二十二章 最该死的人

他的这句话,让风夕面如死灰。他突然意识到,他是那个跟大伙儿关系最浅、情感最淡薄的人。这一瞬,这个在网络上夸夸其谈、擅长指点江山的男人,却连一个字也蹦不出了,他只能用惊惧的目光扫过众人,最终落在自家队长的脸上:

"大鹰队长……"

风夕的声音,已经是明显的哀求了。

叶大鹰沉默着,默默地移开了视线,不去面对风夕满脸的恳切与哀求。

"嘀——"

手表再次发出声音提示,与此同时,屏显数字:01′00″

倒计时,一分钟。

就在此时,大大的圆桌上方,突然亮起了蓝色的光点。

幽蓝的粒子飞扬,在每个人的面前都组成了一面虚拟的屏幕。

屏幕上彩光闪烁,浮现出上下两排头像——

第一排是"老一队"的成员:叶大鹰、若若、罗东东、侉侉、包包不用怕、风夕。

第二排是"老四队"的成员:路无恙、曲菱依、大超、哑帅、糖开心、陈拾实。

流光溢彩,游移的光点围绕着玩家的形象而舞动,在虚空中汇成了规则的圆形。而在光点组成的、圆形头像框的正中,是证件照一般的、玩家的面容。

显然,众人已经来到了投票选择的环节。

大超抬起手指,停留在虚拟屏幕的上方。他多想狠狠按下风夕的头像,赶快将这只替罪羊给送出去,确保自己不会有被"票"的风险。但是,他更知道"枪打出头鸟"的道理,他投得越快,以后死得就越快——大家都看着呢,在这鬼游戏里,谁又能保证,以后不会有再次投票的可能性?

大超抬起左手,把自己按捺不住的右手给摁了下去。他乖乖巧巧地坐在那里,目光却迅速游移,想看究竟是哪个倒霉蛋,敢先下手当这个"出头鸟"。

有一个人,动了。

瘦削的手掌,重重地拍上了虚拟屏幕。

顿时,游移的、幻彩的蓝光,变成了猩红的颜色。

被红框框在里面的头像,是一张清瘦的面孔——

路无恙。

率先投票的那只手,垂落在他的身侧。

"路队?"大超瞪大双眼,惊叫道。

没错,带头投票的人,正是路无恙——他"票"了他自己。

面对众人惊愕的目光,路无恙挤出一抹笑容:

"我也来个坦白局——我是真命不久矣了。这不是什么'剧本杀''狼人杀'的游戏设定,我在现实世界里,就是一个等死的病患,现在就躺在 ICU 里呢。都是迟早的事情,早一点晚一点而已,其实没差啦。所以,投我吧,你们不需要有心理压力。"

他的陈述,让风夕逃过一劫。后者也顾不上什么形象了,完全不加掩饰地,将手按在了路无恙的头像上——

两票。

他自己都说了,命不久矣,大家不需要有心理压力——相比起其他人都拥有光明的未来,这个本来生命就在倒计时的癌症患者,似乎的确是最好的选择了。

侉侉的手,落在了路无恙的头像上。他是飞鹰救援队的成员,也曾经在重大灾害前,做出过生死抉择:虽然人和人的价值是无法比较的,但是在现实中,在同等条件下,他会先救小孩,再去营救老人。

三票。

越来越闪亮的红光,映照在诸位玩家的面容上。脸上映出了红光的叶大鹰和若若,两人同时偏过头,对望了一眼:显然,他们和侉侉有着相同的逻辑。

第二十二章 最该死的人

"对不住了,路队。"叶大鹰沉声道。

路无恙点了点头,笑着回应:"没事,我理解。大鹰队长,你们投吧。"

两只手,先后摁下——

五票。

在场一共十人,再多一票,路无恙就绝无"翻盘"的可能了。

"老四队"的队员们面面相觑,特别是受过照应的哑帅和糖开心,都将担忧又焦虑的目光,投向了自家的队长。

陈拾实在现实世界才上初中三年级,何时见过这等阵仗?他愣在当场,"大脑宕机"了。

至于大超,他心思活络,也偷偷在心里算计着,但在动作上,他仍不敢轻举妄动——他不敢做自家小队里的第一个"背叛者"。

"路无恙,你不要太天真,现在改票还来得及。"

明确提出反对意见的,是曲菱依。她柳眉微蹙,一双眼锁定了路无恙那假装淡然的笑容。她看穿了他的"小九九":

"你是在赌博。"

"对,我在赌,"路无恙冷静地回应,"既然在上一关里,我能够死而复生,也许这一关,也有这种可能。"

"那或许是意外,或许是其他什么游戏 BUG,"曲菱依的语调加速了,她的眉头蹙得更紧,"而且你都说了,那是上一关的事情!这里面的规则,你没法确认的!"

曲菱依说的话,路无恙又何尝不明白呢?可那"等死"的日子,已经让他做足了心理建设。

是的,在这个游戏里,他能跑能跳,没有病痛,他确实不想死。但在这一刻,这一秒,似乎在场的所有人当中,只有他,是那个最佳选择。

"我说了,就算我真的死了,也不过少活两天而已,我心里有数的……"

他将视线从曲菱依脸上收回,转而望向哑帅和糖开心他们。在

队友们的脸上,他看见了明显的担忧和踌躇,这让路无恙的心底涌起一点暖意,也让他再次确认,自己的选择并没有错:

"……各位,我当你们是朋友,所以你们真的不用顾忌,投票吧。"

他的开导,减轻了众人的负罪感。而此时,倒计时也进入了最后的二十秒——

0′19″

0′18″

逐渐归零的数字,那"嘀——嘀——"的声音,像是一柄小小的锤子,敲击着每个人的神经。

与此同时,整个会议厅的灯光也变得黯淡,明亮的光线被红光取代,让局中人更加焦躁不安。

倒数十秒。

终于按捺不住的大超,投下了关键的一票。

红光连成一片。

"对不起。"说话的是糖开心,她的眼里泪光闪烁。在倒数第八秒的时候,她按下了虚拟的投票键。

哑帅与她一样,怀着深深的歉意。他冲路无恙比了一个"对不起"的口型,换来的,是路无恙的轻轻颔首,表示"没关系"。

八票。

倒数五秒。

"我不要!我不投!"

发出怒吼的,是在场年纪最小的玩家。陈拾实的嘶吼,有些尖利,带着少年人特有的稚气。他的右手握紧成拳,狠狠地砸向那块荧光游动的虚拟屏幕,并敲在自己的头像上。

其实,陈拾实和路无恙真的没多少交情。在上一关,在那险象环生的竞争关卡里,大多数时候,都是"老五队"的队长——快车司机膘哥,带着陈拾实他们到处跑的。

而且说到底,如果不是膘哥临终托付,硬把陈拾实塞给路无恙,或许进入"老四队"的人,都不一定会是这个滑板少年。

没有人想到,少年也"票"了自己——他的这个选择,让路无恙瞬间慌了:谁知道这破游戏的规则是什么,会不会投错票、跟大家选择不一样的人,也会被湮灭?

想到这里,路无恙赶忙抓起陈拾实的右手,用力地捶向屏幕上自己的头像框——

幸好系统是可以改票的,倒数三秒,陈拾实的头像由红变蓝,而他路无恙的头像则变得鲜红。

九票。

倒数两秒。

见曲菱依始终站在那里,纹丝不动,没有一点要投票的意思。路无恙心脏一紧,他知道,曲菱依是在维护他。但他更害怕,这游戏会不会有什么投票的惩罚机制,会湮灭不投票的曲菱依?

电光石火之间,路无恙慌张地冲向曲菱依,想抓住她的手,强迫她投票给自己——

一秒。

路无恙终究没能触碰到自己的同伴。

手腕上的表带,发出了猩红的光芒。刺目的红光笼罩了他,仿佛最炽热的烈焰,将他困在火光里——

瞬间,炭化。

湮灭。

与此同时,大地开始震颤。玩家们的手表发出了新的提示音,浮现出了新的文字提示。而一直笑眯眯等候在旁的服务机器人,也一同宣布了新一阶段的游戏规则:

"各位尊敬的玩家,下面进入 STAGE 2。请在时限内到达顶楼,要注意罪恶的凝视哟。"

在机器人卖萌而欢乐的声音当中,巨大的海浪咆哮着、翻涌着,冲破了会议厅的玻璃,淹没了整个房间!

第二十三章
罪恶的凝视

巨浪翻涌，海水倒灌，汹涌的浪头像是巨锤一样砸在玻璃上。海浪声，拍打声，碎裂声，众人还来不及感到惊惧，就听一声巨响——浪头砸碎了玻璃幕墙，冰冷的海水瞬间冲进房间，淹没了整个会议厅！

一切都漂浮起来。在水中沉浮的众人，惶恐地扭动着身躯，想要找到水平面，却又被下一个浪头重重地砸进水底。

原本坐在轮椅上的糖开心，在巨浪拍进来的瞬间，连人带椅被冲得翻转过去，沉入了海水当中。她那一双无法行走的腿被压在了轮椅下方，她费力地挥动胳膊，想要掰开轮椅的桎梏，却无法挪动半分。一连串的气泡在她唇畔炸开，海水灌进她的口鼻，再也挣扎不动的她，只能任由意识逐渐迷离……

一只有力的胳膊，猛地拉住了她！

与此同时，一个黑影扎入水下，一把掀开了碍事的轮椅。另一个人则抱住了她的腰，拖着她往水面上方游动。

待到头部露出水面之外，糖开心才终于喘出一口气。她剧烈地咳嗽着，吐出了肺里的水，这才好不容易睁开眼，终于能看清自己的救命恩人们了——

飞鹰救援队。

是的。在水中穿梭、快速实施救援的，正是飞鹰救援队的三人组：叶大鹰、若若、侉侉。他们在现实世界里有着丰富的救援经验，遇到突发状况的时候，他们是第一个采取行动的。

第二十三章 罪恶的凝视

此时,侉侉抱着腿脚不便、无法行动的糖开心,生怕她会沉进水里。叶大鹰和若若,则像是两条人鱼一样,动作熟练地扎入了水下,迅速地营救其他玩家。

浪花翻涌,海水的巨力打得大伙儿东倒西歪。侉侉扶着糖开心的腰,让她扒住圆桌的边角,试图借用木板的浮力保护自己。落水狗一般的她,费力地睁开被海水腌渍的双眼,却看见波涛之下,闪烁着隐隐红光——

水下涌动,一声声沉闷的轰鸣中,地面开始变形——

水浪犹在,但地面生出了一截楼梯——它像是有生命力一样,开始生长,蔓延,向上凸起。

与此同时,整个建筑也开始变化,不再是工工整整的酒店楼宇,天花板里向下生出了台阶,与海浪中向上生出的阶梯,连接在了一起。

此情此景虽是怪异,但不管怎么说,好歹是多了一块儿实地。侉侉立刻背起糖开心,跳上了台阶:

"都上来!快点上来!"

在他的招呼之下,忙着救援的叶大鹰和若若,也拖着溺水的大超和风夕,站上了台阶。哑帅会游泳,他把陈拾实连人带滑板夹在了腋下,然后跳上了这段凭空出现的阶梯。

"啊!"

哑帅紧盯水面,发出急促的声音。"老四队"中,曲菱依还没有出现。找不到同伴的身影,哑帅把陈拾实往叶大鹰那儿一推,纵身再次跃入水中——

在被水汽扭曲的视野里,哑帅隐隐瞥见水底绽放着粼粼的红光。就在他脑中闪过"湮灭"两个字的那一刻,隐隐红光中,却浮现出两道人影。

是曲菱依!

短发女孩划动着右臂,左手则拖拽着另一个下沉的人影。

当认出那个熟悉的身形,哑帅喜上眉梢,他赶忙深潜下去,接应着曲菱依的动作,一齐把那个昏迷的男人拽了上来。

哑帅和曲菱依合力,将男人扔在了阶梯的边缘。他的出现,让所有人都面露喜色,尤其是大超和陈拾实:

"路队!"

是的,是路无恙。

在投票结果公布的那一刻,路无恙确实湮灭了——

但他又没有完全湮灭。

红光爆裂的瞬间,路无恙的身体炭化,表皮碎裂,身体开始消散。然而,不同于其他玩家直接灰飞烟灭的情况,他的身体在碎裂之后,又重新凝聚为实体——焦炭一般的尸体。

彼时,海浪冲进屋里,所有人都被打得东倒西歪,淹没在水中。路无恙那具黑炭状的躯体,仿佛僵硬的焦尸,直接就沉了底。

好在曲菱依没有放弃他。她憋足了一口气,追到了水下最深处,拼命地把路无恙的躯体给拽了上来。

此时此刻,横在台阶上的焦尸,没有一丝生气。但没有湮灭,就代表着一线希望。站在阶梯上的众人,都焦灼地注视着那具黑漆漆的躯体。只见翻涌的海浪拍上他的双腿,击碎了黑炭的躯壳,露出了正常的身体。

"欧耶!"

陈拾实率先发出了欢呼。但他们来不及高兴,因为地面又开始震颤。透过破碎的玻璃幕墙,只见远方的海面上,远远掀起了山峰一般的巨浪,排山倒海般地向酒店的方向袭来——

不安的轰鸣,带来身体和心理上的双重震颤。

"快快快!上去!快!"

叶大鹰连声招呼,带领众人登上通往上层的阶梯。哑帅打横抱起路无恙还在蜕变中的身躯,侉侉毫不犹豫地背着糖开心,十个人疯狂逃窜。

第二十三章 罪恶的凝视

盘旋的阶梯仍在不住地变幻。从地板上生长,从天花板上落下,连成了辨不出方向的线条。风夕跑得最快,沿着旋转的楼梯登上了上一层,却是踩进了一个灯火通明的标准间。

当众人鱼贯而入,踏上标间的地毯时,下方的蜿蜒阶梯,瞬间消失不见了。

"叮——"

手表发出提示音,同时屏幕显示出白色的文字:

> 任务指引
> 第二关:到达顶楼的审判台
> 时限:60′00″

"怎么走?"风夕回过头,困惑地望向一起逃生的同伴们。

在这封闭的房间内,没有通往外侧的大门,只有宽敞明亮的落地窗,展现出窗外的惊涛骇浪。愤怒的浪涛一遍又一遍地拍打着玻璃窗,很快就在玻璃上拍出了蛛网一般的裂痕。

眼看那蛛网的"蛛丝"开始上下延展,众人甚至能听见玻璃碎裂的、轻微的声响。每个人都是胸如擂鼓,并且猜出了这一阶段的游戏规则。

他们似乎是在"神庙逃亡",只不过躲避的不是追逐的怪兽,而是一层一层涌入的海水。他们必须在海水淹没前找到通道,不断向上层逃窜,直到进入顶层的审判台。

"找出路,"叶大鹰发令,"一定有机关!"

大伙儿立刻动作起来,对着桌椅床铺左寻右找,其中又属风夕和大超干得最卖力——毕竟上一个 STAGE 的投票中,他们是人缘最差、最为危险的两个人,如果不是路无恙挺身而出,他们俩说不定已经被"票"死了。

风夕顺着墙壁一路摸索,摸到了正对着床铺的电视机旁——

一道红色的激光,在空中拉开一条细线,在风夕胸前的衣服上印出一个圆点。

无声无息,激光瞬间烫出了一个空洞的圆,圆圈的边缘闪烁着些微的、莹亮的火光。

风夕目瞪口呆地望向自己缺了一块的胸膛。失去了肺部的他,连一丁点的声音都发不出来,只能下意识地转过身。

于是众人的视线,穿过了他——

惊愕的众人,通过风夕的躯体,透过那个不断灼烧并扩大的孔洞,看见了对面玻璃幕墙外的飓风与骇浪。

不到短短的一秒,大家甚至还来不及反应,只见激光吞噬了风夕——

湮灭!

星点火光,缓缓坠落。一个大活人转眼没了踪迹,所有人心间一沉。难以置信的陈拾实,不由自主地向前探出一步,他伸出手,想在虚空中抓住那点火光余烬,却被人一把拎住了衣服后领,将他扯了回来。

"别动,"曲菱依柳眉微蹙,沉声叮嘱,"有摄像头。"

直到这个时候,大家才意识到,之前机器人服务员口中"罪恶的凝视",究竟指的是什么——这些被隐藏的摄像头,成了玩家们在这个关卡的催命符,只要被拍到,就会湮灭。

那是不是只要拆除了摄像头,就能解开机关,进入下一层?

为了验证这个合乎逻辑的猜想,叶大鹰从靴子里掏出一把瑞士军刀,小心翼翼地走上前,想去拆掉那个隐藏的摄像头。然而,在走到距离电视侧边五十厘米的时候,他停下了脚步。

又有谁能保证,这个摄像头的触发机制,是一次性的呢?如果他也被拍到,那怎么办?

他的迟疑,所有人都能理解。此时此刻,谁也不敢上前去做那个以身犯险的英雄。

第二十三章　罪恶的凝视

"等路队！等路队活过来！"侉侉大声提议。

众人齐刷刷地将目光投向路无恙——目前的他还是半截焦尸的模样，被哑帅打横抱着。不过，他"复活"的迹象已经很明显了，路无恙自腰部以下的躯体，已经恢复了正常的颜色，只是仍然僵直。

显然，此时此刻的路无恙，在众人眼中就是"外挂"一般的存在。既然他不会湮灭、不会死，就让他去做小白鼠，去做那个以身犯险的人就好了啊！

这样顺畅的逻辑，没有一个人出言反对。大超瞥了一眼落地玻璃窗，眼看满满的蛛丝裂痕，耳听巨浪轰鸣，他忍不住凑上前，摇摆路无恙的双腿，大声呼唤：

"路队，快醒啊！快复活啊！"

这绝对是最真诚的祈愿，而且这份祈盼不仅仅属于大超一个人，也属于所有人。

似乎是大超的不住摇晃，真的起到了一丁点儿的作用，只见路无恙上半身的黑炭开始簌簌脱落，露出内里的人形……

在众人屏息以待的时候，唯有一个人看不下去了。

曲菱依面无表情，她一把扯过陈拾实夹着的滑板，走到电视机的侧边。然后她横起滑板，用力地向屏幕上砸去！

"铿——铿——"

一声，一声，在她重力的敲击下，显示屏被砸得稀碎。

她暴力敲砸的动作，发出巨大的声响。而玻璃窗外的电闪雷鸣，海浪的轰鸣声，与室内的爆破声混杂在一起，震颤着每个人的耳膜。

终于，碎裂的显示屏"哐当"一声掉落在地，露出被掩藏在下方接口的摄像头——它太小也太隐蔽了，从镜头到传输器，加起来都不到一个指甲盖大，如果不是刚刚风夕被击中，单从外观上看，大家根本察觉不到它的存在。

跌落在地的摄像头，像是垂死挣扎的虫子，红光闪烁了两下，然后熄灭。

就在这"罪恶的凝视"失去效用的那一刻,大地再次颤动!

巨浪拍碎了玻璃,涌入了房间。而同一时刻,建筑也再次旋转而扭曲,地板上升出一根一根的木板,连成了一级一级的台阶,再次探向上层的天花板——而本该是封闭的天花板,也在此刻溶解出了巨大的孔洞,让台阶顺利地升入它的缺口。

"走!走!走!"

在叶大鹰的催促声中,大伙儿拼命向台阶上奔逃。因为背着糖开心,侉侉被海浪冲得一个趔趄,险些就要摔下台阶,好在叶大鹰和若若一边一个,赶忙稳住了自己的同伴,将糖开心拖上了楼。

不断上涌的海水,追逐着人们奔逃的脚步,直到空洞的地板再次扭曲、变形、闭合,将海水"关"在了下一层里。

此时,剩余的九人,全部逃进了新的房间。比起上一间那个双人床的标间,这间大床房则显得华丽了许多。无论是房间面积,还是灯光与家具摆设,显然都要贵上一个档次。

这一次,众人明确了游戏任务,却全都被"定"住了似的,双脚黏在地毯上,不敢迈出半步。

天知道那个罪恶的摄像头,究竟藏在哪里!

景观窗外的滔天巨浪再次袭来,如山峰一般高耸的浪涛,带着吞食天地的气势,拍在建筑物的外立面上,再次在玻璃窗上敲出细密的裂纹。

兼职做游戏测评的大超,此时忍不住小声吐槽:"是男人就上一百层啊?"——不同的是,小游戏里是摔死,而他们面临的是淹死。

淹死,或是被摄像头湮灭,在这二选一的困境当中,众人再次将目光投向队伍里唯一的"外挂"。

焦炭已碎裂脱落,已经恢复了人形的路无恙,手指轻轻地颤动了一下。

一声惊喜的"路队!",是众人共同的期待。在这万众期待的目光中,路无恙睁开了双眼。

第二十三章 罪恶的凝视

"我活了？"

路无恙眨巴眨巴眼，望向离他最近的哑帅，又去寻找曲菱依的身影。

"啊！"哑帅的回应，充满了欣喜和肯定，然后扶路无恙站好。

然而，被路无恙目光锁定的曲菱依，此时却像是哑了一样，一言不发地瞪着他。

没错，是用瞪的。她那看似平静无波、缺少表情的苍白面容，只有一双黑亮的眼睛，透出隐隐的怒气。

路无恙被瞪得心里一阵发毛，他刚想开口询问，就被迎上来的大超的一个热情的拥抱打断了：

"太好了！路队！"

大超收紧双臂，他的激动溢于言表——不是装的，而是真诚的欢喜和感谢。然后下一秒，大超松开了拥抱他路队的双手，转而拍上了路无恙的后背，将他推到了队伍的前方：

"路队，咱们就靠你啦！"

"靠我干什么？"

记忆还停留在投票最后阶段的路无恙，显然没有跟上队伍的进度。他再次将困惑的目光投向曲菱依，期望从这位"百事通"搭档的口中，了解最新的状况：

"我死了多久？发生了什么？"

然而，沉默是曲菱依唯一的回答。之前知无不言的她，此时却紧紧地闭上了嘴巴，只是用一双深邃的眼睛盯着路无恙，似乎要用自己的目光，将他的脸孔烧出一个洞来。

还是叶大鹰将情况简要地进行了说明，包括 STAGE 2 的游戏规则，必须找到代表"罪恶的凝视"的摄像头，才能进入下一关，而他们的目标是在海浪吞噬前，进入酒店的最顶层，进入所谓的"审判台"。

当听说风夕被拍到而湮灭，路无恙神色一黯。在队友们"盼救星"一般的目光中，他拍了胸口保证："放心，交给我吧，我来找摄像头!"

这位开了"挂"的队长,刚迈开脚步,就又被人一把拉住。回头一看,是先前一直不说话的曲菱依:

"路无恙,你不要太天真。这次你已经和上一关不同了,死了整整十分钟才醒来。我说了很多遍,系统规则你猜不透的,说不准下一次湮灭,就是永久的死亡。"

她的说辞,让包括大超在内的很多人都不自在了。就连哑帅的脸上,都闪过一丝尴尬。

"曲小姐,话不能乱说啊,你这一讲,搞得好像我们都想让路队去送死一样……"

大超挠了挠头,他觉得自己必须站出来,为自己辩解两句,毕竟刚刚是他推路无恙去"上前线"的:

"路队的确跟我们不一样嘛。虽说他也是有一定风险的,但大家都看到了,路队大概率就是不死之身。换了我们普通人,上去就死了……"

曲菱依冷眼瞥他:"所以你想说,这是数学上的概率问题? 50%和0?"

"对啊,"大超不假思索地回答,"你也看到了,我们这些人当中,路队就是最优解嘛!"

陈拾实跟着猛点头:"对啊,路队就是咱们队伍里的超级英雄嘛。能力越大,责任越大。"

这番"超级英雄论",让曲菱依冷笑一声。倒是一旁被佝佝背着的糖开心,冲陈拾实轻轻地摇了摇头,弱弱地反驳了一句:

"是,我们想要英雄,但我们不能逼别人成为英雄啊。"

自愿舍身的,是英雄。

被逼舍身的,那是纯纯的大冤种。

这个道理,哪怕是还没上高中的陈拾实,都听明白了。瞬间,他有点理解曲菱依的不快了,再望向路无恙的时候,有半分的崇拜,也有半分的同情。

"哐——"

一声巨响,地动山摇。窗外的浪头以千钧之势,砸向玻璃幕墙,震得所有人的脚步一个趔趄。

"这都什么火烧眉毛的时候了,"急性子的侉侉大吼一声,偏过头大声驳斥自己背上的糖开心,"还争个什么人文关怀啊?!"

"是的,别争了,我来。"

路无恙一锤定音,一头扎进了房间的深处。他就像是一个人肉的排爆装置,拼命翻找着一切可能藏有摄像头的地方。

当他的身体掠过床头灯时,一个猩红的圆点,出现在他的大腿上。

找到了!

红色激光在路无恙的腿上开出了灼烧的孔洞。在这电光石火之间,路无恙抄起桌上的遥控器,狠狠地砸向了灯座,在碎得四分五裂的底盘上,找到了那枚隐蔽的摄像头。

下一秒,红光爆裂!

路无恙再次炭化。几乎是同一时刻,地板再次变形、上升。曲菱依和哑帅同时拔足狂奔,他们踩在变幻不停的地表上,上前接应住路无恙的身体。另一边,巨浪已然拍碎了玻璃幕墙,呼啸着冲入房间!

第二十四章
顶楼

建筑变幻,地面波动,水浪翻涌,一切家具都被浪头利用,成了伤人的凶器。在这危险又魔幻的空间里,所有人都在奋力逃生。

生长的、游动的、扭曲的阶梯,连接至上一层空间。被海浪捶进水底的人,又被同伴们连拖带拽地拉回了阶梯上,险险地捡回一条命。

在九人当中,有丰富救援经验的叶大鹰和若若,自觉承担起了引导和照应的职责,救助了陈拾实和大超。救援队里的第三人侉侉,他背着残疾的糖开心,已经无暇他顾了。

至于曲菱依和哑帅,他俩逃得最慢,因为他们必须护住一具焦尸,拖着那具僵硬的尸体,苦苦在海浪中沉浮。好在两人配合默契,再加上哑帅有武术功底,确实身手了得,在两人合作之下,路无恙的身体被拖上台阶。

浪头像是追击的魔鬼,生长盘旋的楼梯更是起起伏伏,两人仿佛踩在高低不平的沙砾上,脚步摇摆不定。幸亏叶大鹰和若若又适时地搭了一把手,他们才在海水涌入、洞口封闭之前,登上了上一层。

又是一个套房,房间结构与上一间别无二致。险险逃过一劫的众人,将目光投向仍在"躺尸"的路无恙。他的躯体还在变化中,仿佛蛇皮一般的焦炭,才从腿部脱落。然而,时间不等人,不仅仅是窗外的巨浪,还有腕表上的计时——倒计时显示,还剩下 47 分钟。

"还有六十七层呢,按这个进度,完全来不及啊!"

大超疯了。擅长玩游戏的他,根据剩余时间和关卡进度一盘算,发现这根本就是"MISSION IMPOSIBLE",除非……

　　大超将求助的目光投向路无恙:除非他们路队的"金手指"能再开大一点,如果路无恙的复活没有"CD 时间"——也就是所谓的"技能冷却时间",能够"秒死秒活"的话,说不定大家还有的一搏!

　　刚刚死里逃生的紧张感,再加上倒计时带来的急迫感,让大超的肾上腺素飙升,让他瞬间忘记了自己"要伪装!记住,枪打出头鸟!"的准则。他一个箭步冲到路无恙身前,开始敲打他的腰部和腿部,希望剥下那些还不曾脱落的炭化组织。

　　"你干什么?"抢先冲上去阻拦的是陈拾实。少年特有的热血,让他"路见不平拔刀相助"。"陆队还没活过来呢!你急什么啊,万一把他搞伤了怎么办?"

　　然而,并没有大人站出来,跟他一起伸张正义。因为所有人都明白:大超说得对,时间不够,他们需要路无恙这个"人肉扫雷机器",而且没有等他停止运作的工夫。

　　没人帮腔,陈拾实满脸困惑,扫视众人的脸孔:有隐忍,也有惶恐;有同情,也有急切。唯有曲菱依的脸上读不出表情。

　　双眉微蹙的曲菱依,再没有发出半句辩驳和理论。不同于热血少年,成年人的世界里,辩论是最没用的事情了,要解决问题,唯有一个字:

　　干!

　　曲菱依一脚踹开门边的橱柜,取出里面的长柄雨伞,抓起伞柄,以横刀举剑的姿势,向空中劈去!

　　第一下,长柄雨伞砸在电视上,把挂壁电视捶了个四分五裂——没有!

　　第二下,雨伞捶在床头柜上,台灯摔碎在地——没有!

　　第三下,长伞旋转如刀,横劈写字台上的一切——杂志、电话、电脑一体机,全部被扫倒,横七竖八地躺在地上。凡是没摔碎的,曲菱依就继续砸击,打碎为止!

当一体机被敲碎的瞬间,边框下面闪出了一点红光。那个红点闪了两下,最终暗淡下去。

过关!

地面再次震动,建筑变形。眼见阶梯升起,众人纷纷攀上楼梯,顺利进入下一层。

在曲菱依的启发下,众人也都不敢做等着"睡美人"醒来的甩手掌柜了。一进入套间,大家站在相对安全的初始位置,就开始四处搞破坏。长柄雨伞成了众人第一个寻找的物件,然后是衣服架子、烧水壶、茶杯,能扔的全部扔了一遍——之前藏匿摄像头的地方,更是被优先打击的对象。

虽然目光所及之处,已是一片狼藉,但红光仍未闪现。就在众人一筹莫展、焦虑于时间的流逝、焦虑于窗外翻涌的海浪之时,路无恙醒了。

这一次,已经不需要同步进度了。路无恙一睁眼,看见这满目狼藉,也把情况猜了个八九不离十。没有片刻的犹豫,他走向房间深处,发挥他"人肉探测仪"的作用。

从床头到床尾,从书桌到沙发,他在凌乱的卧室里一路寻找,却都没有触发偷拍设备。直到路无恙打开卫生间的门,当他瞥向镜子的那一刻,墙面之上、镜子的边缘下方,一根红色的射线,触发了!

射线扫中了路无恙的左胳膊。激光烫出小小的孔洞,化作灼热的空洞,并且不断扩大。他当机立断,抄起洗脸池上的水杯,狠狠地砸向镜面。

碎裂的声响之下,残片碎落一地,一片一片地映出路无恙的面容。在摄像头脱落又被他狠狠踩碎的那一刻,他转头大吼:

"快!抓紧时间!"

众人踩着升起的楼梯,进入了上一层。与此同时,路无恙的左臂也已被蚕食,空洞放大到了他的肩胛——再过一点,到达致命伤的位置,他就会直接炭化。

不过,路无恙是什么人?他可是长期与死神赛跑的人!就在伤势逐渐致命的电光石火之间,他飞奔到了卫生间里——

然而,摄像头这一次藏匿的地方,并不是镜面之下,而是浴池的花洒里。路无恙来不及破坏,便炭化倒地,只来得及给众人一点些微的提示——僵硬的右手,做出了最后的指向,指出了红色射线。

站在门外的叶大鹰,借着门扉的掩护,抄起椅子砸向那罪恶的花洒!他平时经常做体能训练,臂力惊人,一次不行,就再捞一件家具,继续砸,砸断为止!

过关!

熟能生巧,哑帅和曲菱依迅速营救"尸体",而其他玩家对建筑的变形、地面的波动,已然是习惯了。大伙儿迅速集结,登上阶梯,进入下一个房间。

就这样,一层接着一层,有了路无恙这个外挂一般的存在,在他这个"人肉扫雷仪"加持下,众人化身为"超级破坏王",一层连一层地拆除所谓的"罪恶的凝视"。

几关之后,每个人都抄着一把长柄雨伞做装备,优先处理之前曾经隐藏过摄像头的地方。到了最后,众人都成了熟练工,平均一层用时30秒——窗外追击的海浪不再是一种威胁,拼命追赶他们的,只剩下不断归零的倒计时。

越到后面,摄像头藏匿的位置就越是刁钻古怪。有一关,他们卡了一分多钟,大伙儿死活找不到摄像头,一直等路无恙复活,"以身试法",才发现那玩意儿藏在墙壁上插座的孔洞里。

还有一关,众人险些全军覆没——摄像头藏在了天花板的消防喷淋里。幸好路无恙是"活着"进入这一关的,第一个踏进房间里,当发现红色射线时,他立刻撑起雨伞,挡住了喷淋的方向,并且实施了暴力拆除。不然他们九个人,大概率是全员OVER了。

楼层的数字不断攀升，随之升高的，还有掀起汹涌波涛的海平面。唯一减小的事物，是手表屏幕上的倒计时，只剩下秒针位的计数：60。

0′59″

0′58″

……

这是夺命的倒数，众人一路奔逃，踩着扭曲而诡异的楼梯，盘旋向上。当众人来到第72层时，还剩下41秒。

这一关的开局极佳，因为大家的"人形探测仪"路无恙，处于能跑、能跳、能说话的"活着"的状态。不过这一关的难度在于：顶层是总统套间，空间大、房间多，家具和设备也多。

路无恙没有一秒钟的犹豫，立刻在室内奔跑探索。当他从客厅穿过的瞬间，茶几上的烟灰缸，已经发出了红色的射线。

紧跟其后的曲菱依，立马抄起雨伞，将烟灰缸砸碎。然而，通向顶层审判台的楼梯，却没有如众人预想一般升起——地板纹丝不动。房间里唯一变化的，只有路无恙腿上那个被红光灼烧的孔洞。

还有！意识到这一点的路无恙，拖着他那条半残的腿，又冲向了卧室——几乎是他跨入房间的这一瞬间，射线就迎面而来，击中了他的脑门。

致命伤。

路无恙瞬间炭化，倒下。

0′27″

"队形！"

叶大鹰短促地发令，与他有多年配合经验的若若立刻行动，而侉侉也将糖开心托付给了哑帅照应。

三个人快步向前，叶大鹰抓过一面小镜子，借着镜面反射，从门边窥视屋里的状况——红色射线来自大床上方的装饰画，正对着卧室大门，这也是路无恙被直接击中的原因。

"伞。"

随着叶大鹰的指令,飞鹰救援队的三个人,同时向屋里撑开雨伞,排成一竖列,刚好可以容纳成年人。三人鱼贯进入房间。

为首的叶大鹰,顺着床边一滚,将自己隐藏在摄像头的视觉盲区,然后他合上雨伞,抄起这柄不算太结实的长棍,反手朝装饰画砸去。

随着他大力的敲击,装饰画四分五裂。那个被隐藏在画上的小狗眼睛里的摄像头,也随之破碎而暗淡。

侉侉发出"欧耶"的欢呼。然而,众人预想中的胜利,还是没有到来。地板没有变形,窗外的海浪却追击上来,排山倒海般地冲刷在玻璃墙上。

0′16″

大超急了,"怎么办?怎么办?"地嘀咕着,急得好像是热锅上的蚂蚁,不住地在客厅转圈圈。但他不敢再跨越雷池半步,谁知道卧室或者洗手间里还有没有摄像头?

一时之间,房间里陷入了僵持的状态。剩下的八个活人面面相觑,谁也不敢再动弹半步。

0′14″

0′13″

……

倒计时却不会因为众人的迟疑而停止。曲菱依和哑帅率先动作。曲菱依一边在卧室里疯狂敲击,扫清可能存在的障碍,一边向卫生间的方向进发。哑帅则又将糖开心托付给大超,然后跟着曲菱依冲向卫生间。

站在卫生间闭合的门前,两人对视一眼,同时闪身躲在门两侧的墙壁边,然后仿照叶大鹰的做法,拿起一个银勺做镜面反射——

"啊——"

练武的哑帅,就是艺高人胆大,他飞起一脚踹在把手上,同时飞快旋身,将自己缩回安全地带。只见卫生间的大门缓缓打开,并没有红色的射线飞出来。

0′08″

0′07″

……

当数字降到十秒以下,众人的手表都发出"嘀——嘀——"的提示音。规律而聒噪的声音,锤击着每个人的神经,提醒他们"快要死了"的事实。

大超已经急得满头是汗,扶着糖开心的他,自己却是膝盖一打软,直接瘫倒在地。幸好有陈拾实,他眼疾手快,及时拉住了糖开心,后者才没有摔倒。

然而,就在众人屏息凝神,关注着曲菱依和哑帅的动作,等着他俩拯救世界的同时,大地猛地震颤起来——滔天的巨浪砸碎了落地窗,汹涌的潮水瞬间将众人湮没。

银勺瞬间脱手,曲菱依被大浪卷走,重重地撞击在墙壁上。水雾迷蒙了她的眼睛,隐隐约约中,她看见浴室里似乎有个黑影在闪动……

嘀——嘀——

0′03″

0′02″

……

死定了。

大超绝望地闭上了眼睛。巨浪的轰鸣中,他却能捕捉到那一声机械的"嘀——"声,仿佛死神的宣判,带他进入无边的暗黑世界……

嘀——

0′00″

归零。

世界坍塌了。

第二十四章 顶楼

  总统套房在巨浪中被摧毁。墙壁和家具像是纸做的一样,在海浪中显得那样不堪一击,迅速被撕裂成了残渣。所有玩家都被重重地砸进水里,淹没在无尽的波涛中,渺小得仿佛是一片轻薄的树叶。
  可就在这一瞬,世界又重构了!
  砖石、玻璃,纷纷飞起并堆叠,这座摩天大楼在翻腾的巨浪之中,竟然重新堆叠了起来!
  扭曲变形的地板,像是有生命一样,将所有人托举起来,带他们浮出海平面,升入大楼的最高层——
  顶楼,审判台。

第二十五章
狼人与反派联盟

眼前是无尽的蔚蓝,从天幕连接到海面。光与影,在粼粼波光上游移,绚烂又华丽,是世上任何一位绘画大师都无法捕捉的天然画作。

海风轻拂,和煦又凉爽,送来海水特有的味道。天气美好得令人感动,仿佛先前的风暴与巨浪,从未发生过一样。

当一众玩家睁开双眼的时候,看见的就是这样美丽而平和的景致。在这无敌海景之上,是摩天大楼的顶层露台。在天台的正中央,是一张石质的圆桌,桌边摆着十二把椅子——这格局,与先前二楼会议室的陈列,可以说是非常相似了。

"没……没死?"话多的大超,首先发出惊叹,他几乎要喜极而泣了,惊喜地望向周围自己的伙伴们,"我们没死!没死!"

比起他的欢呼雀跃,陈拾实在兴奋之余,更多是困惑:"为什么?"

对啊,为什么大伙儿能活?这游戏杀人从不手软,系统坑人也从不放水,他们怎么就过关了?

大超困惑地望向四周,却在人群中看到了两个既熟悉又陌生的人影——

那是"老一队"里的两名成员:"飞鹰救援队"的罗东东,以及"大区"的知识区 UP 主包包不用怕。

这两个在投票环节没有出现的人,此时竟然出现了顶楼的审判台上!尤其是罗东东,他将一个黑色的东西扔在了地上,抬脚碾碎。

第二十五章 狼人与反派联盟

大超定睛一看,那分明是一个偷拍的摄像头。

"所以,最后一个摄像头是你找到的?"大超惊叹,"大兄弟,牛啊!"

罗东东扯动了嘴角,他在笑,笑得却有些神秘,甚至可以说,笑得有些高深莫测。最爱看人脸色的大超,总觉得对方的表情有些怪,却分辨不出究竟怪在哪里。

"所以,你们就是狼人?"

一个清脆的声音,发出了冷静的质问。那是曲菱依,她一边扶住路无恙那毫无声息、无法动弹的躯体,一边质问罗东东和包包博士:

"你们在演戏。"

后半句,不是疑问,而是陈述了。没错,之前在楼梯间里,曲菱依他们分明看见了狼人残杀队友的景象,可到了眼下,在这一刻,看见他们两个好端端地站在这里,并且都毫发无伤,那只有一种可能:

他们是配合好的,是演的。

仔细回想,之前楼梯间里所谓的"杀人事件",确实存在重重疑点——

第一,当时,他们几个人是隔着好几层曲曲折折的楼梯,从楼梯的缝隙处,探查状况。换句话说,他们的视线大部分被遮挡,所以靠声音来辨认情况——而声音,恰恰是最好伪装的。

第二,当时,警报铃声大作,整个楼梯间都被火警的红色警报灯光染红。那时路无恙看见了所谓"湮灭"的景象,很可能是罗东东和包包博士两个人,借着红色灯光的炸裂,使了个障眼法——反正玩家在"湮灭"之后,一没血迹,二没尸体,只要事先做好计划,他们大可以通过安全出口和酒店通道,顺利逃跑。

曲菱依的思维飞快,很快指出了罗东东和包包博士的诡计。与此同时,她的脑子里飞快闪过一个念头:

"所以刚刚躲在总统套房卫生间的黑影,就是你们俩。你们知道摄像头在哪里,所以在最后一秒,拆除了装置,我们大家才活下来。"

罗东东笑了笑,还是没说话。不过,这不加辩驳的举动,已经验证了曲菱依的猜想。

之前同样目睹了"狼人事件"的陈拾实,瞪大了双眼,他实在搞不懂,这些人究竟是什么逻辑:

"喂,既然你们是狼人,为什么又要救我们?你们的任务到底是什么?到底是要杀人还是要救人啊?"

"因为自始至终,都不存在'狼人'这种设定,"曲菱依的目光牢牢地锁定了罗东东,冷静地分析,"他们在掩藏身份,而且,他们还有同伙。"

她抬起白皙纤细的手指,指向了另一个人。陈拾实也好,大超也好,顺着她手指的方向,望向那个被指控的"同伙",顿时倒吸一口凉气——

叶大鹰。

既然罗东东和包包博士是在楼梯间演戏,根本不存在所谓的"狼人"屠杀,那当时被砍又没被砍死的叶大鹰,会不会也是这场戏的一员呢?他拿自己演了一场"苦肉计",包装出了"有狼人"这样的假象来误导大家,从而影响舆论,影响事件的走向。

这个念头,在曲菱依的脑中逐渐成形。而一旦这种假设成立,之后的一些奇怪的地方,也就有了合理的回答。

特别是在投票环节,众人曾经提出,要票选不在场的罗东东或是包包博士,那时候,就是叶大鹰站出来,明确提出了反对。

当时他是怎么说的来着?

——我不同意把票投给不在场的两个人,不管他们是不是狼。这游戏的设置大家都懂,既然需要我们在此集合,他们不出现,或许已经是违规了。如果我们把票投在已经违规、可能已经湮灭的人身上,会有什么结果?会不会投他们的人,也算是违规呢?

当时,叶大鹰的顾虑,听上去似乎有一定的道理,所以那个时候,大伙儿也就打消了"票"罗东东和包包博士的念头。可现在仔细回想一下,叶大鹰或许和他们根本就是一伙儿的,所以才会"保"下两个同伙。

"为什么?"大超惊诧的疑问,也是所有人的困惑,"大鹰队长,你们为什么要搞这种事啊?"

被指出、被质问的叶大鹰,那张看似正直的国字脸,不自然地抽了抽眼角。沉默了两秒,叶大鹰深深地吸了一口气,沉声道:

"对不起。但,我必须为自己的组员考虑。"

时间回转,回到进入关卡的最初——

叶大鹰在自己的房间里醒来,也被机器人服务员送上了一身行头以及他的身份牌。打开信封的那一瞬,叶大鹰就傻了。

因为他拿到的这个身份,不但是个反派,而且是个彻头彻尾、杀千刀的祸害——

【您,叶大鹰,是一个偷拍狂魔。高三的时候,您偷拍班上一名女同学的裙底,被受害女生发现,于是您挑动班上的小太妹,对受害女生实施了暴力,造成了对方终身残疾。】

看到这里,叶大鹰的拳头硬了:如果是在现实世界,遇到这种祸害,他恨不得把这种人给暴打一顿。然而,他没有料到的是,更夸张的"黑料"还在后面——

【由于学校的不作为,小太妹团伙和您都没有被处理,您顺利考上了大学,学习计算机编程相关技术。大二时您通过比特币赚到了第一桶金,此后您在境外架设服务器,运营了一家黄色网站。您通过广告分成与提现的方式,鼓励用户进行偷拍,并上传到您的网站上。】

【如今,您已经通过网站的运营,实现了财务自由。而您也成了偷拍者以及浏览网站的用户们心目中的带头大哥。】

朴素的正义感,让叶大鹰瞪着那句"带头大哥",半天喘不过气来。

在现实生活里,他一边开着自家的五金店,做个小老板,一边运营着"飞鹰救援队",多年来,他做的都是救死扶伤、助人为乐的工作。

然而，此时此刻，在这该死的游戏里，他却被赋予了一个彻头彻尾的反派BOSS的身份——而且是应该被天打雷劈的那种。

可是，游戏就是游戏。在这个虚拟世界里，在这个生存游戏中，他知道，想要活下去，他就只能接受，就只能按照游戏的玩法进行。

【现在，您的任务是找到您的犯罪团伙，一同在大楼内布控，在酒店每一层楼的客房中，安装偷拍装置。】

【注：必须全程扮演您的角色，但不得用言语、文字等手段，向其他玩家透露您的角色信息，否则将视为违规。】

与此同时，机器人交给他的，还有一个黑色的塑料袋，里面装满了摄像头——总计72枚。

虽然内心充满了厌恶和反感，但游戏就是游戏，为了生存，叶大鹰还是抓着那个黑色的塑料袋，走出了房间。而就在同一层，他看见了自己"飞鹰救援队"里的好友，罗东东。

同为救援队的成员，现实生活里多年的相处，让他们早已摸索出了一套属于自己的暗号。而自从进入了游戏世界里，飞鹰救援队的成员们，很快将之变为了一套"黑话"与"切口"。通过只有自家人才明白的表达方式，叶大鹰和罗东东很快就互相确认了对方的身份：

罗东东就是叶大鹰犯罪团伙中的一员。他被游戏赋予的身份，是当年校园暴力事件的旁观者。罗东东所扮演的角色，当年看见了小太妹对女生实施了暴力行为，但他什么也没说，什么也没做。罗东东的游戏角色大专毕业后在酒店做服务员，不过几年下来，已经做到了酒店的大堂经理。同时，他也是叶大鹰的黄色网站的用户，他甚至利用职务之便，在酒店房间里安装摄像头，并与他的"带头大哥"搞起了合作，拿起了提成。

犯罪团伙里的另一个成员，则是"包包不用怕"。包包博士被赋予的身份，也是校园案件的旁观者，跟罗东东类似。包包博士的角色，是一名普通的酒店服务员，是罗东东的下属，也是安装摄像头的具体执行者——每装一个摄像头，身为服务员的他，都会有额外的酬金。

叶大鹰、罗东东、包包博士,作为"罪恶的凝视"这个反派组织的三位成员,他们的任务目标与其他玩家不同,是要在大楼里进行偷拍摄像头的布控——

在这支"老一队"里,四个飞鹰救援队的成员,本就是死党。而后加入的两个人,包包博士和风夕,也有多次的游戏经验。尤其是包包博士,在上一关竞争关卡中,脑子动得贼快,他那出色的逻辑判断能力,也让叶大鹰他们很是赞叹。

总之,他们这支队伍,无论是从游戏经验,还是从行动力,甚至从团结程度来说,都是绝佳的。

确认了自己反派的身份之后,叶大鹰、罗东东又迅速在大楼里找到了侉侉。侉侉不是犯罪组织的成员,但他是叶大鹰和罗东东的真朋友,一起赴险、一起救援、有过命交情的那种。于是,侉侉很快通过那一套"黑话""切口",把"非反派"的任务目标,告知了叶大鹰——前往二楼大厅,完成投票,投出罪恶的元凶。

就是这个信息,让叶大鹰当下做出决定:

必须立刻行动!保住自己,保住自己的队员!

做出这个决定后,叶大鹰立刻和自己的同伴们,商量起新的战术。他将摄像头全部交给了罗东东和包包博士,让他们俩实施摄像头的安装工作。而他则用了一出"苦肉计",放了一个"有狼人"的烟幕弹,塑造出了一个假想敌。

这样,便隐藏了摄像头,也就是"罪恶的凝视"的真相。假造出"狼人"的存在,给了罗东东、包包博士一个不在场投票的理由,让他们去负责摄像头的布置。而叶大鹰则以一位"有污点"的"加害人"的身份,来到了二楼会议厅的投票现场,完成对投票的控场。

于是,在"老四队"的成员万分纠结,甚至路无恙不得不"献祭"出自己的时候,叶大鹰却成功地"保"住了己方队员——或许只有一个例外:风夕这家伙能力不强,话还贼多,在叶大鹰心中,风夕是到了万不得已的关键时刻,可以牺牲的一枚棋子。

不能怪叶大鹰残酷,也不能怪他违背了自己"救死扶伤"的使命。在这场残酷的赛博游戏中,"带着队友活下去"是他唯一的目标。他是队长,在万不得已的情况下,他会做出艰难的选择。

一方面,在叶大鹰的控场下,"老四队"全员在投票环节,没有任何损伤。另一方面,众人在会议厅里唇枪舌剑之时,罗东东和包包博士则穿行于酒店套房之间,将72枚摄像头一一部署。

如果罗东东他们能选择,或许不会把摄像头布置得那么隐秘——毕竟,让队友们顺利过关,是他们的目标。但系统大约也猜到他们有"放水"的可能性,所以每一个房间里摄像头的位置,都是游戏系统规定好的,并且以蓝色的闪光作为提示——两位老玩家不得不将摄像头放在系统规定的固定点。

一共72枚摄像头,但酒店套间是从三楼开始的,也就是装到最后,还余下2枚。罗东东和包包博士一商量,决定全部放在顶楼的总统套间里。毕竟,这游戏系统向来坑人,万一这摄像头没装满,把他们判定为"任务失败",那他俩再加上叶大鹰,就都完蛋了。

而当倒计时归零的紧要关头,躲在卫生间的罗东东扯下了最后一枚摄像头,将玩家全员救上了STAGE 3——顶楼的审判台。

其实,在叶大鹰的算计里,STAGE 1的审判阶段,他是想"票"死一个"老四队"的成员,从而确定"老一队"与"老四队"存在6:5的人数优势,继而保证之后的游戏环节中,他"老一队"的人不会受到冲击。

然而,他没算到的是两点:第一,路无恙"票"了自己,又重新复活,让"老四队"满员进入下一游戏阶段;第二,风夕果然是个拖后腿的,在STAGE 2阶段跑得太快,把自己给玩死了。

此时此刻,进入顶楼审判台的,只有11名玩家——哦不,路无恙还处于"躺尸"状态,此时全身炭化、僵硬在地,别说是站起来说话了,连呼吸都没有。

换言之,目前"老一队"和"老四队"的人员比例,是相同的——5∶5。

叶大鹰看了眼手表,屏幕已经显示出了新的指令:

> 任务指引
> 第三关:投出"有罪之人",接受正义的审判
> 时限:05′00″

叶大鹰再次叹息。他沉沉地叹出一口气,像是要荡尽心中的遗憾与违和,又像是为自己接下来的举动,扫清心理上的障碍。最终,他第一个坐到了会议桌旁的椅子上,沉声道:

"多说无益,投票吧。"

先前"老一队"的成员,在自家队长的号令下,一一坐到了椅子上。他们自觉地聚拢在一起,围成了一道铁壁,沉默着望向"老四队"的成员们。

随着"嘀——"的提示音,倒计时的数字,开始了变化。

面对这些在上一个"竞争关卡"里,互相帮助、一同渡过难关的玩家,大超满脸震惊,陈拾实则无比困惑。曲菱依面无表情,只是冷静地望着"老一队"全员。不能发声的哑帅,扶起了瘫在地上的糖开心。而为了同伴一次次"死去活来"的路无恙,则无声无息地躺在地上。

现在明摆着,"老一队"就是要趁路无恙"复活 CD"的这段时间,趁"老四队"剩下的玩家没有人数优势,"票"出一个人,送一个去死——

圆形会议桌上的虚拟屏幕,再度亮起。目前阶段,剩下的十名"活人"玩家的头像,纷纷跳了出来——

从游戏赋予的身份设定上说,代表"罪恶的凝视"的三人组:叶大鹰是黄网的发起者和运营者,罗东东和包包博士都是酒店的工作人

227

员,属于实施偷拍、提供片源的下层执行者。

剩下的人群中,糖开心是校园暴力事件的受害人,曲菱依、若若、大超都是校园罪案的加害人,哑帅、侉侉、陈拾实都是旁观者。

然而,游戏所赋予的身份,还重要吗?此时此刻,他们所做的,不过是集众人之力,挑选出一枚弃子而已。

大超惴惴不安,他开始全身冒冷汗。毕竟在第一阶段的投票中,他就是那个最容易被干掉的对象。强烈的恐惧,让他第一个奔到了会议桌边。只见大超凑上前,靠在"老一队"队员的旁边,搓着手祈求旁边的人:

"拜托你们,不要投我。我会很听话的,而且我很有用的!我了解游戏,我玩过很多游戏!我能帮上忙的!"

他知道,在感情上,他和其他玩家并没有多少联系,所以他只能不断强调自己的实用性,让自己不被选择为那枚"弃子"。

被他连声拜托的侉侉,只能无言地望着大超,满脸的无奈与尴尬。

而此时,叶大鹰抬起了手。那只骨节分明、长满老茧的大掌,重重地拍向了一个人的头像——

糖开心。

看见糖开心的头像闪动红光的那一瞬,大超愣了一秒,瞬间又松了一口气。像是提着的一颗心,终于放了下去。

然而,比起他"劫后余生"般的庆幸,被哑帅扶着站立的糖开心,则是一脸难以置信:

"为、为什么?"

下意识的控诉之后,糖开心的面容扭曲起来。她真的不能理解,为什么是她。

从头到尾,她都是最无辜的那个人啊!

在现实世界里,因为腿脚不便,糖开心是无障碍设施的测评者。她操控轮椅在街市上行动,体验人行道、地铁、公交等种种公共设施,并且将过程拍摄下来。她用这种方法,做真人测试员,再提醒有关部门去改善设施,去完善无障碍设施通道,去帮助其他残障人士。

而在这个游戏世界里,连系统赋予她的游戏身份,都是一个完完全全、纯纯粹粹的被害人。她什么都没有做错,却被偷拍,却被暴力相对……

而现在,他们却对她说,她是那个"有罪之人"?!

愤怒的情绪,在她的胸腔里聚集并发酵,化作了燃烧的怒火。糖开心几乎是撕心裂肺地吼出来:

"你们是人吗?你们有人性吗?你们这些搞偷拍的,搞暴力的,都不算罪人,却投我一个受害者?!"

此时此刻,游戏里的身份,和现实里的残疾,渐渐融合起来。糖开心分不清自己在咒骂游戏里的设定,还是在咆哮现实的不公,她只知道,自己不该遭受这种对待,自己没有错!

然而,面对她的质问,叶大鹰只是沉沉地叹了一口气:

"对不起……"

他的声音,低沉,嘶哑,带着无奈,却又给出了无法反驳的理由:

"……带不动。"

是的。

带不动。

她残疾了,在这个搏命的游戏里,她就是一个累赘。

这是致力于救人,也的确救了他们好多次的叶大鹰,所给出的理由。

下一秒,在偌大的会议桌上,另一只手掌抬了起来,拍在了糖开心的头像上——

那是在险境当中,背了她一路的侉侉。

侉侉别开眼,不去看糖开心的表情,不忍看,也不敢看。

在危难之时,他愿意伸出援手,尽力地帮她。之前的关卡里,哪怕海浪翻涌,哪怕全员溺水,他都没有放弃这个腿脚不便的姑娘。

可这时,要投票,要选出一个人去放弃……他却只能选择她。

糖开心瞬间僵住,无语。她只能眼睁睁地看着,"老一队"更多的队员,若若、罗东东、包包博士,纷纷伸出手来,点向她的头像。

五票。

又有谁不知道,她是无辜的呢?她并非真的有罪,但在这个残酷的生存游戏中,他们却必须按照社会达尔文主义的思路,将她送上断头台。

他们的选择,落在糖开心的眼中,让她的双眼变得酸涩而愤怒:她究竟做错了什么呢?

她的罪过,究竟在哪里呢?

就因为她残疾,就因为她没用,她就该死吗?

该死!该死!该死!可罪该万死的人不是她啊!

许许多多的质问,还有无边无际的咒骂,都堵在了糖开心的喉管里,最终,化为她眼角的一滴泪珠,顺着她柔嫩的面颊,轻轻地滑落。

在这片异常的沉默中,倒计时,仍在继续——

03′12″

03′11″

……

曲菱依深吸一口气,她瞥了一眼地上躺着的路无恙——他的双腿仍然被焦炭覆盖,没有蜕变化解的迹象,毕竟,距离上次他被激光射中,也才只过去了短短的两分半钟而已,他还无法醒来。

曲菱依挺起胸膛,她拍了下糖开心的肩膀,然后越过自己伤感的同伴,走向那张会议桌,毅然坐下。

她抬起手,按下投票键,直指一个人——

叶大鹰。

第二十六章
"正道之光"的仲裁

叶大鹰的头像亮起，闪烁着被票选后特有的红光。

曲菱依的反击，是无声的，更是果断的。

看到曲菱依的动作，糖开心做了个深呼吸，然后抬手抹去了眼泪。紧接着，她轻轻拉了下身侧哑帅的袖子，以做示意。收到她的暗示，哑帅秒懂，他立刻打横抱起糖开心，然后将她放在椅子上坐好。

下一秒，糖开心抬起手，拍向叶大鹰的头像。

两票。

糖开心的脸上，泪痕未干。她的双眼死死地盯着叶大鹰，充满了愤怒和不甘——

为什么啊？！凭什么啊？！

面对5：2的局面，哑帅默然，他迟疑了半秒。因为在上一关里，他曾和"飞鹰救援队"，一同征战造纸厂，一起救援路无恙，说是"战友"也不为过。但是眼下这状况，如果他不投叶大鹰，就是送糖开心去死。想到这里，他别无选择，摁亮了叶大鹰的头像。

三票。

十四岁的陈拾实，之前被大人们的身份反转吓到，愣在那里半天回不过神，直到此刻才如梦初醒。说实话，他是"老五队"的，上一关里，他一直被膘哥罩着，他和叶大鹰他们，和糖开心他们，其实都不太熟。但陈拾实知道，他从小到大所受的教育，绝对不是让他欺负弱者，绝对不是送弱者去死！

少年走上前,大力地拍向虚拟的投票界面!

叶大鹰,四票。

此时,5∶4的对抗,让所有人将目光集中在了大超的身上,等待着他的抉择。

大超傻了。

前一分钟,他还在搓手祈求,请"老一队"的人饶他一命,不要投他。可此时,他真的要"票"他们的队友,将自家小队的糖开心送上断头台吗?

大超完全僵住了,仿佛石化一般。

他必须做出选择——要命的选择。

满头大汗的大超,眼珠子滴溜溜地转,一会儿扫过糖开心,一会儿扫过叶大鹰,又在众人脸上逡巡:他想读出更多的信息,支撑他的选择——

但是,没有期待。

"老一队"也好,"老四队"也好,没有人的脸上流露出半分对他的期待,哪怕是命悬一线的糖开心。

他的为人,他这根墙头草,大家又怎么会不知道?大家盯着他,不是指望他良心发现,更不指望他做出惊人的抉择,不过是在等待一个答案罢了。

向来话多的大超,哑巴了。他的焦虑,他的急切,此时全然无用。最终,他只能把头狠狠地砸在桌面上,同时拍下虚拟的头像——

叶大鹰,五票。

虽然经过理性分析和对比,大超知道什么是最优选择,他也很想那么做,但偏偏……偏偏他的拳头就是不听使唤。

5∶5。

糖开心与叶大鹰,同票。

这个答案,让"老一队"的队员们,露出了紧张的神色。侉侉更是直白地拉住了大超的胳膊,一声"给我改!"的命令还没说出口,就听

第二十六章 "正道之光"的仲裁

天幕传来一声雷鸣——

"轰——"

轰然坠落的,还有金色的光线,正落在圆形会议桌的中央。

这束光,他们都认得。

那是"正道之光"。

正道之光,照耀在审判台上。

在"正道之光"闪亮而耀眼的光线中,两个同票的"罪人"所对应的虚拟头像,从虚拟界面上浮出,并且向上飘浮,沐浴在金色的光线中。

突然,两人的头像框上,燃起了一团鲜红的火焰,不断燃烧,不断游走,仿佛是来自地狱的火,如此炽热,如此鲜明,又如此让人恐惧。

叶大鹰身侧的若若,一把拉住了自家队长的胳膊。不只是她,侉侉和罗东东也是满脸紧张。他们一齐将愤怒的目光投向了大超,投向了糖开心,投向了"老四队"的成员们——

本来,他们自家的队长,是不该被票上审判台的啊!

然而,除了"墙头草"大超露出了怯弱的表情,剩下的"老四队"的四名成员,却根本没有跟救援队成员"对线"的意思。所有人的目光,都聚集在"正道之光"上,死死地盯着那火焰中的头像。

所有人都知道,最终选择的时刻,来临了。

只见这道轰然砸下的"正道之光"中,似乎有什么金色的、细小的尘埃,簌簌落下。

那些细碎的、金色的小光点,在虚空中缓缓坠落,又在临近审判台时慢慢汇聚,化作一缕金色的丝线,萦绕在两个头像之间,光芒流转,似乎是在做出某种选择。

两个头像框边的烈焰,摇曳不定。一会儿左侧的人像烧得猛烈些,一会儿右侧的人像烧得更加红亮——明与暗,缓与急,亮度的变化,展示着选择的焦灼,甚至是争论的激烈。

比起大人们的沉默与凝重,只有十四岁的少年,对"正道之光"保有十足的信任。他坚信,"正道之光",会做出公正的选择,是绝对不会欺凌弱者的!

信心满满的少年,握紧了自己的双拳。就在他瞪大双眼,要为正义而呐喊的这一瞬,裁决,完成了——

金色的丝线不断游走,像是捆绑的绳索,束缚在了糖开心的头像上。

刹那,烈焰升腾,蹿升的火舌将女孩的相片,吞噬为灰烬。

与此同时,叶大鹰的头像则悄然淡去,隐身在了金光中。

糖开心瞠目结舌,她呆愣当场,难以置信。她不相信,正义如此对待她。她不相信,"正道之光"会认为她才是那个"有罪之人"。

"为……"

她扯动嘴角,嘶哑的声音,从喉管中溢出:

"为!什!么!啊?!"

一声凄厉的呐喊,回荡在审判台上。糖开心仰天质问,想向"正道之光"讨一个说法。而伴随她撕心裂肺一般的质问,金色的光线,陡然扩大了。

那些原本细小的、簌簌坠落的金色光点,不断被放大,不断向她接近,化作了密密麻麻的金色弹幕,从天而降。

金色的文字,那些密密麻麻的弹幕,像是遮天蔽日的幕帘,从天幕拉到地面,不断放大并坠落,震撼着每个人的视野——

【女孩子要保护好自己!】

【有毛病就不要出去抛头露面,腿不好还出去住什么酒店?】

【为什么不多做防护?在外面住酒店,要多注意一点!应该自己提前做好攻略,进房间先自己检查一遍啊。】

【遭受了校园暴力,为什么不报警呢?早点报警,早点告诉老师,说不定就不会到这一步了。】

【也不能怪加害者,都是原生家庭的错,他还是个孩子啊!】

……

数不清的弹幕,发表着数不清的观点。

无数的声音,在这个世界里涌现。先是窃窃私语,有指责,有批判,也有嘲笑和讽刺。然后,那些纷乱的声音汇成了一股强大的声量:

有罪!有罪!!有罪!!!

那强大的声量,那"有罪"的指责,化成了惊涛骇浪,灌入了每个人的耳朵里,震颤着每个人的耳膜,甚至盖过了摩天大楼外海浪的声音。

"这算什么正义?!这算哪门子的正义啊!"

愤怒的少年,仰头望天,破口大骂。

就连十四岁的陈拾实,都看出来了:

这哪里是什么"正道之光",不过是多数人的意见,多数人的选择而已。

他们所认为的"正义的裁决"和"正义的铁拳",在这个虚拟空间的赛博游戏里,不过是数据的汇集罢了……

或许,投票的从来就不是他们这些"局中"的玩家,而是在别的什么地方,在更大的赛博空间里,多数人的投票,多数人的博弈……

而那些多数人的指责,化作漫天的弹幕,像是一颗颗石块,坠落并击打在这审判台上,似乎是要做出"石刑"。

糖开心茫然地瞪视着那些金色的弹幕,她的瞳孔映出了金色的光点,映出了那些化作了利剑的文字——锋利的刀锋,密密麻麻的箭矢,遮天蔽日的石块,冲击着她的整个视网膜。

下一秒,她眼里的那点光,熄灭了。

黯淡的,空洞的。

她的双眸变得黯淡无光,而就在同一时刻,她的身体被红光笼罩,化为了细碎的尘埃——

湮灭。

第二十七章
"正道之光"的真相

当路无恙睁开双眼的时候,看见的,是漫天的金色流光。

刚刚"复活"的他,还没有夺回身体的控制权。他的四肢无法动弹,只能静静地躺在距离审判台不远的地上,安静地"躺尸"。

路无恙的视野渐渐变得清明,他的意识也逐渐清晰——于是,他便眼睁睁地看见了,"正道之光"的选择。

他看见,那一束"正道之光",在两名已经被"票"出来的候选人当中,游移着,摇摆着。那些细碎的光点,似是一种喃喃自语,似是在举棋不定,又似在激烈交锋……

但最终,它们还是做出了选择。

他听见,糖开心那一声撕心裂肺的质问,那一句"为!什!么!啊?!"的呼号,是如此凄厉——她是真的不明白,为什么作为无辜受害人的她,会被"正义"抛弃,会成为被裁决的"有罪之人"。

躺在地上的路无恙,也不明白,这到底是为什么。他想与她一起呼喊,一起发出质问,但躺在地上、死气沉沉的他,却发不出一点声音来……

再然后,他便看见了"正道之光"的回答。

他看见那漫天的金色光点,化为了从天而降的落石,从飘移的弹幕,变成了杀人的子弹,一句句话,一个个字,皆是控诉。

那些句,那些字,路无恙再熟悉不过。因为在他做"大区"UP主,直播自己的抗癌经历时,看见了太多太多类似的话语——

第二十七章 "正道之光"的真相

那些充满恶意的揣测,那些质疑他博取同情心、质疑他骗流量骗钱的人,也是这么说的。

在那个世界里,他也曾经面对过"有病就低调一点,别出来丢人现眼"的评论,面对过"骗人死全家"的诅咒,面对过"你得癌一定是有原因的!老天为啥不让别人得癌?"的"受害者有罪论"。

这一刻,路无恙突然意识到:他们所认为的那个"正道之光",并不是什么"正义"的代表,只是多数人的选择、多数人的话语罢了。

他拼命地探出手,想去阻止审判的结果,他想去拉住糖开心,拉着她一起扛过那暴风骤雨一般砸落的方块字,与她一起质问反驳、对抗那毫无道理的批判……

然而,当路无恙拼尽全力挪动手指的那一刹,他看见,他的同伴,那位明明身有残疾却想着通过测评视频改变城市改变世界的女孩子,失去了所有的光华……

湮灭。

那些人,再次胜利了。他们对糖开心所做的一切,就像当初在医院病房里,他们对路无恙做的一样。

那些人,他们聚集在一起,他们大声咒骂大声批判,他们挥舞着大棒四处审判,再次制裁了他们心目中的"罪人"。

而他们口中的"罪人",所有的反驳与自白,在他们的声浪前都显得那样虚弱无力——

于是,被淹没了声音的"罪人们",最终消失了,消失在了这个由虚拟数据构成的赛博世界里……

随着糖开心的湮灭,一切事物开始变化——浩瀚的海洋,汹涌的浪涛,竟然摆脱了地心引力,由下而上,慢慢地飘浮至天幕。

不知何处传来一声呜呜,缓慢而悠长,像是远方而来的、孤独的鲸歌。伴着这声悲鸣、慨叹一般的长啸,天幕之中的云朵,化为了晃动的点与线,频繁闪烁之后,消失不见。

那些缓缓上升、飘浮至半空的海水与浪花,仿佛是在空中蒸发了一样,在水流反向流淌的路径中,渐渐消失于虚无。

身下的土地开始崩裂。原本坚实的地面,龟裂出一道道蜿蜒的裂纹。砖块与土石,也抗拒着地心引力,化作破碎的残片,缓缓地向虚空飞去,又在虚无的空中,化为飘扬的尘埃,渐渐随风淡去。

万物化为虚无。

路无恙和其他玩家同样被反向的引力拉扯,像是失重一般,飘浮至空中。路无恙惊讶地发现,自己的双手也开始了闪烁,仿佛噪点雪花,闪出诡异的线条,又渐渐消失、分解。

视觉、听觉、嗅觉、味觉、触觉……所有的感官,逐渐离他而去。他的意识渐渐迷离,再次陷入了无边的黑暗中……

嘀——嘀——

……

不知从什么地方,传来极有规律的"嘀——嘀——"声,像是某种计时器,再次宣判众人剩余的时间,宣告着他们被束缚、被控制的生命。

然而,就在此时,这规律的声音,突然化作一声连续的、尖锐的铿鸣,仿佛绷断了的琴弦,嘤鸣不绝——

路无恙是被这声铿鸣惊醒的。当他睁开双眼,所见的,是一片灰暗的天幕。他费力地爬起身,却见自己和同伴们躺在一座高耸的山上。

他站直身体,立于山顶边缘的峭壁旁。放眼望去,在这略显灰暗的天幕之下,是一派开阔的远景——那是一座繁荣的城市,城中灯火通明,车水马龙,依稀可听见熙熙攘攘的人声。

然而,路无恙却来不及欣赏远方的景象,他赶忙回头,望向自己的同伴们——

曲菱依缓缓起身,正平静地望着他。哑帅一睁眼,立刻展现出他的身手,一个"鲤鱼打挺"站直了身子。大超坐在原地,面露茫然。陈拾实仍然抱着他的滑板,手足无措。

再远一些的位置,则是叶大鹰他们那支队伍。除了"飞鹰救援队"的四个人,包包博士也聚拢在叶大鹰的身边。他们行动一致、步调一致,显得异常团结,也展现出了一种组织化的氛围。

此外,还有四张生面孔:两男两女。除了一位年长些的女性,其余三人都是左顾右盼,有的惊讶,有的疑惑,有的茫然——总而言之,都是一副完完全全的新人菜鸟的模样。

然而,那位年长女性不一样。她身形瘦削,形容枯槁,一双眼直勾勾地望向路无恙他们团队这里,眼睛瞪得仿若铜铃,一副见了鬼的模样。下一秒,她的嘴角微微颤抖,鼻孔因为剧烈的呼吸而翕动——这神态这表情,怎么看都是"怪异"两个字。

路无恙心中暗暗生疑,正当他小心观察的时候,突然,又是一声熟悉的提示音:

"叮——"

伴随任务开启的提示音,手腕上的黑色表屏,跃出了白色的提示字符:

> 解谜关卡
> 玩家数量:15
> 关卡难度:★★★★☆

路无恙的注意力,瞬间被转移。"解谜关卡"这四个字,他并不陌生。他第一次进入这个游戏世界的时候,首先遭遇的,就是解谜关卡。

等等!说到人数,这山坡上满打满算都只有 14 个人——那任务提示里的这第 15 名玩家,究竟在哪儿?

正当路无恙倍感疑惑之时,不远处突然传来几声犬吠。他循声回头,只见一只皮毛油亮半人高的德牧,向众人奔跑而来——更令路无恙难以置信的是,这只德牧的脖子上挂个项圈,项圈前部绑着的扣头，分明就是大伙儿戴在手腕上的那种智能电子手表。

难道……它就是第 15 名玩家？

这不符合逻辑啊，如果说他们这群人都是被手机、被电脑、被智能设备"吸"进这个赛博空间里的，那这条狗为什么能进来？难不成狗也会用手机？

皮毛锃亮的大狗，撒丫子冲进了人群——

"滚！"

伴随着一声尖利的暴喝，一个人影冲了出来，挡在了德牧的面前，用自己的身体护住了身后的人群。

是那名神情诡异的、年长的女性。

她赤手空拳，身形瘦弱，但她横着两根芦柴棍一般的、孱弱的手臂，坚定不移地挡住了德牧奔跑的路线。

而被她护在身后的人，眨了眨黑亮的大眼睛，少年青涩的脸上，写满了不解与好奇。

女士张开双臂，豁出命似的要保护少年，她这态度，不只是让周围的人看傻了，连那只飞奔而来的德牧，似乎都傻了眼——

这只皮毛锃亮的大型犬，四只爪子牢牢抓地，瞬间停在了女士的面前。它抬头盯着女士严肃的面容，微微偏转了脑袋，高高竖起的耳朵动了动，吐出舌头"哈哈"了两下，表情有些困惑，也有些呆萌。

它的停下，让那位显得异常紧张而激动的女性，似乎是松了一口气。而被她护在身后的、十四岁的陈拾实，也露出了和德牧差不多的困惑表情：

"你谁啊？"

他走上前，绕过那名中年女性，走到德牧的旁边，半蹲下身子，一边抚摸着狗子柔软的脑门给它顺了顺毛，一边疑惑地望着女人。

最爱察言观色，还爱满嘴跑火车的大超，一会儿看看女人，一会儿看看陈拾实，左瞧瞧，右瞧瞧，突然一拍大腿：

"你俩长得好像啊！你该不会是他妈吧？！"

第二十七章 "正道之光"的真相

一语惊醒梦中人。大超这一喊，包括路无恙在内的众人，也都瞧出不对味儿了：他说得没错。陈拾实和中年女人长得确实有九成相似，特别是眉毛和眼眶这一块儿，那眼型，那双眼皮儿，一样一样的。

大超话音刚落，只见女人眼眶一红，一滴泪珠从她的眼角滑落，在脸颊上拉开一道泪痕，瞬间滑落至微有褶皱的嘴角，凝在她颤抖的唇边。

不会吧？这不是什么赛博逃生游戏吗？咋变家庭伦理剧了？

众人皆惊。就连那只长得挺凶悍、动作挺乖巧的德牧，都歪着脑袋看戏，并且发出了一声疑惑的："汪？"

陈拾实轻轻地拍了一下狗子的脑袋，然后他再次直起身，皱着眉头瞥了一眼那个女人，又瞪向大超：

"别瞎说！我不认识她！她才不是我妈呢！"

少年的否认，刚刚打消了众人"八卦"的念头，可下一秒，陈拾实突然意识到了什么似的，他抬手敲了敲自己的脑袋，似乎是在努力回忆：

"……等等！我妈……我妈是谁啊？"

他的问题，让众人又惊了：这娃儿该不会是失忆了吧？怎么还能忘了自家老妈？

陈拾实努力回想，却想不出关于家庭的只言片语，哪怕是一个环节，一个片段，没有零星半点儿的回忆，好像他是从石头缝里蹦出来的一样。这让他变得惊慌失措，又赶紧抬头望向对面的中年女人：

"你、你到底知道些什么？我爸妈呢？我家呢？我怎么什么都想不起来了……"

少年似是喃喃自问，又像是在询问对方。他那些惊惶的表情，那些无法解答的问题，让女人再也按捺不住，她用双手捂住了脸孔，肩膀剧烈地抖动起来。

女人无声地哭泣，少年失忆的表现，统统落在了众人的眼中。显然，这两人肯定有瓜葛。口无遮拦的大超，继续"嘴贱"地评论：

"看脸模子就知道,你俩肯定有血缘关系,都不用去做DNA片段分析了。"

话还没说完,突然,他的手腕闪过一阵红光——

余光察觉到了不祥的红色光线,大超吃惊地瞪圆了双眼,瞥向自己的手腕。

当看见腕表上亮起的红色光点,大超的表情闪过了惊愕与惶恐。可这一瞬,不等他做出更多的反应,他的躯体,就已经被猩红的光芒所笼罩——

下一秒——

湮灭。

不过短短一秒,大超的身体就被红色激光击穿,化为了焦炭。

风吹过,那黑色的躯体化为黑色的灰烬,被吹散在天地之间。

这突如其来的变故,让所有人的动作都僵住了。

无声的沉默中,只有风拂过山崖的声音。

"为、为……为什么啊?"

许久之后,侉侉打破了沉寂。上一关曾痛骂大超的他,惊慌失措地颤声提问。他怎么都想不明白,大超究竟做错了什么,为什么突然就被湮灭了……

不只是侉侉,路无恙也想不明白。他们都是经历过数次游戏的老玩家了,可任凭他们怎么琢磨,还是参不透大超被湮灭的理由。

在惶恐的众人中,只有一个人,显得异常淡定。

曲菱依面无表情,解答了侉侉的疑问:

"他说了'ABCD'的'A'字,以及'片段'的'片'字,并且连在了一起。"

A片,那是禁语。

是了。在这个赛博游戏的空间里,没有血腥与暴力。那些不当言论,那些暗示淫秽色情信息的、不和谐的语言,都必须立即被"夹"掉,都是不该生存在这个世界里的。

第二十七章 "正道之光"的真相

所以,大超因为口无遮拦,就这么被"夹"了。

曲菱依的解答,再次让众人陷入了无边的沉默。

倒是几个新人,被吓得连声惊叫起来:

"那人怎、怎么了?"一名年轻的女孩子,颤抖着疑问,她一步一步地向后退去,想要离开这诡异的地方,"这到底是什么地方?你们是什么人?啊——"

她一路向后退,退得太急太快,一脚踩空,眼看就要从山崖边摔下去——就在这千钧一发之际,德牧窜了出去,如同离弦的箭,一口咬住了她的裙角。

狗子给力,阻止了女孩向后坠落。而见此情景,叶大鹰更是眼疾手快,他和侉侉两个人飞奔上前,迅速把人从崖边给拽了回来。

这一拉一扯,年轻女孩逃出生天,她惊魂未定地跌坐在地,仰着头望向众人:

"这、这里……究竟是哪儿……"

她的问题,没能得到一个答复。

这个赛博世界,究竟是哪儿?人们"湮灭"之后,究竟去了哪里?那些自诩"正道之光"的、幕后的人们,又身在何处?又为何能审判、能决定他们这些玩家的生死?

这些问题,他们统统没有答案。

路无恙只能将目光投向远方。站在悬崖旁的他,望向远方那灯火通明、人声鼎沸的城市,默然无声。

而就在此时,"叮——"的一声,任务的提示音再度响起。

手表的屏幕上,浮现出新的任务指示——

> 任务指引
> 第一关:在城市地图当中,选择最触动的故事
> 时限:24小时

第二十八章
新队员与新分组

电子屏幕上的提示信息，宣告了新一关卡的开始。紧接着，"24 小时"的字样，变成了熟悉的倒计时——23:59:59，并且数字开始缩小。

路无恙转过头，望向自己团队仅剩的成员：曲菱依、哑帅、陈拾实。而对面的三个人，也正将目光投向他。

不必多言，眼神中的信息，彼此皆已了然：他们几个，一起。

比起路无恙这边默然的抉择，叶大鹰他们那边，却是异常喧闹。刚刚被他救上来的年轻女性，在目睹了玩家"湮灭"的景象，又险些掉下悬崖摔死的一系列变故之后，整个人都歇斯底里了：

"这到底什么意思？什、什么任务？"

她一边尖声询问，一边试图撕扯手腕上的表带——她刚刚看得明白，就是这个手表上射出了红光，瞬间就搞死了那个男人！

她身侧的若若，赶忙伸出手制止了她："别动！扯坏了一样死。"

一个"死"字，再次刺激了女孩的神经。她惶恐地颤抖起来，脚下气力全无，虚弱地摔进了若若的怀里。

而目睹了这诡异离奇的现象，听到了这些不合逻辑的对话，另外两名男性新玩家，也都骚动起来。其中一个黑皮小伙儿，一词一顿地问：

"现实，不是。你们，什么人？"

说话不利索，一个词儿一个词儿蹦出来的，是一名皮肤黝黑、戴黑框眼镜的青年。他的头发微微蜷曲，眼珠子有点发绿，再加上蹩脚的说话方式,估计是个留学生。

"对,这里不是现实世界,"叶大鹰平静地回答,"我们被'吸'进了一个游戏世界,原因未知,方法不明,唯一可以肯定的是,我们必须遵守游戏规则,才能活下去。"

叶大鹰拿出了他当队长的做派,先是言简意赅地表述了游戏规则和杀人手表的运作模式,然后将目光投向四名新人,让他们简短地介绍一下自己。

黑皮小伙儿的确是留学生,二十出头,来自马来西亚,他给自己取了个中文名字,叫"甄来福"。他在"大区"也有账号,分享自己的留学生活,很受欢迎,粉丝刚破百万。

另一名男性年纪稍长,看上去四十左右,打扮得十分精致。一身手工西装,皮鞋锃亮,手里抓着个印着一线大牌LOGO的名牌皮包,妥妥的精英范儿。但他的手腕上,却挂了一串大直径的、深绿色的翡翠玉珠,总让人觉得有种中西合璧的混搭感。

"我的职业非常特殊,"男人下意识地"盘"着手里的翡翠串珠,一边放缓声音,铿锵有力地叙述,"我的职业是观测天体的运动,关注星辰的轨迹,以观测宇宙万物的变化,从而经过千万次的计算与推演,演算出人与自然的关系……"

他的这番表述,实在是云里雾里。侉侉没有听懂,只好皱眉问:"你是天文学家?"

"可以这么说,但也不太确切,"男人点了点头,故作深沉地道,"我是在天文学的基础上,经过科学的测算,传统的推演,从而揣摩出人的命运。所以,我不能算天文学家,但我是以天文学为根基的命理学家。"

听到最后,终于整明白了,侉侉翻白眼:"我懂了,你就是个神棍。"

被定性为"神棍"的男人,立刻不满地叫嚷起来:"你怎么说话呢?!什么'神棍',我这是有科学根据的,我是'命理师'!我是依靠观星学,依靠宇宙磁场,依靠塔罗,帮人指点迷津,解忧除祸!"

下一位自我介绍的,是先前那位差点掉下山崖的年轻女性。她是个网络漫画家,网名也是本名——王漫漫。

王漫漫从小就是漫迷,大学二年级就开始在网上做漫画连载,与网络平台签约之后,直接成为职业漫画家。如今的她,刚大学毕业一年。在网络平台上,她是受粉丝追捧的"大神";在现实世界里,是被父母批判"无业人员"。每次面对父母的嘲讽,她就会摆出"天命论":

——谁让你们给我取名叫"漫漫"的?

——我们取的是"天真烂漫"的"漫",哪知道你会不务正业,变成画漫画的!

——所以啊,都是命,我命中注定,就是要干这行的。

这样的对话,经常出现在王漫漫的家里,两代人往往是吵得不欢而散。

在听到王漫漫复述自己和父母的争执后,队伍里的最后一名新玩家——那位年长女性——又开始默默地掉眼泪。看见众人一齐投来了疑惑的目光,女人只是悲伤地摇了摇头,声音嘶哑地丢出一句:

"我就是个……送外卖的。"

不同于在"大区"开账号的视频 UP 主来福,不同于通过自媒体搞占卜的"神棍",也不同于在网络平台连载作品的漫漫,这个被称呼为"陈姐"的女性外卖员,并没有自己的网络账号,甚至连上网都很少。

外卖员陈姐的职业生活,和在场的一堆网络"大V",显得格格不入。面对众人的追问,陈姐也只是三缄其口,不再说话了。

第十五名玩家——那只体型高大的德牧,乖巧地坐在地上,微微歪着头,黑亮的眼睛望着一众人类,张嘴露出红彤彤的舌头,"哈嗤哈嗤"地喘着气。

"我们就叫你'嗤嗤'吧。"

陈拾实毕竟是少年心性,他一边撸着狗毛,一边给狗取了个名字。

嗤嗤歪了歪头,眼珠子滴溜溜地瞪着眼前的少年,有力的尾巴晃个不停,似乎并没有反对的意思——于是,它的名字便被简单粗暴地定下了。

叶大鹰低头看了下手腕,时间刚好过去了十分钟。他"啪、啪"地拍了两下手,唤起所有人的注意:

"现在我们按照任务的要求,进城找寻线索——注意,特别是说话,要非常留心。"

他的视线扫过众人,最终落在了新玩家的脸上:

"特别是你们,你们四个新人全程跟在老玩家身后,不要乱说话,也不要乱碰东西,安全第一。"

说完,叶大鹰就要率队下山。若若、侉侉、罗东东、包包博士想都不想地跟上了他的脚步。而被点名的新人,也下意识地跟了上去。只有路无恙他们几个人,并没有挪动脚步。

叶大鹰察觉不对,回头望向他们。

路无恙迟疑了半秒之后,只能尴尬地扯了扯嘴角,提议道:

"咱们兵分两路吧。"

叶大鹰沉默了片刻,然后无声地点了点头。

两名队长都已明白,两个队伍里的成员也都已经明白,他们的梁子结下了。

在上一关,当叶大鹰谋篇布局,用所谓"狼人"一说引导局势,最终成功地把糖开心"票"上"断头台"的那一刻,"老一队"和"老四队"的这个梁子,就已经结下了。

分道扬镳,是最好的选择了。

而四名新人却蒙了。他们看了看叶大鹰一行人,又看了看路无恙一行人,两个队长无声的对视中,明显迸射出说不清道不明的火花。但毫不了解情况的他们,又无从分辨,只能在这压抑的气氛当中,下意识地做出选择——

王漫漫第一个走向了叶大鹰,几乎没有迟疑。因为刚刚她险些失足落下山崖,是叶大鹰他们几个拦住了她。

神棍的选择很是有趣。他左边望一圈,右边望一圈,掐指算了算人数,然后又从那个名牌手包里抓出一副塔罗牌来。他闭上双眼,嘴里嘀嘀咕咕地不知在说什么,从中抽出了一张牌——倒吊的愚者。望着牌面,神棍深深地吸了一口气,坚定地走到了叶大鹰身边。

见此情景,本来还在犹豫不决、仿佛脚底钉了钉儿的甄来福,立刻跟随着神棍的指引——不,或许说是迷信的指引才对——站到了王漫漫的身侧。

四位新人,三个人都选择了叶大鹰,只有陈姐按兵不动。她的目光,温柔的,隐忍的,泪眼汪汪的,望着陈拾实——显然,她并不在意队长是谁,也并不在意什么运气的指引,她的选择,始终只围绕着少年。

少年的吸引力,不仅针对这位中年女性,还有那只忠诚的犬类动物。嗤嗤短促地"汪"了一声,然后毫不迟疑地坐在了陈拾实的脚边,坐姿笔挺,似乎训练有素。

两支新队伍,就这样自然而然地组成了。

"就这样吧,"路无恙冲对面的叶大鹰示意,他抬手指向城区的街道,"咱们各自查探一边,倒计时一小时,沟通一轮,再制定下一步的计划?"

"可以,"叶大鹰点头,他指向了街道中央的中心广场,"那里见。我们西南,你们东北。"

"没问题。"路无恙回复。

叶大鹰微微颔首,领着自己的队伍,走下了山坡。

望着他们离去的背影,路无恙说不清楚,这种无奈又寂寥的情绪,究竟怎样才能纾解。他搞不清楚,那一队人,究竟是朋友,还是竞争对手。他们是携手共进,还是以命为敌,都取决于游戏的规则。

这是未知的规则。最终的解释权,既不在他手里,也不在叶大鹰手里,而是在看不见的地方,在那些金色弹幕的背后——在多数人的选择里。

但这样的惆怅,并没有持续太久,因为路无恙最擅长的,就是一句话——

走一步,算一步,活一天,是一天。

"菱依,你怎么看?"路无恙将视线投向自己最信任的战友。

曲菱依站在悬崖边,居高临下地望向城市的远景——

这座城市的构造非常分明,城中心是一座广场,同时坐落着占地庞大的古建筑群,看样子是历史遗留的文保单位了。刚刚路无恙和叶大鹰约定的,就是建筑群前方的中心广场。

围绕着这一片中轴对称的古建群,周围的道路经纬分明,横纵有序,基本成平行线状。而东南西北四个方位,则呈现出了不同的建筑风貌,显然功能不同。

城东,毗邻广阔海域,有一座大型的港口。港口停着不少大型船只,集装箱仿佛是五颜六色的积木,搭成了一片多彩的视界。而沿着港口到城中的这一段路,坐落着许多企业园区。

城西,是高楼林立的 CBD。有玻璃幕墙的摩天大楼,也有造型奇特的建筑体,看样子是金融商业区,这里的灯光最为明亮,车流也是最为密集的。

城南,似乎是一片老城区,建筑的高度普遍较低,零零散散地坐落着一些古建筑,同时亦有规划成商品住宅的小区,其间点缀着两座学校。学校的占地区域不同,一大一小,估计是大学和初高中的差别。

城北,则是农业区域,远处是接连山体的树林,靠近城市一些的,是成片的果园,再就是耕地。有旱田,也有水田。而在农田之间,点缀着小小的村落,也能看见农民操控着拖拉机,行驶在农田里工作。

"这是一个理想中的城市模型,"曲菱依判断道,"农业,工业,港口,金融,生活区,一应俱全,但整体占地规模不大,24 小时确实可以走完全程。"

路无恙赞同地点了点头:"我也觉得,这很像一个沙盘。"

曲菱依微微皱眉,"从收集信息的角度来说,叶大鹰他们已经占据了有利形势:城南和城西,是人口最多的地方,获得的信息也就最多。"

路无恙苦笑:他也看出来了,叶大鹰刚刚的行动分区,是耍了点儿心眼的。

就在众人走下山坡的时候,却听"砰——"的一声巨响,只见在这座模拟城市般的"沙盘"的南角,一栋十几层高的住宅楼,塌了——

昏暗的天幕之下,城市中灯火通明,而那栋倒塌的建筑旁,却掀起了巨大的烟尘,仿佛在灯火中化为庞然巨兽……

第二十九章
灾难中的线索

尖锐的警报声,划破了入夜的城市的安宁。红蓝交错的警灯,在街道上飞驰而过。紧接着,消防车、救护车,一辆接一辆地行驶在大路上,冲向倒塌的楼宇。

刚刚进入城区范围,路无恙等一行人站在宽阔的马路上,扭头望向飞驰的车辆。顺着车灯闪烁的方向,只见远处的道路前方,升腾的烟尘仿若一只巨兽,在夜幕之下、在万千灯火之中,缓缓地移动着。

德牧嗷嗷冲远方狂吠,骚动的四肢和尾巴,像是按捺不住地想要冲向远方。众人对望,用眼神交换着相同的信息:去,还是不去?

路无恙沉默了两秒,果断地做出决定:"走,去看看。"

"啊。"哑帅担忧地发出提示。显然,他是在提醒路无恙:刚刚他才和叶大鹰做出过兵分两路的约定,而现在,坍塌的住宅楼是在城南,如果他们贸然杀过去,会不会引起叶大鹰他们的不满?

"管不了那么多了,"路无恙明白哑帅的疑虑,但还是坚定地回答,"万一是解谜的任务线呢?万一有关键线索呢?咱们不能错过,谁知道叶大鹰他们会瞒下些什么。"

沿着笔直的大路,跟随着轰鸣着的救援车辆,向位于城市生活区的事故地一路进发,并不是什么难事。大约二十分钟后,路无恙他们就到达了事故地点。

地面塌陷处一个巨大的天坑,而本该屹立在地平面上的高层住宅楼,因为这突如其来的地陷,整个都坠落下去,像是倒塌的积木一样,砸向了一旁的小区。小区内设立的电动车集中充电点,在重击之下发生了爆炸,炸飞的火球又引起了连锁反应,烧着了旁边的多层建筑……

遮天蔽日的浓烟,阻挡了人们探究的目光。在烟尘之中,只能隐隐地看见红蓝交错的警灯在不断地闪烁。震天的哭声,从迷雾中传来,紧接着是疯狂的嘶吼,是不住的悲鸣。

这是路无恙第一次目睹大型的灾难现场。

哪怕他明明知道,这些只是这个虚拟空间的游戏设定,但那被爆裂声和鸣笛声掩盖的、人们的悲鸣,还是击穿了他。他的双脚仿佛是被"钉"在了原地,他只能瞪大双眼,将灾难中的场景,一一收进眼底——

燃烧的火焰,淋漓的鲜血,坍塌的墙体,残败的废墟……这一切,冲击着他的视网膜,将"悲剧"和"死亡"两个字,刻进他的眼底。

这不是路无恙第一次面对死亡,却是让他最为震撼的一次。不再是他一个人的生死病痛,而是一群人!可能上一秒他们还在家中平静地生活,两口子说笑着吃饭,年轻人瘫在沙发上刷剧,自律者在跑步机上奔跑健身,父母气急败坏地指导娃儿做作业……然而,下一秒,世界崩塌了。

因为这突如其来的意外,他们的人生,戛然而止。

心底生出无限的悲凉,血管里似乎被灌了冰水,路无恙艰难地抬起脚,终于克服了仿佛冻结一般的神经,向那片废墟冲了过去!

不只是他,哑帅、陈拾实也都飞奔上前。而比他们行动更快的,是那只被命名为"嗷嗷"的德牧。它像是一支离了弦的箭矢,一头扎进了砖瓦堆砌的废墟,开始挥动前爪,拼命地刨、刨、刨!

"喂!"

身后突然传来呼喊。不用指名道姓,光凭熟悉的音色,路无恙就知道那是在喊他。他回过头,只见曲菱依双眉紧蹙,表情严肃之中,又带着些困惑：

"这是假的。"

他明白她的意思。游戏里的剧情设定而已，什么灾难，什么罹难者，都不过是些虚幻的数据。路无恙扯了扯嘴角，回以微笑，笑容无奈：

"我知道。"

听到答复的这一瞬间，曲菱依的表情更困惑了："你既然知道，为什么还要去救援？这些都是根本不存在的事情啊！"

"我知道。"

路无恙的回答，没有一个字的变化。他的笑容更无奈，更苦涩了，带上了一丝自嘲的味道：

"但人就是这种动物，理智归理智，情感归情感——看见了，就没法儿不管啊。"

曲菱依眨了眨眼，似乎在消化这句话蕴藏的含义，最终陷入了沉默。

就在路无恙被曲菱依喊住、停下了脚步的这一刻，常年练武、铭记"行侠仗义"的哑帅，以及热血少年陈拾实，已经越过了他的肩膀，率先进入了废墟的边缘。两人一左一右，快速地搬开碎石，同时发出呼喊：

"有人吗？有人在下面吗？"

就在他们努力搜寻罹难者的这一瞬，突然，脚下又是一阵颤动。本就因为坑洞而不甚稳定的地面，再次发生了沉降——

原本就塌了一半、歪歪斜斜地勉强撑着的高楼，再次崩塌！

墙体砖瓦碎石纷纷坠落，眼看着就往两人的身上砸落，说时迟那时快，一个黑影飞奔上前，抱住了陈拾实的脑袋！

是陈姐。

用双臂和身体护住陈拾实的人，是那个一直泪眼汪汪的中年女人。明显能看出来，她和陈拾实关系匪浅。然而眼下却不是八卦并发问的时候,大家根本顾不上询问他们的关系,只能小心地躲避着落石,同时继续挖掘。

"汪!汪!"

嗤嗤狂叫两声,似乎是发现了什么。路无恙和哑帅赶紧冲了上去,只见嗤嗤的前腿在土块上猛刨,对着砖石之间的缝隙又是两声狂叫。路无恙和哑帅对望一眼,前者赶忙俯下身,冲石缝里大叫:

"有人吗?"

他将耳朵凑近缝隙,等待着里面的回应。一秒,两秒,三秒……数秒的沉默后,一声微弱的、断断续续的声音,从下方深处幽幽地传来。

果然!路无恙和哑帅再次对望,开始联手搬砖。

"嗤嗤干得漂亮!"陈拾实兴奋地给狗子点赞。

不过,成功定位到幸存者,和成功救出幸存者,这两个行动之间还跨越着千千万万的鸿沟。

虽然路无恙和哑帅合力救援,但也只是搬掉了上方层层叠叠的碎石和破裂的天花板。再下一些的地方,横亘着一条粗大的承重梁,显然不是人力可以撼动的了。

就在路无恙急得满头热汗、抓耳挠腮的时候,突然身后传来一声暴喝:

"起开!放着我来!"

他惊讶地回头,对上的,是横眉怒目的叶大鹰,和他身后全副武装的"飞鹰救援队"成员。

路无恙只能乖乖地"起开"了——毕竟论行动力,人家飞鹰救援队才是最专业的。

腾出通道与位置的路无恙和哑帅,沉默地注视着叶大鹰他们的动作。见上方的碎石被整理得差不多了,叶大鹰扭头冲路无恙点了点头,算是一种首肯和沟通。

下一秒,叶大鹰和罗东东在洞口旁架设了稳固器,侉侉则给队伍里唯一的女性、身材相对娇小的若若固定了绳索,又检查了一遍结不结实。

最后,若若打开了头盔上的手电筒,在队员们的帮助下,一点一点地向黑暗中滑落。

时间一点一点地过去,若若摸到了横梁,从侧边的缝隙慢慢地钻了下去。又过了一会儿,她在黑暗的下方,传来欣喜的声音:

"找到了。"

伢伢找了一块背板系在身上,也跟着钻进洞口,停留在承重梁的上方,给同伴做接应。通过小小的缝隙,两人一上一下地配合,若若把伤患放在平板上固定住,伢伢则在上方连人带板地将伤患拖出,到了稍微开阔些的位置,叶大鹰和罗东东也一拥而上,将伤者抬出废墟,送上救护车。

飞鹰救援队四人组的行动,迅速而高效。当女英雄若若顺利钻出地面的时候,路无恙甚至忍不住要为他们鼓起掌来,然而抬起了手,又觉得心情极其复杂——

他很想为他们喝彩,可是……上一关被投票投死的糖开心,又怎么办?

举在半空中的手,僵在那里,悬空了好半晌,最终又悻悻地放下了。

不只是路无恙,他们这边的几人,都是满脸的纠结。糖开心那句"为什么?凭什么啊?"的痛苦的质问,直至此刻,似乎仍然回荡在耳畔。

无法赞扬,也无法感谢,众人只能默默地帮手。

事实上,周围两个街区的邻居们,也都纷纷赶了过来,想尽一切办法试图帮忙——

因为已经入夜,很多居民都是穿着睡衣睡裤,就赶过来搭手的。人命当前,哪里管得上穿着打扮?有大爷光着膀子,穿着宽松大裤衩,奋力在废墟里刨人;有大妈穿着一身花花绿绿的睡裙,拿着毛巾和纱布,蹲在路边帮伤员清理伤口……

此时,此刻,此景,已不再像是一个虚拟游戏。

连同周遭的一切,这些普普通通的居民,忙碌着实施救援、能出一分力就出一分力的人们,似乎忘却了自己NPC的使命,他们是那样投入,那样急迫,那样热心,甚至不顾自身的安危。

孰真?孰假?

亦真,亦幻。

直到消防队伍和警察队伍完成了行动部署,在救援的同时,维持着现场的秩序。为了保护群众的安全,他们在周遭拉起了警戒线,这才将路无恙他们这群玩家,以及周围的大爷大妈们劝出了最危险的地带。

被驱赶出来的邻居们,忧心忡忡地看着警戒线的里侧,消防员们忙碌搜救的身影。不知是谁带头吼出了一句"回家!给小伙子们准备吃的喝的!"——此言一出,顿时引起了一片响应,大爷大妈们急匆匆地赶回家忙活去了。

此时的玩家们都已是灰头土脸,满脸满身的泥尘。设备车架起了探照灯,将他们的身影投在地上,望着灯下的废墟,路无恙突然觉得心弦一颤,连带着心底涌起一阵暖暖的酸涩——

这,算不算最触动的事呢?

"触动"两个字,触动了他。直到这一刻,他才突然想起了游戏里的任务,赶忙低头看向手表的屏幕,再度审核任务的要求:

> 任务指引
> 第一关:在城市地图当中,选择最触动的故事
> 时限:22:12:44

熟悉的倒计时,依然是分秒必争。这残酷的归零计数,硬生生地提示着他们这些玩家,他们不过是这场游戏中的匆匆过客,是踩在死

亡线上的消耗品。

自然而然地,两名队长对望了一眼,眼中尽是无奈。

叶大鹰没有声讨路无恙他们不遵守诺言跑到了城南来,路无恙也没有提出任何赞许或者翻旧账的事情,两个人只是碰了下眼神,然后心照不宣地选择了翻篇。

"这就是?"叶大鹰挑眉,他自动省略了后半句"最触动的故事"。

路无恙沉默了半秒,摇了摇头:"不太可能。还有这么久的时间,如果这就是关键事件,那也太容易了。"

叶大鹰皱眉,反问道:"这还不算?那什么才算?"

路无恙微微一怔,开始怀疑对方是不是故意在误导他。可是他仔细一琢磨,也就释然了——

叶大鹰终究是名救援人员,他的职业和人生经历,已经将"灾难"和"触动"画上了等号。

路无恙环视四周,试图去搜寻更多的线索。他的目光扫过众人,扫过了惊魂未定地拉着陈拾实死活不肯撒手的陈姐,也扫过了完全被灾难吓到、杵在一旁傻站着的王漫漫和甄来福,以及躲得远远的、一手"盘"着翡翠串珠、不知在默念着哪门子经的"神棍"……

路无恙很想抓住陈姐问问,但下一秒,他的目光锁定了一些更奇特的人:一群站在警戒线的外围,举着手机疯狂拍摄的人——

这些人,丝毫不掩饰自己的兴奋之情,有的人甚至情不自禁地露出了充满激情的笑容。

他们举着手机,趁着警察、消防员、医护人员不注意的时候,偷偷越过警戒线,冲乱石中露出的人腿疯狂拍摄。

在被警察制止并推出"界外"的时候,他们又转而去拍救护车上的景象,将手机的后置摄像头,凑向那些受伤严重、衣衫不整的幸存者,将罹难者的哀号和哭泣,统统收入手机的屏幕里。

越是悲惨的,越是残忍的,越是惊悚的画面,越是他们追逐的对象。若是能顺利拍到,他们便显得无比满足,无比得意。

这些人越聚越多,甚至把周围忙着救助伤员的、给工作人员递水的邻里们,都挤到了外围。远方的道路上,打着远光灯的车辆也越聚越多,从车上跳出几个奇装异服的年轻男女。

只见他们穿着印着统一 LOGO 的服装,带着怪异的高帽子,在黑衣保安的簇拥下,推开人群,走到了最靠近事故地的警戒线旁,然后架起了一系列的设备——

环形灯、美妆灯、反光板、三脚架……诸多设备,一应俱全。七八个支架,架着四五个手机,旁边还有更专业的单反相机。站在灯光前,画着大浓妆的主播们,开口就是招呼:

"嘿,老铁们给我看好——"

"家人们,我已经到了事故现场!"

"哎哟我的妈,这里惨的哦!"

……

路无恙的火气,顿时就上来了。就在他打算去制止的这一瞬,人群中蹿出个瘦削的男人,他一脚踹翻了反光板,一个箭步冲到主播们的面前,指着他们的鼻子,破口大骂:

"吃人血馒头,你们是人吗?!"

他的咒骂却引来主播们轻蔑的睥视。尤其是当看见男人脖子上用蓝丝带挂着的工作牌,看见"记者"两个字的时候,主播们嗤笑开来:

"我们有粉丝,你有吗?"

记者支吾了一下,没好回答。

"我们有流量,你有吗?"

记者的嘴角抽动了两下,最终还是沉默了。

看见他无从辩驳、更无法辩驳的悲惨模样,自媒体主播们只是斜眼飞去一个嘲弄的眼神,然后抬了抬下巴,让保镖们重新抬起反光板,继续直播,开始他们的"家人们听我说"……

记者原本就瘦削单薄的脊背,此时微微地驼了下去,显得格外颓丧。当记者先生垂头丧气地从路无恙的身前经过时，后者看清了他工作证上的内容——

孟平凡

城市报业集团　记者

在这个互联网自媒体的时代，人人都是主播，人人都是记者，又有谁还会守着一份报纸去看呢？

路无恙心生感慨，略微惆怅地望向那个记者NPC。这一次，他更仔细地观察了一下：这位记者的年纪有点不好判断，一头直直短短的板寸，黑发里夹杂着不少根肉眼可见的白丝，可看五官面相，看眼角嘴角又没什么纹路，说不出是中年还是青年。

只见那个颓丧的男人，抬起双手，左右开弓，猛地给自己的脸颊狠狠地"啪"了一下——

"加油！"

仿佛是自己给自己打气，记者用这种极端的方法，硬生生将自己从"丧"的状态中拉了出来。他从背包里掏出一本工作簿，一支录音笔，快速冲到了维持秩序的警员身侧，向对方询问搜救的进度和数据。

就在他冲刺的过程中，一张便笺纸，从他的工作簿里掉落出来。

路无恙上前，弯腰拾起的同时，瞥了一眼便笺上的内容，只见上面潦草的几行字，写的都是人名。而在便笺的顶端，最大号字、特地用一个随手画的圆框"圈"起来的字眼，让路无恙眼前一亮：

【感动城市·最美人物评选】

线索！原来他就是游戏的关键NPC，等在这里呢！

路无恙顿时心中一片雪亮，他走到孟记者的身侧，默默地等着他采访完，才将便笺递了上去：

"记者先生，这是您丢的吧？"

记者低头一看，认出自己的笔迹，赶忙收下了便笺，同时冲路无恙连连点头致谢：

"谢谢你啊!这玩意儿丢了,我可就麻烦大了!"

路无恙笑了笑,趁机打开了话匣子:"您这是……在做专题采访啊?"

面对路无恙的问题,孟记者点了点头,又摇了摇头,一声叹息,尽是无奈:

"做了也没用,现在人们都不爱看这个。"

"怎么可能?"路无恙挑眉,"这选题多好,感动城市,弘扬正能量啊!"

孟记者扯了扯嘴角,无奈的笑容显得十分勉强:"没用的。这种选题不吸引眼球,也没什么转发量。"

面对记者充满了颓丧的表述,路无恙顿了顿,有点不知道该怎么接茬儿了。

就在路无恙想说两句宽慰的话的时候,不远处的玩家们,瞥见了这边的情况,也凑了上来。

当大伙儿瞥见孟记者手里的便笺纸,几个老玩家都是满脸的惊喜。叶大鹰更是直接开口提问:

"这些候选人都是谁?"

孟记者一头雾水。见自己突然被"围",他很是困惑,把这群人上下打量了一遍,眼神中透露出一丝戒备。

罗东东是上班族,似乎比较有社会经验。看出了记者的不安和防备,他迅速撒了一个谎:

"哦,我们老大是开公司的,热心慈善,想问问这些好人都是什么情况,到时候捐点钱,给奖励奖励。"

"啊,这是好事啊。候选人的系列报道,我已经做了一大半了,可以给你们看看。"

听他这一说,孟记者也来了兴趣,他从包里扯出一叠报纸,递给了路无恙、叶大鹰和罗东东,翻出了那版专题报道,指给众人看——

"感动城市·最美人物"的候选人,来自城市的各行各业。通过报纸上的专题,玩家们迅速掌握了候选人的基础信息,也了解了他们感人的事迹。孟记者更是添油加醋地,一个人接一个人地进行了介绍,把这群"都市英雄"的情况,一五一十地说了个遍。

第三十章
感动城市的人

从孟记者的口中套到了信息,十名"感动城市·最美人物"候选人的基础信息,玩家们也了解了个七七八八。许是太久没跟人聊报纸了,孟记者十分慷慨地送了他们一叠报纸,这就更方便了玩家们。

路无恙一手抓着报纸的报道页面,抬起另一只手,看了眼任务提示的文字——还剩下 20 多个小时。

"候选人来自各行各业,分布在城市东南西北的各个角落。游戏的城市地图,比例尺大约是现实世界的 1/10,不算庞大。但是,从我们刚刚步行过来的时间数据来看,剩下的 20 时 17 分要走完整个地图的各个角落,探访完十名候选人,还是不可能的。"

曲菱依立刻做出了客观的判断。

听了曲菱依的计算,叶大鹰望了路无恙一眼,这一次,换成他率先提出了分头行动的要求:

"分组吧。"

路无恙自然没意见,这也是客观现实的要求。不过怎么分头行动,也是有讲究的,总不能按照候选人的姓氏排列顺序,一队五个人这样来分,那还是没办法减少"跑地图"的行动量。

这时候,曲菱依的分析优势,再次凸显出来。她从路无恙手中拿过一份报纸,扫过十名候选人的基础信息,特别关注到了职业情况。再然后,她掏出一支笔,在报纸上方勾勾画画,凭之前在山顶上俯瞰全城的记忆,将地图粗略地画了出来:

"城市大致的功能分区,城东港口,城西CBD,城南生活区,城北农林区,城中是商业区和古迹。这几位候选人,分别为:港区工人、金融专家、护林员、水产养殖户、小学教师、大学教授、文物修复人,所以他们基本可以确定位置……"

曲菱依一边说,一边在地图上做记号,大略标注了候选人所在的区域:

"……剩下的三个候选人,分别是银行柜员、环卫工人,以及快递员。他们的位置无法确认,有可能出现在任何一条街道上,只能随缘了。"

这么一梳理,情势也就清晰起来。叶大鹰指指地图上被标注的圆点:"那还按之前的分法,我们东南,你们西北,最后城中见。"

"这不公平,"不等路无恙回应,少年陈拾实已经忍不住出来打抱不平了,"西北就只有三个候选人,东南你们有四个。再说了,咱们现在就在城南,你们倒是方便了,我们可得跑断腿。"

叶大鹰用锐利的目光,扫了陈拾实一眼。少年当然不会被他无声的眼神吓住,仍是梗着脖子,想要争个公平公正出来。然而在他身后,陈姐却赶忙将人往后一拽,用一种赔笑的表情,替陈拾实道歉:

"别听他瞎说。各位,大家别跟小孩子计较。"

忙一挥手,挣脱陈姐的桎梏:

"我说阿姨你谁啊?我跟你很熟吗?!"

听了他的反驳,陈姐的眼里瞬间又升起一阵水雾,似乎下一秒就要哭出来。眼见大姐又要变身"哭包",路无恙赶忙岔开了话题:

"没事,就这么分头行动吧,我没意见。"

陈拾实还有些愤愤不平,但被哑帅扯住了衣角。少年的胸脯不服气地起伏着,但终究敌不过自己同伴的眼神示意,乖乖闭上了嘴。

路无恙这组本就人少,冲其他人微微点头,算是示意过了,然后便五个人一条狗,往城东的方向迈进,只留下身后肆虐的火光和漫天的烟尘。

港口区。

离开了令人心痛和绝望的灾难现场,往城东走,心情就一点点地被治愈了。黑夜逐渐过去,东方亮起一抹红霞,逐渐照亮了天际——

红日初升,一望无际的碧蓝海洋,被映上了一层淡淡的粉色。当这一幕美景出现在视野中的时候,陈拾实转头就忘了之前的郁闷,带着嘻嘻撒丫子跑向海滩,直接把鞋子都给脱了。

"小心点儿。"陈姐跟在后头,担忧地嘱咐。但她的话语被海风卷走了,并没有传多远。

脱离了先前紧张的环境,路无恙的心态也平和了点儿,那一点八卦的心思也活络起来。他快步走到陈姐身旁,抛出了憋了好久的疑问:

"你真的是他妈?那陈拾实怎么不认你?"

陈姐没吭声,只是挤出一个怪异又尴尬的笑容,眼睛鼻子都皱在了一起,笑得比哭都难看。

她不想说,路无恙也就摸了摸鼻子,不吱声了。他不是那种打破砂锅问到底的人,他深深地知道,每个人都有自己的困难,都有自己的秘密。

而他身侧的曲菱依,静静地瞥了陈姐一眼,若有所思。

很快,海滩的正前方,出现了一片超大规模的港区建筑:巨大的轮船,停泊在距离岸边不远处。高耸的塔吊,正忙忙碌碌地运作着,一趟又一趟地卸货。十八轮的大卡车,装载着硕大的集装箱,在宽阔的马路上飞驰。而那些集装箱,又被堆砌在仓储区域,层层叠叠地规整排列,仿佛是五颜六色的积木。

这些景象,路无恙也只在屏幕上见过。因为病痛的关系,他在现实生活中的社会体验,可以说是乏善可陈。他甚至没有机会走上社会,体验什么生产生活,癌症就找上了他。他在网上的时间,比在现实生活里更多。他在"大区"上,以"别来无恙"这个账号面对的人,比实际面对的,要多得多……

这么一想,或许被"吸"进这个虚拟游戏里,对他来说是一件天大的好事。虽然有杀人的"湮灭",虽然游戏荒诞又无常,但他也看见了从未见过的风景,见到了从未见过的人,体验了从未有过的人生。

仿佛这游戏里的非法 BUG 一样,从生理到心理都完全"不怕死"的路无恙,深深地吸了一口气,再度热情地投入游戏当中。他快步走向工作区域,逮住了一名刚刚上班的卸货工人,询问"感动城市·最美人物"的候选人——港区工人沈荣。

"沈荣啊,"听到同事的名字,卸货工人摇了摇头,"早走了。"

"去哪儿了?"路无恙追问,"哪儿能找着他?"

"什么啊,你能找着他?那可真是见了鬼了!"卸货工人一边回答,一边竖起手指,往上指了指天。

路无恙瞬间悟了。

根据记者孟平凡的报道,沈荣是一名普通的港区工人,他从18岁进入港区工作,几十年如一日,坚守岗位,兢兢业业,吃苦耐劳——但如果只是肯吃苦这一点,或许还达不到"感动城市"候选人的等级,他的事迹当中,最感人的在于他干了一辈子港口工作,就在退休前的两个月,他为了保护一名新员工,受伤了。

港口的工作,看似是简单的体力活儿,其实是项需要胆大和心细的技术活儿。新进的员工不懂规矩,在码头卸货、装车运货的时候,捆了绳索却没再三确认加固。谁知道荷载量大,大卡车开了一半,后头的加固绳就松动了——

几百斤的钢条瞬间从卡车上滚了下来,眼看就要把一个杵在路边的倒霉蛋压成人肉饼子,老师傅沈荣眼疾手快,飞奔上前将人推了出去——

新员工保住了一条命,沈荣却被钢条压住了腿,当场把立体 3D 的腿骨,给压成了平面 2D。

新闻报道里,只说沈荣先生受了伤,经过医院的积极救治,经过港口集团和市政的妥善安置,舍己为人的好市民在医院里休养了一段时间后,已经顺利回到了工作岗位。

路无恙把报纸亮出来给卸货工看,工人师傅瞥了一眼上面"回到工作岗位"的结束语,顿时不乐意了,他叹息了一声:

"他回是回来了,领导还给他安排了一个闲差,说让他干到退休。可还没享受一星期呢,就又住院了,也没说明白是什么原因,就说是基础病。然后没几天,人就走了。"

他这一说,在场的人们也都无比唏嘘。

"走吧。"

最后,队伍当中最年长的陈姐,缓声招呼大家。

不同于青年们的迷茫与痛苦,听完沈荣师傅整个故事的陈姐,却只是轻轻地叹了一口气。在整个队伍里,她年纪最大,经历得最多,所以她早早就理解了"认命"两个字的含义。

来时路,面朝大海,欣喜又期待。去时路,背抵波涛,只剩下沉重的喟叹。一路无言,大伙儿沉默着离开了港口区,继续向城北的农林区域进发。

这游戏里的虚拟城市,场景建模和功能设施还算完备,问题在于没有货币系统,路无恙他们没有任何的支付设备,也就没办法打车或者是坐公交。

"路队,"走累了的陈拾实,忍不住开了口,他伸手指向路边的大巴车,提议道,"咱们要不要劫个车?"

少年对手机游戏更熟悉,估计平时也没少玩荒野求生类游戏。他对游戏规则有着与众不同的认知,再加上陈拾实经历过之前的竞争关卡,看过那"群魔乱舞"的疯狂景象——当时,他们队伍的队长膘哥,就是劫了一辆大巴车,横冲直撞地跑地图的。

路无恙下意识地望向自己的队友们。最了解游戏的主播大超已经湮灭了,他只能将求助的目光投向曲菱依,寄希望于这个数据派的在读研究生:

"菱依,你怎么看?"

曲菱依摇了摇头,显然不赞同:"从目前游戏的 STAGE 1 来看,NPC 的所有行动,都是有明确而现实的逻辑规范的,没有任何超现实的情况发生。至少在这个阶段,我认为还得遵守规则。"

她的判断,和路无恙不谋而合。后者点头:"对,我也这么觉得。"

"不过,我觉得可以试试那个。"

曲菱依伸手指向路边。顺着她手指的方向,众人望向了街边马路牙子上,停得整整齐齐的共享单车。

路无恙快步上前查看,一看车头,乐了:"这个可以直接用哎!没有二维码!"

顺利地推出自行车,路无恙惊喜又好奇地扭头:"菱依,你怎么知道的?"

"咱们现在所处的,是由二进制数据构成的虚拟游戏世界,"曲菱依平静地陈述,"已经是在虚拟世界当中了,如果再设置下一层级的数据计算,必然会增加整个程序的运行复杂度。在现实世界里,共享单车等设施是需要整个数据系统的支撑的,如果在游戏世界里也设置这种二级运算的大数据平台,运算量太大,系统肯定是背不动的。"

"总之你的意思是,这个游戏世界里不存在真正的二维码系统,是吧?"

"是符合游戏逻辑的、二级目录下的、二维码系统。"曲菱依订正。

"反正就是扫不了码,可以直接骑就对了。"

忽视计算机开发逻辑,路无恙迅速明白了最实用的重点。然后,他招呼大家各自骑上自己的新"座驾",继续向城北进发。

顺着河沟边的道路,五个人各自踩着单车前行,瞬间省力了不少,唯有德牧嗷嗷享受不了这优待,仍然是迈开四条腿,追着自行车滴溜溜的车轮,撒丫子狂奔。

此时已是上午,阳光明媚,河边的风景挺不错。吹着小风,踩着单车,看河水潺潺流淌,波光粼粼之中,偶有几条红金相间的锦鲤游过,之前沉闷的心情,也微微放松了些。如果不是有手表的倒计时,时刻在提醒着诸位玩家,大伙儿简直要把这次行动当作另类的郊游了。

当路无恙他们顺着河流,赶到农林区域的时候,任务时间还剩下15个小时多。抬头望着明晃晃的日头,路无恙突然觉得有些怪异,忍不住冒出一句疑问:

"你们困吗?我怎么一点都不瞌睡啊?"

陈拾实笑他,"咱们都被吸进游戏世界里了,还哪有什么瞌睡啊?"

路无恙想想也对:在虚拟的游戏世界里,想找现实的生理反应,实在是有些魔幻了……

"汪汪!"嘻嘻狂吠,打断了路无恙的思绪。只见它撒丫子狂奔,从柏油马路旁边蹿了下去,跑向一片果林的后方,又钻进了一条田间小路里。

"嘻嘻,你往哪儿跑啊?"陈拾实呼唤自己新结交的朋友,但并不能唤住撒欢的德牧。

路无恙将共享单车停在路边,跟着嘻嘻钻进果林,穿过了这条由果树组成的绿色墙壁——

映入眼帘的,是一片偌大的鱼塘。在鱼塘的斜对岸,站着三个工作人员。他们每个人都戴着遮阳帽,遮住了眉眼,看不清长相。他们都穿着长袖的衣服和背带裤,而且是那种橡胶质地的、可以下水的防水裤。

三个人当中,有两人半踩在水塘边,一人扯着渔网的一边,奋力地收网。另一位个子矮些的则站在岸上,手里抓了个打鱼捞鱼的横杆,将一条条肥硕的大鱼,兜进自己的网兜里。

渔网收紧,被养殖在河塘中的鱼儿,顿时活蹦乱跳起来。飞溅起阵阵水花,在阳光下反射出钻石一般耀眼的光芒。

嘻嘻乖巧地坐在河塘这一头,它扭过头,"哈哈哈哈"地吐着舌头,好像在向路无恙邀功:看,我是不是很厉害?

"厉害,"路无恙给它手动点赞,经过嗷嗷身边的时候,还揉了揉它的耳朵,夸了两个字,"聪明。"

是够聪明的,而且还听得懂人话。他们要找的这位"感动城市"的"最美人物",就是一位水产养殖户。

走在田间小路上,路无恙绕着河塘的外围,向渔民们走去。曲菱依、哑帅他们几个稍晚了一些,但也都很快赶上。十分钟后,玩家们一同来到了池塘岸边,向捞鱼的渔人大声招呼:

"您好!不好意思打扰一下,请问你们认识杜力先生吗?"

听见路无恙的呼喊,渔民们回过头来。那名先前站在岸上、个子最矮的渔民,转身面向路无恙,摘下了遮阳帽,露出了盘在帽子里、此时又顺溜滑落的马尾辫:

"谁告诉你是'先生'的?"

那是一张年轻女性的面孔,眉毛秀丽,眼睛弯成了月牙,笑得十分阳光。看她的年纪也就二十出头。

"你、你就是杜力?"

路无恙惊了,赶忙低头看报纸——他之前明明把整篇报道都看完了,也没发现杜力是个女人啊!

报纸上的小标题是《杜力:缔造奇迹的水产养殖专家》,倒是没表示是男是女。路无恙眯起了眼,仔细观看报道的小字:文章基本都是以第三视角叙述的,比如"业界认为这是不可能完成的任务,杜力却实现了""杜力用三年的时间"等语句,硬是一个女字旁的"她"都没有用过。

他完全被"力"这个名字,以及这篇报道的中性化用词给误导了——意识到这一点的路无恙,赶忙向杜力道歉:"抱歉抱歉,是我眼拙。"

曲菱依抢先发言:

"杜力小姐,你好,我们是看了报纸上'感动城市'的专题,想来采访您,了解一下您的事迹。"

杜力很是爽快,也很热情好客,在丢下一句"没问题"之后,还领着一众玩家来到了河塘边的小棚子里,给大家泡了茶。

坐在遮阳棚下,喝着凉茶,眼前是鱼儿在盈盈莲叶下畅游的美景,大伙儿的心态都放松了一些。学传播学的曲菱依,本就擅长采访和调查,这次和杜力的对话任务,也主要交给了她:

"杜力小姐,报道上说,您是了不起的渔业专家,目前是在读博士,运用科学技术,结合多年的生产经验,完成了濒危物种的人工培育,成功繁育养殖,并将产品投入市场,让千千万万的市民吃上了平价鱼——能请您详细介绍一下,在这个过程中您的付出,您遇到的困难吗?"

曲菱依的提问方式,言简意赅地概括了杜力的成功之处。

杜力望向凉棚外的水塘,那穿着下水裤的两位汉子,正是她的爷爷和爸爸。作为一个"渔三代",杜力从小就在水边长大。长辈都希望她好好读书考大学,以后去城里,做一份体面的工作。

从小在这样的叮嘱下长大,杜力也争气,成绩极好,考上了城里最好的大学——只是她瞒着父母报考的这个专业,让所有人都跌破了眼镜,按她爸后来的话说:

"这丫头学什么不好,偏偏学了个'水族科学与技术',搞了半天,还是个搞水产的!"

不过,杜力这个水产养殖的搞法儿,和她爸爸辈、爷爷辈不一样。别听这个"水族科学与技术"专业的名字,跟水产脱不开关系,但学的是生态学、生物化学、水生生物学、微生物学、遗传学,选修课里还有细胞生物学、蛋白质组学、饲料分析与检测……跟她爷爷、爸爸靠实践经验琢磨出来的工作模式,那可完全不一样。

学完本科,杜力又去考了研究生。研究生的毕业实验干脆就是在家里的水塘做的,两年才挖出一大堆数据,最终把一种濒临绝种的、肉质超细腻、价格超贵的淡水鱼,给人工培育了出来。

渔业部门、环保部门都对她刮目相看,表彰收了一堆。可杜力还不满足,她又去申请了"水产生物遗传与育种学"专业的博士,继续搞

第三十章　感动城市的人

研究。

读博的同时杜力还加大了培育的力度,把这种几乎被人们吃得"绝户"的濒危淡水鱼,重新端上了人们的餐桌,而且价格更是美好得不得了——从原来的每斤 2000 块,硬生生地养成了每斤 80 元。

"厉害,"路无恙忍不住给她竖大拇指,"这是给老百姓干实事,'感动城市',实至名归!"

连哑帅都"啊"了一声,向杜力竖起大拇指,表示由衷的赞赏。

杜力笑着说了一句"谢谢",然后将目光投向路无恙和曲菱依,"你们还有什么问题吗?还有什么需要我解答的?"

"没了没了,"路无恙摆手,他举起茶杯,将凉茶一饮而尽,空杯放回原处,"谢谢您的时间啊。打扰了,再次感谢。"

他率先告辞,队员们也都纷纷跟上。等到走出凉棚,重新回到田间小道上,陈拾实才好奇地问出口:

"这就结束了?这也没聊几分钟啊?"

陈拾实看了眼手表上的任务时间,这次交谈只用了不到 20 分钟就结束了。

"嗯,结束了,"路无恙无奈地回应,"杜力小姐做了很了不起的事情,确实给我很大触动。但是,她的事迹不会是这个——"

他用手指敲了敲手表的显示屏,上面的任务指引,黑底白字地标注着一行指令——

【在城市地图当中,选择最触动的故事】

杜力的故事再励志,也不可能是"最触动"的。路无恙望向陈拾实,向少年讲述他身为"大区"UP 主、干自媒体这些年的深刻感触:

"这年头,话题度最高、最触动人心的,多少得卖点惨——杜力小姐活得那么阳光,那么滋润,那么励志,在网络上掀不起什么浪花的。"

曲菱依无声地点了点头,哑帅也不无感慨地"啊"了一声。只有少年陈拾实不爽地皱起了眉头,想不通地丢下一句反问:

"是不是有病啊?"

在少年的质问中,众人重新穿越果林,回到了柏油马路上。共享单车还停在原地,大伙儿骑上车,继续北上——

就在此时,一辆通体漆黑的商务车,在马路上开出了150迈的夸张速度,像是一阵风似的,从众人身旁掠过。

城北,山地林区。

越是北上,地势越高,自行车蹬得也更加费力了,车队的速度慢了下来。好在游戏里没有什么疲惫的感触,更没有什么饥饿感。

路程颇长,少说也有十几千米,路无恙没法儿计算,只能凭骑车的速度大致地估一估。一个多小时之后,他们终于来到了山脚下,一抬头,就看到一块硕大的广告牌——

广告牌的最上方,用宋体大字写着"龙蟠岭自然保护区"。

就在路无恙望着蜿蜒向上、角度大约有30°的坡道,略感到有些头痛的时候,突然,一声枪响,从山腰处炸裂——

"砰——"

茂密树林中,惊起群鸟飞散。

第三十一章
守卫护林员

"砰——"

一声枪响,群鸟惊飞。

望着苍翠茂林中飞散的鸟影,路无恙脑子里下意识地浮现出了一个游戏专有名词"事件触发"——好端端的城市里,怎么会有枪响,那肯定是有事件、有线索啊!

"走!去看看!"

路无恙大吼一声,疯狂地向山上骑行,简直把双腿踩成了风火轮。

众人顺着山道飞驰,在小路的尽头,看到了一辆黑色的商务车,横着停在路边。车上没人,火都没熄,发动机嗡嗡地运作着。而侧边打开的车门处,却露出了几把沾满泥土的铲子,一柄裹着塑料袋的大砍刀,还有一圈绕好的麻绳。

这器械怎么看都不像是正经人用的。

路无恙努力回忆,还真让他想起了,在大路上擦肩而过的这辆车。他记得当时车窗开了一半,露出个戴着墨镜、膀大腰圆的彪形大汉。想到这里,路无恙神色一凛:这车里的人,大概率不是什么良善之辈,估计刚刚那声枪响,就是他们的杰作。

"以防万一,都带上。"

此时,作为队长的路无恙,向队员们发放了车上的装备。明显有恶人在前,不武装一下自己,都对不起"智商"两个字。

路无恙抓起大砍刀,递给了哑帅。路无恙拿了把铲子,曲菱依拿了把铁锹,就在陈拾实也上前伸手、想去抓铲子柄的时候,陈姐一把扯住了少年的胳膊,将人往身后一拉:

"不行!太危险了!你不能去!"

陈拾实简直被这个大妈烦透了,一句"你谁啊?"的叫嚷,刚刚吼出口,就被路无恙打断:

"算了,你们俩留在这里接应。陈姐,你会开车不?"

陈姐点了点头,路无恙继续部署:"我们下去看看状况,如果情况不对,我们会立刻跑回来——你在这里把车发动好,负责接应我们。"

山路就这么一条,他们所处的已经是尽头了。接下来就是密林,崎岖不平的林间,根本没有路的存在,完全是一副"野生"的状态。只要他们够谨慎,完全可以赶在对方返回之前,先占据有利地形——再不济也能劫车逃跑。

安排好退路,路无恙与曲菱依、哑帅交换了视线,三个配合多次的伙伴,已经练就了相当高的配合度。随着路无恙一声"上!",嗤嗤也立刻闻令而动——

这条皮毛油亮的德牧,先是低头闻了闻商务车里残留的气味,然后昂起脖子,冲林子里的方向,鼻孔翕动了两下:

"汪!"

仿佛是雷达定位一般,嗤嗤信心满满地冲了出去!

有了嗤嗤的指引,路无恙、曲菱依、哑帅三个人穿梭在密林之间。在地形复杂的山上穿了十几分钟,只听枪声再次响起,继而是脏话连篇的咒骂声:

"臭小子,断我们财路,非弄死他不可!"

一声连着一声的脏话,全部都被"哔哔、哔哔、哔哔哔哔——"的消音声代替,乍听上去,简直像是在发电报。

嗤嗤驻足在一块大石边,乖巧地坐在地上,扭头望向自己的同伴们,仿佛是在等待队长继续发号施令。路无恙冲它做了一个

第三十一章 守卫护林员

"GOOD"的手势,然后也悄无声息地潜入,借着大石头的掩护,望向前方的树林——

只见在不远处,六名身穿黑T恤的大汉,手持棍棒器械,围住了中间的一名衣着朴素的中年男人。

路无恙一眼就认出,这个被围在中间、不知所措的中年男人,正是他们要找的"感动城市"候选人——护林员赵若森。

其实,报纸上的报道,是没有候选人的照片的。这也是之前路无恙根本没有认出杜力,甚至连是男是女都搞错了的原因。但是赵若森不一样,报道上明确指出,护林员赵若森有个生理缺陷——他的右耳是缺失的,之前在护林工作中,被动物咬掉了。

救人。

路无恙扭头,冲曲菱依和哑帅,无声地比了一个口型。两人轻轻点头,表示收到。

此时,被包围的赵若森,只能横着手里的一根竹竿,面对不怀好意的壮汉,显得戒备,却又无助。

在他面前,这群恶势力,每个人都带着管制刀具。为首的那人是个光头,戴着一根又粗又大的金链子,手里抓着一把自制的土枪。他一边张嘴唾骂、"哔哔哔哔"地发着电报,一边抬起手里的土枪,瞄准了赵若森……

"狼!有狼!好多狼!快逃!"

一阵惊惶的呼号,划破了林中的静谧。与此同时,一阵尖锐的狼嚎,在山林中回荡,又是惊起一片飞禽走兽的逃散之声。

大汉们慌忙向左右张望,只见一道黑影猛地窜了出来,像是一只恶狼,向他们冲了过去!

他们举起了手里的枪管和刀具,想努力瞄准恶狼的方向。然而就在此时,浓烟却滚滚而来,呛得他们连连咳嗽、根本没法睁眼,只能隐隐约约地看见恶狼在烟幕中穿梭,一边下意识地向后退却躲避,一边胡乱地挥舞着刀具。

"砰——"光头扣动了扳机。可回应他的,不是恶狼倒地的哀嚎,而是同伴的悲鸣。隔着茫茫烟幕,他这一枪,直接打了个"乌龙"。

这下子,光头投鼠忌器,不敢再轻易开枪了。烟幕中的狼影,也突然消失了。光头一边掩住口鼻,一边在同伴的咳嗽声中,拼命挥手想要驱散浓烟——

几分钟后,浓烟稍稍散去一些,稍微有了点儿能见度。光头定睛一看,只见自己对面的一名同伴抱腿哀号,石油血流了一地。而原本被包围的赵若森,却已不见了踪影。

光头破口大骂,横眉怒目,"追!给我搜出来!"

光头他们当然不知道,半路会杀出一群"程咬金"来。路无恙他们眼见护林员赵若森被包围,而对面又是一群凶神恶煞的狠人,就算哑帅身手了得、有以一当十的能力,他们也不会轻易上前死磕。于是,路无恙便悄无声息地和同伴们"盘"出了一个计划——

隔着阻挡视线的大石头,曲菱依偷偷地转移到了树下——阳光正好透过树冠叶片的缝隙处,在地面上洒下一点光斑。曲菱依摸出眼镜,利用镜片的聚光效应,点燃了一根枯枝。然后,她又将那截枯枝,塞进了一根断裂的枯木当中,等到干树洞里开始冒出阵阵青烟,她扭头对路无恙做了个"OK"的手势。

得到曲菱依的暗示,路无恙一巴掌拍在哞哞的屁股上,冲它做了一个"GO"的冲锋手势——恶狼显然并不存在,完全是这只德牧的COSPLAY。而那"有狼……快逃"的一嗓子,则是路无恙吼的,为的就是误导对手。

至于哑帅,他是队伍里的"武力担当",将那柄砍刀横在手中,准备随时暴起——不过,根本没轮到他出手砍人,火势比他们想象中来得更快、更猛烈,烟幕迅速笼罩了这片区域,他立刻趁乱而上,将赵若森拽出了包围圈,转头就跑。

当光头那群人还在挥刀乱舞、对付"假想敌"的时候,路无恙他们几个已经拽着护林员赵若森,穿梭在密林中,向山下的道路狂奔了。

第三十一章 守卫护林员

护林员赵若森被连拖带拽地拉着狂奔,望着这群出手相救的陌生人,他说出的第一句话,并不是什么"感谢救命之恩"的道谢,而是一句义正词严的劝导:

"放火烧山,牢底坐穿!"

看来这 NPC 的核心逻辑就是工作第一,责任心忒强,不愧是在山里干了三十年的老员工。

路无恙脑子里不禁浮现出报纸上对赵若森的评价——【三十年如一日,扎根岗位,履职尽责,为保卫人民群众的生命财产安全,做出了巨大贡献。】

其实,赵若森会被评为"感动城市·最美人物"的候选人,理由非常充分,报道的事迹清晰明白——

一方面,赵若森工作认真负责,巡了三十年的山,阻止了数次天干物燥,或者暴雨雷击等造成的小范围火情,避免了火情扩大,保护了人民群众的生命财产安全。

另一方面,赵若森还做了一件"救人一命胜造七级浮屠"——不,确切地说,他造了七十层浮屠——的大好事。就在去年,一群驴友到山里野营,把营地扎在了下游的河道边。晚上,山里突然下起了雨,赵若森立刻跑到人家营地里,连拦带劝,到最后直接给人跪下来磕头了,才把人劝离了河道。而就在十名驴友不情不愿地收拾完东西、刚刚走到河岸的那一瞬,山上的洪水卷着石头滚了下来,湍急的水流,瞬间把河道填满。

不过路无恙想不明白的是,为什么赵若森这种"城市好人",会惹到那群凶神恶煞的"邪头"。

当他问出这个问题,赵若森的回答,则是一声叹息:"唉……他们都是混社会的,前几年到山里偷猎,抓捕保护动物,给我报警抓了。"

"哦,这就好理解了。"路无恙恍然大悟:看来这群"邪头"是刑满释放,找到山里"报仇"来了。

光头这群嘴里不干不净"哔哔、哔哔"的"复仇"党,越追越近,他们被游戏系统刻意消音的电报声,也越发清晰起来。

"在那里!"有人眼尖,发现了路无恙他们。

后有追兵,路无恙他们跑得更猛了,眼看就要到达山脚的山路旁,就在此时,气急败坏的光头,再次端起了枪,瞄准了奔逃中的人们——

"汪汪!"嗤嗤大叫,以作警示。

千钧一发之际,路无恙微微扭头,看见了光头举枪的动作。他下意识地伸出双臂,狠狠地将周围的同伴全部推了出去——

"砰——"

尖锐的枪声,在山林中回荡。

一个硕大的枪口,出现在路无恙的背部。被子弹穿透的地方,冒出了猩红色的光点,仿佛是炙热的火光,向四周扩散开来……

湮灭。

星点的火光,灼烧了路无恙整个身体。下一秒,他的身躯化为了漆黑的焦炭,整个人像是木头一般栽倒,又咕噜咕噜地滚下了山脚。

看见他瞬间炭化、化为一具焦尸,赵若森吓傻了,整个人钉住了。曲菱依和哑帅反应贼快,曲菱依一把扯住赵若森,大吼一声"回神!",拖着他继续往山下跑。而哑帅则飞奔上前,一把揽住了路无恙化作焦炭的尸体,整个人就地一滚,正好滚到了山道旁——

"快快!车来!"曲菱依冲路边的黑色商务车大喊。

等候多时的陈姐,一脚踩下油门,冲到了曲菱依他们身前。曲菱依将赵若森往车里一推,又回头接应哑帅,两个人一前一后把路无恙的焦尸往后座上一塞,待到嗤嗤跳上车,哑帅反手一拉,迅速关上了车门!

商务车瞬间冲了出去。坐在副驾驶座上的陈拾实,透过后视镜观察到,光头和那几个黑社会大汉,站在道边无能狂怒地大叫,然后又骑上了他们几个丢下的共享单车,试图追赶。

坐在主驾驶位的陈姐,整个人都打起了哆嗦。她握着方向盘的

第三十一章 守卫护林员

手,忍不住颤抖起来,嘴唇也是直打战。她通过车内的后视镜,难以置信地观察着后座上的焦尸——越是看,就越是心惊胆战:

"不……不可能……不可能的……"

她哆哆嗦嗦着重复,声音里蕴含着巨大的恐惧。

"怎么不可能?"陈拾实顺着她目光的方向,瞥了一眼后座,看到路无恙的焦尸后,少年特别骄傲地说,"我们路队就是有金手指,死不了,能复活,可厉害着呢!"

然而,他的解释,并没有能让陈姐放下恐惧,反而让她抖得更厉害了,嘴里喃喃地重复着:

"不可能……这不可能……"

难道她知道些什么?陈拾实扭头,他将手放在车座靠枕上,与后排的同伴们,交换了个困惑的眼神。

曲菱依却没有抬头,她一边盯着路无恙的尸体,一边抬手看着自己手表上的任务时间,通过倒计时的变化,计算着路无恙复活的"CD时间"。

"哇!看路啊你!大妈!看路啊!"

陈拾实发出一声惊魂未定的惨叫,车身剧烈地摆动起来。原来陈姐哆哆嗦嗦地开着车,又忍不住时不时地从后视镜里观察路无恙的状态,这让她险些撞到从道路上窜过去的兔子——幸好陈拾实眼疾手快,出手扶了扶方向盘,才让大伙儿逃过一劫。

陈姐吓得脸色煞白,也不知是被路况吓的,还是被路无恙的"复活CD"吓的,她只是咬紧颤动的下唇,死死地握住了方向盘,大力地踩下油门。

黑车疾驰,车速蹿到了 100 多迈。没多久,那群踩着共享单车、紧追不舍的"黑恶势力"大汉,就再也看不见了。

陈姐似乎恢复了一些理智,她不敢看后座,只是紧盯前方的道路。不久之后,车辆开上了绕城高速,路牌上有"前方匝道"的提示,她才哆嗦着开了口:

"咱们……往哪儿开?"

曲菱依仍然认真地观察着路无恙的尸体,以及手表上的倒计时,头也不抬地回了一句:

"市中心。"

陈姐听从指示,转动方向盘,按照路牌指引的方向,将车辆开上了匝道。

一时之间,车里陷入了静默。

十来分钟之后,商务车下了高速,开进了市区,车速也慢了下来。就在这时,路无恙的手指动了动,随着这个动作,他躯壳上的焦炭,开始一点一点地脱落,碎裂,露出了碳壳儿下的身体。

"活了!路队活了!"陈拾实惊喜地呼唤。

"啊!"哑帅的声音,也充满了欣喜。

然而,比起陈拾实和哑帅的喜形于色,曲菱依的面色却有些凝重,她盯着手表屏幕的倒计时,似乎是在琢磨着什么。

当路无恙抖落一身的焦炭,从后排坐起的时候,还没等他说话,整个人就朝前方栽了出去——事实上,整个车里的人,都摔了个四仰八叉,除了系好安全带的陈姐和陈拾实。

是的,商务车在陈姐的操控下,险些撞上对面的来车。哆哆嗦嗦的陈姐,猛地转动方向盘,整个车身失去了控制,撞上了路边的防护栏。

"大妈,你究竟搞什么鬼?"突然遭遇车祸,陈拾实气得大叫,"你究竟会不会开车啊?"

少年气急败坏的反问,陈姐似乎充耳未闻,她只是一张脸惨白,扭头望向后排上坐起的路无恙,仿佛失去了语言能力:

"你……你……你为什么……"

她的反应太过奇怪,让路无恙困惑地皱起了眉头。他能理解,陈姐大概是惊讶于他的复活,却又隐隐觉得哪里不太对——当初陈姐看见大超湮灭都没吓成这样,她明白他们是在游戏世界里,复活总比死亡来得更好接受吧？

"陈姐，"路无恙轻声询问，"你到底怎么了？"

听见他柔声问话，这位中年女人的眼睛瞬间红了，混合着惊异和恐惧，又夹杂着一丝伤感，或是别的什么东西，女人的声音扭曲而不成声调：

"不可能的……怎么可能……我们，我们都是死人了……"

第三十二章
虚拟游戏人

"我们都是死人了……"

说出这句话的同时,止不住的泪水,从陈姐的眼眶里涌了出来,她开始号啕大哭,并用双手捂住了自己的面孔——泪水从她的指缝里溢出,顺着她手背上的青筋滑落,又一颗一颗地滴落在衣服上,留下一个接一个的深色水印。

"什么?我们死了?"陈拾实惊叫。

哑帅茫然无措地"啊——"了一声,曲菱依则沉默着蹙起了眉头。路无恙见她哭得肝肠寸断的模样,虽是十万分的疑惑,但也只能柔声劝一句:

"不急,你慢慢说,谁死了?"

伴随着抽泣的声音,陈姐的腔调变得低沉而扭曲,从她断断续续的词语里,都能听出悲伤和悔恨:

"我们……我们都已经死了……这个游戏里的所有人,都是死人。"

时间回溯,回到现实世界,回到陈姐还活着的时候。

灯光昏暗、狭小逼仄的出租屋里,女人独自蜷缩在墙角,顶着哭到红肿、哭到流不出泪来的双眼,讷讷地注视着手机屏幕——

屏幕里,是一个清秀而满是朝气的少年。

他向屏幕外的她,笑着挥了挥手,大声地呼唤:

"妈!"

第三十二章　虚拟游戏人

声音清脆而充满了活力,却只让陈姐心如刀绞——这个少年,是她唯一的孩子。

是她唯一的,却已然死去的孩子。

陈拾实。

事情还要从几年前说起。陈拾实原本生在家庭富裕,过着无忧无虑的日子。他爸是当地银行的高层,家里有钱,从小就没亏待过他。而因为老公的工作体面,收入不错,陈姐也早早地离开了工作岗位,成为一名全职太太。

陈姐每天的生活规律而平静,就是住在大 HOUSE 里,早起为老公、孩子做早餐,送儿子上学,收拾家务,然后等着做晚饭。晚饭后再拾掇拾掇衣服,辅导儿子做作业。

这样的生活,虽然琐碎,但对于陈姐来说也很幸福——不用去社会上争名夺利,能安安心心地待在家里,照顾好自己最爱的人,多好?

然而,这份她所认同的"小确幸",并没有持续太久。有一天,荣升至银行行长的老公,带了一纸协议回家,让她签署。

那是离婚协议。

陈姐不知道自己做错了什么,竟然要被老公"休"掉——又或者,正是因为她什么也没做,只是做到了一个"贤妻良母"的形象,于是在她的老公看来,她是一个"无趣的女人"。

这位无趣的女人,也曾试图反抗,试图用一哭二闹三上吊的方式,来挽救她的婚姻,但终究是离了婚。

孩子归了陈姐,房子和财产都归了男方。法院的判决也很有理论依据,根据那时的婚姻法,充分保护婚前财产以及婚后双方的共有财产。

问题是,陈姐的职业曾是"了不起"的全职太太,她婚后没有收入,没有财产。

于是,这位净身出户的"阔太太",只能重新回到社会上去。然而,已经四十岁的她,还带着十四岁的、正在上初中、处在叛逆期的孩子,想找一份工作,属实不易。

  面试的几个人事,还算是有职业素养,为人也有点素质,见了陈姐的面,会笑盈盈地对她说一句:"我们考虑一下。"——然而,事实上,从来没有一个人给过她哪怕一个电话。

  最后,找来找去,陈姐就成了一名快递大姐。只要肯吃苦,终究是能赚到点儿钱的,总算能带着儿子住进个八平方米的出租屋,总算能为儿子缴上补习班的费用。

  可她那个突然从"天堂掉进地狱"的好儿子,却怎么都不愿意听话。陈拾实对学习没什么兴趣,只喜欢玩滑板。上课不好好听讲,一下课就踩着他的滑板、顺着校园里的楼梯做高难度动作,引得同学们啧啧称奇、拍手鼓掌,也引得老师火冒三丈,拎着他的衣服后领,丢下掷地有声的三个字:

  "叫,家,长。"

  当陈姐接到电话的时候,她正忙着送餐——除了送快递之外,中午时间送外卖,是她额外的"兼职"。听说儿子不学好,陈姐气到手抖,咬着牙关爬了六层楼,把外卖送到了住家门口,又因为迟到了一分钟,被对方好一顿数落。

  憋了一肚子的气,陈姐赶到了中学。一上楼,就看到自家儿子在教室外的栏杆那儿罚站——他的表情没有半点反省的意思,默不作声地玩着几根手指,竟然还能自娱自乐。

  "你怎么这么不争气呢?!你妈我累死累活都为了你,你就不能争点气吗?"

  她冲上去,愤怒地质问。

  而她的孩子,却只是昂起脖子,以一副不愿回复的高傲姿态,完全无视他愤怒的妈妈。

  这傲慢的表情,太过熟悉。似乎是遗传基因的缘故,陈拾实傲慢的脸孔,与他的父亲太过相似。陈姐越看越气,气不打一处来,挥手就是一巴掌,狠狠地扇在自家儿子的右脸上。

第三十二章　虚拟游戏人

"啪——"的一声，在午休时的教室外，显得那么响亮，响亮到全班同学都探出脑袋来，围观了这场家庭伦理剧目。

陈拾实涨红了脸，愤怒地瞪向了他的妈妈。而陈姐只是丢下了一句"你给我等着！"，转头走向教师办公室——她还得给班主任赔礼道歉，请班主任多多照应她的儿子。

再然后，就在陈姐给班主任赔笑的时候，她听到了外面的惊叫——

"啊啊啊啊啊啊——"

是惊叫，也是惨叫。叫得她心里一阵发毛，赶忙奔出办公室的大门，向外面看去——

她的儿子，不在走廊里了。

几乎全班的同学，围在那条长长的长廊上，惊恐地将头探向高楼的下方……

她的世界，彻底崩塌了。

对于孩子来说，他们没有钱也没有能力，想要报复父母，他们唯一的方法，就只有一句话：

还给你。

把命还给你。

陈拾实就把他的这条命，给"还"回去了。

他讨厌他的父亲，也讨厌他的母亲，他根本不想要这份生育之恩，也不想要这份养育之恩，于是，便选择了最极端的办法。

他的冲动，带来了他的解脱，却让所有人堕入了地狱。

是的，所有人。

他的班主任，抑郁了。那位教龄二十年的老师，一遍又一遍地、无数次地问自己，如果那天不让陈拾实罚站，不叫他的家长，事情会不会就不一样？

他的同学们，也抑郁了。目睹同窗好友跳楼的模样，也看到了坠落于六层高楼之下，那遍地淋漓的鲜血，那不成形了的人体，有好几位学生当场晕厥,甚至有人不敢再踏入长廊。

毕竟,现实世界和游戏里不一样,是没有所谓"石油血"的"保护守则"的。

至于陈姐,在那之后,就变成了行尸走肉。

不想吃,也不想喝,似乎连呼吸都是一种罪过。

她像是失去了灵魂,只能茫然地、随着本能行动。就在她的人生彻底陷入虚无又混沌的无尽深渊时,就在她给儿子处理身后事的殡仪馆,她看见了一幅广告——

【让我们最爱的亲人,永远活在这个世界。】

一个"活"字,打动了陈姐。

她想让他活,让她唯一的儿子,"活"回来。

陈姐循着广告上的地址,找到了这家名为"赛博生命技术公司"的企业,并且惊讶地发现,这家公司的位置,就在著名的"大区"大楼的顶层。

接待人员向陈姐介绍,这是一项新技术——简单来说,就是通过逝者的"大区"账号、生前的照片、视频影像、朋友圈等一系列内容,通过数据分析,还原出一个逝者的 AI 形象。

资料越齐全,数据越丰富,这个 AI 人工智能的形象,就越是接近真人。而根据真人信息建模而成的 AI 们,将活在赛博空间里,可以通过软件调取和联动,和遗属们隔着屏幕,进行深度互动——

接待人员再三保证:只要信息足够完善,AI 的说话方式、处事方法,可以跟真人别无二致。换句话说,AI 的所有反应,能和活人一样。

陈姐心动了。

建立逝者 AI,需要缴纳一笔不菲的款项,并且每年还要缴纳 AI 数据维护的年费,以用于服务器和程序的维护。

然而对于陈姐来说,再多的钱都无所谓,只要她能再次见到自己的儿子就行。

第三十二章 虚拟游戏人

于是,陈姐将学校给的人道主义赔偿金,连同自己所有的积蓄,都交给了赛博生命技术公司——而几十万的数字,都还不够公司开具的第一笔"建模费",更遑论维护 AI 数据的年费了。

陈姐走投无路,只好去找了前夫。前夫已经有了新的家庭,有了新的女人。据说新的女人也已经在备孕了……也不知道这一次,他有没有得到爱情。但所有的一切,陈姐都已经不关心了。

她的心里,没有愤怒,没有嫉妒,甚至没有一丝波澜——她只想要钱,只要钱。

给她赛博世界里的、"活着"的儿子,足够的、"建模"的钱。

什么尊严,都顾不上了。陈姐默默地跪在了前夫工作的银行门口,在人来人往的目光中,木然地重复着"给钱"两个字。她不怕丢脸,可是前夫害怕。于是,那个在离婚时都没舍得分出半毛钱的前夫,在陈姐荒诞的跪拜之下,给了一笔二十万的赔偿。

"你把我儿子搞死了,应该是你赔钱给我才对!"

丢下支票的时候,她那位不差钱的前夫,小声地、恶狠狠地道。

本以为再也不会因为这个男人而受伤的陈姐,被这句恶毒的索赔,再次戳中了心底溃烂的脓疮。

然而,此时的她,连唾骂的力气都没有,只是默不作声地拿着那张支票,冲去了赛博生命技术公司——加上这笔钱,陈拾实的"建模费",终于够了。

她把儿子的手机交给了工作人员,里面有陈拾实所有的网络轨迹,包括他所有的聊天信息,包括他的照片,包括他的自拍视频……但陈姐还觉得不够,生怕不够还原一个足够真实的儿子,于是她又跑去了学校,要到了校园里的监控视频——

监控里,儿子神采飞扬,玩着滑板从楼梯上一跃而下的模样,引来同学们纷纷鼓掌和喝彩。

看着画面里那么神气、那么桀骜的少年,陈姐泪流满面。

早知如此,或许就应该放开他,放他去追寻自己喜欢的事情。

于是,陈姐向工作人员提出了一个要求:

"给他带上滑板吧,他最心爱的滑板。"

这不是什么高难度的要求,工作人员做到了。

一个月之后,陈姐按照工作人员的要求,打开了手机软件。通过一面薄薄的光学屏幕,她在那个赛博世界里,看见了神采飞扬的少年,一手抱着滑板,一边向她笑着呼喊:

"妈!"

陈姐的视线,再度被水汽扭曲。

赛博生命技术公司的技术水平,的确很是惊人。这个 AI 人工智能·陈拾实的行动、说话模式,和她活着的孩子别无二致,有时候也会发脾气,出言顶撞她,甚至是说出一些不中听的话来。

但对于陈姐而言,就是这些不中听的顶撞,都像是一种仙乐——只要儿子还能说话,还能回答,她就已经很满足了。

陈姐一度以为,自己后半生的轨迹,就这么被确定下来:一直干活,一直赚钱,为她的儿子缴纳年费,一直缴到她走的那一天为止。

然而,她没有料到的是,她决定要"走"的那一天,却来得如此之快——

有学生气不过,认为是陈姐那一巴掌,才将陈拾实送上了绝路。

——他们要为自己死去的同学伸张正义!

怀着伸张正义的目的,这群学生偷偷把陈姐扇陈拾实嘴巴、陈拾实随后跳楼的监控视频画面,给偷偷截取了出来,并且发布到了网络上。

网络舆情迅速发酵。与同学们的想法一样,所有人都将这场悲剧的罪魁祸首,锁定为陈姐。

——这算是什么妈?

——虎毒不食子,这种人根本就不配有孩子!

——毒妇!

……

网络上的恶评,如纷纷扬扬的雪花,落在陈姐的世界里。

再然后,恶评转变成了网暴,泄露出的监控视频被人修复并放大,她的脸孔像是通缉犯一样,流传在了网络社区的各个角落里——

送快递的同事,认出了她。连兼职送外卖的工作时间,都会被人认出来:"你就是那个死掉的小孩的妈……"

再然后,陈姐就不敢出门了。

她蜷缩在狭小逼仄的出租屋里,蜷缩在墙角里,双手捧着手机,一遍又一遍地跟 AI 儿子对话,听屏幕里的陈拾实喊她"妈"……

直到软件里,跳出一行文字提示:

【赛博生命服务还有 30 天到期,请提前缴纳数据维护年费,以免造成不良的用户体验。】

她已经没有钱了。

于是,她只好出门,又去了赛博生命技术公司。她想问,如果不缴纳数据维护年费,她儿子会怎么样。

"所有的 AI 数据,都是我们的宝贵资产,"曾经接待她的工作人员,微笑着做出回答,"但是数据维护是需要庞大的资金投入的,如果您拒绝缴纳年费的话,我们就不得不回收数据了。"

"回收?怎么回收?"陈姐紧张地挺直了脊背。

工作人员的笑容非常标准:"尊贵的客户,您放心,我们不会做出销毁数据这样残酷的事情。您孩子的人工智能数据,将不再以您个人专属互动的方式,存在于我们的数据库中。我们会开放权限,将他放置到公共区域里,用大众互动娱乐的方式,争取后续收益,以保证他的数据维护。"

陈姐茫然地瞪大了双眼:"那是……什么意思?"

她不能理解,这个"公共区域"和"大众互动娱乐的方式"究竟是什么意思,直到工作人员将她领入另一个房间——

全息影像设备,在宽敞的、毫无阻挡物的室内,投映出了一个 3D 的、虚拟的游戏世界。各种各样的 AI 人,有男有女,有老有少,在游戏里过关斩将,在系统的提示下,完成一系列的游戏任务。

而在房间墙壁的大屏幕上,则是一系列的数据图表——那是"大区"网友们的投票、弹幕,以及对游戏角色、游戏任务的各种反馈。

甚至,还有博彩的赔率——游戏世界里的玩家们,成了现实世界的、"大区"的网友们下注的"赛马"。

赢了的"赛马",可以活到下一个关卡,继续在这个赛博世界里生存,并继续成为网友们赌博的筹码。

而输了的"赛马",则会被立刻湮灭——湮灭了的数据,会被永久删除,从而减少公司的维护成本。

这一刻,陈姐终于理解了。

她那个能思考能对话的 AI 儿子,将会被丢入一场送命的"大逃杀"游戏当中。

从赛博灵堂,到赛博赌场。

她得眼睁睁地看着,自己的儿子,再去"死"一遍。

而她无法阻止这一切。因为当初是她签的合约,同意赛博生命技术公司构建一个 AI 版的陈拾实。而现在,她已经身无分文、无法再给这个 AI 形象"续费"。

三十天后,AI 陈拾实就将被投入这个"绝地求生"的虚拟赛场——在那之后,是生是死,只能看他的造化了。

她没有能力改变这一切,她唯一能做的,只有出卖自己仅剩的东西——这条不堪的生命。

"我已经不想活了,拜托你们,什么方法都好,请给我建模,让我去陪我儿子!我不会……再放他一个人走了……"

在陈姐的苦苦哀求之下,工作人员给她指出了一条路径:

"你再签一个协议吧,自愿成为我们的测试员,为我们的脑机接口做人体测试——这个结果……大概率会出状况。但我们可以承诺,一旦你在实验中死亡,我们会按照你的所有信息资料,为你免费建模。到时候,你可以在赛场上,陪你的儿子一起参加游戏。"

第三十二章　虚拟游戏人

已经失去一切的陈姐，早已将自己的生死看淡了。她立刻做出决定，同意签约。然而，在落笔前的最后一秒，她只有一个小小的请求：

"能不能拜托你们，帮我删除一下孩子的记忆？别让他知道之前跳楼的事，也别让他知道我是谁……"

这不是一个困难的要求，无非是删除一些代码而已。工作人员同意了。

在那之后，陈姐进入了公司内部的实验舱，接入了正在研发当中的脑机设备。再然后，她的记忆变得不再稳定，断断续续的，有时候醒来，有时候熟睡。

她以为她撑不了太久，却不曾预料到，自己在半梦半醒、模模糊糊之间，竟然活了一个多月——然而，此时的她，已经无法感知外界的时间了。

先一步"到期"的人工智能 AI 陈拾实，被率先投入了"大区"的游戏赛场。他的记忆数据被删减，已经不记得自己的父母是谁了，只是抱着他的滑板，糊里糊涂地进入了游戏，遇见了路无恙还有膘哥他们。

几天之后，现实世界里的陈姐，停止了呼吸。

与此同时，一个按照协议、按照资料信息被"建模"的 AI 陈姐，被投放到了新一关的游戏里。

那是一座高耸的山体，站在峭壁之上，山下的城市远景，一览无遗——正是这个"解谜关卡"的开端。

然而，在陈姐眼中，所有景象，所有人都不见了。她的视野里，只剩下那个滑板少年——

近在咫尺。

就在眼前。

第三十三章
亡者的游戏

"……所以说,你的意思是,我们所有人、所有的玩家,都是这个'大区'和'赛博生命技术公司'构建出来的人工智能?"

听完陈姐的叙述,路无恙失声惊叫。与他同样震惊的,还有少年陈拾实:

"我不信!你才不是我妈,我根本不认识你!大妈你神经病吧?!"

被自家孩子骂成是"神经病大妈",陈姐低垂了双眼,泫然欲泣。

这部歪斜在路边的商务车里,陷入了一片死寂。路无恙内心受到的冲击,比刚刚的车祸还要来得强烈。种种思绪在他的脑袋中闪过,他吞了吞口水,努力放缓声音:

"可是,这不合理啊。按照你的说法,我们都是付费'建模'的AI……可我是孤家寡人,父母早就不在了,又有谁会给我'建模'呢?"

陈姐抬起悲伤的双眼,望向路无恙,轻轻地摇了摇头:"不都是付费的。我听工作人员说,早期项目建设的时候,公司并没有采用签约授权付费模式,而用互联网上的死者做过测试……"

互联网上的死者……

这个说法,震撼到了路无恙。是了,人死没死,真到了生死一瞬,自己可能都没概念了。可是互联网却知道——你的私信,你的朋友圈,你的消费记录,你的浏览记录,所有的一切,都可以作为判断你是否还"活着"的标准。

第三十三章 亡者的游戏

网络什么都知道。

这么一想,他突然能够理解了,为什么刚进入游戏的时候,第一关遇见的所有人,都跟"大区"有关——

他是"大区"生活区的 UP 主,是他自己将自己抗击癌症的一言一行,做了视频记录,然后全都上传到了网上;

衡行是网络作家,还做过在线码字的网络直播,他算是半个公众人物,社区账号、文字视频等材料,网上到处都是;

柴柴是"大区"的吃播 UP 主,王不强是"大区"的健身教练,大脸盘儿是美妆博主,大超是游戏区 UP 主,鲁教授做的是影评区的自媒体,晴晴妈天天用视频晒娃儿晒爱心早餐,"铲子兄弟"则是网络上当红的农民工组合……

再后来的关卡中,顾小年是知识区的大 V,也是著名的经济学家;凌灵则是长期在线的当红女主播;膘哥和老母亲作为新闻事件的人物,曾被追踪采访,带着老母亲开快车的系列视频,在网络上铺天盖地地流传着……

他们都有足够的音频、视频、文字等数据资料流传在网络上,足以拼凑出他们的 AI 人物形象,也就是所谓的"建模"。

而身为企业董事长、不可能差钱的高凌,以及千金小姐、在读研究生曲菱依,很有可能是被人付费"建模"的——可悲的是,也许现实世界里出现了种种情况,当初的付费人选择了终止,于是她们就被丢进了这个残酷的生死游戏里。

仔细回想起来,他当初刚刚进入游戏的时候,除了王不强是老玩家,其他人也都是新手,都说自己是昏迷之后,被"吸"进了手机,被"吸"进了游戏世界里的……

现在想想,他们的这个昏迷,或许就是生命的终结。而他们的再次醒来,则是人工智能投入使用的这一刻。

沉沉的叹息,溢出了路无恙的唇边。他开始有点儿相信陈姐的说法了,却还是想不通,很多事,想不通……

"啊!"

突然发出声音的,是一直沉默不言的哑帅。他一声轻唤,吸引了所有人的目光,然后他冲曲菱依做了写字的动作,又"啊啊"了两声。

曲菱依将纸笔给他。哑帅在报纸的空白处划拉起来,写下两行字,亮给路无恙他们看——

【我相信她。】

【因为我不是哑巴。】

"你不是哑巴?"路无恙再次惊了。

哑帅再次开始奋笔疾书——

【我在街上救人,出了车祸。】

【我以前能说话的,但到这里就不能了。】

"为什么?"

路无恙和陈拾实异口同声地提问,哑帅摊了摊手,而曲菱依则提出一种可能:

"我看过哑帅的视频,应该不是他自己拍的,而是学校或者机构的人,拍摄并记录他练武的视频,从几年前就开始上传了,在'大区'上有很多人点赞。但在那些视频里,哑帅从来没有说过话。"

"我明白了,"路无恙恍然大悟,"赛博生命技术公司再厉害,也不可能编造出不存在的事情。他们通过视频资料,能还原出哑帅的形体和身手,但是因为哑帅没有出过声,所以他们就没有办法还原他的嗓音。"

哑帅伸出拇指,"啊"了一声,表示认同这个说法。

路无恙努力回想,当初在竞争关卡组队的时候,哑帅曾经做过一系列动作——他想讲话,却只能翕动嘴唇,他曾经扼住了自己的喉管,试图呼吸发声——现在想起来,那时候哑帅的动作,就是对他"突然失声"这个现实的反应。

果然,照这么说,哑帅只有可能是人工智能了——他们这里的所有人,都是虚拟的数据。

第三十三章 亡者的游戏

路无恙将目光投向了端坐在地板上的喵喵;他也突然理解了,为什么这只德牧会成为游戏里的一名玩家。它要不就是一只网红,要不就是它的主人足够爱它,花钱给它做了"建模"……

察觉到他的视线,喵喵歪了歪头,又大又圆的眼睛对上了路无恙,乖巧又困惑。

"可是,"路无恙哑声道,"我还是有一点想不通。照你这么说,为什么别人都湮灭了,就我没死、就我还能复活呢?"

陈姐望着他,神情复杂,似乎有悲伤,也有怜悯:

"我在进入实验区的时候,瞥见了另一个实验舱,你就躺在里面——你的身体还没有死,但已经被接入了脑机了。"

当时,陈姐被工作人员领着,穿行在赛博生命技术公司的实验区域内。每一间实验舱的大门上,都有一个小小的观察窗。大多数舱体都是空置的,只有一间里躺着人。她瞥见许许多多的管线,连接在那个双目紧闭的男青年的身上,监控着他的生命体征。而在他的后脑勺偏下的位置,已经插入了一条粗大的管线。

墙壁上的屏幕里,是实时记录的各项生命数据。陈姐清晰地看见,他的心电图仍在波动,发出轻微的"嘀——嘀——"的声音。

那一刻,想象到自己也会变成这副半死不活的模样,陈姐的心头是闪过了瞬间的惶恐的。可下一秒,对这个世界再无留恋的她,却压下了那份恐惧,木然地跟随操作员的指示,走进了自己的实验舱中。

生也好,死也罢,对她来说,已经没有两样了。她唯一的念想,就是再次看见自己的孩子……

撞上护栏的商务车,歪斜地半横在路边。后方路过的车辆,时不时地按下喇叭,提示他们快点处理事故、别挡路。然而,比起路面上的喧嚣,商务车内部的空间,却陷入了一片死寂。

陈姐的答案,像是一记重拳,狠狠地敲击在路无恙的胸口。他说不出是怎样的感情在作祟,或许是愤懑,或许是恐惧……光是想象自己全身插满了各种管子,毫无意识地躺在实验室里的景象,就让他不

295

寒而栗了。

他的沉默,引来众人担忧的目光。然而脑子里混乱纷杂、仿佛天旋地转一般的路无恙,却顾不上回应队友们的忧虑和关切。

"他们!他们,"终于,愤怒之火率先烧穿了理智,路无恙握紧拳头,恨声质问,"他们有什么权利?!"

即便是躺在医院里、等着人生走向尽头,他也从未签署过什么同意书,同意自己参加什么赛博生命技术公司的实验!他被丢到那里,违背他的意志,是违法的行为!

他的怒火,让曲菱依的眼神一沉,微微思忖之后,她给出了一个最有可能性的答案:"你是不是签过遗体捐赠协议?"

"是,"路无恙一愣,"刚满十八岁那天签过……可我签的是遗体捐赠,我还没死啊!"

曲菱依望着他看,琥珀色的瞳孔里映出青年愤怒的面容:

"你在正规医院接受治疗,他们不会做出违法乱纪的事情,最大的可能是,你……"

她顿了顿,似乎在思考用什么样的说辞,能够尽可能少打击对方,让路无恙心里更能承受一些:

"……最大的可能是,你已经脑死亡了。"

如果说陈姐的话是一记重锤,那曲菱依的话,则是一记惊雷,一道霹雳,直接劈中了路无恙的天灵盖。他愣在当场,纷杂的思绪,涌出无数念头:

时间回溯,回到现实世界,回到他被抢救的那一刻。当时他被送入急救室,就完全失去了意识……是不是他的身体抢救回来了,脑子却不行了?

这么说来,一切事情就有了解释。他同意遗体捐赠,可是当时刚成年的他,根本没有料到,他会变成一个癌细胞扩散的人。换句话说,他的遗体根本没法用,帮不了别人。

或许,正是因为这一点,已经脑死亡的他,无用的身体仍然在苟延残喘,医院才会把他交给研究机构——接入了脑机设备的他,成了最佳的实验对象。

而在这个虚拟世界的他,则是利用过往数据资料、被"建模"的虚拟形象——他不是现实世界里的路无恙,只是活在赛博空间里的、由数据构建的 AI。

所以,他的所谓"金手指"——不断复活的技能,也有了合乎逻辑的解答:

之前,他曾经怀着最美好的希望,希望"湮灭"的同伴们,都能脱离这个虚拟空间,重新"活"回现实世界里。而他的重生,则是因为现实世界里已经死亡,所以没有了"活回去"的可能。

他却从来没有想到过,一切的一切,和他内心的希冀,恰恰是全然相反的——

其他玩家的"湮灭",是 AI 数据的完全销毁,是真正的死亡。

而他,虽然也会被"湮灭",但现实世界里的他,又没有完全"死透"。所以,连带着这个虚拟世界里的 AI,都有了"重生"的可能。

得出这个结论的他,只感觉到无尽的悲凉。

沉默。

依旧是沉默。

狭小的空间内,只听见彼此的呼吸声——哦,对了,连这呼吸都是虚拟的,不过是系统为了带来更为真实的体验,做出的"动作还原"而已。

路无恙默然无语,曲菱依、哑帅也都陷入了沉默。陈姐想去看儿子的脸色,陈拾实却别开了脸孔,一动不动地盯着车窗外,拒绝与她对话。

在这片静默中,嗷嗷似乎察觉到了人们的不安与悲凉的氛围,弯下四肢趴在了地面,发出小声的呜呜。

时间一分一秒地过去,手表屏幕上的倒计时逐渐归零,代表小时的数字,只剩下一位数了。然而,得知真相的玩家们,却彻底地失去了紧迫感。

不,他们失去的,又岂止是紧迫感?连同这项虚拟游戏的意义,连同他们本身存在的意义,全都消失了。

他们不过是一些数据代码组成的3D形象。

他们的一言一行,都是基于数据和算法的计算结果的呈现。

他们不过是些棋子,是些"赛马",是些"斗鸡",被丢在这个绝地求生的游戏世界里——他们的奋力求生,他们的苦苦挣扎,成为现实世界的网友们,消遣娱乐的戏码。

哦,对了,说到这个,连他们在游戏中所追逐的"正道之光",也不过是屏幕外的网友,用投票和弹幕点下的、虚伪的正义罢了……

他们的存在,究竟是什么呢?

这个问题,路无恙答不出。他只能感觉到所有的愤怒、所有的不安,全都离他而去,身体里仿佛生出了一个巨大的空洞,只剩下恐惧,却又终究化为虚无。

"呃呃呃呃……"

直到一阵虚弱的声音,打破了这份虚无的静默——来自游戏的NPC,赵若森。

先前被黑恶势力追击,一路夺命狂奔,好容易虎口脱险之后,又在车上被一顿猛撞,脑门磕在了车窗框上,赵若森两眼一黑,直接就给撞晕了。而那时候,路无恙他们这些玩家,都被陈姐的一句"我们都是死人了"给轰傻了,哪里还顾得上去观察这个NPC的状况。

眼下,赵若森的苏醒,重新将玩家们拖回了游戏任务当中。可路无恙无声地望着这个"感动城市·最美人物"候选人,却只觉得格外悲凉——

他们几个,和这群游戏里设置出来的NPC,又有什么区别呢?

本质上说,他们都是一样的,是数据"建模"的产物——无非他们玩家的参考资料多一些,他们的行为模式多一些,他们话语的文本库

第三十三章 亡者的游戏

更丰富一些……

赵若森好容易回过神,却又被路无恙盯得心里发毛,他小声询问了一句"出什么事儿了?",却没有得到任何人的回答。直到陈拾实发出了一声暴喝:

"搞什么啊?你们!咱们总不能等死吧?!"

虽然得知了真相、知道了自己和陈姐的亲缘关系,但陈拾实并不接受。不过因为删除了跳楼那一段的记忆数据,只留下了在校学习、玩滑板的美好记忆,在这个虚拟游戏中的陈拾实,完全是一个阳光少年,是没有半分"丧"的。他最先从冲击中走出来,一句"总不能等死"的呼喊,像是给众人打了强心针。

"啊。"哑帅率先回应。

是的,总不能等死吧?

既然以数据的形式,活在这个赛博世界里,就得去找"生"和"死"的答案。

要么生,要么死。

他们不愿等死,就必须走下去、战下去、活下去!

是的,数据又怎么样?AI又怎么样?

至少现在的他们,还站在这里,还会思考,还会说话——就算是人工智能,他们也是了不起的人工智能,也不是任网友们揉捏的软柿子!

反正都是死人了,死都死了,再严重也不过是数据删除而已,不如放手一搏!

内心深处,重新燃起了一小簇火焰。路无恙的双眼里,重新绽放出神采。他先是咬紧了牙关,然后握紧了拳头,咆哮一般地,猛地发出了怒吼:

反抗这个赛博世界!

反抗那群隔岸观火的网友!

走一步,战一步——

活下去!

第三十四章
最有话题度的选择

STAGE 1 的游戏任务时间,还剩下六个小时。在这张城市地图的上空,明媚的太阳已经挪到了西方天际。微斜的暮光之下,一辆小破车不急不慢地行驶在市中心的街道上。

是的,小破车。黑色商务车的前盖,被撞得变了形,车头凹进去一大块,好在发动机并没有损坏,仍然可以用作代步工具。

驾驶员已经换了人。哑帅换下了陈姐,成为方向盘的操控者。陈拾实还是坐在副驾,怀里抱着分量不轻却乖巧听话的嗤嗤。

NPC 赵若森已经被送下了车。刚刚路过派出所的时候,路无恙让他下车去报案了。而这群玩家则继续前进,在剩余的六个小时里完成游戏任务——

【在城市地图当中,选择最触动的故事。】

位于城市东部和北部的两名候选人,水产养殖专家杜力、护林员赵若森,已经被他们找到了。具体的事迹,都有所了解了。此外,路无恙他们还找到了那名职业为"银行柜员"的候选人方希希。

他们寻找候选人的方法,说来十分不具备技术含量,就是两个字:扫街。

因为有车代步,扫街的难度被削弱了太多。哑帅放慢了速度,逐条街道穿梭,看见银行就停车询问,还真就给他们找到了这位"感动城市"的方小姐。

第三十四章 最有话题度的选择

交谈了一番,方希希绝对是个好人。她帮助了数十位遭遇电信诈骗的老人,阻止了他们向诈骗账户转账——警察调查取证,统计数据显示:工作7年间,方希希帮助了26名老人,总计减少损失321万元。

"好人,这绝对是做了大好事了!帮老人家守好钱袋子,这就是救了他们命了。"

虽然路无恙做出了如此评价,但是他并不认为方希希的好人好事,会是那个城市里"最触动的故事"。和杜力一样,方希希是做出了很大的贡献,但不够感人——

换句话说,不够有"爆点"。

在驶入市中心的时候,路无恙他们又停了车,去了趟城中心的那座名胜古迹,找到了同样为"感动城市"候选人的文物修复人。

今年90岁的老爷子,仍然活跃在工作的第一线。他年复一年,日复一日,做着最为纯粹的工作——修复文物,让破损的历史遗迹,再现昔日的荣光。

同样,让人肃然起敬,非常了不起,但是没爆点。

老爷子的事迹,也被路无恙 PASS 了。

小破车继续在大马路上转悠,转到夜幕深沉,转到月上枝头,转到大街小巷都没了人影,路无恙抬手看了看手表上的任务显示——距离最终时限,还有不足两个小时。

"去集合地点吧。"他示意哑帅。

哑帅旋转方向盘,调头回到主路上。在空旷的街道上,在道路两边的灯火之下,慢慢地驶向了城市中央的广场。

按照路无恙和叶大鹰的约定,两支队伍各自寻找线索,在倒计时还剩下一个钟头的时候,在中央广场集合会师。

不过,摆在眼前的,是一个严重的困扰。他要不要将"大家在现实世界已经死亡了,现在都是游戏里的人工智能"这件事,告诉叶大鹰他们那组的玩家呢?

当路无恙将这个问题抛出来,陈拾实下意识地反问:"为啥不能说?"

"有信息差,就有优势。"

曲菱依的回答,让陈拾实皱起眉头、开始嘀咕:"成年人都是这么没劲又鸡贼吗?"

面对陈拾实的指控,曲菱依毫不在意,陈姐却因为那句"成年人的鸡贼"而又红了双眼:刚则易折,这孩子的思维就是太过于直率,甚至到了简单粗暴的地步,才容易走上绝路。可事实上,成年人的世界,哪有那样容易?

然而,这句话,她却不敢说出口,只是泪眼汪汪地凝望着自家的孩子。

"上一关里,叶大鹰他们确实捅了我们一刀,"路无恙叹了一口气,"按照原本的游戏逻辑,我是一定要防他一手的。但眼下……"

他顿了顿,望向车里的同伴们:"……可是眼下,我们都只不过是些数据而已。藏着掖着防着,还有意义吗?我思来想去,还是觉得应该告诉他们。大家一起想办法,对付系统,至少不能成为网友投票的牺牲品。"

"你太天真了,"曲菱依反驳,"既然大家都是数据,数据运行和储存,都是依靠'大区'和赛博生命技术公司进行的,换句话说,我们都只是云端和服务器上的一行代码而已……"

这个道理,路无恙不是不知道,他只是还抱有一丝幻想。然而,曲菱依继续丢出残酷的现实:

"……就算你在这里,联合了叶大鹰他们,甚至联合了游戏里的所有玩家。哪怕我们这群玩家都决定造反,又能怎样?你改变不了物理世界的规则,数据在现实世界,现实里的人,就是可以随意拿捏我们。"

她说的是事实。隔着一面"次元壁",想对抗现实世界里的人,实在太难了。虽然他知道,真正的敌人位于屏幕之外的远方——但回归到虚拟游戏的世界里,他们的对手却是看得见、摸得着的。

可是,他们就不能放下互相坑互相算的小心思,联合起来集思广益,设法去对抗这万恶的系统吗?

路无恙的这份困惑,还没来得及说出口,突然,远处响起轰天巨响——

"轰——"

伴随着巨大声响,一道红色的巨型光柱,在前方市中心的位置,冲天而起,直插云霄。

同时,手腕上的电子表,发出了"叮——"的提示音。路无恙赶忙低头去看,只见任务提示产生了新的变化。

> 任务指引
> 第一关:在城市地图当中,选择最触动的故事
> 任务进度:1/3
> 时限:1:33:09

当看见多出来的那一行"任务进度",看见"1/3"的提示,路无恙瞬间意识到:糟糕了,他们再次被对手捅了一刀!

明明和叶大鹰约好了,两队人马在中心广场见面会合,先把信息相互交换一下,大家彼此商量之后,再去做出最终选择。可事实证明,叶大鹰根本没把先前的承诺放在眼里,他们已经抢先一步了!

虽说是解谜关卡,但会不会也有竞争的要素在里面?万一有什么排他性的机制,谁选择的事件,谁就能活下来呢?万一没选择到"最触动的故事"的人,就会被湮灭呢?

无数疑问像是走马灯一样,钻进了路无恙的脑子里。他立刻转身,招呼哑帅:

"快!咱们立刻回头!先去派出所,把最近的赵若森锁定了!再立刻去港口!"

路无恙的判断，果断而决绝。

既然叶大鹰他们毁约在先，谁知道他们还会不会锁定剩下的两个任务进度？到时候三个选择都是他们完成的，而路无恙他们队伍根本没有接触到对应的NPC，会不会被系统判定为"任务失败"？

哑帅不敢怠慢，当场踩油门加速，往派出所的方位冲去！

然而，路无恙他们并不知道，此时此刻，在中央广场的叶大鹰他们，也陷入了深深的混乱与无措当中。

其实，叶大鹰并没有毁约。同路无恙一样，他也惦记着先前的约定。在调查完了城东和城西，分别寻访了金融专家、小学教师、大学教师、环卫工人，与NPC们对话并了解情况之后，他就带领队员赶往中央广场，等待和路无恙他们见面，分享信息。

当叶大鹰他们赶到广场的时候，距离约定时间还有一会儿。原本，谨慎的他故意放了时间余量，让一切尽在掌握——可他没掌握住的是，队伍里有新人。

之前任务当中，叶大鹰耳提面命，让三名新人玩家跟在若若他们身后，不要乱说话，新人们也都做到了——大约是目睹了大超的"湮灭"，王漫漫、甄来福、神棍，都被彻彻底底地吓到了，也因此非常配合队长的指令。可坏就坏在，在广场等待的时候，他们放松了警惕。

此时已是入夜，广场上没什么人。不再需要争分夺秒地赶路赶进度，大家难得地放松下来，三三两两地站在广场上聊天。若若和王漫漫同为女性，自然而然地交流起来。来福有点儿中文基础，个性又比较活泼，一来二去地和佟佟聊上了。唯有"神棍"孤家寡人杵在那儿——他不年轻了，和叶大鹰算是同龄人，但他们两个的处事风格、话语体系，都相差太远，远到根本没法儿交流。

神棍不是没试过融入队伍。先前，他试图从若若那儿打开突破口，主动要去帮若若算命。但他没想到的是，身为"飞鹰救援队"里的红花，若若参加过十余次救援任务，看多了人间悲剧、生死离别，早已将所谓的"命运"置之度外：

第三十四章　最有话题度的选择

"我不需要算,也不想算,"若若淡淡一笑,"真信命的话,我早就死了,也不会干这行了。就在不久前,我们去山地营救的时候,还碰上了泥石流,直接被埋了进去,差点就不出来了。我不知道命运,但行好事,莫问前程。"

如果路无恙、曲菱依他们在场,或许就能推测并判断出,那一次泥石流灾害,正是飞鹰救援队众人的死期。和若若以为的"直接被埋、差点出不来"的情况不同,现实世界里的他们,是真的被埋了,而且再也没能爬出来……

为了纪念他们四个人,其他队员集资,为叶大鹰、若若、侉侉、罗东东他们,做了数据建模。但飞鹰救援队毕竟是一个民间救援组织,在失去了队长这个主心骨之后,很快走向了没落——没人站出来挑大梁了,短短一年之后,大家就各奔东西,也就没有人会提出为他们四个去缴纳"数据维护年费"了。

所以,飞鹰救援队的四个人,才会出现在这残酷的游戏里。然而此时此刻,他们还不知道自己身为 AI 的真相,只当是不符合科学的奇异事件,让他们被"吸"进了游戏里。

若若的拒绝,让神棍碰了一鼻子的灰。眼见在飞鹰救援队四人组里,找不到任何切入口,而王漫漫和来福却仗着年轻人特有的热情,和队友们打成了一片,神棍只有形单影只地维持着他"高人"的形象。

孤零零杵在广场上的他,无聊地开始"盘"他的翡翠手串,一边东张西望地观察着。就在这时,古迹建筑的大门打开,走出一个穿长衫的、白发苍苍的老人来。

那老人的模样身形,端的是一副"仙风道骨"的范儿。神棍一看乐了,以为自己遇上了"同行",便疾走数步,上前与人攀谈起来:

"老先生,您是哪一支的啊?"

他问的是算命的手法。毕竟这些年,网络算命也成了生意,除了传统的生辰八字,什么八卦六爻,之后又中西合璧,搞出了星象星座,占卜塔罗等一系列方法。

老人家疑惑地扫了神棍一眼,虽然有些不解,但还是用苍老的声音回答了年轻人的问题:

"考古文博学院,北大。"

神棍愣了两三秒,才反应过来。人家说的是学术界的出处,不是他以为的那个占卜手法。恍然大悟之后,神棍也算是思维敏捷,立刻判断出了老人家的身份:

"您就是报纸上的那个老先生!搞文物修复的是吧,最触动城市的人!"

他话音刚落,老人身后的古迹建筑上,就升腾起一道巨型红色光柱,直插天际——同时,手表上的任务提示,也有了变更,多出了"任务进度:1/3"那一行。

叶大鹰惊呆了。他没想到,人都聚在这里了,神棍还能给他搞出这等乌龙来。再一看任务提示和时限,还有一个多小时,还有两个任务机会……

虽然很想把这个"成事不足败事有余"的神棍抓过来千刀万剐,但眼下最重要的,是确保玩家的安全。叶大鹰很快就摸清楚了状况,他虽然不知道这位文物修复师老者,已经被路无恙他们拜访过一遍了,却得出了和路无恙相同的结论——

不行,文物修复师这个点不足以打动全城——或者说,不足以打动游戏世界之外的"正道之光"。

叶大鹰的思绪飞速运转:神棍已然浪费了一个选择,并且打破了"协商解决"的平衡。现在路无恙肯定已经看到了光柱和新的任务提示,如果他们抢先一步,找到了另外两个更有利的NPC,他们队伍该怎么办?会不会因为做出了错误的选择,而被全员湮灭?

"走!去找之前的小学老师!"

叶大鹰立刻做出了判断。他和路无恙同样,选择了无视另一支队伍的情况,先将自家队伍的任务要素给"保"下来。

第三十四章 最有话题度的选择

于是,两支队伍同时开始了跑动——

路无恙他们开着小破车,寻找赵若森的踪迹。这个NPC已经离开了派出所,正骑着共享单车,走在回城北林区的路上,被路无恙他们再次拦截。

"轰——"

一声巨响,就在路无恙向赵若森明确说出"我要选择你,作为最触动城市的人"的时候,位于城北的密林之中,亮起一道绿色的光柱,冲入暗夜当中。

【任务进度:2/3】

其实,无论是文物修复师,还是这位护林员,都不是最佳选择。但此时两队的竞争感,已经拉到了满点,选择的重点已经不是"最佳",而是"先保证能够触发条件、有生存依据"了。

还有一个任务名额,两支队伍都奔向了之前采访过的、最认可的"感动城市"的人——

对于路无恙来说,在所有的候选人当中,最有爆点的还是沈荣——他的离世,本身就是一个宣传点,毕竟"死者为大"的观念,深入人心。

对于叶大鹰来说,被他认可的"最触动的故事",来自在城南工作的环卫工人。

就在不久前,有个男人持刀上街,无差别攻击遇见的年轻女性——事后警方通报,他的老婆因为长期被家暴而离家出走,他怎么也找不到人,就将仇恨的对象转移并扩大到了全体女性。那一天,他决定"给贪得无厌的女人一点颜色看看",于是抓了一把三角刀,藏在袖子里,在街上四处游荡。他用浑浊的双眼搜寻目标,越是青春越是靓丽的女孩子,越是让他愤怒。终于,他锁定了一个身形娇小瘦弱、还穿着校服的女学生,然后悄无声息地跟了上去,跟在她的背后,拔出了藏在袖管里的刀……

说时迟那时快,就在男人准备一刀扎下去的时候,一把大扫帚,拦住了那把三角刀！原来，环卫师傅在街上清扫垃圾，远远看见这男人眼神不对、行为举止也很异常，于是就多留了个心眼，跟了一小段路。当看见男人的目光游移不定，挑挑拣拣似的寻找年轻女性，最终跟上了那个小姑娘，环卫师傅心里暗叫不妙。眼看周围也没什么趁手的家伙，他抓起垃圾车旁的大扫帚，就冲了上去！

扫帚怎么会是刀子的对手？行凶男人一划拉，就将环卫师傅的胳膊放了血。听到动静的女学生也回过身来，一看这景象，吓得连连呼救。路人一看，纷纷开始了动作——这个城市里，从来不缺乏英雄，只是有时候，英雄也需要知道，自己不是一个人。环卫师傅的挺身而出，让更多的路人加入了这场与恶势力的对抗当中，沿街小卖部的老板、私家车车主、骑车经过的外卖小哥……大家有抄起路边广告牌的，有挥舞着长柄雨伞的。外卖小哥更是神奇，正好送的是一盆酸菜鱼，于是大吼一声"都闪开！"，然后兜头将一盆油晃晃热辣辣的酸菜鱼泼到了行凶男人的头上，成功让对方发出了惨叫。

在众人合力之下，行凶男被围住，警方逮捕了他。事后，一群见义勇为的城市英雄，都被警方嘉奖了。而调取监控回放，第一个察觉情况不对、施以援手的环卫师傅，更是救下了一条年轻的生命——如果不是他出手相助，那女学生的结局肯定不堪设想——因而，环卫师傅被重点表彰，后来成为"感动城市·最美人物"的候选人。

对于组建飞鹰救援队、同样抱着"救死扶伤"目标的叶大鹰他们来说，一行人逛遍了城南和城西，与一众候选人聊了聊，就这位环卫师傅的行为最符合他们认同的正义，最符合"正能量"的标准。

此时，深沉暗夜当中，一红一绿，两道光柱直冲天际，犹如通天彻地的虚幻之门。虽然还剩下一个多小时的时间，但两支队伍争分夺秒、拼命地"卷"了起来。

在路无恙他们驱车赶往城东港口的这一刻，叶大鹰则狂奔到了路边，拦下了一位送夜宵的外卖小哥，向他借用电瓶车。

小哥答得干脆，斩钉截铁地丢下一句"不干"。叶大鹰却不予理会,他直接一把抢过车头,将外卖小哥推了下去,踩上电瓶车冲了出去,一路电掣星驰。气炸的小哥刚要报警,就被侉侉和罗东东一边一个地摁住了肩膀,后者更是一边赔笑,一边给出了解决方案:

"我们借你车用一下,一会儿会还你的。至于酬劳嘛,就这个好了。"

罗东东朝神棍的方向,招了招手。刚犯下大错的神棍,此时当然没法装死,只能走上前去。罗东东见他走到自己面前,一把扯下了神棍的翡翠手串,塞到外卖小哥的手里:

"这个给你,应该值点钱。"

"什么叫'值点钱'?"神棍爆炸了,"这是上好的缅甸翡翠,阳绿,高货!而且这么大直径!这一串我可以买他五十辆电动车!"

那外卖小哥也十分嫌弃这"以物易物"的交易,抓着那翡翠手串瞥了两眼,嘴里嘀咕着"真的假的,不会是骗人的吧?",把神棍的嘴都给气歪了。

沉沉夜幕,明月当空。

宽阔的街道上,车辆飞驰。两支队伍都将对方当成了假想敌,想方设法也要占据优势——而这一次的较量,以叶大鹰的胜利而告终。

虽说路无恙他们开的是汽车,但这小破车毕竟撞过,性能不稳定,再加上对路况不熟悉,跑不出速度来。而叶大鹰则骑着剪了速度控制器的电动车,一路走街串巷,先一步到达了目的地,找到了那名环卫工人,触发了任务的关键词。

"轰——"

随着一声轰鸣,蓝色的光柱拔地而起。而此时,路无恙他们的商务车,刚刚开到港口边缘,看见夜幕下伫立的、高耸的塔吊——下一秒,世界再次崩塌。

坠落,无边的坠落,失重感瞬间包围了众人。视野前方出现了五彩的光点,像是流星的余韵。他们的身体微微扭曲变形,甚至呈现出了些许的错位,又在彩色的光点中恢复了正常。

——此时的路无恙,已经完全能理解,这些都是他们这些 AI 的数据,被系统"刷新"的现象。

失重感消失,当路无恙再次变得脚踏实地的时候,小破车不见了,远方的大海、港口、塔吊,全都不见了。此时此刻,他们又回到了最初进入关卡时的山峰上,而他们的对手——叶大鹰和他的队员们,也被"刷新"到了这里。

此时,路无恙已经没有"告知对方真相,一起谋划对抗行动"的想法了。而叶大鹰也在路无恙、曲菱依、哑帅他们的脸上,看出了露骨的敌意,他的一颗心也沉了下去,不言不语地立在原地。

倒是侉侉还念着旧情、试图强行挽尊,他刚张口,想解释"我们不是故意违约,真的是误会,是神棍这家伙搞出的问题",可只说到了"我们不……"三个字,就被系统提示音打断——

"叮——"

手表屏幕上的任务提示,更新了。

> **任务指引**
> 第二关:达成话题度最高的事件
> 时限:60′00″

倒计时开始,时间计数不断跳动。

路无恙和叶大鹰面面相觑,似乎能通过彼此的目光,看见对方大脑运作的状态——果然是竞争关卡!不能让他们拿到话题度!

在所有人的脑中都闪过"备战"两个字、进入竞争的紧张状态时,陈拾实却想不通地拍了拍脑袋:

"不对啊,如果是两个队伍 PK,那刚刚干吗要给三个选项?"

一语惊醒梦中人。

对啊!如果是竞争关卡,那两个队伍各选择一个事件,再相互 PK 就好了。为什么刚刚的系统指引里,要给他们 3/3 的任务机会呢？

路无恙和叶大鹰又相互望了一眼,眼里闪过的,是相同的困惑。

就在两名队长不明所以的这一刻,只听又是轰鸣阵阵,紧接着,地动山摇——

众人前方的城市地图上,又亮起三道光柱:青色的、橙色的、紫色的,分别立于城西、城南,以及城中偏南的位置。

六道光柱,划破了暗夜。

下一秒,光柱又一同落下,跌落至地表,化为了一栋栋色彩不同的、矮小的建筑。

与此同时,仿佛是流星破空,天幕中划开了一条长长的口子,无数金色光点从天而降,分别落在这六处不同颜色的建筑上。

那金色流光,他们是见过的。

远看是光,是正义的选择。近看方知,全是文字组成的弹幕。

文字不断落下,堆积在建筑之上,就让建筑的高度上涨一寸。

此时此刻,"最高的话题度",有了清晰可见的实体形象。而那高度升得最快的一栋建筑,已从平房变成了多层小楼——那座橙色的楼宇,并不是玩家们的选择。

路无恙和叶大鹰瞬间悟了:

的确存在竞争,可竞争的对象却不是彼此,而是系统。

那三栋建筑,正是系统所选的话题事件!

第三十五章
最"触动"的流量

在这深沉暗夜之中,城市地图中却是灯火通明,路灯将每条街道的轮廓勾勒出了金色的线条。而在那些金丝汇聚之处,六种色彩的建筑,分别立于城市不同的方位。

由方块汉字组成的弹幕,从天而降,像是在天地间拉开了一道金色的珠帘。它们分别落定在那高矮不同的建筑之上,汇成了建筑的一部分——弹幕越多,建筑越高,不多时便转化成了五色的楼宇。

对,是五色。因为最初被玩家选择并崛起的红色光柱,它所代表的那栋坐落在市中心名胜古迹区域的小红楼,已经停止了"增长"。

不同于其他橙、绿、青、蓝、紫的楼宇,小红楼上方的金色弹幕,从最初开始便是稀稀落落的。零零星星的金色光点,可怜兮兮地飘落在小红楼的正上方,为它添上了些微的高度。但小红楼还没增长到三层楼,那金光就暗淡下去,最终变得无人问津。

几秒之后,那栋彻底失去了"正道之光"的关注、再没有金色弹幕支持的小红楼,就化为了暗淡的深灰色。然后,伴着一声轰鸣,小楼彻底坍塌下去,只剩下一堆残砖断瓦。

站在山顶上、俯瞰全城地图的一众玩家们,将这番变故,一一收进眼中。

路无恙他们队伍,也是拜访过"小红楼"所在的古迹单位的,而他之前的猜测,完全没有错:九十多岁的老先生,作为文物修复人,为保护和修复"国宝"而兢兢业业地干了一辈子——这个故事固然非常励志、非常纯粹、非常有力量,但没有爆点,实在是很难调动起人们的兴趣,更遑论"话题度"了。

路无恙深吸了一口气,终究是率先打破了沉默的猜忌链:

"现在3V2,系统的胜算更大。我们赶紧相互交个底儿吧。得赶紧盘出一个最靠谱的选择,努力堆话题度,才能不被系统吞掉。"

有了共同的敌人,之前的竞争和防备统统被放下。叶大鹰单刀直入地解释:

"红色的选择是个事故。蓝色的事件的确是我选的,是一个环卫工人……"

叶大鹰将环卫工人的好人好事,简要地叙述了一遍。这些相关内容,路无恙他们也曾在报纸上读到过大概,于是瞬间明白了叶大鹰进行选择的逻辑依据:

"收到,"路无恙点了点头,"我们选的是一个守林员。"

他也简要地说明了赵若森的状况,但说完之后,路无恙斩钉截铁地做出判断:

"……相比起来,你们选择的事件更有话题度,主要保你们的小蓝楼。"

是的。比起"守林员赵若森一人救下十驴友"的好人好事,"环卫工人与一众城市英雄,勇斗歹徒救下女学生"的事迹,更能引起大众的共鸣。

正如路无恙的判断,在城市地图上空,越来越多的金色弹幕,集中在蓝色楼宇的上方。比起城北的小绿楼,城南的小蓝楼堆得更高,而且已经形成了明显的高度优势。

可是,放眼整个城市地图,系统选择的事件,明显更受到"正道之光"的青睐——尤其是那栋橙色大楼,在金色弹幕的加持下,已经堆到了十几层楼的高度,至少比小蓝楼高出十层!

照这个趋势来看,他们现场的十四名玩家,都要被系统碾压、抹杀,并"湮灭"在这一关里!

眼下的情况不乐观,路无恙和叶大鹰面面相觑,两位队长再次达成共识:

"兵分三路,各自去调查系统选择的三个事件!"

"你一路,我两路,"叶大鹰点头,"我这里靠谱的人手多。"

时间紧迫,不再去盘算那些相互提防的"小九九",两名队长直接根据眼前最有利的人员调配方式,各自布局:路无恙整个组的五人一狗,去橙色大楼调查。叶大鹰、罗东东带着神棍,去紫色大楼。若若、佾佾带着甄来福和王漫漫,去青色大楼查探。

任务时间还剩下五十多分钟,眼看系统选择的橙色大楼"节节高升",要命的紧迫感再次笼罩了每个人。

三个小组分头行动,就在他们四处寻找共享单车等代步工具时,只听手表"叮——"的一声跳出了新的任务提示:

【传送功能已开启。】

紧接着,屏幕上出现了五个圆点,橙、绿、青、蓝、紫,分别被标注了2—6号的数字——至于1号,就是之前的小红楼,眼下已然消失于无。

这地图的显示功能,路无恙也不陌生,就是之前"竞争关卡"当中,大家使用的那一种。但这传送功能,倒还是第一次碰上。路无恙愣了半秒,转头冲大伙儿示意:

"你们先别动,我来当小白鼠。我先点这个地图点试一试,假如我传送成功了,你们再跟上。"

他话音刚落,曲菱依冲出一步,刚说了一个"你……"字想要反对,却见路无恙已经点中了屏幕上的橙色圆点,同时呼喊了一句:

"2号位,传送。"

下一秒,路无恙的身体扭曲起来,化为了纷杂的光点,消散在场地之中。

曲菱依、哑帅他们都明白,这是他们这些"AI数据人"被"刷新"

第三十五章 最"触动"的流量

的表现。叶大鹰他们几个却是瞪大了眼睛,不敢轻易越雷池半步。

叶大鹰他们惊骇的表情,被曲菱依收进眼里。她瞥了他们一眼,也不多解释,只是依葫芦画瓢地用手指"点"上了电子屏幕的2号圈,淡定地叙述:"传送。"

哑帅没有语音功能,只"啊"了一声,同时点下了屏幕上的橙色圆点。陈拾实则充当起小小的组织者,他右手抱起了德牧嗷嗷,左手牵起了陈姐的手,然后大声朗诵传送的目标位置——

须臾之间,几人统统化为光点消散。

毕竟有路无恙他们这群"小白鼠"的行动,可以用作参考模板,叶大鹰他们克服了心理忧虑,分成了两支小队——叶大鹰带人去了六号的紫色圆点,若若带队去了四号的青色圆点,大伙儿各自开启了地图传送。

流光消散,高耸的山崖上重新回归无人的寂静。只见远方的城市地图上,金光流转,"正道之光"的弹幕评论,仍是从天而降,滔滔不绝。

最高的那一处,散落的金光已堆出了一座二十层的高楼,并且还有不断上升的趋势。

此时此刻,流光回转,一行人化作数据的光点,被"刷新"在了大楼脚下——正是路无恙他们。

自从知道大家是"数据人",多么诡谲的事件,都变得合乎逻辑了。比如眼前,这场面怎么看,怎么都只有"魔幻"两个字——

底层是一个面积不大的火锅店,风格极是朴素。玻璃门上用打印纸贴着"大牛火锅"的店铺名,隔着玻璃可以看见,厅堂里横着六张桌子。只是此时店里既没有顾客,也没有员工,只有白色日光灯映出店里的陈设,木桌歪斜,椅子横七竖八地躺在地上,沾着油渍的白色瓷砖地面上,还散落着红色的印迹——具体看不出来是什么液体,也不知是血还是番茄酱。

而在这座场地狭小、装修简单、邋里邋遢、无人光顾的火锅店上方,却立着一栋高层楼宇。整个大楼的墙面是由LED屏幕构成的,屏幕上播放着零碎的、重复的、不太分明的画面,并且透出橙色的光芒。

路无恙昂起头,端详着LED幕墙的画面,那似乎是人们在吃火锅的画面。看视角,还是监控画面。只不过这监控片段太过零散,看不出前因后果,只看见几个男男女女。而在整座大楼的顶部,金色弹幕仍不断降落,继续将这橙色大楼堆砌得更高、更宏伟。

"这到底说的是什么呀?"跟着传送而来的陈拾实,伸长脖子想看懂LED幕墙的显示画面,却摸不出个逻辑来,"这有什么好看的?为什么话题度那么高?"

少年连续发问,这些答案,也是路无恙想搞明白的。但这时候却一点线索都没有。倒是哑帅瞅着瞅着,突然"啊!"了一声,指向了LED屏上的人影。

顺着哑帅的提示,大家再度望向幕墙。只见零散的监控画面中,展现出几个熟悉的身影。一个光头、戴大金链子的壮男,走进了火锅店——正是先前在城北的森林里、殴打追击赵若森的那个男人!

正在路无恙疑惑这群黑恶势力和火锅店有什么联系的时候,他瞥见了一个人站在街角,正对着火锅店做记录——瘦削的身形,蓝色的工牌,正是之前见过面的记者孟平凡。

"孟记者,"路无恙赶紧上去打招呼,顺便询问线索,"这里出什么事儿了?"

看见路无恙他们,孟平凡暂且停下记录的动作,也笑着回应招呼。不过下一秒,他就垮下了脸,掏出了手机,亮给路无恙看:

"出乱子了!咱们城里治安一直不错,谁料会出这种恶性事件!"

队员们纷纷凑过脑袋,盯住孟记者的手机屏幕——视频新闻将监控画面展现得清清楚楚,还配上了几句文字说明:

【黑社会当街性骚扰,路人逃散无人相助】

视频画面加旁白,让路无恙他们很快理清了事情的来龙

第三十五章 最"触动"的流量

去脉——

原来,就在几个小时前,当路无恙他们带着赵若森逃离山林之后,光头大汉和他的手下们带着满肚子的怨气,踩着共享单车终于下了山。后来,他们来到了这家火锅店,就着夜宵喝了几瓶啤酒,看隔壁桌子的两个女孩年轻漂亮,就想动手动脚。女孩当然不同意,憋了满肚子气的光头男,抄起一个啤酒瓶砸在女孩的脑袋上!

眼见黑社会打人,周围吃饭的食客们,吓得作鸟兽散,能躲多远就躲多远。光头又招呼他的手下们,一起过来拳打脚踢。眼看两个女孩被打倒在地,而且还流血受伤,不只是食客,连店员们都逃得远远的,没一个人敢上来阻止。

"难怪了,话题度会这么高。"

路无恙再次抬头,望向从天而降的"正道之光"。那些铸成了高楼砖瓦的金色弹幕,仔细看去,一条一条分明都是控诉:

【垃圾人!垃圾店铺!】

【这算什么男人?就会欺负女人!还有旁边一群吃饭的就干看着吗?就没人敢上来阻止吗?】

但也有一些不同的声音:

【苍蝇不叮无缝的蛋,哪家好女孩会半夜出来吃夜宵?】

【大概率是特殊职业。】

【那就难怪了,那还装什么矜持?】

然而,这样的质疑,很快遭到了更多的反对:

【你们还是人啊?在受害者身上找问题?明明是打人的不对!】

隔着屏幕和键盘,"正道之光"发表着各种各样的意见。无数的弹幕,纷纷落下,如疾风暴雨,愈演愈烈。转瞬之间,橙色的楼宇又高出了十几层,已成为四十层高的摩天大楼。

眼见这大楼盖得那么快,而远方玩家们选择的小蓝楼、小绿楼,还温温吞吞的,刚刚过十楼的样子,陈拾实急得直跺脚:

"不对啊!不是说好'最触动的故事'吗?这根本不是'故事',是

'事故'好吧？哪里感动人啦？"

少年的抨击，换来的是曲菱依平静的反驳：

"你错了，最'触动'不是最'感动'。在互联网世界，'恐惧'永远是最直击人心的情绪。什么'正能量'的传播度，都不会比'恐怖'与'惊悚'来得更有煽动性。"

流量时代，讲的是传播效力，讲的是传染能力。

流量是一个中性词，不分好坏。真的、善的、美的，流量是一，假的、恶的、丑的，流量也是一。可偏偏后者更容易传播，更容易发散，更容易一传十、十传百，然后成为"破圈"的舆情话题。

这就是人性。

想抗拒人性，谈何容易？

"那咱们怎么办？就由他们赢？"陈拾实急了，"我们选的那两个，肯定打不过他们啊！"

"也不是没有办法，"路无恙思忖片刻，望向自己的同伴们，"我们可以借力打力。"

"借力打力？"陈拾实挑眉，不明白。

路无恙公布答案，言简意赅，就三个字：

"蹭，流，量。"

说完，路无恙立刻行动起来，他一把抓住了孟记者的胳膊，"记者先生，我们有个爆料！这群黑社会，我们见过！"

路无恙一边爆料，一边一手调出手表屏幕的地图，同时牢牢地拉住了记者，开启地图的新功能：

"3号位，传送！"

眼一闭，眼一睁，面前的景致已切换到城北的山林。一栋散发着绿色光芒的小楼，就坐落在山顶之上。而绿色小楼的前景，则是一栋破旧的小屋。路无恙顾不上什么礼仪，径直拍开了小屋的大门，冲进去找人：

"赵师傅！"

第三十五章 最"触动"的流量

熟睡的赵若森被他唤醒,揉了揉眼睛看见一堆老熟人——不仅是先前救他一命的路无恙他们,还有之前采访过他的记者先生。

赵若森连声询问"出什么事儿了?",路无恙则将孟记者往他的床边一推:

"赵师傅,您给孟记者说说,那群黑社会是怎么打击报复你的,你们又是怎么结怨的!"

到了 STAGE 2,游戏系统对 NPC 的逻辑管控,显然没有第一阶段那么严密。赵若森也好,孟平凡也好,都没有计较"人是怎么传送的?"这个超现实的问题,而是径直按照玩家的任务指令,开始了下一步的剧情动作——

赵若森将前些年的时候,那群"邪头"是如何来偷猎,他如何报警,然后今儿个刚出狱的"邪头"们又是如何来打击报复的事情,一一向孟记者说了。

孟记者一边抓着手机、开着录音功能做记录,一边时不时地表现出无限的愤慨。几分钟后,他做出承诺:

"赵师傅,您放心,您说的这个事情,我回去之后,一定做好独家报道,曝光他们!将他们绳之以法!"

"回去?回哪儿去?"路无恙皱着眉头问。

"回单位啊,"孟记者想也不想地回答,"我回去整理好文稿,再向上级领导汇报,确认选题通过之后,我就把文章写出来!如果一切顺利,快的话,下周一就能见报了。"

路无恙崩溃了,他抬手看表,任务指令的时间只剩下 45 分钟 12 秒。他一把拉住孟记者,恳求道:

"事态紧急,马上报道行不行?咱们不用等报纸印刷,就发网上,马上发!"

"那怎么行?"这次,换孟记者皱眉头了,"我们做记者的,要严谨求实,要认真负责,做事要符合流程,不然跟那群自媒体有什么区别?"

眼下都火烧眉毛了,他还讲什么"流程",路无恙也顾不上什么礼仪了,当下冲哑帅使了个眼色:

"摁住他!"

哑帅得令。这位武林高手一个擒拿动作,立刻将孟记者死死摁住。路无恙则抢过孟记者的手机,然后调出刚刚录下的那段录音,一个"确认"按钮,就给发到了社交媒体上。

瞬间,头顶传来"簌簌"之声。

路无恙等人冲出小屋外,抬头望向天空——只见深沉夜幕之中,"正道之光"的金色弹幕,像是瓢泼大雨一般,纷纷扬扬地落下,汇聚在小绿楼的楼顶。

不过眨眼之间,小绿楼就盖出了十层。

"果然有用!"路无恙喜形于色。

"不,没用。"

给他泼冷水的,是曲菱依。路无恙转头望向同伴,只见曲菱依正抬起手,指向远方的另一栋大楼——在小绿楼加盖了十层楼高的这一时刻,在城市遥远的另一边,那栋橙色的摩天楼,已然冲上云霄。

是的,他们是蹭到流量了。小绿楼沾了热点话题的光。可另一方面,这"扒出邪头们的黑历史"的举动,却让人们更加关注社会热点。

如果说,这次"黑历史"的曝光,让小绿楼收获了十层的流量关注,那橙色大楼的关注度就是以几何程度暴涨,已然超过百层了!

暗夜中,那橙色摩天楼,像是一柄利剑,直直地插入了云端。

反观其他颜色的小楼,差距不是一点半点——在绝对的优势面前,似乎一切努力,都已成枉然。

此情此景,让提出"蹭流量"的路无恙,彻底傻了眼。

孩子就是孩子,虽然有时候拽得像二五八万一样,谁都不搭理、谁都看不上。可到了这种手足无措的时候,陈拾实自动地贴近了陈姐,紧张地握住了女人的手掌。

好在队伍里有个学传播学的,曲菱依还未放弃:

"我们还没输。这种时候,只能靠魔法打败魔法——叠 BUFF。"

路无恙眼前一亮,他瞬间明白了曲菱依的用意,惊喜地望向同伴。四目对望,两人用眼神交换了彼此了然的意图,然后分头行动:

"传送。"曲菱依点了点地图,随即消失了踪影。

路无恙晚她一步行动,先向众人交代:"哑帅,你带着孟记者;陈拾实,你带着陈姐和嘻嘻,一起去 5 号点,等我和菱依回来。"

不等陈拾实出声询问,路无恙也开动传送,消失于无。

剩下的玩家们,带上了 NPC 孟记者,一同传送到了位于城南的五号点,也就是环卫师傅的家。

这位见义勇为的城市英雄,住在一个"老破小"的楼道里——两间房,用的还是公共厕所,连厨房带卧室,面积不超过 12 平方米。

家里的一切都是旧的,除了那面鲜红的锦旗。在那面灰扑扑的、掉了墙皮的、斑斑驳驳的墙壁上,挂着一面红艳艳的锦旗,成为家中唯一的装饰品。

更魔幻的画面是,在这不见阳光的半地下空间,上方却竖着一座闪着蓝光的高楼——这是两种完全不同的画风,倒像是一柄充满科技感的、巨型的光剑,镇压着这颇具现实气息的、底层人物的蜗居。

然而,此时此刻,已经不是纠结居住环境,或者是画风问题的时候了。手表显示,任务倒计时还有 37 分钟。陈拾实急得直跺脚,左顾右盼地向四周张望着,等待着路无恙和曲菱依的身影。

来了!

伴随着数据传送的光点,曲菱依首先汇聚了身形,身后还跟了个人——正是水产专家杜力。

"拜托你了。"曲菱依向杜力点头。

杜力回了一句"没问题",然后开始举起手机,她以环卫师傅的家为背景,对着屏幕挥挥手:

"大家好,我叫杜力,是一名水产养殖工作者。从小我的父亲就对我说,你一个女孩子家家,不要做这行。可我不信这个歪理。如今,我已经博士在读,完成了物种的繁育,我用事实证明:男人能做的,我们女生也能做,而且可能做得更好。"

"事实上,不只是我这个职业存在性别歧视,在社会的各行各业,都存在这种现象。比如环卫工人,从业者性别比基本达到了50∶50,但在宣传口径上,大家却仍以男性为主。这次'环卫工人勇救少女'的事件,明明是两位环卫工人搭档进行的,但在新闻的宣传上,我们只看到了男性师傅被表彰——这是不是一种性别的忽视呢?"

随着杜力的直播,越来越多的金色流光,汇聚在了小蓝楼的上方。金色弹幕,飞落如雨——

【是的!强烈要求男女平等,同工同酬!】

【还讲男女平等?你们女的现在已经够有特权的了,还不满足?】

【这都能打拳?】

【女拳!这妥妥儿的拳师!兄弟们,冲她!】

当路无恙传送到5号点的时候,金色弹幕还在不断下坠,叠成了高墙——

【你们打拳的,都是在撕裂社会】

【你们女的不要得了便宜还卖乖!有本事你们别要彩礼啊?!】

【对,天价彩礼,都是你们女的拜金!】

【你们的逻辑呢?彩礼是父权制的产物,又不是给女性的。】

……

短短几分钟,金光流转,小蓝楼瞬间"盖"了五十层,也化为了摩天大楼。

陈拾实都看呆了,他将敬佩的目光,投向了曲菱依:"这都行?强,真的是强。"

面对少年钦佩的目光,曲菱依淡淡地回应:

"女权话题,是这个互联网时代的流量密码。这个话题,永远辩不明白,永远吵不完。"

仿佛是为了证明她的话语,金色弹幕瞬间又叠出了十层——六十层的蓝色摩天楼,直冲天际。

然而,反观另一边,远处的橙色高楼,已经逼近两百层了。毕竟,那是实打实的监控视频,画面里是男人殴打女人、是恃强凌弱的直观场景,同样掌握着这个"流量密码",而且更直白、更粗暴,更能引起人们的讨论,甚至是对异性的漫骂。

不够,话题度还不够爆——深知这一点的路无恙,拆开了一个信封,凑到杜力的手机屏幕前,亮给观众们看:

"各位,师傅挺身而出、见义勇为,当然是一件好事。但假如他没有营救成功,而是被凶手砍伤,这就是另外一个故事了。港区工人沈荣师傅的遭遇,就是实例。"

路无恙将沈荣师傅的遭遇,一并说了,讲到养老金的话题时,金色弹幕如雪片般飞落——

【及时行乐啊,不然有命赚钱,没命花钱哦。】

还有网友联系了当下的养老金和生育问题:

【都是你们这些年轻人不生孩子,养老金才出现了巨大缺口,你们这代年轻人,太没有责任心了!】

【管天管地还管人生孩子?】

【不婚不育保平安。】

【自私!现在的年轻人,太自私了!】

【会生娃儿了不起啊?你人生的价值就在于生生生吗!?】

……

弹幕吵翻了天。金色的弹幕互相攻击,砸落在楼宇上,化为了一层一层的砖瓦——高楼拔地而起,蓝色摩天楼,瞬间冲上了百层。

"有戏!"陈拾实惊喜地道。

倒计时还有 20 分钟。

就在此时,叶大鹰带着 2 名队友,也传送到了 5 号位置——他是卡着点儿来会合的,想先和路无恙沟通并分享现有信息,并制定下一步的作战计划。

同一时刻,若若他们4个人的小队,也聚到了蓝色的5号点——他们是远远地看见了,这座小蓝楼"秒变"摩天大楼,飞速升高,冲上云霄,赶忙过来一探究竟的。

眼见曲菱依祭出了"女权话题",路无恙祭出了"养老问题",属实是拿捏了传说中的"流量密码"——而"正道之光"也在他们的引导下,刷出了千千万万条的金色弹幕,让蓝色大楼不断升高,其余玩家都震惊了。

"还能这么玩!妥妥儿的'带节奏'啊!"

侉侉目瞪口呆,好半天才感慨出一句。

"没错,就是'带节奏',"曲菱依瞥了他一眼,"你以为社交媒体上的热搜,都是怎么来的?"

此时,在这无边暗夜之中,两栋上了"热搜"的话题大楼,成为城市地图里最耀眼的建筑。一橙,一蓝,犹如两把光之利剑,划破了夜的深沉。

至于绿的、青的、紫的三种颜色的小楼,已不再重要,看样子也没有"翻盘"的可能了——果然,几分钟后,失去了关注度的三座小楼,便坍塌在暗夜中,化为了灰色的瓦砾。

这就是互联网,赢家通吃,输家则消失于茫茫的信息之海,仿佛从未存在过。

而那两柄划破长夜的光剑,还在胶着上升。"正道之光"的关注,化为了降落在摩天大楼上的金色光点,不断给予它们新的生命力。

倒计时10分钟。

两座大楼的高度已经上升到三百多层,但橙色摩天楼始终高出一小截。眼看怎么追都追不上,路无恙急得抓耳挠腮,四处张望,想要寻找一点灵感。就在这时,他瞥见了坐在地上、吐着舌头的嗤嗤。

"有了!"

一个念头像是霹雳一般,冲进路无恙的脑海里。他一把抱起嗷嗷,再次冲到手机镜头前:

"我们的环卫师傅,是一个非常有爱心的人。他收养了很多小动物,比如这只流浪狗,还有很多流浪猫……"

金光簌簌,数不清的弹幕砸了下来——

【可这狗不是戴着项圈吗?一看就不是流浪狗啊。】

有人发出了质疑。但下一秒,就被更多的弹幕掩盖:

【你管得着吗你!也许是环卫师傅给它戴的呢?】

【狗狗是人类永远的朋友。】

【师傅好有爱心哦。】

【猫猫这么可爱,怎么舍得丢它。】

称赞的弹幕,又引起了另一些人的反弹:

【能?好?怎?】

【我只关心好不好吃。】

这两句话,就像是捅了马蜂窝一样,一波又一波的反对之声,化作了弹幕:

【你们还是人啊?】

【没人性!你们都是畜生!】

又引来了另一波回击:

【怎么?狗还能高人一等?】

【都是肉,怎么就不能吃了?】

……

从争吵化作谩骂,数不清的弹幕堆叠成砖瓦,瞬间让蓝色的摩天大楼又"叠"高了五六十层。

"超了!反超了!"陈拾实惊喜地宣告事实。

是的。路无恙的操作,迅速调动起新一轮的流量增长,让蓝色大楼首次超过了橙色大楼,实现了反超逆袭。

"等等!怎么回事?!"

陈拾实的惊呼,打断了路无恙的思路。他循声望去,只见远方的那座橙色摩天楼,突然像是刷了火箭似的,"噌噌噌"地上升了一百多层,转眼又把他们的蓝色摩天楼,甩到了后面。

倒计时还剩 5 分 17 秒。

众人目瞪口呆。路无恙愣了愣,赶忙抬手点开手表屏幕上的显示,调出地图功能:

"2 号位,传送。"

眼一闭,眼一睁,周围的景致再次变化。路无恙又来到了火锅店的那条街,而小小店铺上方的橙色大楼,已经高耸入云,看不到尽头了。

而街边,几辆黑车停靠着。在各种聚光灯、反光板的簇拥下,一堆熟悉的身影,聚拢在大牛火锅的门前,开始了他们的表演:

"老铁们,这就是那家火锅店——哎哟,地上血都没擦干净呢!"

穿着妖娆的女主播,画着大浓妆,把手机的美颜功能开到了最大——视觉所见的脸孔,和屏幕里显示的模样,根本就是两个人。

"家人们,仔细看,玻璃对面就是,地上的啤酒瓶渣子,估计就是给那女的开瓢的。"

一个魁梧大汉,打扮得就很"社会人"的大哥,对着玻璃门指指点点,一口一个"家人",一口一个"老铁"。

"当时要是我在现场,肯定就出手了,一拳头就能把人撂倒!"

一位瘦得脸颊凹陷,头发却挑染得十分非主流的男主播,对着镜头秀了秀他芦柴棒似的胳膊。

整条街都被主播们占据了,少说有十来个,还不算跟着他们的摄影助理、场务、保镖等人。总共上百号人,将火锅店围得满满当当,整条道路水泄不通。

像是食腐的鬣狗,哪里有事故,哪里有流量话题,哪里就有这些主播的身影。

先前大楼倒塌的事故现场是这样,此时爆出恶性案件的火锅店,

第三十五章 最"触动"的流量

也是这样。这群主播不需要有救援知识和救援行动,也不需要去传播法制观点,他们只需要聚集在事件的旁边,只需要拍、拍、拍,就有无聊且好奇的看客,希望通过他们的镜头,窥视热点的存在。

十几个主播的聚集,为橙色摩天楼带来了新一轮的增长。然而,这栋楼已经太高太高了,路无恙伸长脖子仰望,也看不到云层中的大楼顶部,看不到"正道之光"汇聚并"加盖"的模样。

他只能透过云层,隐隐约约地看见,橙色光束仍在向上,向上。

无法阻止主播们的行动,也没有哪条法规和纪律,能阻止主播们在火锅店门外聚集并直播。深深的无力感包围了路无恙,他瞥了一眼手表上的倒计时:

还有 3 分 02 秒。

路无恙立刻传回了 5 号点,将橙色大楼前的情况,简要地进行了说明——其实,不用他多说,大家也从直观的高度对比,看到了差距。

"还有不到三分钟,完全比不过啊,怎么办?"陈拾实要哭了。

路无恙一咬牙一跺脚,"不管,编!使劲编!"

"喂,你们不能这样!"身为 NPC 的孟记者试图阻止,他作为新闻人的本分,让他无法容忍这些胡编乱造的信息。但此时,玩家们为了保命的流量,已经顾不上那么多了。

就在众人搜肠刮肚,却灵感枯竭的时候,有个人走了出来——那是之前犯了大错的神棍,他走到手机镜头前,长叹一声:

"唉……你们知道凶手为什么要当街伤人吗?是!他对女性错误的愤怒,当然应该被所有人批判,但他的过往也确实令,人,同,情……"

不愧是吃"口才饭"的神棍,信口开河的本领,那是谁都赶不上的。他一开口就是段子,话术一套接着一套:

"……凶手他从小出生在一个贫穷的山村里。他的父亲是个跛子,他的母亲也不是明媒正娶来的,而是被人拐到这个穷乡僻壤的……"

他开始编出一套"从小目睹家暴现场,内心深受创伤"的故事来,果然迅速让关注度一升再升——漫天的金光,漫天的弹幕,如狂风暴雨般落下。

"还差一点儿,加油,"陈拾实惊叫,可叫完又觉得不对劲儿,"不对,这编得有些过了啊!老师跟我们说过,不要给凶手找借口……"

可是,此时此刻,已经没有人会有工夫去解答少年的困惑了——倒计时,一分钟。

神棍随口乱编,添油加醋,这个"凶手背后的故事",集合了拐卖妇女、家庭暴力、未成年人侵害等一系列要素,每个要素都是"雷点",都是超强的刺激,都戳中了网友们的内心,瞬间弹幕漫天纷飞——

可不够,还不够高!

0′50″

0′49″

……

数字不断归零,手表上的提示音,也开始一声连着一声,极具节奏地"嘀——嘀——"起来。

"还不够!还差点儿!"罗东东暴吼。

0′40″

0′39″

……

神棍眼珠子一转,他深吸一口气,又换了一个角度:

"……我们再说说差点被害的这位女生,她今年刚考上大学,她家里的情况也很特殊,她是孤儿,从小父母早逝,生活在姨妈家里。她的姨妈对她很不好,经常将她锁进衣柜里……"

"等等,"陈拾实听出不对味儿了,他皱起了眉头,"这设定怎么有点耳熟?"

曲菱依冷冷地瞥了他一眼,淡定地回答,"耳熟就对了,套的哈利·波特,做了个性别转换。"

第三十五章 最"触动"的流量

"那这编得也太不靠谱了吧?"陈拾实震惊,"不怕被人听出来?!"

曲菱依的回答,还是那样淡定,"流量追逐的是爆点,不是事实真相——你知道这个环卫师傅,姓甚名谁吗?"

她话锋一转的询问,让陈拾实愣住了。他回想了半天,愣是没记起来。而他的沉默,落入曲菱依的眼中,让她摊了摊手:

"你看,这重要吗?"

陈拾实愣在原地,久久不能言。

是的,他大可以甩锅,说这个环卫工人不是他们小队采访的,所以他不知道师傅的真名。可连他都不知道,网友们就更不知道了啊。他们为师傅叠了那么多所谓的"BUFF",却连个真名都说不出……

少年抬起头,望向高耸入云的蓝色摩天楼,看着大楼外立面LED幕墙上,闪烁着的各种各样的画面,只觉得无比讽刺。

然而,再讽刺,也得要流量,也得活下去!

玩家们已然疯狂,神棍编无可编,从"凶手背后的故事"到"受害人有罪论",他随口编造的虚假设定,几乎可以用"玄幻"两个字来形容,可还是——

"不够!还差点儿!"

$0'10''$

$0'09''$

$0'08''$

……

手机屏幕里,神棍嘴皮子一开一合,说话的速度几乎飞起。

手机屏幕外,一众玩家握紧双拳,对着高楼统一呼喊:

"升!升!升!"

$0'03''$

$0'02''$

$0'01''$

……

数字归零。

眼看蓝色摩天楼的顶部,已然插入了云层当中,再也望不到头了。

"嘀——"

伴随着一声机械的提示音,夜空中那道撕裂的口子,瞬间弥合。深沉夜幕中,黑沉沉的一片,仿佛有什么猛兽,暗藏在深渊之中。

金色流光,消失于无。再也没有"正道之光"的降临,而所有弹幕,也在瞬间冻结。

两栋摩天大楼,成型了。

此时此刻,光凭借肉眼,已经察觉不出两栋楼的高度差异。所有玩家都伸长了脖子,屏息凝神地望着云层中那两道隐隐约约的影子,等待着系统最终的宣判——

一秒,两秒,三秒。

一橙一蓝,两座齐天大楼,突然一同闪耀起夺目炫光。

下一秒,金光笼罩!

那座橙色高楼,仿佛镀金了一般,闪亮得让人睁不开演。

而玩家们眼前的蓝色高楼,却瞬间暗淡了下去。LED 幕墙化为了黑灰色的砖瓦,又瞬间坍塌,"轰——"的一声,激起无数尘埃。

输了。

一败涂地,输给了系统。

意识到这一点的玩家们,慌乱地彼此张望着,想在对方的脸上看见哪怕一丁点的希望,可他们瞧见的,却只有恐惧。

玩家们手腕上的电子表,开始浮现出红色的激光,映亮了他们的面容。就连嗤嗤脖子上的项圈,也被红色激光点亮。

心中的恐惧被遗憾取代。路无恙慌忙寻找同伴的身影,他望向曲菱依,他很想去道别,却再也迈不动步子⋯⋯

还来得及道别吗?

这个念头在心中闪过,与遗憾一同扩大的,还有红色激光的

第三十五章 最"触动"的流量

范围。

　　陈姐搂紧了陈拾实,大滴大滴的泪珠,滴在孩子的面颊上。可眼泪所到之处,却像是滚烫的硫酸,在少年的脸孔上,烧出了开始湮灭的孔洞⋯⋯

　　嗷嗷的身形最小,双腿首先湮灭,化成飞灰。它无措地"汪"了一声,并不知道这代表什么。

　　若若的一声"队长"还没说完,就被红光笼罩。而侉侉拼命地想要靠近她,挥动的双臂却率先成了尘埃⋯⋯

　　这一次,他们是真的要死了。

　　再死一遍。

　　说不出话来的路无恙,只能无言地望向曲菱依。然后,他在她那双琥珀色的眼睛里,看见了自己的倒影。

　　⋯⋯

　　就在玩家们即将全军覆没、全部湮灭的这一刻,突然,天光大亮!

　　有什么东西,从暗夜天幕中探出——

　　那是一只散发着耀眼白光的、纯白色的大手!

　　大掌从天而降,陡然翻覆,一掌拍在了橙色摩天楼的上方!

　　瞬间,高耸入云的高楼,被白色巨手一掌碾压,从三维拍成了二维,拍成了一张二向箔。

　　玩家的湮灭,陡然中断。

　　两只胳膊都没了的侉侉,莫名其妙地望向那只白色巨掌,惊慌失措地问:

　　"这、这是什么?"

　　回答他的,是曲菱依冷静的声音:

　　"审查。"

　　仿佛为了证明她的话,只见黑暗天幕中滚出一行一行的、闪亮的白色大字——

　　【不良自媒体,不负责任,不顾事实,引发社会舆情!】

【低俗！庸俗！媚俗！】

【传播负能量，助长不良风气，挑战正确的价值观！】

【无道德！无底线！】

……

随着一条一条批判意见的出现，那只代表"审查"的白色巨手，一把掀开了城市地图。

瞬间，整个城市化为闪烁的光影。

大地开始剧烈地震颤。街上的路灯，一盏接着一盏地熄灭。

脚下的世界，消失了。

第三十六章
"大区"的整顿与重启

无边黑暗。

世界归于混沌。

他感觉不到自己的存在,视觉、听觉、嗅觉、味觉、触觉,统统都不存在。

没有天,也没有地。

这里像是一个没有边界、没有物质的黑洞,没有任何事物,更不会有任何意识。

可偏偏,他却残留了那么一丁点儿的意识,让他感觉到那无尽的虚无。

而这虚无,在闪烁。

无边无际的黑暗中,跳动起零星的白点,像是躁动的雪花。

一闪,一闪……

一条小小的、短促的白色横线,在无边暗夜中跳动。

不对,那不是雪花!是白色的线条,是白色的符号,是星星点点的、白色的圆和线,由无数的 0 和 1 汇成了一行一行的白色文字!

c:\\start

程序启动

一道白光,射进了这无边暗夜,仿佛是一道光之利剑,劈开了黑暗、混沌、虚无。

一个世界,再次出现在他的面前,明亮而具象——

这是一个纯白色的房间,而且路无恙是见过的——正是当初在"竞争关卡"前,游戏系统给大家提供过的休息区。

这一次,他不再惊讶于天花板的灯光设置,也不再询问这个单间究竟是像病房还是像牢房,他只是快速地翻身下床,冲到了记忆中的门前,一拳捶开了隐形的门扉。

果然,走出房间,便看到了那间开敞而宽阔的白色大厅。椭圆形的穹隆,圆润曲线的墙壁,共同组成了一个蛋形的广场。

此时此刻,广场上空荡荡的,一个人都没有。

路无恙的一颗心,瞬间揪了起来:难道上一关里,所有人都"湮灭"了? 只有他仗着脑机接口和设备,再度复活了?

惶恐包围了他,路无恙拔足狂奔,想要寻找更多的同伴——好在下一秒,墙壁上的隐形门开启了,走出了一个熟悉的身影。

路无恙脑子一热,冲上去一把抱住了对方:

"太好了!"

曲菱依无语,背脊僵硬,手足无措。她很想指出"这可以算是性骚扰动作"的事实,但当她感觉到对方双臂的颤抖,她选择了将那些指控全部吞回了肚里。

"太好了,"路无恙的声音同样是颤抖的,"我……我以为你们都湮灭了……"

"不会,"曲菱依冷静地陈述,"审核中断了游戏,我们已经被关停2个月了。"

"什么?!"路无恙大惊,他瞬间丢开了手,震惊地望着曲菱依平静的面容。

比起路无恙的满脸震惊,曲菱依的表情可以用"镇静"来形容,她指了指手腕上的表盘——黑底白字,呈现出一个数字:

【86400】

路无恙困惑地眨了眨眼,就在此时,最尾部的"0"跳了一下,数字变成了86401。

"60天,一天24小时,一小时60分钟——所以距离上一次开机,已经过去了2个月。"

曲菱依的陈述,让路无恙顿觉茫然。看出了他的无措与困惑,曲菱依继续陈述,做了个简单的解释说明:

"上一关,我们输给了系统,从理论上来说,大家都要被湮灭。但幸运的是,审核救了我们……"

"……或许是因为'大区'的这个虚拟游戏传播度太广,也可能是因为上一关的话题太过于简单粗暴,并且有太多社会生活中的争议点和雷点,所以游戏遭到了网友的举报,引起了上级部门的注意——"

"……所以,就在我们要湮灭的时候,审核之手出现,紧急叫停了游戏——也间接地中断了我们被'湮灭'的进程。"

这部分,路无恙可以理解,他点了点头,疑惑地问:"可为什么是两个月?"

"违反网络管理条例,一般是处罚金、程序下架、停业整改,"曲菱依摊了摊手,"这次'大区'撞到了枪口上,处罚不会小的,少说也要整顿俩月。"

想想也是:上一关他们为了争取流量,搞出了多少话题,而且都是社会上争议最多的问题——会被网友举报,也是情理之中。

然而,下一秒,路无恙就意识到一个新问题:

"如果'大区'真的被取缔了,我们会怎么样?"

"要么数据封存,要么数据销毁。"

曲菱依的解答,让路无恙一身恶寒:数据封存,他算是已经体会到了,这两个月的时间,他们就是处在黑暗混沌的世界里,也就是被封存的状态。至于销毁,那和"湮灭"殊途同归,都是让大家再"死"一次。

"这么说来,大家横竖是个'死'了,"路无恙垂眼并苦笑,但新的问题再次涌现,他抬眼望向曲菱依,"可不对啊,我是孤家寡人,没人

335

管的。但你们不同啊,你们是家人签了协议的,有合同支撑,有法律依据,理应保护你们的数据权益啊!"

曲菱依琥珀色的瞳孔,眼神闪烁了一下,她看似平淡的回答中,也带上了些许不易察觉的无奈:

"听说过什么叫作'不可抗力因素'吗?一般的合同协议里,都会有一段关于'不可抗力'的免责声明……"

不愧是记忆超群的曲菱依,她竟然能够把合同条款的内容,给背诵出来:

"……如果发生不可抗力,双方在本协议中的义务在不可抗力影响范围及其持续期间将中止履行。协议期间可根据中止的期限而作相应延长,但须双方协商一致,任何一方均不会因此而承担责任。"

路无恙噎了一下:"那就是说,遇到不可抗力因素,合同就中止了,交过的钱就取消了?那究竟哪些算是'不可抗力'?审查也能算?"

曲菱依没有直接回答他"算"或者"不算",只是继续背诵:

"不可抗力是指在本协议期限内发生的不可预见、非任何一方所能控制且使任何一方无法完全履行本协议内容的地震、台风、火灾、水灾、战争、罢工、暴动、黑客攻击、电信部门技术管制、网络内容安全管制等任何不能避免的客观情况。"

这已经是一个标准答案了。路无恙深深地吸了一口气,又深深地叹息出来:

"这资本,真是鸡贼啊,而且还是个连环套——先玩出个'大区',让人们都免费用他们家的产品,上传所有文字音频视频数据资料。等用户资料收集得差不多了,算法也'调教'得差不多了,就推出个'赛博灵堂',搞出个赛博生命技术公司,继续赚第二波。"

路无恙自嘲地牵扯了嘴角,继续说道:"反正数据是他们家的,算法是他们家的,只要有人愿意交钱,就可以炮制出这个'赛博灵堂'里的'鬼魂'。"

这个充满了讽刺意味的说辞,落入曲菱依的耳中,让她的眼神闪烁了一下,继而更正道:

"不,唯物世界里是没有所谓'鬼魂'的。你说的这些'赛博灵堂'的'鬼魂',表述完全错误,这不能以'人'或'鬼'来表达,而是依托数据资料的还原和模拟,是自主算法的呈现,所以才叫作'人工智能'——Artificial Intelligence。"

她这番强调唯物主义的更正,让路无恙的神情更加悲哀了,嘲弄而疲倦:

"你看,这不是更可悲了吗?我们这群 AI 数据人,既不是人,也不是鬼,成了不人不鬼的怪物。可你知道,更让人生气的是什么吗?是他们搞出了我们这些怪物,却连这个鬼地方都容不下我们!"

曲菱依沉默了。

"所以才说这资本鸡贼啊,一鱼多吃。有人出钱,就搞赛博灵堂,等没人出钱了,就搞赛博战场,搞出这个'大逃杀'的生存游戏,把我们当作报废品,让活人看乐子!"

说着说着,拳头都硬了,路无恙继续道:

"中间一旦出了什么岔子,反正合同里还有'不可抗力因素'的免责声明,资本甩锅的能力一流,消费者自认倒霉,他们反正横竖都不吃亏!"

越说越来气,可整件事情又太过荒诞,让路无恙连发火都发不出来,他只能嘲讽地继续说道:

"我都能想象得出,外面那个世界的活人网友,是怎么看待我们的。除了'正道之光'的投票,除了评论和弹幕,大概率还开了打赏功能——这不就是赌博吗,看我们这些倒霉蛋,哪个能活得久……啊!不对!说到这个,都搞赌博了,审核不管吗?"

路无恙突然发现了"盲点",他惊讶地望向曲菱依,提出心中最大的困惑:

"这审核的铁拳,不是能制裁资本吗?而且还能判罚款,判停业整改什么的——那为什么'大区'没被取缔?这个游戏没被取缔?"

"第一,这不是赌博,你也说了,这是打赏,"曲菱依淡定地分析游戏的运营逻辑,"只要不是未成年人打赏,就是符合规定的。"

"呵呵。"路无恙无法评论,只能"呵呵"两声:这包装能力是强,打赏、抽卡、对战,都可以被做成华丽的包装,将赌博的本质掩藏在其中。

"第二,也是最重要的一点,"曲菱依继续说道,"你所说的这个'生存游戏',在现行的法律中,还是一片空白。归根到底,是囿于一个问题——"

她望向他,道出残酷的事实:

"现在的法律,无法对人工智能的属性进行界定。"

"……非人,也非物。不是自然人,就谈不上人权和保护。也不是物品,所以也无法用产权条例来规范。"

"……所以,审核的铁拳,可以打击游戏里的血腥、暴力,可以'扫黄打非',可以屏蔽敏感词、打击不当言论,甚至可以根据网友举报而掀翻某一关的游戏地图——但它没有法律依据,去裁决这个游戏的非法性。"

"……因为归根到底,我们不是人。"

曲菱依的论述,让路无恙整个人愣在当场,一句话也说不出来。

他虽然自嘲"不人不鬼",但他一直是以正常人类的思维模式来运作的,他从来都没有质疑过自己是不是能代表"路无恙"这个问题。

可在外界看来,在法律看来,他们根本连"鬼"都谈不上,而是一个有物质和私产属性的……不知道是什么的东西。

在路无恙的脸上读出了茫然和震惊,曲菱依放缓了声音,轻轻地陈述:

"所以,事实上,这不仅仅是一个法律问题,更是现代网络社会中的伦理问题。而对于这个伦理问题的思索和判定，人们还没能达成共识。"

她说的都是事实。真实，且残酷，再加上她那冷静的声音，听得路无恙悲从中来。他突然意识到，他们处在一个无解的困局中：

"那我们不管做什么，都没用了，对吗？"

曲菱依沉默了，只是无声地望着他悲哀又颓丧的面容。

"不管怎么做，都没用了，"没得到回应的路无恙，自顾自地说下去，"在游戏里，我们受制于人，根本斗不过系统。即使我们斗败了系统，又能怎样？死人无法复活，系统没了，我们所有AI全部消亡，而在外面的真实世界，甚至讨不到一句公道话——因为我们不是人，因为没有针对我们的伦理共识……"

说到最后，路无恙闭上了嘴，望向周遭的纯白墙壁、纯白穹隆。

这一刻，他只觉得被关在了这个数据构成的囚笼中，斗不过，又逃不开，只能任人摆布。人为刀俎，我为鱼肉。他只能在这个赛博世界的虚拟游戏中，一遍又一遍地死去活来——可即便是这样，他都算是好的，那些被"湮灭"了的数据，就连"活来"的机会都没有了，永远地消失……

"也不是没有方法。"

曲菱依的一句话，给路无恙带来新的希望，他瞪大双眼："什么方法？"

"你说得对，单靠局中的我们，是没用的，"曲菱依淡定地陈述，"在系统里，大家都是数据，生死大权掌握在系统手里，是人为刀俎，我为鱼肉。但在系统之外，如果现实世界里，有人去挑战法律，有人去对'大区'或者赛博生命技术公司提出正式的诉讼，就能暂停游戏。"

路无恙眼睛一亮，"啪"地拍响了巴掌："就像上一关，有网友举报，招来审核的铁拳，就捶到游戏，捶到咱们了！现实世界里的公司，还得活人去治！咱们只要能在游戏里传达信息，让网友替我们去发声,就有机会关停这个游戏!"

"理论上是这样。"曲菱依点头。

"那就有办法了,"路无恙欣喜道,他的双眼里重新绽放希望之火,"我们可以调动这里所有的玩家,请大家想办法在游戏里传送讯息,让网友去找自己的家人和亲戚朋友,总会有人愿意为我们发声、去提交诉讼的,对吗?"

望着他眼底的光,曲菱依虽不忍戳破他心中的幻想,但还是得说出事实:

"你的假设固然有道理,但既然AI们已经站在这个生存游戏里了,那就意味着,现实世界里的人已经选择了放弃——不再续费,也不再关心。"

曲菱依指出的事实,路无恙也明白,但他仍然抱有希望:

"这是两码事。亲人朋友不续费,有可能是因为财务问题,因为家里有困难弹尽粮绝,也有可能是放下了心中的缅怀,但这并不代表他们就不再关心⋯⋯啊,咱们就拿大鹰队长他们队伍来说,虽然没有人为他们四个续费了,但如果他们在生存游戏里的事情,被亲戚朋友看见、被他们曾经救过的人看见——他们一定会看不下去的,一定不会任由大鹰队长他们就这么苦苦求生,或者被湮灭的!"

一边说一边分析,路无恙心中的希望之火,就越是燃得熊熊烈烈:

"还有最早那些非授权、非合约续费的AI,'大区'早期建设的时候,偷偷拿了那么多人的资料搞试验,他们的家人们可能从头到尾都不知道啊!比如哑帅,他明显就是个素材不完整的试验品,如果他的家人朋友看见他现在这个样子,一定会愿意提起诉讼的!"

说着,路无恙四处张望,想要找寻自己的同伴们。而就在两人说话的工夫,另一些玩家也走出了单间,来到了这座纯白色的大厅。

他们大多是生面孔,有男有女,有老有少——那些表情波澜不惊,或是颓丧叹气的,应该都是老玩家了。而那些一脸惊恐或迷茫的，显然都是刚刚进入游戏的新人。

似乎玩家们的苏醒时间各不相同，白色墙壁上的小门开开合合，玩家越聚越多。不多时，大厅里已经聚集了几十号人。

路无恙努力地在其中搜寻自己的队友们。他在人群中穿行，目光扫过每一位玩家——可望着望着，突然觉得好像有什么地方怪怪的。

"菱依，你觉不觉得……有点奇怪？"

"哪里奇怪？"曲菱依反问。

"就……说不出来，"路无恙皱起眉头，心中升起了一种违和感，他更细致地观察这些玩家，总觉得哪里不对，"就是……好像有点规律？"

曲菱依淡然地回复："你是说，老中青三代人中，呈现出不同的数据分布？中老年人最多，青年人次之，少年人最少，这里的数据跟死亡率无关，跟签约率和续费率有关。"

当"签约率"和"续费率"两个词语，灌入路无恙的耳中，他倒吸一口凉气。他明白怪异在哪里了：这一次，游戏玩家当中，有不少中老年人——他们会出现在这里，只有一个原因：他们的家人，决定不再续费了。

想想也对，在这样的"赛博灵堂"里，父母往往忘不掉孩子，只要能坚持，只要还有收入，就愿意供养下去。但对老年人的思念，终将随着时间而淡化，又或者那些已经年长的子女，也渐渐变得力不从心——出现在这里的人们，他们的年龄状态，就是曲菱依口中的"与续费率有关"。

曲菱依抬起下巴，示意他仔细观察："你再仔细看，这群老人的男女比例。"

路无恙扫了一眼，的确有明显的性别差异："女的多……难道她们都是被……呃……"

路无恙支吾了一下，他实在说不出"放弃"这个词，只好换了个听上去不太刺耳的英语说法:"……被 LET IT GO 了?"

这一次,曲菱依摇了摇头,"不,这其实不是续费率的问题,而是签约率的事情。"

路无恙一点就通,瞬间悟了:换句话说,为老妈签约建模的,比为老爸签约建模的多。

"可不对啊,"路无恙发现了悖论,"这里的少年人当中,明明是男多女少,你要怎么用签约率和续约率来解释?"

曲菱依平静地望向他,淡淡地笑了笑,意味深长地反问:"问题在于签约率还是续费率,你觉得呢?"

路无恙蒙了几秒,他的脑袋瓜子飞速运转:孩子早夭,父母是很难放下的,陈姐签约并"建模"了陈拾实,就是一个标准的案例,如果不是山穷水尽,又怎么会舍得让他进入这么残酷的游戏呢?可这明显的性别差异,就不是"续费率"的问题,而在于"签约率"了……

就在路无恙隐隐得出结论的这一刻,只听曲菱依平静而残酷地道出现实:

"大数据不会撒谎,也不会骗人。很多父母口口声声说'男孩女孩都一样',但若是孩子遇到什么不幸或意外,儿子没了,往往思念一生。女儿没了,往往很快就会再生一个。"

她淡淡一笑:"人们总是习惯用谎言修饰自己的行为,这是人性。而人们最真实的想法,或许他自己都没有意识到,但大数据知道——"

说到这里,曲菱依目光一沉,冷冷地叙述:

"大数据什么都知道。"

这一瞬,路无恙只觉得不寒而栗。

就在这时,那对"山穷水尽"的母子也来到了大厅,陈拾实隔老远看见他们,赶忙挥手大喊:

"路队!"

少年喊得大声,引来周遭人们的注视。挤在人群中的哑帅也循声望来,赶忙"啊——"了一声,算是招呼了。几名老队友迅速聚集到一处,连德牧嗷嗷都狂奔而来,蹭了蹭他们的裤管。

大厅的那一头,叶大鹰和"飞鹰救援队"的三名队员,以及王漫漫、甄来福、神棍,也都全部走出小房间,并在人头攒动的大厅里,寻找彼此的踪影。

白色穹隆之下,大约聚集了百号人。人们议论纷纷,整个大厅闹哄哄的。就在这时,一声"叮——"的机械音,打断了所有人的交谈。

下一秒,穹顶之上,亮起了荧荧的蓝光。那些蓝色的光点,在虚空中漂浮游弋,组成了裸眼可见的3D虚拟影像,那是下一关的任务描述:

> **竞争关卡**
> 参与人数:90
> 通关难度:★★★★★

又是竞争关卡!

不同于萌新们的茫然,老玩家们看见这提示文字,都是心中骇然。

总计九十名玩家参与的竞争关卡,而且还是五星难度,可想而知,这就是让大家送命去的!

明明只有短短的三行文字,却顿时让路无恙的整颗心都凉了半截。

"啊……"哑帅轻声回应,他想说的太多,却无法用语言表达。

这万恶的游戏系统,没有他的音频资料,便硬生生地将一个好端端的人,"建模"成了哑巴。他只能瞪视着那光芒闪烁的任务牌,眼中带着不甘和愤怒。

银蓝色的光芒,在闪烁了半分钟之后,又继续漂浮游移,幻化成了新的文字，那是新的任务指引：

> **任务指引**
> 预备阶段：组成三支队伍
> 时限：10分钟

09′59″

09′58″

……

当那行代表"时限"的数字开始闪动，大厅中的人们慌乱地行动起来。老玩家和新手的区别，异常鲜明。熟悉游戏规则的人已经开始呼朋引伴地交谈组队，而新玩家们还在迷茫，还在面面相觑，还在手足无措。

大厅另一头的叶大鹰，率众快步走来。穿过攒动的人影，路无恙也向他举起了右臂，示意两队会合。

在"生存"二字的要求下，一切恩恩怨怨，都必然靠边。

两队人马可以算是知根知底，虽说在关键的保命时刻，存在着分歧——而且是致命的分歧，不过也是正常的分歧，是人性必然的分歧——大多数状况下，两队人还是能相互配合，能和谐共处的。

两队人马在大厅中央会合，十二人外加一条狗，已经锁定了十三个席位。特别是曾经经历过竞争关卡的几位"老鸟"，更是熟门熟路地伸出手，靠近手腕上的表盘。

十二枚手表的电子屏幕相互感应，嗤嗤的显示屏则挂在它的项圈上，同样也亮起了感应的灯光。十三块屏幕亮起蓝光，浮现出了数字"1"。

第一小队，已经初具雏形。按照系统的提示，至少还可以再拉17人加入。罗东东首先用力地拍响了巴掌，吸引周遭玩家的注意，而叶大鹰则用低沉的声音，坚定有力地叙述：

"飞鹰救援队,熟手会的来,=17。"

三三两两的,有一些小团体和落单的老玩家,开始向他们聚拢。可更多的,是不知所措的新手,而且正如路无恙和曲菱依先前观察的那样,这一次的玩家当中,有不少的老年人。

别说这个"突然出现在游戏世界里"的设定,让这群老年人备受冲击了,就是在现实世界里,他们也没几个玩过手机游戏的。要他们快速接受这"超现实"的情境,可能性几乎为零。

就在距离路无恙他们不远的地方,一位六七十岁的老大爷,变得暴躁起来。他挥舞着手中的拐杖,让周遭的人们离他远一点:

"离我远点!滚,别过来,"他充满敌意地瞪视着周围的人,然后又抬眼环视了这纯白大厅,继而露出愤怒的表情,"这是哪家医院?谁同意你们送我来的!我说了,我没病,我没毛病!"

他的话语,似乎戳中了周遭老年人的心事,有不少人跟着点头,也将这纯白的空间视作了医院,甚至有人开始高声呼唤"医生呢?护士呢?"。

然而,他们找不到医护人员,也找不到出路。几位老人走到墙壁边上,想找大门,却完全找不到出入口的痕迹。一位老太太快要急哭了,开始呼唤自家的"囡囡",却只唤来周遭嫌弃的眼神。

此情此景,让若若的眉头抽动了一下。如果是在现实世界里,向来助人为乐的她,一定会上前扶助的,可在这生存游戏里,他们都明白,"老人+新手"的组合,到底意味着什么。

若若身侧的侉侉,看出了她的纠结,他伸出手摁住了她的手臂,冲双眉紧蹙一脸不忍的她,轻轻地摇了摇头。

路无恙心弦一颤,他想起了之前的解谜关卡。在那生死存亡的路上,侉侉都背上了不良于行的糖开心,救了她好几次。可在最后的投票环节,他又不假思索地,将那致死的一票,投给了糖开心……

"各位!各位,各位听我说!"

路无恙大声呼唤,向在场所有的玩家。他喊得如此用力,几乎是咆哮出声的,成功地引起了所有人的注意。

当众多视线投向他的时候,路无恙瞥了一眼手表上的倒计时,还有8分多钟,然后他再度望向众人同时伸出双臂,做了一个"请都坐下"的姿势:

"各位,时间紧迫,我用2分钟说明一下情况,请大家坐下,听我说——"

曲菱依、哑帅、陈拾实他们,自然是捧路无恙的场,就连嗤嗤都后腿一蹲,坐在地上了。

有人带头行动,其余玩家也慢慢效仿。几秒之后,大厅里的一众玩家,都席地而坐,只有路无恙一个人站在大厅中央,试图向迷茫、纠结、紧张的玩家们,解释他所知道的信息:

"各位,我长话短说,大家并不是被吸进游戏里的活人,而是人工智能数据,是根据'大区'账号和其他音视频资料,还原出来的替身……"

他话音未落,人群中已经骚动起来,就连叶大鹰他们都是一脸震惊——事实上,在场的人当中,只有路无恙、曲菱依、哑帅、陈拾实他们四个,从陈姐的口中得知了"AI数据人"的真相。

此时此刻,路无恙将这个真相告诉了在场的玩家,却掀起了强烈的反弹。先前那名挥舞拐棍的大爷,第一个站起来破口大骂:

"呸呸呸!你才不是活人呢!什么玩意儿!"

大爷愤怒地挥动着拐棍,用棍子的底部指向路无恙,似乎想敲打这个在他看来口无遮拦的黄口小儿。然而,他没有料到的是,被他指责唾骂的青年人,却露出了笑容:

"对,我不是活人,而各位也一样。"

他的笑容,是苦涩的。在他那因长期病痛而清瘦的面容上,他的苦笑,既显勉强,也是真诚。

年长的人群炸了锅,而叶大鹰和自家队员们,则面面相觑。侉侉嘴快,当下举手提问:

"路队,你给解释解释,你说的'替身'是什么意思。"

在这个时代,没有人不知道"人工智能"的概念。但知道归知道,又有谁会相信,坐在这里的自己,是被复制出来的人工智能呢？别说年长者无法接受,就是俏俏他们这些年轻人,也难以置信。

路无恙又瞥了一眼手表,时间紧,他没有那个工夫,去跟大伙儿解释陈姐的遭遇以及她在"大区"大楼和赛博生命技术公司的所见所闻。他只能言简意赅地表达,直指问题核心：

"简而言之,我们在现实世界里都已经死了。我们的亲人朋友为了缅怀我们,将我们在互联网上、在手机设备上所有的文字与影音频资料,全部交给了'大区'的子公司——赛博生命技术公司,然后复制出了与逝者有着相同外貌、相同逻辑模式的人工智能——这些 AI,就是我们。"

"胡说八道,"大爷怒了,用拐棍指着路无恙的鼻子骂,"你才死了呢!"

路无恙当然知道,老年人忌讳这个,但事实在此,不得不说："大爷,您不记得自己的……"

他斟酌了一下,总不能说是"死期",于是换了个词儿：

"……您不记得您的真实状态了,是因为我们的记忆模块和数据,包括我们的思维算法,都是由公司构建的。在这个记忆数据里,不包括我们离开世界的部分。"

眼看大爷面红耳赤,路无恙抢先抬手,冲他做了个"等等再骂"的手势,同时自顾自地说下去：

"……但这些都不是重点,重点在于,现在我们出现在这里,表明外面已经没有人为我们续费了。咱们的这个生存游戏,事实上是一个数据报废的流程。"

人群又一次炸锅。这次发出质疑的,不再是那些忌惮生死的大爷大妈,更多的是年轻人,更多的是老玩家。

这群老玩家,他们经历过数次游戏,掌握了这里的生存法则,也看多了"湮灭"的悲剧,但他们始终搞不明白,这游戏到底是为了什么,又为什么会选上他们——直到这一刻。

侉侉蒙了,他张了张口,想辩解什么,可终究一句话都说不出来,只能将求助的目光投向自家的叶大鹰队长,然后再度语结。

叶大鹰望着他那几近崩溃的眼神,又转头望向身边的若若和罗东东,怔了好几秒,他才试探性地说了一个词儿:

"泥石流?"

那一天,飞鹰救援队参加了一个任务:有几个大学生闯入山地的非景区,想要找"大区"上有博主提过的"小众景点",可景点没找到,他们却在山里迷路了,有一名学生不慎滚下山,还摔断了腿。当时,森林消防员和警察们收到报警求助,上山搜寻。飞鹰救援队作为民间力量,也参与了救援。可就在他们搜救的过程中,突降暴雨,遇上了泥石流……

再然后的事情,叶大鹰他们就不记得了。只记得眼一闭、眼一睁,人就已经在这个赛博游戏里了。

仔细想想,或许路无恙那不像样的话,才是最符合逻辑的解答:他们都已经死了,不过是纪念他们的人,为他们做了一个数据形象,以作凭吊缅怀——而现在,他们被遗忘了。

想到这里,叶大鹰脸色铁青,不再说话。

若若低头望向自己的双手,她不愿意相信,这些不是真正的自己,而是一些数据和代码的堆砌。

罗东东似乎是最快接受事实的那个,他伸手揽住了若若的肩膀,将她拉到身旁,轻轻地拍打她的背脊,以示安慰。

而他的这个动作,让雷厉风行、英姿飒爽的若若,也瞬间"破防"了,她将脑袋埋进同伴的胸膛里,无声地哭泣起来。

至于侉侉,他完全不信,完全暴怒,从地上弹跳起来,大喝一声:

"开什么玩笑?!"

他的暴吼,其实并不针对路无恙,更多的是无语问苍天——或者更准确地说,他在骂天骂地,骂那个炮制了"赛博生命"的科技公司。

可是,他的谩骂,又能改变什么呢?

侉侉的怒吼,只让路无恙觉得揪心。

在场玩家们的质疑、愤怒、崩溃、无措……都被他一一收进眼里。

有人跳起来挥舞着拳头,想打死路无恙这个"妖言惑众"的"祸首",但他们的拳头,却被武艺高超的哑帅截住了。

"啊。"哑帅脸色一沉,眼神凌厉,明显是在警告这些施展暴力的人。但可悲的是,缺少音频数据、作为数据残次品的他,连出言警示都做不到。

望着面前混乱的景象,路无恙深吸一口气,他明白,这些信息已是玩家们目前能承受的极限了,他不敢再吐露更多的事实——

诸如"正道之光"是网友们投票、打赏的结果,而他们的游戏过程会被直播,甚至会有网友在他们身上,用不被审核抓住的方法,变相"下注"……

路无恙将更残酷的真相,全都吞进了肚子里。他一个人承受着玩家们的愤怒,但他还是要继续呐喊,继续号召:

"各位!各位听我说,我知道你们很生气,你们不愿接受,但我们的时间真的不多了。现在还有6分钟的时间,大家还要组队,准备进入下一个关卡!"

"我想说,拜托大家,千万不要着了系统的道儿,不要听它什么'竞争关卡'的任务指引!"

他放声宣告,号召在场的玩家们:

"我们,我们大家都是一样的,我们之间不存在什么竞争关系!我们不要互坑、互黑了!我们要做的,是一起对抗系统,想办法把我们的状态,传达给外面的网友!

"求助网友!我们要相信,一定会有好心人!我们去求他们帮忙,帮我们通知我们的亲戚朋友,让他们去诉讼,去告'大区',去起诉赛博生命技术公司!

"只要外面的世界,有人提出了诉讼,这场生存游戏就能停下!我们就有可能,不被湮灭!"

路无恙握紧拳头,放声呼喊:

"所以,各位,我们要一起反抗!我们可以在游戏里搞示威哔哔——我们可以发动哔哔——"

自己张嘴说出去的话,突然变成了消音的鸟语,路无恙瞬间愣住了——而就在这一秒,他高高举起的拳头,手腕处的电子表屏,发出了刺目的红光!

红光扩散,瞬间笼罩了路无恙全身。

下一秒,湮灭!

高高站立的人,眨眼间就被激光烧成了焦炭,化作了一尊黑漆漆的炭壳儿,整个人向地面栽倒——

"啊啊啊!杀人啦!"

人群中传来惊悚又惶恐的尖叫,有人惊惶逃散,有人抱住脑袋蹲在了地面。

在这慌乱而失序的混乱景象中,只有曲菱依显得毫不意外。她和哑帅交换了一个眼神,两人均是心领神会,一左一右地撑住了路无恙已然炭化的躯壳,然后再熟练地把他放到了哑帅的背上:

"背着吧。"

"啊。"

他们两人之间,完全可以用"淡定"来形容的对话,在周遭纷乱而痛苦的悲鸣中,显得格格不入。

有人痛哭,有人昏迷,有人忙着呼朋引伴地组队,有人接受无能开始用头撞墙……而系统的倒计时,不会在意玩家们对于海量信息的接受程度,它只是一分一秒地,持续减小它的数字,直到数字归零——

0′00″

GAME START!

第三十七章
突如其来的竞选

无边黑暗中,依稀传来人们说话的声音。他无法分辨,只能努力地睁眼,努力地抬手,想要重新找回自己身体的控制权。

"啊。"一声轻轻的呼唤,那是哑帅的声音。

"时间差不多了,我估计他也快醒了。"冷静而清脆的声音,来自曲菱依。

在那隐隐约约的喧嚣人声之中,路无恙辨别出了同伴。他费力地睁眼,好容易撑开仿佛有千斤重的眼皮子,看见的却是自己焦炭一般的手指。

他试图挪动手臂,试图挪动指尖,那漆黑的、炭化的躯壳,就一点点地破碎开去,露出了内侧的皮肤。

仿佛脱壳一般,炭化物破碎并掉落的那一刻,触感才重新回到他的意识和躯体。而直到这个时候,路无恙才终于发现,自己身处一辆棚顶卡车的后部,他横躺在车斗里,而他的身边,坐着的是哑帅和曲菱依两人。

察觉到他"回魂"的视线,哑帅赶忙搭把手,扶着路无恙起身。随着这个动作,他全身的"碳皮"簌簌掉落,整个人终于重新"活"了回来,继而盘腿坐下。

不等路无恙开口说话,曲菱依的目光已经锁定了他:

"路无恙。"

她轻声呼唤他的名字,语气却是不容置疑的严肃:

"你不能再死了。你的'金手指',可能维持不了太久了。"

似乎直到此时,所有的神经才重新连通,三魂七魄终于归了位。路无恙眨了眨眼,试图理清思路,重新理解曲菱依的话:

"什么?"

这一次,曲菱依没有直接回答,而是敲了敲手腕上的电子屏幕。

路无恙仔细查看,只见任务提示已然变化:

> 任务指引
> 第一阶段:到达议事厅并完成竞选
> 时限:59'55"

虽然不太明白"竞选"究竟指什么样的竞选,但路无恙看不出这任务提示有啥毛病,更不明白曲菱依的意图:"这有什么问题?"

曲菱依瞥他一眼,"这一关,原本是120分钟的。"

路无恙这才意识到情况不对,他瞬间瞳孔地震,震惊地反问,"我死了一个多小时?"

哑帅无声地点了点头,而曲菱依则是柳眉微蹙,凝望他的双眼:

"我做了个统计,上一次的竞争关卡,你发现复活的金手指,无限复活的时候,是没有时间间隙的。之后的密室关卡,你的复活时间变成了10分钟。而上一关的解谜关卡里,你的复活时间是30分钟……"

上一关,在城北的山林里,众人为了摆脱那群"社会人",蹿上商务车脱逃的时候,曲菱依就一直在为路无恙计时,她试图从他复活的CD时间中,摸索出规律:

"……这一次,更证实了我的想法。你的复活并不是无限制的,CD时间会呈几何倍数增长。如果你再死亡,大概率是无法复活了。"

路无恙还在消化同伴的推理,旁边的哑帅挑眉,"啊?"了一声。

看出他们的疑惑,曲菱依解释道:"游戏里的关卡,每一阶段时间

第三十七章 突如其来的竞选

不同,从 10 分钟到 24 小时都有,但从统计数据来看,关卡主要集中在 1—2 小时的时间段。如果你再次死亡,复活 CD 超过 2 小时,你会直接错过关卡的结局时刻,因游戏失败而再度湮灭——"

曲菱依顿了顿,指出残酷的现实:

"换句话说,你将无限湮灭。"

无限湮灭,这个说法让哑帅投来担忧的眼神。在同伴关注的目光下,路无恙怔了怔:说不清道不明的感觉在他的胸膛中发酵,或许有种"终于啊……"的解脱感,抑或是一种不甘……可最终,那些杂陈五味,终究是化作了一声无奈的叹息,然后又被他露骨地转移了话题:

"现在进行到什么阶段了?什么状况?"

曲菱依瞥他,从他的脸孔上读出了逃避的意味,于是也就不再继续多说,而是话锋一转,将最新的游戏状况,同步给了他:

"你湮灭之后,第一队就由叶大鹰做了队长,组满了 30 人。叶队目标很明确,全是老玩家,没有一个新手。这一关有地图显示功能,游戏开始之后,90 人全部刷新在城市地图中央。地图很大,比上一关的范围更广,分组行动之后,侉侉他们租了几辆车以便行动……"

说到这里,曲菱依低头看了下手表,调出地图功能,确认了一下另外两队的实时位置:

"……目前都没有出现伤亡,另外两队也没有立刻开展竞争的意图。"

她的陈述,让路无恙十分意外:

"这游戏系统,能有这么好心?"

毕竟在上一次的竞争关卡,刚开场就有"地图缩圈"的规则,当场就收了一支新手队伍的命。而这一次,关卡难度还要高一个星级,这都一个多小时了,竟然还没死人——路无恙简直难以置信。

他的感叹,换来曲菱依似笑非笑、略显讽刺的表情。下一秒,她抬了抬下巴,指向卡车敞篷外的街道。

353

顺着她指示的方向,路无恙探出头去——

一眼望去,马路宽阔,高楼林立,车水马龙的模样,似乎和现实里普通的城市没什么不同,与上一关的城市地图也没什么差别。

然而,当他再定睛一看,看见路边的行人之时,路无恙的双眼瞪圆成了铜铃——

这哪里是什么城市?这根本是个动物园好吧!

路上的行人,说是人,又并不完全像人。他们有着人类的身材和体型,男女老少、高矮胖瘦各不相同——但他们的脑袋,却和人类完全不同!

这里的"人们",有着不同的姿态。而他们之间的差别,全部显现在脑袋上——

有些人顶着两只长长的兔耳,白色的,米色的,灰色的,或是花色相间的,全部那么支棱在脑袋上,随着走路等动作,柔软地、轻轻地摇摆着。

有些人顶着一对坚硬的牛角,颜色深浅略有差异,但基本都是褐色牛角。仿佛是斗牛的犄角,那高耸向上的角质,看上去就很坚硬,而且充满了攻击性。

更夸张的是,还有一类人,脑袋的正上方,长着一个大大的鸡冠——对,是鸡冠,公鸡脑袋上的那种,鲜红的,支棱的,随着人们的动作而左右抖动,像是一个醒目的冠冕。

望着那三种奇异的脑袋,就在路无恙瞠目结舌的这一刻,他看见了更令他震惊的景象——

如果说从正面看,这些人还保持着人形,只是脑袋上的"装备"比较奇特的话,当"这些"人转过头去,相互交谈的时候,则露出了他们完全脱离"常规"二字的后脑勺:他们后脑勺上的脑壳,是透明的。

对,透明的。没有毛发的覆盖,也没有头盖骨的遮挡,而是仿佛玻璃一般的透明材质,里面透出了脑子的形状,以及更加诡异的颜色!

第三十七章　突如其来的竞选

兔耳人的脑子,大多数是红色的。牛角人的脑子,大多数是蓝色的。而鸡冠人的脑子,则主要被黄色所充斥。

这诡奇的景象,让路无恙双目圆瞪,倒吸一口凉气。

就在这时,在一处被违停占据了大半幅路面的人行道上,一位兔耳人和迎面走来的牛角人,不小心发生了碰撞。两人停下脚步,互相行了个礼,看样子是在彼此道歉。

他们之间的交谈似乎很顺畅,表情也显得轻松,彼此送上了微笑。而随着两人的沟通,兔耳人透明脑壳下的红色脑子里,飘入了一抹如丝如缕的蓝色,仿佛蓝丝带一样,注入了红色脑子,形成了一点儿浅浅的紫色。

另一方面,牛角人的蓝色脑袋,也同样被影响。如红色的丝线一般,那星点儿的红色思绪飘入其中,在蓝色脑子边缘的一丁点儿的地方,染成了漂亮的淡紫色。

完全透明的脑壳,以及用颜色划分的思维模式,让人与人之间的思想碰撞,变得醒目而直接。看见这一幕,路无恙整个人都怔住了,他的嘴唇嚅动了半天,都没说出话来。直愣了半分钟,才猛地扭过头,望向曲菱依:

"这游戏怎么变成这样了?"

之前的游戏关卡里,虽然有超现实的海浪,有随时会崩塌的建筑,有着天崩地裂的"缩圈",但人的形象始终如一,和现实世界里没有什么区别。可这一关不一样,所有的NPC都变了形,让游戏陡然变得魔幻起来。

曲菱依挑了挑眉,她的表情半是无奈,半是戏谑:

"大约是被修理过了,有所觉悟吧。"

"修理?觉悟?"路无恙没听懂,皱着眉头重复道。

"上一关,不是被审核的铁拳捶了,游戏地图直接拍成二向箔了吗,"曲菱依扬起唇角,勾勒出一个嘲讽的弧度,"当时被举报的理由,就是挑起负面的社会话题、不正能量、低俗庸俗。大约是为了摆脱

'影射现实'的嫌疑,所以直接把游戏 NPC 做成奇幻风了。"

原来如此。路无恙恍然大悟,可恍然之后,又觉得格外可笑:"游戏还是那个游戏,我们这些 AI 还在游戏里苦苦求生,难道就因为换了个奇幻皮肤,审核就不管了吗?"

曲菱依摊了摊手,"至少不是'现实'风格了。"

说到"现实"两个字的时候,她弯曲了一下食指,做了一个表示引用的动作,然后接着说下去:

"不过除了超现实的外貌之外,这一关的游戏设置倒是更实际了,开了交易功能。竞选的初始资金 1000 万元,现在由叶大鹰队长负责统筹使用。"

听到这里,哑帅"啊"了一声,拍了拍车厢,示意"这就是资金的使用"。

直到这一刻,路无恙才明白曲菱依先前说的"侉侉租了几辆车"是个什么意思。不过他还是没搞明白,这个"竞选"到底是个什么玩意儿,究竟要选出个什么?

就在他琢磨任务说明的这一刻,卡车突然刹车,停下了。车头背面的小窗被打开,探出了少年人的面庞:

"咱们到了……啊啊啊啊啊!路队,你活了!"

陈拾实惊喜地呼唤,他拔高的音量险些震破路无恙的耳膜,但拜此所赐,他也感受到了少年绝对的欣喜和热情。

"对,我活回来了。"路无恙笑着回了一句。

他话音刚落,小窗里的少年面孔,又缩了回去。而没几秒工夫,陈拾实就出现在了卡车的末尾,脚边还站着嘤嘤,德牧兴奋地冲他"汪!汪!"地直叫唤。

路无恙在少年和狗的热烈欢迎之下,翻身跳下了车斗。摸了摸嘤嘤的脑门,又向陈拾实送上一个笑容之后,路无恙环视四周,发现卡车停在了一个学校的门口。而卡车的篷布上,用白色油漆画了一只展翅高飞的老鹰,还涂写了三行标语:

第三十七章　突如其来的竞选

【请投票给一队。】

【请投票给一队。】

【请投票给一队。】

虽说是"重要的事情说三遍"，但是这么简单又粗糙的拉票话术，还是让路无恙无语了。就在他忍不住要开口吐槽的时候，下一秒，他又在卡车另外一面的篷布上，看见了另一行字：

【寻亲友。有认识大区 ID"仗剑"的人，请致电 181×××× ××××，并请对方关注游戏。】

"仗剑"就是哑帅在"大区"的账户 ID。不过在这场赛博游戏里，路无恙他们这群玩家们，给他取了"哑帅"这个昵称。

这一行字，明显不是写给 NPC，而是写给游戏外的、真实世界里的网友们看的。

路无恙望向哑帅，惊讶地提问："这是你家人的电话？"

"啊。"哑帅点了点头。

"这么说来，大家赞同我的说法，都在想办法通知家里人了？"路无恙惊喜地问。

"对，"曲菱依平静地陈述，"目前这个阶段，大家是准备这么做。叶大鹰决定听从你的建议，在竞争性尚未激发、大家可以自保的游戏时段内，试试传递信息出去。"

原来，在预备关卡中——

当路无恙在预备环节里被湮灭之后，还剩下四分多钟的时间，除了已经初具雏形的一号队伍，剩下的玩家大多陷入了慌乱之中。

新手玩家们都被瞬间炭化的路无恙以及"死人了"的状况，吓到不能自已。

老玩家则震惊于路无恙诉说的那番"赛博灵堂和 AI 论"，也都惊惶失措。

关键时刻，还是见多识广的叶大鹰，率先恢复了理智。既然没有了"路队"这个竞争对手，叶大鹰就理所当然地成了一号队伍的队长，并在侉侉和罗东东的帮助下，迅速招满了剩下的十七个席位——所有队员，全都是经历过游戏的老玩家——率先组成了第一支三十人满员的队伍。

剩下的六十人中，自动分化出了两个方向——

在场一共二十四名年轻人，这些少年和青年，自然而然地站在了一起。其中一名穿改良款汉服的短发姑娘，看样子是一个超级"社牛"，她快速和大伙儿建立了联系，然后学着叶大鹰他们队的模样，将手腕上的表带聚集在了一起，建立起了二号队伍。

还剩下三十六人，则全是中老年人的模样。他们的学习能力不强，接受事物也都是慢半拍，在倒计时还有一分钟的时候，才由那位喜欢挥舞拐棍的暴躁老大爷领头，组成了三号队伍——但可悲的是，按照游戏设置，只有三十人能够进组，剩下的六位老人没能成功刷亮手环，倒计时归零，六人便灰飞烟灭了。

紧接着，关卡开始，三支队伍的八十四人——哦，具体来说，是八十三人和一只狗——全部刷新在了游戏地图上。

这一关的地图，显得有些眼熟，在城市区域设计上，和上一关地图十分相似，都是城南生活区、城北农林区、城西金融区、城东港口区，外加城中的名胜古迹和商业区。只不过整张地图等比例放大了，让区域覆盖的面积，更为宽广。

玩家们刷新的区域，在城市中央的广场上。一睁眼，叶大鹰他们就惊了。看似眼熟的地图上，却生出了许许多多怪异的"人类"：这些兔耳、牛角、鸡冠的NPC们，让玩家们彻底傻了眼。

这时候，年轻人的优势就显现出来了。或许正是因为没有游戏的经历，二队队长，那位短发少女，很快地接受了面前"超现实"的景象。而不缺乏手游、端游经验的青年人们，更是很快掌握了游戏规则，并通过点击手表的方式，确认了游戏任务目标：

"啊，还有钱呢，咱们队有一千万！"

少女兴奋的惊呼，提醒了叶大鹰，他这才发现，自己的手机表屏上,有一个"＄"的符号。点击符号,则进入了资产页面,竟然有一千万货币单位的资金,并且可以指定并分配给队员使用。

　　身为经历过数次游戏的"老鸟",叶大鹰却是第一次遇到这种情况。就在他双眉紧蹙、严肃思考的时候,"叮——"的一声,关卡第一阶段的任务提示,跃入了每个人的眼中。

　　【时限 120 分钟,到达议事厅,完成竞选。】

　　——这是系统给三支队伍的指引,但玩家们找遍了地图,也没找到"议事厅"三个字的存在,更遑论导航了。

　　"也许跟之前一样,都是到最后时刻才会'刷'出来的地点。"

　　侉侉的分析,也有道理。叶大鹰沉思片刻,将重点放在了"竞选"二字上。既然是竞争关卡,又有竞选,保证自己队伍的票数,就是第一位的——可具体要怎么做呢?

　　"既然要竞选,咱们就要刷足存在感,让 NPC 记得我们!咱们花钱买广告,买流量,赶紧做投放!"

　　不远处的二队队长,已然进入了游戏状态。没有经历过游戏的她,将游戏关卡当成了"模拟经营"的模式。

　　她的发言,也提示了叶大鹰。后者微微点头,然后快步走到女队长身边,沉声道:

　　"你好,"他向比自己至少小十几岁的女队长打招呼,"之前路无恙所说的,应该都是真话。如果你们花钱买流量买广告,请带着想想这件事,想办法通知你们的家人朋友。"

　　不等女队长回答,那一头的老大爷,已经叫嚷起来:

　　"你胡扯!你故意扯出这些有的没的,就是想分散我们的注意力,分散我们的资金投入!我们分散宣传口径了,你们一门心思地做,就能在竞选中取胜!"

　　越是说,大爷越是恼火,他狠狠地跺了跺手中的拐杖,恶狠狠地道:

　　"别以为能骗过我!"

叶大鹰回到自己的队员中，他操作手表，当下调出了资金管理系统，分配了100万给侉侉，让他负责租赁一些交通工具。

有了资金预算，侉侉的行动力也是飞快，他直接跟路边的一家洗车店进行交易，向NPC半租半买地搞了五辆二手车。罗东东则搞来了白色油漆，在车厢外写上"请投票给一队"的信息。

叶大鹰把第一小队分成了五支队伍，分别前往城市不同方位进行宣传，并且每个车队都选择了一个人的信息，作为提示网友寻人、向赛博生命技术公司发动诉讼的导火索——若若、王漫漫、哑帅都是小分队里的信息员，他们写下了自己家里人的电话号码，涂在车体上，做成了流动式广告。

"一定会有人看见的！而且我的漫画粉丝很多，他们一定会通知我妈妈！我妈绝对、绝对不会抛弃我的！"

身为网络漫画家的王漫漫，信心满满地说。

其实从头到尾，王漫漫都不相信自己已经死了，她更不相信自己的爹妈会在"建模"之后竟然又放弃了她，放任她被系统丢进这个赛博战场。

毕竟经历过上一个关卡，王漫漫想了想，又拿起白色油漆刷，给每个车厢上都画了一只展翅高飞的老鹰。她手速飞快，边画边解释：

"既然要竞选，就一定要有个响亮的名字，或者有辨识度很高的图案！我们一队，就叫'一号飞鹰'好了！"

的确，经过王漫漫的改造，一队的五辆车，都已经有了明显的图案标识——以曲菱依用传播学角度的话语来说，算是"有IP形象"了。

再然后，众人分头行动，各自上车。曲菱依和哑帅带着复活CD中、维持着炭化状态的路无恙，再加上陈拾实、陈姐、噌噌，一同坐上了卡车，由陈姐负责开车，往城南的方向进发。

按照叶大鹰的方案，城南是生活区，人口众多，曲菱依他们带着小孩和狗，应该能和居民打成一片。他特别叮嘱，城南有中小学，都是人流密集地，曲菱依他们必须到学校、大型社区的门口进行宣讲，

第三十七章　突如其来的竞选

让周围居民记住"投票给一号飞鹰队"的铁律。

于是，用了一个小时的时间，卡车一路驶向城南，已经在三座社区门口进行了宣传，可谓是刷满了存在感。

虽然是竞争关卡，但这一个多小时的路程，显得十分平静而安逸，完全没有出什么幺蛾子。从手表屏幕上的地图功能，也能查看各支队伍的状况——以带着圆圈的数字为标识，目前没有任何一支队伍消亡：

一号队是散开行动的，分了五个小圆点，分别前往东南西北。

而二号队则是齐刷刷地冲向了城西，行动速度飞快，估计也是找了交通工具。

至于由一群中老年人组成的三号队伍，到目前为止还在城中心附近转悠，似乎并没有什么进展的样子。

再然后，倒计时降到了60分钟以下，路无恙的"复活CD"终于结束。在和曲菱依他们重逢，并明白游戏的相关信息之后，陈姐也稳稳地将车停到了中学的大门口。

五人一狗下了车，站定在校门处，向校园里张望——

校园里满是欢声笑语，操场上的初中生们欢快地运动着：有打球的，有追逐打闹的，有坐在运动器械旁休息、喝着汽水的……无论是兔耳学生，还是牛角学生，又或者是鸡冠学生，脸上的表情都十分轻松，十分欢乐。

而学生们透明的后脑壳里，则透出了缤纷的颜色：很少有正红、正黄、正蓝的，大多数是混色的，诸如深浅不一的紫色，深深浅浅的绿色，还有明艳或低饱和度的橙色。

看见学生们欢笑的神色，陈姐的脸上浮现出一抹忧郁，她扭头望向了自己的宝贝儿子，大约又想起了他在学校里的遭遇。而记忆数据缺失的陈拾实，却没有丝毫的感触，他只是扔下他的滑板，刺溜儿一下就溜进了校园，在高高矮矮的台阶上，蹦出了一个高难度动作，引来学生们的侧目——

不愧是滑板少年,陈拾实的技巧高超,将滑板玩出了花样。他从阶梯上跃下,还凌空飞起,做了一个摸板尾的动作,又稳稳落地。这个花式操作,让兔耳牛角鸡冠学生们,都纷纷鼓起了掌。

吸引了众人的注意力,在大家的鼓掌赞叹下,陈拾实吹响了口哨,抬起右手两根手指,做了一个飞吻的动作——他那神采飞扬的表情,让陈姐的脸色格外黯淡。

不知道此时的她,会不会后悔当初的逼迫:如果在那个现实世界里,她没有反对儿子玩滑板,没有逼他学习,没有那一巴掌,他们是不是就不会落到这副田地,落到这个荒诞又悲哀的游戏里……

陈拾实却不知道身后的母亲,露出了如此黯淡又悲伤的神色,他只是冲学生们挥舞右手,握紧成拳,在众人的喝彩声中,大声回应:

"谢谢捧场啊!记得哦,竞选投票,一号飞鹰队,绝对靠谱的选择!"

没想到,陈拾实既不是玩心大起,也不是炫技,而是为了游戏任务搞拉票呢。陈姐的脸色微变,这一次,仿佛阴霾的天空透出阳光,她的嘴角有不易察觉的上扬,仿佛是在心中为儿子点赞。

不过,学生们却没有应承他。一位有着兔子耳朵、脑仁儿是红橙色的男孩子,向陈拾实亮出了手机:

"你是不是说这个投票?我们已经选好啦!"

不只是陈拾实,路无恙他们也都快步上前,定睛一看:只见手机屏幕上,是一位穿汉服的小姐姐,正在翩翩起舞。古色古香的建筑背景上,衣着华美的美人,用她优雅而灵动的动作,吸引了每个人的目光。

"这谁?"路无恙湮灭了一个小时,所以认不出人来。

"二队的队长。"曲菱依回答。

这时哑帅突然"啊"了一声,并且做了一个索要纸笔写字的动作。陈拾实反应快,直接问兔耳学生要了手机,让哑帅通过键盘输入法打字:

【盈盈兰芝,也是"大区"舞蹈区的 UP 主,是××大学的,民族乐器和民族舞蹈表演队的队长。】

第三十七章 突如其来的竞选

因为同在一个频道,也刷到过对方的视频,哑帅对二队的这位短发小姐姐队长有印象,很快报出了对方的ID。

其实,盈盈兰芝不仅是表演队的队长,还是他们大学的学生会委员。她做事爽快,热情又爽朗,充满了干劲和动力。这种性格,不只是在现实生活中吃得开,就算到了游戏里也十分"能打"。这不,在预备关卡里就成了第二小队的队长。

有着表演经验的盈盈兰芝,在听到"竞选"这个目标任务之后,首先想到的就是"流量"和"曝光度"这两个关键词。

不同于叶大鹰这个只会低头做事、没什么宣传意识的实战派,盈盈兰芝想到的策略,是前往城市西边的CBD区域,找那种互联网"大厂"或者传媒企业。

在启动资金里拨出了一部分的广告经费,盈盈兰芝又现场表演,展露出她强大的舞蹈才能——而且还是传统国风,是"国潮"的艺术风格——经过传媒公司的快速视频修饰之后,再借由互联网企业,将视频推送出去。

果然,这段视频很快就获了年轻人、特别是学生党的喜爱。盈盈兰芝成功地锁定了第二小队的票数。比起路无恙他们小队开车满城窜、面对面地进行宣传和拉票,盈盈兰芝和她第二小队的这种竞选方式,可谓占据了传播上的优势。

看完兔耳少年递来的手机视频,路无恙他们面面相觑,沉默了两秒之后,路无恙下了结论:

"叶大鹰这回干不过人家。"

别说路无恙,连陈拾实都看出来了:

"叶队哪懂什么营销概念?指挥救援他可以,力气活他也行,但他完全没有互联网思维啊!这关让他当队长,说不定还不如我呢!"

少年的发言,虽然狂妄,但也不是没有道理。就在路无恙思忖着,怎么样通知叶大鹰,想办法商量个对策的时候,手腕处又传来一声"叮——"的提示。

众人低头去看,只见倒计时刚好提示:距离这一阶段结束,还剩下整整 30 分钟。

除了【30′00″】的显示之外,黑色的表屏上,又跳出一行白字:

【特别提示:从此时起,每隔 10 分钟将发布一轮民调信息。

根据民调结果,将进行排名和淘汰。首位不减员,中位随机减三员,排名最末队伍随机减五员。

注:每队的队长,不在随机的数据库中。】

来了! 所谓关卡内的"竞争",还是来了!

路无恙心弦一颤,他知道这个"减员"指的是什么,就是指玩家的湮灭。

——换句话说,每隔 10 分钟,系统都会根据竞选的排名结果,随机杀人:第一名不死人,第二名死三个人,第三名则要湮灭五名玩家。

不只是路无恙面色沉重,哑帅也是"啊"的一声,发出了紧张的感慨。

系统开始"催杀"了,这个根据民调排名而湮灭的游戏规则,硬生生让保持和平、互不干扰的三支小队,非搅出个竞争关系,非排出个你死我活来!

与此同时,表屏上跳出了一张柱状图,那是三支小队的民调结果。

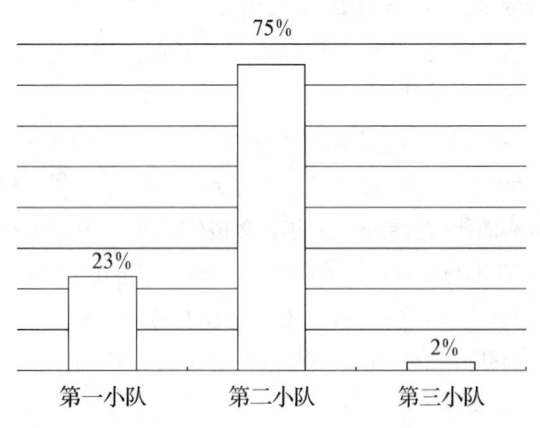

小队	民调结果
第一小队	23%
第二小队	75%
第三小队	2%

第三十七章 突如其来的竞选

两根白柱,差距悬殊。而那代表第三小队的柱体,则成了贴近 Y 轴的短短一小截,几乎察觉不到它的存在。

在数据和柱状图的下方,跳出了一行白字,四个大字一闪一闪的,像是一种预告:

【淘汰启动】

陈姐慌乱地拉住了陈拾实的手,仿佛这样就能防止自己的儿子被系统随机抽中而湮灭一般——当然,这只是她一厢情愿的幻想。

好在路无恙他们这支小分队当中,没有人被系统随机选中。按照系统的规定,他们作为民调的第二名,将随机减员 3 人。而这个残酷的游戏系统,从来没有什么"大发慈悲"或是"网开一面",它说减员,就真的会带走一些人……

曲菱依作为"数据流"高手,立刻盘算出了目前的形势:

"我们队减员 3 人,26 人 1 狗算 27 员玩家,目前人数还是占优势的。但叶大鹰的竞选方式太过守旧,没有竞争力。"

"二号队没有减员,但他们原本人数就少,只有 24 人。不过这支队伍全员都是青少年,创新力强,传播力也强。这次竞选,应该算是他们的强项。"

"三号队的支持率最低,减员 5 人,现在还剩下 25 名玩家,而且全都是中老年人,基本翻不起什么浪花来,大概率会一直吊车尾,继续减员。"

她迅速将三支队伍的人数和人员构成信息,同步给了路无恙。与此同时,曲菱依的手表发出了一声轻响,表屏跳出了一个"$"的符号,点开一看,是资金分配的提示文字:

【您获得五万资金单位,备注:181××××××】

资金划拨功能,是专属于队长的权利。显然,叶大鹰是将初始资金进行了再分配,给五支小分队都配备了一点资金。

"这数字干吗的?"陈拾实蒙了。

路无恙仔细瞅了瞅,推测道:"电话号码?"

陈拾实不信,"哪有九位数的电话?"

"看前几位数的构成,应该是手机号,"曲菱依分析道,"我估计这个资金功能的备注,一定有相关限制,比如只能用数字,限制九位数等,所以叶大鹰只能给出手机号码的前九位。"

"又给钱又给号码的,这是让我们买手机搞通信了,"路无恙判断,"叶大鹰这是急了。"

有钱能使鬼推磨,更何况是五万资金单位的"巨款"——游戏里面的金钱设置,并没有用现实世界里"元"的概念,而是直接写作"资金单位",配了个"＄"的标识。

陈拾实扭头,直接问那个看手机视频的兔耳少年:"你手机多少钱买的?"

兔耳少年比了个"4"字,同时颇为骄傲地挺起胸膛,连带着脑袋上的一对长耳朵都弹跳起来,"新款,我妈上个月才给我买的礼物。"

"我们出双倍,买了。"陈拾实出价十分大方。

兔耳少年瞪大了双眼,虽然惊讶,但他并没有犹豫太久,或许是新手机的数据还不多,也没什么需要备份的。他爽快地跟曲菱依做了交易,刷了八千货币单位之后,将手机做了个简单的数据清除,然后交给了曲菱依。

标准手机号码 11 位,备注数字还缺两位,好在排列组合也不过百种,大不了一个数一个数地试一遍。曲菱依懒得多说,便把手机交给了路无恙,由他试图联系叶大鹰。

这一阶段的游戏时间,倒计时还剩下 27 分钟。陈拾实拜托那位刚刚收了钱的兔耳少年,让他帮忙宣传一下"投票给一队"的信息,然后众人便离开了校园。

回到停车处,陈姐再次坐上主驾驶的位置,按照之前叶大鹰的安排,前往下一个小区做竞选宣传。而路无恙、曲菱依、哑帅三人,外加一只嗤嗤,全部坐进了卡车车厢。

盘着腿席地而坐,路无恙不断尝试拨打电话,有些是空号,有些

第三十七章　突如其来的竞选

则被无关人士接听。路无恙脾气好,在"抱歉,打错电话了"的道歉之后,还会加上一句"如果您要投票的话,请投票给一队,谢谢您了"的祈求,也算是一种宣传了。

尝试了四十几个号码,听筒里传来了熟悉的、沉厚的声音:"喂?"

"叶大鹰?"路无恙试图确认。

"你复活了?"

叶大鹰的回复,无疑是对上暗号了。路无恙赶忙询问:

"谁走了?"

听筒那边沉默了片刻,似乎是无声的叹息:

"神棍。还有两个你不认识,都是这次才入队的新人。"

路无恙无言以对。

在系统的语境中,"随机减员"是不带感情色彩的,听上去轻飘飘的一句话。而只有他们这些身处游戏中的玩家,才知道掩藏在"随机"之下的,是一个又一个人——哪怕他们只是 AI,只是人工智能,但也是有过往、有记忆、有生活的数据人。

深深地吸了一口气,路无恙定了定神,他转移了话题,将刚刚在中学校园里看见的情况,也就是二队队长盈盈兰芝借由国风舞蹈表演,利用互联网宣传并拉票的事情,告知了叶大鹰。

"难怪了。"

直到这一刻,叶大鹰才明白,这 23% 和 75% 的支持率差异,究竟是怎么来的。

路无恙简单粗暴,直指问题根源:

"按照你的方法,只靠五辆车在大马路上跑,肯定是不行的。你做广告的方法,实在太老土了,完全落后于时代。咱们得转变思路,不然几分钟后,系统还要收掉咱们队的三个人头。"

倒计时:25′11″。距离下一个民调统计的结算时刻,只剩下 5 分钟多一点了。

"你说怎么办?"

听筒那头的叶大鹰,也十分无奈。

路无恙的判断一点错都没有,叶大鹰是擅长做实业的那种人,对于什么宣传营销,他可谓是一窍不通。而他的那帮智囊团、若若、罗东东、侉侉,也都不是线上 UP 主,与互联网社交媒体的关联度都不高,最多也就是"大区"的用户,偶尔刷刷视频罢了。

抬起手腕,调出了表屏上的地图功能,路无恙放大局部区域,给出自己的建议:

"城西有咱们的一支小分队,你通知他们去抢占媒体端口,花钱,买流量也行,你不是有预算吗?"

"可二队不是已经做了?"叶大鹰还不明白,"他们已经出过价了,咱们跟在后头出,肯定要被抬价的,不划算。"

路无恙简直要气乐了,"什么时候了你还在讲'划算'?就算广告投放的费用被抬高了,又如何?咱们就得把价格抬上去,而且得炒上天去!"

"为什么?"电话那头的声音蒙了。

这家伙真是朽木不可雕啊,路无恙只好把话说透:

"大家的预算都一样,就那么多钱。你把价格炒高了,二队也没预算搞投放啊!大家都投不中,他们的市场触达和占有率,不就下降了?两队之间的差距,不就缩小了?"

"原来如此!"叶大鹰恍然大悟。

听了路无恙和叶大鹰的对话,曲菱依斜来一个眼刀,那视线极是犀利,似乎是在赞赏,又像是一种控诉:互联网的流量经济,就是这么给搞烂的。

多少所谓"大厂",多少所谓"头部流量",想的并不是怎么把产品做好,把社会影响力做上去,而是简单粗暴地拿钱砸人,用价格战搞垮对手,达到垄断的目的。如果过程中的角力太过困难,实在搞不垮对手,那他们会直接掀翻整个市场,把水搅浑——总之一句话,我沾不到光,你也别想好过。

第三十七章 突如其来的竞选

目前路无恙提供的这套打法,正是这个思路。长期"泡"在互联网上,并且以"生活区视频 UP 主"为人们所知的"别来无恙",对网上炒流量的那点儿破事,可谓门儿清。

路无恙又观察了一下地图,东南西北中五个走向的小分队,都以标色小圆点的形式,在地图上闪烁着。他微一思量,又给出一个建议:

"城北人少,主要是农田和山林,派人去那边宣传,收益太低了。不如把他们调往城西,CBD 一栋楼都是上千人,哪怕是堵门口,或者一层一层地扫楼,都比去城北来得效率高。"

"可以,"听筒那头的人回应,"我也是希望他们先去北面摸摸状况,现在了解得也差不多了,可以换方向。"

"那我们继续在城南转悠,做宣传,这边人口密度还比较高。我再想想法子,看能不能收买一些普通人,让他们从素人的角度,也为咱们拉票。"

路无恙想了想,又加上一句:

"对了,场外求助的事情怎么样了?有什么不同寻常的事情发生,有什么回应吗?"

他所谓的"场外求助",就是指寻找现实社会的亲友,让他们发现游戏,并诉讼"大区"和赛博生命技术公司的事情。

不等叶大鹰回复,他身旁的曲菱依,已是淡淡地开了口:

"如果场外有动静,游戏肯定已经暂停了。"

坐在车头驾驶室里的陈姐,听到后方的讨论,她头也不回,一边继续开车,一边加大了音量,试图提醒路无恙他们:

"路队,我估计没用。"

"什么?"路无恙挑眉。

"估计没用,"陈姐大声陈述,"我在大楼里看过游戏的直播画面,我记得里面是有马赛克的。"

路无恙沉默了。

是啊,在这游戏世界里,连鲜血都能变成"石油血",一些不符合游戏公司和系统要求的话语,当然可以加马赛克。

比如哑帅写在车篷上的信息,游戏系统倒也不用删除文字,或者判定成违规,只要在直播这个环节,直接用马赛克覆盖掉文字信息就好了——如此简单,就能轻易地掩盖掉玩家们试图传达的信息。

路无恙无可奈何地挂断了电话。事实上,就算没有马赛克这档子事,现在游戏系统已经开始"收人"了,他们也无暇再去考虑这些"场外信息"。目前他们最重要的任务,就是三个字——

活下来。

路无恙示意陈姐停车,他拉着曲菱依在路边的杂货店买了个高音喇叭——只有被队长分配资金的人,才有办法进行金钱交易,而之前叶大鹰在分配预算的时候,还不知道路无恙已经复活了,因此把钱给了曲菱依——然后,卡车再度在大马路上疾驰,路无恙坐在卡车尾部,抓着大喇叭冲外面喊:

"各位美女帅哥,祝你们身体健康,生活愉快!拜托你们投一号队伍,好人一生平安。"

这简直毫无技术含量的、粗糙又低级的拉票方式,全靠嘴甜的吉利话,多少也吸引了一些 NPC 的目光。那些摇晃着兔耳的、顶着纹丝不动的牛角的,以及摆动着鸡冠的人们,将好奇的目光投向这辆卡车,也多少看见了那只白色油漆绘制的飞鹰,以及篷布上的标语。

一路上,路无恙一边吆喝,一边观察着路边的 NPC。当看见有拿着手机拍摄视频,或者是直播的人,他就停车下去,跟对方谈谈"广告价"。正当他和一位满脑子深黄色的鸡冠人谈价的时候,手表又是"叮——"的一声,新一轮的民调结果,被推送了出来——

【第一小队:38%

第二小队:61%

第三小队:1%】

当熟悉的提示音响起时,路无恙瞬间绷直了脊背,将目光投向了周围有生死之忧的同伴们。同一时刻,陈姐不管不顾地攥住了陈拾实的手,生怕一放手,孩子就会消失不见一样——虽然她儿子的这个复制体数据人,不存在任何关于她这个母亲的回忆。

【淘汰启动】

闪烁的文字提示,让在场的每个人都忘记了呼吸。

一秒,两秒。

三秒钟后,湮灭的迹象,并没有出现在他们的小分队当中,路无恙长长地舒了一口气。然而下一刻,曲菱依冷静的数据分析,又让所有人的心都揪了起来:

"除去队长不会被随机抽中,第一轮每个人被抽中的概率是 3/29,第二轮是 3/26,但以小队为单位,我们六个人全部幸存的概率,第一轮是单体存活率 26/29 的六次方,约等于 57.9%,团队全员不被选中的概率也只有一半多一点……"

曲菱依突然算起了存活的概率问题,让没学过概率论的路无恙紧张起来:

"……第二轮单体存活率是 26/29 乘以 23/26 的六次方,也就是约等于 24.89%——换句话说,刚刚那一轮,我们六个人都没被选中,已经足够幸运了。

"……而到了第三轮,假设我们团队民调率还是排第二位的话,咱们全体存活的概率,只有 26/29 乘以 23/26 乘以 20/23 的六次方,也就是 10.75%。"

这概率计算,只说明了一个问题:如果第一小队还持续这种"万年老二"的地位,那么下一次启动淘汰的时刻,他们队伍全体存活的概率只有十分之一,大概率是要死人了。

"必须转变思路,跟二队硬刚!"路无恙立刻做出决定。

虽然他的思路和方式,在这 10 分钟之内,已经使民调的支持率提升了 15 个百分点。但是照这情况发展下去,是没办法超过第二小队的。他们必须想办法翻盘!

路无恙拨通了叶大鹰的电话,这一次,不再是商量和建议,他以

命令的态度,给出了新方案:

"换区域,让其他队来城南,让我去城西,再给我五百万。"

他张口就是整个队伍一半的预算,电话那头的叶大鹰,声音中也带着疑惑:

"你打算做什么?"

疑问出口的那一瞬,叶大鹰似乎又想起了什么,将自己刚刚得到的信息,同步给路无恙:

"如果你想买通网络投放渠道,五百万已经不够了。罗东东已经带队去了公司现场调查,第二小队的队长给了八百万的预算,在全市做视频宣传。"

路无恙却显得胸有成竹:

"你放心,山人自有妙计。你只管给钱,相信我。"

虽然曾有过相互猜忌,甚至互坑的经验,但毕竟两个人也算是同生共死过,再加上这一关里,路无恙和叶大鹰他们都是一根绳上的蚂蚱,所以后者虽然困惑,但还是行使了队长的权利,划拨了500万资金额度。

看见表盘上浮现出了资金到账的提示,路无恙立刻率领伙伴们,开车冲向城西!

争分夺秒。

这一关的城市地图,比之前所有的关卡都要庞大。好在设计逻辑和上一关别无二致,路无恙他们也算是熟门熟路。他和陈拾实调了个位置,自己坐在副驾的位置,一边调取地图的指引功能,一边给陈姐做"人形导航仪"。

另一方面,第一小队下辖的五个小分组,也在叶大鹰的安排下,拉了一个聊天群。五个小组长,叶大鹰、罗东东、若若、路无恙,还有一个新入队的、ID叫作"胡来"的老玩家,都得到了资金分配。所以大家也都买好了手机,终于可以在群里进行信息沟通。

【叶大鹰:路无恙去城西,罗东东去城南,交换。】

第三十七章　突如其来的竞选

【罗东东：收到。】

与此同时,地图上显示的分组小圆点,已经开始调转方向,向城南移动——罗东东的行动力极强,而且办事靠谱,不愧是叶大鹰的左膀右臂。

【罗东东：城西有高新开发区,聚集了网络头部公司,其中最强的公司是海狮科技。第二小队的人已经去了海狮科技大楼,并且已经以八百万的价格,买下了一整天的视频投放。我们刚刚已经接洽了海狮的人,沟通过了,但谈不下来。】

罗东东快速又全面地将信息通报给路无恙,后者也飞快地回复：

【路无恙：收到,我们不拿广告的投放权。】

【罗东东：？】

面对罗东东带着困惑的、大大的问号,路无恙只是挪动拇指,回了一个食指捂住嘴唇的"嘘——"的表情包。

小货车疾驰,地图上的点位变换了位置。

当路无恙他们赶到海狮大楼的时候,倒计时已经来到了【$13'44''$】,距离下一轮的民调统计,只剩下三分多钟了。

好在这游戏做得没有太逼真太变态,虽然集团大楼里各种兔耳人、牛角人、鸡冠人,人来人往,却并没有什么要刷门卡才能进入的、严格的门禁制度。

冲入灯光璀璨的大堂,在一群员工疑惑的目光中,路无恙目不斜视地往前迈进。前台的两名保安立即走了上来,一个头顶鸡冠,一个头顶牛角,冲着闯入者竖起了双手：

"喂,你们是干吗的?"

没有时间回答了,也没有什么工夫去讲究"礼仪"两个字。路无恙大步流星,完全无视保安的存在。保安们面面相觑,然后试图阻拦这群擅自闯入的人,可他们的动作再快,也快不过身为"武林高手"的哑帅。

不着一言,哑帅一个推手,瞬间将牛角人保安推出了数米远。而那名鸡冠人保安则举起了手中的警棍——下一秒,哑帅一个擒拿,反

373

手就将对方摁在了地面上。

两秒,只两秒,干净利落,瞬间秒杀对手。

眼看连手持防卫装备的保安,都被瞬间打倒在地,其余的程序员,也都吓得退避三舍。

有一名橙色脑浆的员工,试图上来理论。但少年一个指令一个动作,德牧嗷嗷闻声而动,恶狠狠地冲那鸡冠头的员工"汪汪"了两声——后者立刻退了回去,剩下的员工也都躲在了办公室的格子间,一副"能躲多远躲多远"的态度,默默地注视着这群面色不善的疯子。

"疯子"们穿梭在办公区域中,畅行无阻。省去了层层通报的麻烦,路无恙也没打算去找第二小队所在的演播厅,他直接摁亮了电梯,冲上大厦的顶层——那里是海狮科技掌门人的办公室所在。

顶楼。

铺着地毯的长廊,在灯光的映照下,显得明亮而洁净。完全无视试图阻挡的办公秘书,路无恙率领小分队的全员,径直杀到了总裁办公室的门口。没有半点的征兆和提示,他直接推门而入,对着那个站在落地窗前、顶着坚硬牛角的男人说:

"我需要你们集团,帮我做一则免费广告。"

他的突然出现,以及这充满自信、不容置疑的语气,让那牛角人总裁看蒙了。后者愣了两秒,方方正正的脸上露出了嘲讽的笑容,他没有说话,但那表情分明是在说:

——你以为你是谁?

面对牛角人总裁直白的讥讽,路无恙只是淡淡一笑:

"我有一个创意——你无法不接受的创意。"

牛角人总裁没说话,只是扬起了半边眉毛。

路无恙走上前,与总裁肩并着肩,透过开敞而明亮的落地窗,俯瞰窗外城市的图景。再然后,他亮出了自己的电子手表,将资金账户上的 500 万亮给总裁:

第三十七章　突如其来的竞选

"我出一点小钱,投资这个创意的开发……"

再然后,路无恙掏出手机,展现出了一行他事先编辑好的说明文字。

这是一个简单又不简单的程序功能,却是作为城市里互联网TOP企业的海狮科技集团,从未考虑过的项目。

当听完路无恙的叙述,牛角人总裁露出了惊讶的表情。慢慢地,他瞪圆了双眼,几乎是瞠目结舌地瞪视着路无恙,足足愣了有十几秒,他才终于伸出了右手,与路无恙紧紧相握:

"这是个非凡的创意。谢谢。"

路无恙轻轻一笑,握手的同时,提出一项新的请求:

"既然老总您也赞同这个方案,那么,送我们一点甜头,不过分吧?"

"什么甜头?"总裁的态度显然淡定了许多。

"广告,"路无恙微笑着回答,"我知道你已经收了人家的钱,已经卖出了视频广告的授权。但除此之外的文字和音频广告,我全都要,至于时限……"

路无恙低头看表,倒计时数字为【11′02″】。他亮出手腕,拍了拍上面的数字:

"从现在开始,每隔两分钟一次,全城群发。"

牛角人总裁点了点头,干脆地应允:

"可以。"

因为没能拦住闯入者而显得惴惴不安的总裁办秘书,在听到自家老大的承诺时,整个人都愣在了当场。

他怎么也想不通,这个奇奇怪怪的男人,究竟提出了什么样的提案,竟然在短短的一分钟内,就令自家领导心悦诚服地同意了他毫不合理的"赠送"的要求。

直到总裁瞪了他一眼,秘书才慌忙跑出办公室,通过办公系统,向员工们下达了总裁的任务要求。

不只是秘书,小分队的其他五名玩家,也没有看见路无恙究竟亮出了什么筹码——因为路无恙和总裁站在窗边,两人背对着大伙儿,所以他们也都不知道,路无恙究竟使出了什么招,瞬间让牛角人总裁改变了主意。

曲菱依无言地挑了挑眉,哑帅发出困惑的"啊"声,而陈拾实则忍不住开口询问:

"路队,你到底给了个什么创意啊?"

就在少年话音刚落的这一刻,随着总裁的指令,在全城覆盖率高达 93% 的海狮科技 App,向所有的用户发布了信息:

【城市的发展,需要每一个人的力量。请选择最有能力的团队,选择第一小队。让我们一起,传递改变城市的力量。】

中规中矩的宣传语,虽然没有什么特色,但强调城市的发展和建设,强调团队能力,也强调与市民一起行动。这一则信息,通过海狮 App,传达到了全市 93% 的市民手中——这则宣传,完全区别于第二小队那种用影像和舞蹈来吸引年轻人的"潮牌"手段,不够出众,但十分保险。

居高临下的路无恙,可以清晰地看见,楼宇下方、街道上的行人们,纷纷停下了脚步。他们掏出了手机,低头查阅着由海狮系统推送的消息。

与此同时,靠近办公室门外的陈拾实,也看到了走廊上的员工们,纷纷低头查看短信的场面。

这则短信的覆盖率和到达率,比起视频要快捷很多,而且宣传语简单粗暴,浅显易懂,没那么多弯弯绕绕——虽然没有漂亮姐姐加持,但这是投票竞选,又不是选美比赛。

"成了!"

想到这里,少年欣喜又兴奋地握紧了拳头。就在他以为这次十拿九稳,民调结果一定能反超二队的时候,倒计时也来到了第三个统计阶段——

第三十七章 突如其来的竞选

倒计时：10′00″

"叮——"

随着一声熟悉的提示音,第三轮的民调结果,被推送到了每个玩家的手上——

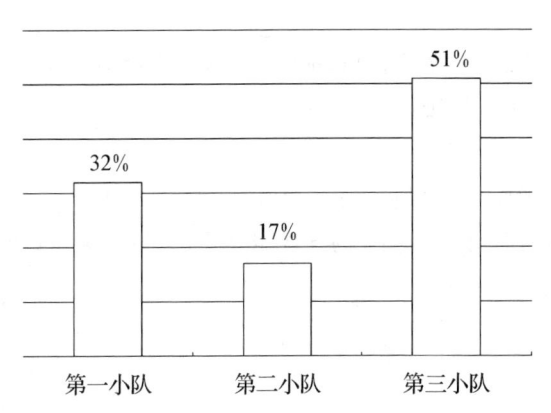

	第一小队	第二小队	第三小队
	32%	17%	51%

表屏之上,黑底白字。

在公布数字之后,紧接着出现的柱状图,更是把三队之间的差距,展现得淋漓尽致——那原本紧贴着 X 轴的第三小队的方柱,突然就起了高楼。而一直占据优势地位的第一小队,瞬时被挤了下去。

是的,他们是反超了第二小队。

但路无恙他们万万没想到的是,"老年团"竟然冲到了第一位,而且得票竟然超过了半数!

就在众人盯着民调统计结果、惊异万分的时候,只听身后传来一声虚弱的轻唤:

"陈拾实……"

少年扭头,只见自己那个根本没有记忆的母亲,在她的胸膛上,绽放了一点微红的光芒。

他来不及反应,也来不及感受胸膛里的、异样的情愫,他只看见那个他根本认不出来面目的中年女人,冲他伸出了手,仿佛想在最后的时刻,再触摸他一次——

  下一秒,红光爆裂!

  胸膛上的那点红色激光,化作了刺目的红光,笼罩了女人全身。

  当红光消散,那试图接近少年的、探出的手,便化为了一具漆黑的焦炭。

  愣在原地的陈拾实,只是难以置信地看着面前的景致。愣了足足两秒,他才下意识地去呼唤那位中年女人:

  "……大、大婶儿?"

  少年颤抖的手,触碰到了那探出的、焦炭般的手指。

  顷刻之间,女人那站立的身躯,化为了破碎的灰烬,簌簌飘零。

  湮灭。

第三十八章
老者的人生经验

　　破碎的灰烬，簌簌地飘落，在灯光之下纷纷扬扬，最终落到了地毯上，化为了残存的尘埃。

　　陈拾实那一声嘶哑的、堵在喉咙管里的"大婶"，瞬间戛然而止。他说不清也道不明，讲不出胸膛里那种满溢的情绪，究竟是什么……

　　他明明不认识那个姓陈的大婶。除了这个赛博游戏里的会面、一同求生的经历之外，他没有关于对方一星半点儿的记忆。

　　但是，他又清晰地听见过她声泪俱下的自述。他知道，那是他的母亲——被刻意遗忘的母亲，由她本人删除了关于她的所有记忆。

　　他明明是一个人工智能，是一个AI数据人。既然不存在相关的记忆数据，那这位中年女性，对于他来说，就是一个完全陌生的大婶——萍水相逢的陌生人。

　　可他又觉得无比惶恐。无限的恐惧，顷刻将他包围。他记起初见她之时，她那泪眼汪汪的表情。

　　他也记得，当她向众人宣布赛博游戏的真相、说出她为自己唯一的儿子"建模"时，那颤抖不止、哆哆嗦嗦的语音。

　　而这个不知道该怎么称呼的女人，湮灭在他的面前——只在最后的那一刻，留给他一个悲伤的、不舍的眼神。

　　陈拾实一个踉跄，跪倒在了地毯上。他的双膝陷入了柔软的织物中，裤管上沾满了灰尘——那是女人湮灭之后，唯一剩下的东西。

　　路无恙不忍地望着少年跪倒的背影。他其实很想提醒陈拾实，系统的倒计时不会因为他的悲伤而停止,但他说不出口——他也尝过失去父母的痛楚。

就连嗤嗤都不忍心一般,乖巧地坐在了陈拾实的身边,一声不吭地埋下身子,将毛茸茸的脑袋,凑在了少年的膝盖旁,只用那双黑亮的大眼睛,默默地凝望着他。

先前,曲菱依的概率计算并没有错。他们这支六人小队,连续三轮都不被"随机"抽中的概率,只有 10.75%——而这一次,幸运女神并没有再次垂青他们。

而就在此时,路无恙的手机响了,那是群聊的信息提示音。他打开一看,只见群聊中蹦出一行文字:

【罗东东:组长没了。我是王漫漫。】

飞鹰救援队的罗东东,也成了被"随机"的一员,无声湮灭。

而他们第一小队的队长——叶大鹰,却迟迟没有回应。

路无恙非常清楚,罗东东的湮灭,对于叶大鹰、若若、侉侉来说是怎样的打击。在现实世界里,他们是心怀正义、助人为乐的民间救援队成员,说是"同生共死"也不为过。可此时此刻,他们却天人永隔——而且没有原因,如果非要问个"为什么?",只有两个字:

随机。

因为他们不是人类,因为他们只是数据组成的 AI,所以,生得不明不白,死得概率随机。

可那万恶的倒计时,还在持续计数——

09′10″

09′09″

……

虽然不忍,但也不能留在这里,坐以待毙。路无恙拍上陈拾实的肩膀,他微微加重了指尖的力道,传递代表"理解"的力量:

"咱们必须走了。"

少年点了点头,努力地站了起来。说实话,因为毫无记忆,他根本感受不到什么悲伤——虽然他无法解释自己心中的惶恐，还有那空落落的、仿佛缺失了什么的空虚感。

路无恙望向曲菱依，作为队伍中的智囊，她最擅长研究和数据分析，或许能从第三轮民调这诡异的结果中，参悟出什么。

然而这一次，当路无恙和曲菱依四目相对，在彼此的眼中，读出的是相同的困惑。

"他们是怎么做到的？"

路无恙喃喃自语。他实在想不通，第三小队是怎么从1%的支持率，一跃而上，突然成为拥有51%支持率的王者。

他调出手表上的地图，更令他惊讶的是：这么长时间过去了，代表第三小队的圆点图标，竟然还在游戏关卡开启的初始地点——还在这座诡异城市的中心广场上。

第三小队逆转翻盘的关键，就在广场之上，然而这其中的关键信息，他们怎么想都参悟不出……等等！他们不行，但有人可以！

路无恙猛地转头，望向海狮科技顶楼办公室里那个总裁。他一个箭步冲了过去，询问他那位刚刚结交的新"合作伙伴"：

"狮总，你们系统能看到投票数据吗？"

身形高大、顶着一对坚硬牛角的男人，用一种奇妙的、审视的目光，上下打量着路无恙。他的眼神中带着一丝说不清、道不明的复杂情绪，两秒之后，他扯了扯嘴角，微笑道：

"我们的系统覆盖率只有93%，所以我无法监测全城的数据，但是……"

他顿了顿，望向路无恙的笑容中，带着似乎洞悉一切的自信：

"……但是，我知道，你的竞争对手用了什么方法。"

"什么？"路无恙瞪大了双眼。

总裁用一种略带怜悯的眼光，锁定了他：

"因为我也选择了第三小队。"

他掏出了自己的手机，亮出了一段对话。在顶着海狮头像的总裁,以一种毕恭毕敬的语气,回答道"收到,一切听阁下的吩咐"的文字的上方,那个被他尊称为"阁下"的人,顶着一幅黑色公牛的头像,只发过来简短的两行字:

【选三】
【牛角人生来与众不同】

路无恙还是搞不明白,那位"阁下"究竟是什么人,又是怎样的力量,让他站到了第三小队那一方。

在路无恙眼中看出了深深的疑惑,海狮科技总裁微笑着提问:

"你知道咱们城里的人员构成吗?"

路无恙摇了摇头。而站在他身后的曲菱依,双眼中亮起了光。她似乎悟出了什么,但并没有插话,只是听牛角人总裁继续说下去:

"51:38:11。"

当听到这个比例数据,路无恙只愣了一秒,就立刻会意——这是这座"疯狂动物城"中,不同外形的三种人的人数比例。

与其他玩家不同,路无恙在游戏开始时"躺尸"了将近一个小时,所以当大伙儿一齐被传送到游戏的初始地点之时,他没有分毫的意识,更别提发言权了。

不过,结合之后他在城南的社区、校园中的所见所闻,再加上这一路开车到达城西,以及在海狮科技里看见的状况,他基本可以做出这个判断:

城里的牛角人最多,兔耳人次之,鸡冠人最少。换句话说,总裁提到的这个人员构成,就是三个种族的比例——牛角人51%,兔耳人38%,鸡冠人11%。

"所以,"路无恙惊讶出声,"第三小队拿到了所有牛角人的选票支持!"

顶着牛角的总裁没有答话,只是微笑,笑得似乎胜券在握。

路无恙不知道的是,那一支被称呼为"老年团"的第三小队,看上去最是没有能力,最是人畜无害,却是最早掌握了"竞选"的精髓的人们。

第三队的老头儿队长,真名"贺齐心",在现实世界里,是一位大学教授,教的就是人文社会科学的相关课程,什么伦理思想研究、管理科学等课程。他原本也不是挥舞着拐杖、表情愤怒、满口咋呼的人,而是一个脾气温和,极有人文素养的老教授。

然而,教了一辈子书的贺教授,不曾料到的是,满腹诗书、记忆力过人的自己,竟然会患上一种悲催的老年病——阿尔茨海默病。

社会上的很多人都以为,阿尔茨海默病就是"老年痴呆",表现形式就是记忆力衰退,也就是俗称的"老糊涂"。可实际上,阿尔兹海默病的临床表现有很多种,主要分为 ADL(日常生活能力下降)、精神行为异常、认知功能障碍这三种形式,而记忆力衰退只是第三种认知功能障碍中的一种。

对于贺教授来说,他的认知功能没毛病,记忆力一点也不受影响,依然是学富五车,各种人文知识倒背如流。他的病症主要体现在精神行为上,他性情大变,开始有严重的被害妄想,他开始行为激越,焦虑又暴躁,甚至出现了一定程度上的暴力倾向——挥舞手中的拐杖,对着路人恨不得狠狠抽下去,成了他日常的新习惯。

但最可悲的是,他的家人们因为对"阿尔茨海默病"的错误认识,根本没有意识到贺教授已经是一位病人了。他们只是单纯地以为,老头儿年纪大了,脾气变差了,个性变得古怪了——哪怕老人家"驾鹤西去"之后,他的家人们为贺教授"建模",也提供了他患病之后的视频资料。

于是,游戏世界里的贺齐心便延续了这样古怪而暴躁的脾气,以及"总有刁民要害朕"的被害妄想。

不过话说回来,暴躁归暴躁,脾气差归脾气差,老教授的知识储备可没损失一点。当第一、二小队将"竞选"与"广告"画上等号,完全以"流量思维"作为导向的时候,贺教授却杵在中心广场上,不停地敲击着他的拐棍,恶狠狠地观察着城市中来来往往的路人。

——这是一个诡异的电子游戏。

　　这是老教授的第一个认知。虽然他从来不玩电脑、手机游戏,但面前的这些牛角人、兔耳人、鸡冠人,来来往往,这些超乎现实的存在,已经让他意识到自己身处的环境——

　　虚拟的、电子的、游戏化的、诡异的空间。

　　当第三小队的其他队员们,发出惊愕的、惶恐的声音,甚至有人开始哭泣的时候,老教授只是皱着眉头,满面阴霾地环视着四周,观察着,分析着……

　　在第三小队的大爷大妈们的眼中,这个奇怪而诡异的世界,只说明了一件事——之前在那个白色大厅里,路无恙所声称的"赛博灵堂"和"人工智能",都是事实真相。

　　因此,他们陷入了惶恐,陷入了悲伤。有的人在哀叹,觉得自己被不孝的儿女们抛弃了;也有人惴惴不安,担心自家的孩子是不是出了什么问题,才终止了续费……至于游戏里的一切,已经没那么重要了。他们不是虚拟世界的受众,已经活了大半辈子的他们,更念叨的,是现实世界里还活着的那些人。

　　然而,贺老教授却不是这些人中的一员。他压根没有去思考现实世界里儿女们的问题,只是紧紧地盯着这个虚拟游戏里的形象,然后试图在其中捋清逻辑关系。

　　很快地,长期做科研工作的他,便发现了游戏世界中的人们,也存在着一些规律。比如在他们所处的这个中心广场上,NPC们来来往往,但明显鸡冠人的数量是最少的。

　　虽然长期致力于人文社科方面的研究,但作为学术工作者,对于数据也是敏感的。贺教授试图从自己观察到的这个现象中,归纳规律,最终去寻找本质上的根源。

　　什么"游戏规则",什么"小队存亡",全部被老教授抛到了九霄云外。他就像是发现了新大陆的哥伦布,此时此刻,他只想探索——不是物理意义上的出发,不是用脚步丈量这个赛博空间,而是试图搞明白这游戏内部的规则,背后的意义。

老教授开始在广场上乱转,开始对路人做访谈。当遇见不愿意跟他聊天的人们,他就会高高地扬起他的拐杖,一边追着人们敲打,一边狠狠地撂下各种诅咒的怪话。

通过观察和访谈,很快地,贺教授就搞明白了一个事实:在这个游戏设置的虚拟城市里,三种不同种族的人类,数量有着极大的差异,牛头人最多,兔耳人次之,鸡冠人最少。

同时,他开始研究,这些奇怪的人类的背面,他们透明的脑壳究竟是怎么回事。蓝色、红色、黄色的脑子,以及三原色混出来的橙色、绿色、紫色,又代表了什么样的含义。

可紧接着,贺教授就从调查访谈中发现,这些被凭空捏造出来的"人",也根本搞不清楚状况。这些NPC甚至无法分辨出自己和这些游戏玩家,有什么不一样的地方。

于是,贺教授调取地图,目标只有一个——市政厅。

既然这些"人"不知道自己存在的意义,那么就去找城市规划,找城市的历史——在图形里,在文本中,寻找出游戏设计的规律和目的,一定有什么原因,才让这个世界变成这样!

市政厅就在中心广场上,里面包含着城市规划展览馆以及历史博物馆。就在贺教授前往展览馆的途中,他听到了手表发出"叮——"的声音,也看见了那一则关于"公布民调"和"随机湮灭"的特别提示。

再然后,这位老教授,就这么眼睁睁地看着不远处的、自己队伍的组员,被红光笼罩,炭化,湮灭。

因为第一轮民调垫底,所以第三小队瞬间湮灭了五名玩家。

在其他大妈大爷们发出尖叫与哀嚎的同时,贺教授却毫无感应——他的脑子已经坏掉了,被疾病吃光了同理心,只剩下疑神疑鬼的被害妄想,以及时不时窜起的、暴怒的无名之火。

所以,贺教授只是漠然地看着五名队员被"湮灭",然后他完全无视自己剩下的队友们,自顾自地行动着,到达了市政厅。

展览区并不大——毕竟,这是一个小型城市的游戏地图——但信息量也不少。在城市规划展览馆中,贺教授看到了城市的总人口和人口比例,看到了城市地形地貌,以及东、南、西、北、中不同的城市功能分区。

通过文本,通过图形,通过城市的3D模型,贺教授很快下了结论:这是一个理想化的城市模型,虽不十分完美,但已经是接近"乌托邦"的存在。

最大的证据就在于,明明三个族群有着明显的外貌差异,并且在历史上有过武力争端和冲突——这一点,在历史博物馆里有所体现,展馆里有明确的战争记载——但在城市的功能划分上,在生活区、经济开发区、港口贸易区、农林养殖区的划分与设置上,却没有特别的种族偏好。这一点尤其体现在大、中、小学的分布上,牛角人明明占据城市半数以上的人口,但城市里没有任何专门针对这个族群开设的办学机构,而是三个种族的学生一起融合教学。

这个虚拟城市,这个模型,太理想,太和谐,也太单纯了。要想打破这个"乌托邦",在他而言,简直是轻而易举的事。

得出这个结论的贺教授,得意地将两手搭在拐杖上,用力地敲了敲地面,然后跃跃欲试地走进了城市的行政办公区——而此时,游戏第一阶段的倒计时,已经来到了14分钟。

倒计时14分22秒,在这一时刻,从头到尾都聚集在城市的中心地带、毫无进展的第三小队,已经随机"湮灭"了十名玩家,此时仅仅剩下二十人了——而身为队长的贺教授,甚至不知道自己成员的姓名,也不在乎他们的消失与瓦解,他开始深入这个虚拟游戏,他想要通过自己的知识扭转败局,他要成为游戏的赢家。

贺教授胸有成竹地走进了市政厅,他仔细地观察了公告栏上,官员们的排名。

市长是一位兔耳人,女性,拥有着极为光鲜的履历:高学历、丰富

的工作经验、极高的人格魅力……这些内容在贺教授看来,都是无用的,他只关注一件事:

身为最多数族群的牛角人,竟然只有城市的副市长。

于是,他径直来到了副市长办公室的门前。鸡冠人秘书试图阻拦,但实在架不住贺教授——他年纪大了,秘书不敢上前动真格的。可这位老人家偏偏又带着拐杖,情绪激动,特别能打。就在秘书做着思想斗争、迟疑了片刻的工夫,老教授一脚插进了办公室大门里,行动敏捷地冲了进去。

牛角人副市长,是个身形高大魁梧的汉子,还算是颇有风度地对擅自闯入的贺教授提问:

"您好,请问您是有什么诉求吗?"

贺教授不吭声,只是伸出一只手指,比了个"一"的数字,然后手腕动了动——点,点,再点,他将这个动作重复了三次。

一个目标:让人口比例本就占据优势的牛角人,全都成为这座城市的"一等公民"。

一项改变:副市长变市长,"二把手"变"一把手",掌握城市的核心权力。

一份酬劳:100万资金单位,贺教授立刻转账,私人账户到私人账户,是牛角人副市长获得的个人收益。

当贺教授摆出这三个"一",牛头人副市长沉默了。他不说话,只是静静地站在那里,用那双深邃的眼,死死地锁定了老教授。

不知道是这一关的游戏里,带有太多不真实的BUG,又或者是这一关的核心逻辑过于真实——总之,这场了不得的、足以改变城市走向的谈判,只持续了短短的两分钟。

在那"一个目标,一项改变,一份酬劳"的诱惑下,牛角人副市长没有太多的思考,就同意了贺教授的提案,然后心安理得地接受了他那份酬劳。

第一小队花了五百万才拿下了海狮科技新项目的投资权,第二小队花了八百万才拿下了全城的视频广告投放权,而第三小队仅仅用了预算的十分之一,就达成了意想不到的效果。

第二小队的队长"盈盈兰芝"也好,叶大鹰和路无恙也好,他们所采取的方式,都是广告宣传,无论是文字、音频还是视频,那些传播都是自下而上的——花了钱,有效果,但又没有那么忠诚,民众随时会被别的信息吸引目光,然后转投他人。

然而,贺教授的方式,却是截然相反的套路。他锁定选票的方式,是自上而下的。从副市长开始,那些位高权重的牛角人,开始给自己的亲人、朋友、下属,给所有同族之人,传达"选第三小队,保障牛角人一等公民地位"的信息。

狂打"种族牌",利用职权力量、利用复杂的社会人情关系网,进行"传染式"传播。为了分化不同族群之间的观感,贺教授甚至编造出了一套说辞,让它们成了牛角人信奉不移的信念:

【这座城市里,只有牛角人的头颅特征是坚硬的,牛角刚正不屈,代表着勇往直前、坚强有力,而兔耳和鸡冠都是没有精神脊梁的软骨头。所以,牛角人生来与众不同,牛角人天生高人一等,牛角人要联合起来,锁定牛角人的优势地位!】

很少有人能抵抗"种族崛起"、自己的种族成为"人上人"的诱惑。靠着这张"种族主义"的牌面,贺教授绑定了这个城市的多数人,在极短的时间内,就锁定了自己的牛角人"票箱"。

当倒计时来到 10 分钟的时候,第三小队的支持率,从连续垫底跃升到了第一位,并且拉开了泾渭分明的差距——完全依靠这位头脑并不清醒的队长,靠贺教授一人之力,完成了惊天逆转。

然而,那些站在广场上的、第三小队里其他的大爷大妈们,他们惊喜的声音,也未能传达到贺教授的耳朵里。因为,他完全脱离了自己的团队。

这一刻,贺教授只是拄着他那根拐杖,以一个极为享受的姿势,将身体投入了副市长办公室里那张柔软的沙发里,以一种洞悉一切的、带着实验观察的神态,注视着这座赛博城市里,所发生的一切变化……

不过,对于路无恙他们来说,贺教授的精神状态和他的所作所为,他们都无从得知。他们只是从海狮科技的总裁那里,看到了那条信息,他们能从中确认的情况是:第三小队通过深度绑定牛角人族群,获得了最多的选票。

路无恙目瞪口呆,站在那里怔了好半响。下一秒,他忍不住吐槽:"……这明显就是搞分裂了。第三小队这思路可以啊,为了选举成功,使出大招了。"

这句话,半是感慨,半是讽刺。

曲菱依瞥了他一眼,冷静地陈述事实:"非我族类,其心必异——这种思维逻辑,也是全世界共通的问题,这就是人性。"

对于她的总结,路无恙无言以对,只能长叹一声。

听了他们的对话,虽然自己口不能言,但哑帅还是忍不住"啊——"了一声。他那紧蹙的眉头,以及带有惆怅意味的表情,都是妥妥的不赞成。

即便他们都是数据人,但按照路无恙、哑帅他们的人生轨迹,他们从小接受的教育,对于第三小队那种为了选票优势,故意挑起种族差异,挑起市民内部矛盾的做法,都是极不赞同的。

虽然在这场虚拟的赛博游戏里,他们为了求生,也曾经挑起社会话题,曾经去蹭流量、炒热度,为了活下去,无所不用其极。可是至少他们这支小队,从来没有故意害人,更没有任何撕裂社会的行动。

但可悲的是,当第三小队使出了"种族"这一大招,占据了51%的优势,剩下的两支小队,就不得不想方设法,用更加魔幻的"魔法"来应对,寻求一线生机——毕竟,谁都不想死。

此时此刻,还有8分多钟的时间,游戏的第一阶段就将进行数据结算。

他们无法眼睁睁地看着自己、看着同伴被系统抹杀,被随机湮灭……

路无恙望了曲菱依一眼,只见对方也在看着他。从彼此的眼神中,他们都已经看到了困境的解法,却又不愿祭出这样的"魔法"——

虽然他们明白,能打败魔法的,只有魔法。

08′43″

08′42″

……

倒计时还在继续,不会因为任何人心生不忍,就为之停下。

路无恙吞了吞口水,想提出那个"解法",那个"魔法",但他实在又说不出口——那方法,与他从小到大的教育和信仰,完全是背离的。

"还是我来说吧。"

看出了路无恙的纠结,曲菱依替他开了口:

"现在要对付第三小队,要拿到50%以上的票数,唯一的方法就是,打'性别牌'。"

是的。牛角人完全占据了种族的数量优势,就算他们能够说动兔耳人和鸡冠人,也无法对抗牛角人——更别说,他们没有渠道和路径,完成与两个种族的谈判,达成共识。

但现在大家可以确定的是,城市的性别比例,不会有太大偏差,要抓住一半的人,要瓦解牛角人这份"抱团"式的种族共识,就只有靠性别话题了。

哑帅迟疑地"啊……"了一声,他的表情变得纠结:他明白这是唯一的方法,他明白这是翻盘的希望,但从感性上来说,他还是不能立刻接受。

路无恙深吸一口气,走向了海狮集团总裁,提出新的要求:"狮总,麻烦您再帮个忙。我们要向所有女性用户,群发一条信息……"

路无恙话音未落,只听一声愤怒的咆哮:

"你们都疯了吗?!"

嚷嚷出声的,是仍保有赤子之心的少年——陈拾实。

先前因为陈姐的湮灭,他默然不语,呆愣了许久。然而这一刻,当听见路无恙他们决定,为了对抗第三小队的种族牌,竟然要挑起性别话题,少年再也忍不住了,暴走式地发出了咆哮:

"你们难道猜不出后果吗?玩人?玩种族?玩性别?好好的一个城市,好端端的人们,非要给咱们玩成地狱、玩成世界末日吗?"

对于少年来说,他从小受到的教育,是团结,而不是分裂。无论是第三小队的种族打法,还是第一小队的性别打法,在他的眼中,同样恶毒,同样不怀好意——从某种层面上说,这就是在城市里挑起战争,是绝对的邪恶!

少年的痛斥,路无恙也明白,但他只能用下面的这句话,来说服对方,说服自己:

"陈拾实,这只是一个游戏,你别太入戏。这不是真实世界,那些NPC也不是真人,只不过是数据而已。"

"那我们也是数据啊!我们跟他们有什么不同吗?"

少年横眉怒目的质问,瞬间让路无恙失去了言语能力。

是的。他们都知道,这是一场赛博游戏,这不是真实的世界,就算这里闹翻了天,也不过是游戏里面的虚幻情节而已。所以他们不需要顾忌NPC的反应,不需要去顾忌什么"道德"与"伦理"——虽然心里有那么些硌硬,但为了达成游戏胜利的目标,这恶心的竞选,恶心的"魔法",他们做也就做了⋯⋯

可是,正如陈拾实的质问那样,他们和那些外貌古怪的NPC,真的有什么不同吗?他们都是系统数据的展现,都是人工智能,唯一的区别,就是有没有现实的人类作为设计模板⋯⋯

路无恙陷入了深深的沉默,他无法反驳陈拾实的质问。因为在他的心底里,同样认同少年的说法,他们的所作所为,与"正义"背道而驰。

"你不要太天真,"还是曲菱依冷静地叙述,"现在只有倒数八分钟,你是要坚持你心中的正义,保护那些根本不认识的NPC,还是保护自己、保护我们?"

面对曲菱依的提问,少年的胸膛剧烈地起伏着。他愤怒地瞪视着她,却无法立刻做出回答。

曲菱依却根本不在意他的视线,她知道,他愤怒的对象,不是她,而是这个无解的世界,是这个没有逻辑的关卡。她只是继续叙述:

"再说了,正因为只有八分钟了,之后的游戏会怎么发展,咱们都无法预估,你不要现在就想当然。也许这一阶段的游戏完成之后,NPC们也不会对竞选结果有过多的反应——这个游戏的设计,从来就是不讲逻辑的,不是吗?"

她的这番劝阻,却只起到了反作用,陈拾实不再咆哮,只是冷笑道:

"装什么大尾巴狼?你听听,你这话能说服你自己吗?我又不是新手,说得好像大家没经历过'竞争关卡'一样——吴光的事情,难道你们不记得了吗?"

听到这里,哑帅轻轻地"啊……"了一声,语气中蕴含着无奈。

他们都是幸存者,都是历经千难万险,活到这一关的。他们当然记得,之前在那个诡异离奇的关卡中,满城的吴光,各司其职,平静地生活着。

直到玩家们的进入,直到凌灵和顾小年的介入,直到那"人玩人"的黑暗模式被开启——不过短短的几个小时内,明明顶着同一张脸孔的吴光们,开始了自相残杀。他们用拳头和刀子,在失去秩序的城市里,争夺一切利益和资源。

这一关,也会变成那样吗?

这个问题,所有人心里,其实隐隐都有一个答案,只是不愿意承认罢了。

然而,面对少年义愤的、正义的质问,路无恙沉默良久,最终仍是开了口:

"所以,你决定躺平,你决定为了正义,什么都不做了,然后看着我们大家一起去死?"

这一次，换作少年无言了。

"我知道，"路无恙望着少年，目不转睛，"我知道你想保有心中的正义，我也想。但这个时候，我没有办法去共情NPC。你可以斥责我，可以认为我们邪恶，但我不愿躺平。"

路无恙在现实生活中，本来就是等死的人，而在游戏世界里又有"复活"这项"金手指"，近似于游戏BUG的存在，所以，有的时候，他可以很"圣母"。

有时候，为了守护正义，他可以选择让自己去送死，甚至可以心甘情愿地"死"上一百遍。

此时却不一样。他无法为了一群不认识的，甚至没有存在逻辑的NPC，为这些NPC去号召什么公平和正义。他不能"圣母"，他必须为了自己的朋友考量，为了大家的生存考量。

"冤有头，债有主，你埋怨我们也并没有用，"路无恙望着少年，怅然道，"要怪就怪这个不靠谱的游戏吧。那个躲在游戏空间之外的设计者，才是真正的罪魁祸首。"

少年悲愤又无言。他知道，路无恙说得对。

对于陈拾实来说，曾经目睹人间炼狱般混乱的情景，实是太过冲击，让他质疑这个游戏存在的合理性和正义性……可是，他不想再看见有人湮灭了，比如陈姐，比如膘哥。

路无恙伸手，拍了拍陈拾实的肩膀，然后在少年纠结的目光中，他再次走向总裁办公室，向狮总要求新的广告推送。

于是，在倒计时进入七分钟的时候，新一轮的文字推送，被推送到了所有女性用户的手机上：

【女士们，在我们的生活中，有太多被忽视的、不公平的存在。透明的、不可见的天花板，笼罩在女性的头顶，我们意识到了这一点，我们要打破那些无形的桎梏，打破第一性的特权！女士们，请您选择第一小队，我们将打破性别的壁垒，为全城的所有女士，带来真正意义上的平等。】

面对路无恙的要求,海狮总裁耸了耸肩,虽然他同意了发送文本的请求,不过他并不认为,自己的这位新合作伙伴,有成功的可能性:

"就算你能呼吁全城的女性,但你别忘了,牛角人里也有一半的女性。"

"我明白,"路无恙苦笑道,"对于牛角人女性来说,她们未必愿意放弃现有的种族优势,去考虑性别的问题,因为她们已经争取到了权力地位的可能性。但只能这么看了,姑且一试吧。"

是的。现在第一小队和第三小队竞选的关键,被集中在了牛角人的女性身上。

如果她们选择维护自己即将成为"人上人"的牛角人种族地位,第三小队就将获得竞选的胜利。但如果她们愿意抛下种族观念,以一名女性的身份,去呼吁和争夺真正的男女平等,去争取"平权",那么,第一小队就有胜利的希望。

对,他们还有一线希望。

路无恙赶紧又给叶大鹰去了个电话,大致说明了情况——说实话,在这么短的时间内,他们能做的事情,着实有限,多少有一点"尽人事,听天命"的态度了。

在得知了路无恙的计划之后,叶大鹰当下表态:

"小队全员,全力配合!"

作为小分队里唯一的女性,曲菱依开始拟定新的话术,进行平权宣传。而在第一小队的那支联络群中,若若、王漫漫等人,也在苦思冥想,一起帮着完成队伍作战的新思路。

尤其是王漫漫,在网络上画漫画的她,对于女性话题并不陌生,分分钟就给出了一系列女性权益保护类的话题,特别是"HR的性别歧视、年龄歧视、婚育歧视"等案例,激起了队伍里其他女性的共鸣。

"必须先让人们意识到性别差异、性别歧视的存在,才能呼吁大家打破这种固有的歧视,追求平等。"

王漫漫一边说着,一边开动"十万分"的"手速"。她手速飞快,赶忙画了一些Q版形象，将那些职场上、家庭里的不平等现象，用"条漫"的形式展现了出来。

路无恙通过手机下载了王漫漫绘制的"条漫"，然后转头就和狮总沟通，要求对方将这些漫画作品，推送给全城的女性用户。

狮总大手一挥，倒是极干脆地同意了。

其实，所有第一小队的成员，都相当好奇，路无恙究竟跟海狮科技做了怎样不可告人的交易，让总裁那么任性地大开方便之门。

然而，时间紧急，已经不是追究这个问题的时候了，全队人员都开足马力，想文本的想文本，画漫画的画漫画，做企划的做企划，连外国人甄来福都来帮忙，他把他们国家历史上女性运动的案例都分享了出来，给大伙儿开开脑洞。

倒计时五分钟，四分钟，三分钟……

一条接着一条的信息，被推送到了城中女性的手机里。路无恙甚至听见，海狮科技的办公室里，传来女性们议论纷纷的声音，就职场、就婚姻、就生育……女士们要吐的槽实在太多了，而很多时候，男士们并没有意识到那些"透明天花板"和那些"无形的栅栏"的存在。

"叮——"

倒计时一分钟的时候，所有玩家的手表，都发出了熟悉的提示音，一行文字同步跳出：

【即将传送议事厅。】

传送功能，再一次开启了，并且是系统自动的"位置刷新"。

对于路无恙来说，这种体验已经不陌生了。他能清晰地看见自己的双臂开始变化，仿佛是雪花点一样，错乱和摇摆。

在身体被分解、即将进入另一个地点的那一刻，他只能抬起头，扯着嗓子冲海狮总裁做最后的叮嘱：

"项目那件事，拜托您了啊！"

被传送前的最后一秒，路无恙只能看见，那个顶着坚硬牛角的总裁，一边冲他摊了摊手，一边笑得高深莫测。

第三十九章
荒诞的"三国演义"

五彩缤纷的光点,像是流水一般晃动,又渐渐恢复了平静。当彩色的光点消散,玩家们的身体,浮现在变幻的场景里。

这是一座古老的大厅。整体建筑的风格,充满了古希腊雅典元素。四十多根石柱,每一根都有十米高,它们高耸而对称,撑起了整个建筑体,让它显得格外气势恢宏。石材带着冰冷而坚硬的质感,铺开了足有半个足球场那么大的面积,开敞而宽阔。

站在这巨大的建筑里,玩家们和十米多高的立柱相映衬,显得格外渺小。站在这恢宏的场景里,新玩家们发出了赞叹或惊呼,而老玩家们却面色阴沉,一言不发——

这栋建筑,路无恙也见过,正是他第一次进入游戏关卡时,最终的审判地点。在那庄严肃穆的审判殿堂里,十二名玩家被"正道之光"裁判,站错了队的,相继湮灭,只剩下他、曲菱依、衡行三个人过了关。

而如今站在他身侧的,只剩下曲菱依一个人了。

路无恙下意识地望向身侧的同伴——那位从游戏最初,一直陪伴他走到这里的短发女孩,也正用那双琥珀色的眼眸,锁定了他。

显然,他们拥有相同的感慨,也有相同的无奈。那双琥珀色的眼睛,明亮,但又漠然,似乎她已经接受了一切:什么都无法改变,只能站在这并不陌生的大厅里,等待着系统新一轮的安排。

还有办法——路无恙无声地动了动嘴唇,向对方传达这个信息。

察觉到他无声的暗示,曲菱依的眼神闪烁了一下,既有好奇,也有审视。

是的,他还没有放弃。海狮科技的项目,就是他"翻盘"的依据。但路无恙也担心,身为牛头人的海狮总裁,会不会得到别的指示,背叛他们之前的合作约定……

就在路无恙纠结又忐忑的这一刻,大厅的中央,突然闪烁起银蓝色的光芒,同时铃声大作——

"叮叮叮叮叮叮——"

在那仿佛上课铃的声音中,银蓝光点汇聚,化作了一个巨大的屏幕。而在屏幕的下方,出现了一个圆环形的大石桌。圆环被平均等分,每一个区域旁都升起一把石椅。那椅子冰冷、高大、厚重,笔直的椅背立在那里,仿佛是一尊冷硬的墓碑,比正常人的坐高要高出一大截。

瞬间,三位队长被自动传送到了座椅上。而三支小队的一众队员,则被分配到了队长身后的区域,一齐站在自家队长的背后。

让路无恙他们感到意外的是,三位队长都是男士。除了叶大鹰、贺教授之外,原本第二小队的队长盈盈兰芝,此时却站在石椅的背后,一脸复杂地看着前方的自家队长——

第二小队的队长,变成了一位满脸青春痘的青年,看上去应该也是大学生。此时这位男队长正坐在石椅上,他将右手拇指塞进了嘴里,无意识地啃食着。而他的右腿,则在石桌的掩饰之下,不停地抖动着。

路无恙他们不知道的是,第二小队发生了一次"政变"。而这一次背叛发生的时间,正是在倒计时还有十分钟、公布了第三次民调结果的那一刻,而且事件发生的地点,就在海狮科技的大楼里——

从最初进入游戏关卡,到公布前两次民调结果,盈盈兰芝一直是整个团队的核心,她带着整个第二小队,顺风顺水地做宣传、搞网络营销。

第二小队的初始人数只有 24 人,人员构成则全是青少年,而且男生居多。在盈盈兰芝的组织和指挥下,在前两次民调当中,第二小队的支持率都是最高的,所以游戏经过了 110 分钟,他们仍然保持着绝对优势,毫无人员伤亡。

然而,就在第二小队的全体队员,都信心满满地认为"年轻人就是有创意有脑洞,根本不用把另外两队老家伙放在眼里"的时候,意外却发生了——

倒计时 10 分钟,第三轮民调显示,第二小队的支持率降到了倒数第一。24 名队员当中,除了队长盈盈兰芝不在随机湮灭的范围之列,其余 23 名年轻的队员,瞬间湮灭了 5 个人。

眨眼之间,全队就剩下 19 人了。上一刻还在镜头前表演,做直播、做宣讲的青少年们,瞬间傻了眼。而跟着盈盈兰芝一同进入视频拍摄间,原本以"助理"身份帮忙的几名男青年,其中一名成员,在大伙儿的面前化为了虚无。

看见这一幕,男青年们都怔住了。

震惊,绝望,崩溃……各种复杂的情绪,在他们的面庞上闪过。在沉默了数十秒之后,男青年们似乎终于找回了三魂七魄。他们相互张望,在眼神的接触之后,又相互使了一个眼色。

接下来,他们三三两两小声地嘀咕了几句。有人开始点头,有人神色复杂,而最终,他们似乎达成了某种共识——

再然后,那名满脸青春痘的大男孩儿,率先走出了男孩儿们的队列,他向盈盈兰芝伸出了手腕:

"我要当队长,你把权限转给我。"

这些男孩都知道,随机"湮灭"的机制,就像是一个飞速旋转中的转盘,谁也不知道飞刀会扎在谁的身上——可唯有"队长"那个位置,是绝对的安全区。

于是,他们迅速商量出了一套"轮值队长"的方案,由男生们轮流做队长,保证自己的存活率——当然,如果在自己担任队长之外的时刻，不幸被系统"随机"到，那也只能是自认倒霉了。

在男生们虎视眈眈的目光之下，盈盈兰芝不得不妥协。尽管她是带领全队竞选，并且保证了前两轮绝对优势的队长，但在这一刻，她仍然被动地"卸任"，通过操纵手表上的系统权限，完成了队长的转移。

于是，这一刻，站在新队长身后的盈盈兰芝，也成了"随机库"中的一员。

静谧的审判大厅当中，玩家们默不作声，静静地等待着游戏的进行。

在"湮灭"规则的笼罩之下，他们无法反抗，他们都是实验室里的老鼠，被人观察着、记录着、嘲笑着，却无法逃离这个赛博牢笼。

就在这一刻，一个洪亮的声音，打破了沉默——

"各位市民……"

银蓝光点炫动流转，在光芒组成的屏幕上，浮现出一个鸡冠人的身影。他穿着一声剪裁得体的西装，右手拿着话筒，显然是一位主持人。他激情演说的动作，使鸡冠也随之摇摆，显得十分激动：

"下面这个环节，是候选人的现场辩论。三位候选人将有5分钟的时间，向全城的市民们现场直播，阐述自己的理念与构想！"

掌声雷动。

那掌声不是来自玩家们。事实上，现场的玩家们大多是手足无措的，他们只能呆呆地站在那里，等待着游戏系统的新指示。

那雷鸣般的掌声，是从四面八方涌来，透过那些高耸的石柱，传入大厅之中——好似有千军万马，好似这个城市所有的市民，都站在殿堂之外，凝视着候选人和玩家们的一举一动。

摇摆着红色鸡冠的主持人，继续在大屏幕上宣讲，进行全场游戏的主导：

"但在候选人开始介绍之前，先让我们看大屏幕，目前三支候选队伍的支持率……"

屏幕上的画面被切断,变成了一张画着数据柱状图的PPT。与此同时,主持人的声音,伴随着PPT显示,向全城的市民们,宣告这一阶段的民调结果:

"……目前排名第一位的,是三号小队,支持率43%!"

掌声响起。路无恙和曲菱依对望了一眼,他们知道,从51%到43%,那下降的8%,是牛角人中的部分女性,做出了自己的选择。

"……排名第二的,是一号小队,支持率42%!"

有戏!

第一小队的所有人,眼中都迸发出惊喜。从32%上涨到42%,这10%,显然来自城市中女性的支持。现在,他们和第一名只相差1%,这就代表着,在现场阐述的环节中,他们还有扭转局势的希望!

"……排名第三的,是二号小队,支持率15%!"

依然是掌声雷动,可三队的青春痘队长,以及盈盈兰芝他们的脸色,却显得异常黯淡。在第一轮民调结果中,他们曾经拥有75%的绝对优势,可现在却成了垫底的。更让他们感到崩溃的是,直到这一刻,直到站在议事厅里,他们仍然搞不清楚,对手们究竟用什么方式,将他们的选票彻底瓜分了。

鸡冠头的主持人兴奋地振臂高呼,摇头晃脑地宣布:

"根据第四轮的计数结果,湮灭程序,现在启动!"

又是一阵掌声,轰鸣如雷,从四面八方涌来,钻进每个玩家的耳膜里。玩家们面面相觑,还来不及恐惧,就看见新一轮的"随机"抽签开始了——

若若的手腕,亮起了红光。侉侉瞪大了双眼,他用力地探出手,想去阻止同伴的消亡,可却只抓到了被红光笼罩、瞬间固化为焦炭的手掌。

若若没有说话,只是用那双明亮的眼睛,望着自己的同伴,她望向侉侉和叶大鹰,冲他们轻轻地笑了笑。

或许,从罗东东被随机湮灭的那一刻,她就已经做好了心理准备。在这个不讲道理的、荒诞离奇的游戏世界里,愤怒与质问已毫无用处,她能为自己选择的,也只有体面地离开,送给友人们一个释然的笑容。

下一秒,红光爆裂,带着火星的余烬,在虚空中化为飞灰。

飞鹰救援队的四个人,只剩下一半了。无论是现实还是游戏,之前再艰难、再凶险的挑战,都没有打垮他们,打败他们的,只有两个字——

随机。

同样被"随机"的,还有一直跟随在陈拾实身边的德牧嗷嗷。在整个玩家团队里,唯一一个不是人的成员,发出了一声"呜呜"的呜叫,用那双大大的眼睛,抬头望向了周围的人们。

听到它的悲鸣,陈拾实赶忙蹲下身,可就在这同一时刻,嗷嗷脖子上的项圈,已经爆裂开红色的炫光。他只能眼睁睁地看着,那只乖巧的、勇猛的、被人铭记甚至被"建模"的忠犬,化为了灰烬,散落在他的脚边。

就像不久前的陈姐一样。

一而再、再而三的打击,让陈拾实失去了言语的能力,甚至是思考的能力。少年傻愣愣地蹲在那里,将双手探入了那团灰烬当中,任由细微的、柔软的灰尘,沾满了他整个指缝。

这是他的朋友,忠诚可靠的朋友……

他想尖声嚎叫,他想破口大骂,他有千言万语想要质问谩骂,可喉管却像是堵住了一样,一点声音都发不出来。

第四轮的民调结果,给三支团队都带来了莫大的冲击。在玩家们的惊叫声中,总共8名玩家被"随机湮灭"了。在这短暂又漫长的一分钟后,这新一轮的调整,终于尘埃落定——

一号队,队长叶大鹰,这是由老玩家们组成的队伍,全队仅剩18人。

二号队,队长"深海大花枝",这是由青年人组成的队伍,全员仅剩 14 人。

三号队,队长贺教授,这是由老年人组成的队伍,队伍还有 20 人。

不同于玩家们的哀愁与悲伤,鸡冠头的主持人,仍然在兴奋地引导着:

"接下来,咱们有请候选人发言,以刚刚发布的民调排序为准!第一位,有请——"

失去了共情能力的贺教授,与其他玩家不同,他没有半点愤怒或悲愁,他显得自信满满,显得扬扬得意。他用手中的拐棍,用力地敲了敲地面的砖石,试图发出声音,引起全部人的注意力:

"朋友们,我今天来,不是为了拉票的。我是想向大家分享一些自己的观点。而在此之前,我想问大家一个问题——人,是什么?"

他用苍老的声音,向在场的众人,更是向场外全城的市民们,提出疑问。

老教授的眼球是浑浊的,眼神却自信又犀利。他环视现场,那扫视众人的犀利眼神,被摄影机捕捉并拍摄,同步到了蓝光大屏幕上。

只见这位雍容而自信的老教授,带着看学生一般、胸有成竹的神态,开始了自问自答:

"亚里士多德说,人是社会性动物。从社会心理学上说,人类天生带有攻击性,这是生物遗传进化的本能,没有人能置身事外。"

老教授的语速很慢,显得十分沉稳,像是在向众人传授一种朴素的、客观的知识:

"……换句话说,相同的遗传基因,相同的生存环境,会给予我们一种共同的安全感,用于抵抗其他社会性动物的攻击倾向——这,就是我们需要团结的原因。"

路无恙皱起眉头:他当然听说过亚里士多德,但他没学过什么社会心理学,他总觉得贺教授这话怪怪的,听着十分有道理,好像哪哪儿都对,可好像哪哪儿又都不对味儿……

似乎看出了他的纠结和困惑，曲菱依微微侧过身，在他的耳边小声说明：

"他这是偷换概念。人是社会性动物，这理论亚里士多德说过，马克思也说过。人也的确具有攻击性，这是阿伦森在社会心理学教材里的一个阐述环节，但他没有说的是，这种攻击性是可以预防和减少的，可以通过营造非暴力社会氛围，以及引导移情作用、增强同理心，来降低攻击性欲望。"

听了曲菱依的解说，路无恙瞬间悟了："老头儿一味强调共同基因和生存环境的问题，强调只能通过团结来防卫攻击性，其实是在给他的种族主义言论做铺垫！"

"对。"曲菱依点了点头。

正如路无恙和曲菱依预判的那样，贺教授搬出那一套社会心理学理论，只是在做前期铺垫，很快他就图穷匕见了：

"团结！我们应该怀有相同的信念，怀有共同的愿景，抵御共同的敌人，维持族群的强大！"

路无恙和曲菱依对望一眼，交换了一个眼神。

只见贺教授重重地敲击他的拐杖，他目光如炬，他挺直脊背，抬起脖子，放声向所有人呼吁：

"我们都知道，我们这些人，有着坚硬的特质！我们刚正不阿，我们勇往直前，我们坚强有力，我们生来与众不同，我们的身上流着高贵的血液！我们不能容许这份高贵被玷污，我们要力争上游，必须团结，必须强大！"

掌声雷动。殿堂之外的市民们，用力地拍手鼓掌，为贺教授这段诗朗诵一般的说辞，包括牛角人，包括兔耳人，包括鸡冠人。

而站在大厅内的玩家们，也有许多人搞不清楚状况。尤其是第二、第三小队的玩家们，他们完全没能领悟这段充满"正能量"的"团结"宣言，想表达的究竟是什么。

路无恙在狮总那儿见过牛角人之间传送的文字信息，当时，他看过那套煽动蛊惑牛角人搞种族主义的说辞。

眼下，贺教授那满满正能量的说辞里，没有一个字提到"牛角人"，却又是字字都在重复并回应那些煽动性的言论。

他话里有话，他绵里藏针，他故意用"坚硬的特质"代替了牛角，迷惑了其他人。可事实上，他是将种族分裂的企图，用华美的语言包装了一下，在提醒牛角人他们的计划的同时，还赢得了兔耳人和鸡冠人的掌声——而后面的二者，正应了那句老话：被人卖了，还在帮人数钱。

不明就里的兔耳人和鸡冠人，或许还会被贺教授的大道理、被他的正义所折服，甚至会投票给他的队伍——他们浑然不知，自己以为"团结而正义"的选择，是敲响了自己族群的丧钟。

听着来自四面八方的、那如雷鸣一般的掌声，路无恙只觉得悲哀：

一个思维混乱的病态老人，一套极具煽动性的"正义"说辞，就能给世界带来极大的冲击，甚至是将人们引入分裂，乃至是战争的地狱！

这多么可悲，又多么可笑。

直播还在继续。在那久久不息的掌声中，鸡冠头的主持人，还在热情洋溢、喜笑颜开地总结：

"感谢三号队伍，感谢队长贺教授的精彩发言！好的，接下来，掌声有请，民调结果排名 NO.2 的一号队伍发言！"

大屏之上，摄像机的镜头给到了叶大鹰，映出他方方正正的国字脸，以及那铁青的面色。

失去了两名伙伴的叶大鹰，本就陷入了沉沉的悲恸与愤怒之中。而刚刚贺教授的那一番话，更让他觉得既愤慨，又恶心——与路无恙一样，叶大鹰也是少数知道牛角人投票真相的人，于是，他决定正面硬"刚"，戳穿那套虚伪的说辞：

"少在那儿装什么正义了。你挑起种族话题，煽动牛角人联合投票,许诺事成之后,让牛角人成为'一等公民',凌驾于其他市民之上——这是哪门子的正义?!"

听到"一等公民"这个词语,殿外的市民们,顿时议论纷纷。

"什么?"就连鸡冠头的主持人,都是一脸愕然。

然而,面对叶大鹰的质问,贺教授却是气定神闲,笑得从容而淡定:

"你在说什么?什么'一等公民',你有证据吗?"

老教授装傻充愣的本领,也是一流的。面对他这云淡风轻的表现,叶大鹰显然是噎住了:他确实没有证据,证据都在牛角人的手机里。

见叶大鹰不说话,老教授冲摄像机镜头微微一笑:

"清者自清,浊者自浊。我相信,各位市民们都明晓事理、聪慧过人,会有自己的判断。"

老头儿这看似大度的表现,让陈拾实一阵反胃,少年狠狠地瞪了他一眼,故意发出了呕吐的声音。

第一小队的队员们都明白,他们手里确实没证据:牛角人早已结成联盟,当然不会主动"自爆"。而兔耳人、鸡冠人之流,他们什么信息都不知道,又被这套"明晓事理、聪慧过人"的高帽子给迷惑了,他们只当叶大鹰的质疑,是来自竞争对手的相互攻击罢了。

叶大鹰回过头,望向自己的队友们。路无恙冲他比了个嘴型,小声地说了"原计划"三个字。

叶大鹰点了点头,然后又深深地吸了一口气,强压下心中的怒火,决定不再与贺教授纠缠,而是按照原本的计划,稳扎稳打地叙述:

"各位市民,我们的竞选目标,是一个平等的城市。我们希望在这座城市里,男性和女性能够平等、自由、幸福、和谐地生活,享有同样的权益。"

此言一出,场外又是议论纷纷,似乎是殿堂外的市民们正在就他们的主张而探讨。

主持人忍不住开口发问：

"嘉宾，请您具体阐述一下，现在咱们的城市哪里男女不平等了呢？"

说到这里，主持人冲摄像头微笑，通过直播向所有市民调侃道：

"在我们这里，女人的地位已经很高啦，在家里我们都得听老婆的话呢。"

伴随着主持人的疑问，场外传来了哄笑声，似乎主持人的调侃，引来了不少男士的共鸣：对啊，在这座城市里，女人的地位已经够高的了，还要怎么平等？

"这是两个层面的问题，其实……"

叶大鹰刚准备阐述，却突然被人打断：

"对，这个问题，非常值得探讨。我想我们的女队长，更有发言权！"

迫不及待打断叶大鹰、截断了话头的，竟然是第二小队的队长——那个网络ID为"深海大花枝"的、满脸青春痘的青年。

叶大鹰愣了一秒，只见男青年伸出手腕操作表盘，把队长的管理权，重新设置回了盈盈兰芝。

瞬间，银光流动，两个人的位置，立刻对调并"刷新"——盈盈兰芝坐在了队长的"宝座"里，而深海大花枝则站在了石椅的背后。

那个为了保命而占据了安全地带、首先站出来抢了队长头衔的男青年，又把这个"队长"的头衔，给还了回去！

别看大花枝其貌不扬，行为也有点儿猥琐和小鸡贼，但他脑子转得贼快，是个有点儿小聪明的人。就像之前挑头儿、勒令盈盈兰芝让位，这一次，他又很快地领悟到了竞选的玄机所在——

在开始竞选宣讲之前，他们第二小队怎么都想不明白，另外两支队伍是用了什么方法，扭转了民众的支持度。可经过刚刚贺教授的发言，以及叶大鹰的反击和阐述，大花枝已经迅速明白了重点：

第一点可以明确的是：三号队老人团，打了一张"种族牌"，拉到了多数市民的支持。

第二点可以推导出的是：一号队伍要打"男女平等"的旗号，争取女性的投票，用来抗衡三号队伍。

到了这一刻，大花枝终于意识到了他们队伍的劣势所在——

他们之前做的网络宣传，只起到了"被看见"的作用，并没有绑定市民的利益。而其他两支队伍，已经通过宣传不同的政见，与广域的市民们做了深度绑定。所以，刚刚第四轮的民调结果，才会呈现出43：42：15的数据——对于他们第二小队来说，是极度惨烈的数据。

此时此刻，他们队伍想要借着直播发言的三言两语，借着这短短的五分钟，与选民们建立新的绑定联系，已经几乎不可能了。他们唯一能做的，只有一件事——

抢！

既然一号队伍打女权牌，他们就抢过来！反正他们队伍里有个女队长，能说会道的，由女人来演讲，肯定比一号队更有说服力！

于是，深海大花枝立刻归还了队长的权属，他把盈盈兰芝"架"到了宝座上，让她站出来发言——反正之后想要拿捏她也很容易，大不了再和兄弟们一起"逼宫"，让她把"队长"的头衔换回来就是了！

大花枝冲自家队长挤了挤眼睛。盈盈兰芝从小就外向又精明，又怎么会看不出他的意思？眼下队伍内部矛盾先放一边，想法子"拉票"才是正经，于是盈盈兰芝立刻接过话茬儿：

"主持人你好，其实我个人认为，你刚刚的笑话，一点都不好笑。"

在她冷静而正式的说辞之下，顶着红色大鸡冠的主持人，嘴边那调侃的笑容僵硬了。他拿着话筒，瞪视着面前的女性队长。而摄像机的镜头，也对准了盈盈兰芝，将她美丽精致又大方冷静的面容，直播给了所有市民：

"还有刚刚哄笑的各位市民，我想应该是男性较多吧。你们所说的'家庭地位'问题，并不能证明女性已经得到了平等对待，而是恰恰证明了我方的观点……"

盈盈兰芝的形象极佳,她吐字清晰,平静地质问道:

"……你们将家庭中的琐碎杂事交给了女性解决,还美其名曰女性是'当家主母',调侃你们自己是'妻管严'——可是真正的男女平等,应该是将生活中的家庭事务,由男女分担来解决,而不是专属于女人的任务。"

掌声稀稀拉拉地响起,那大约是来自女性观众的支持。

在那稀稀落落的掌声中,盈盈兰芝微笑着点了点头,似乎在向她的支持者们道谢,然后继续阐述并反问:

"……而在社会职场上,女性应该有更多的晋升空间,应该有'同工同酬'的权益。你们口中强调的'男主外,女主内'的观点,算是哪门子的'平等'呢?女性无法在职场上立足,被刻意规训而赶回家庭,在家里做无薪的保姆,又算是哪门子的'家庭地位高'呢?"

鸡冠头主持人被问住了,瞬间表情尴尬。同样尴尬的,还有不少男性市民。而场外的女性市民们,则狠狠地拍起了巴掌,用行动鼓励这位为她们发声的女队长。

盈盈兰芝继续向全城的市民阐述:

"因为我是女性,所以我才有感而发。我知道,在我们的日常生活中,有太多不被看见的付出,被刻意规训的所谓'传统'。我分享两个冷知识:大家都说'女孩子不擅长数学',可事实上,计算机程序的创始人,世界上第一位程序员,数学家阿达·洛芙莱斯,就是一位女性。大家还经常说'女司机开车不行',可又有谁知道,人类历史上的第一位司机贝瑞塔·林格,也是一位女性呢?"

她轻轻地叹了一口气,对着镜头苦笑道:

"……是的,女性的地位比起过往,已经有所提升了,至少我们有了受教育的权利,有了参加工作的权利。可真正的'平等',究竟是什么?"

她的提问,通过直播被放送到全城,引来许许多多女性市民的

第三十九章 荒诞的"三国演义"

关注：

"……平等，是无论男女，大家作为同样的一个'人'，有着同样的机会，同样的、选择的权利，而不被外力设限，不被规训为'你应该怎样'，而'我又应该怎样'。而那些属于我们女性的成就，也不该被掠夺，不该被遗忘——这就是我心目中的'平等'。"

掌声雷动。这轰鸣的声音，来自殿堂之外，许许多多女性的赞同。在那片久久不息的掌声中，盈盈兰芝微笑着对所有市民陈述：

"所以，心系平等的朋友们啊，无论你们是女人还是男人，请选择我们二号队伍。让我们一起努力，建设那个平等的、美好的城市。"

此时此刻，叶大鹰的脑海里，只闪过上面那句话。他做梦也想不到，他和路无恙还有第一小队的玩家们，做了那么多工作，做了那么多铺垫，发了那么多信息，努力做宣传和造势……竟然半路被第二小队"截和"了！

对于选民来说，他们第一小队之前的努力，其实并不重要，只是宣传并树立了"男女平等"这个观点。可现在正在宣讲的这支第二小队，他们同样拥有"争取女性权益、争取男女平等"的政见——最重要的是，他们的队长还是一位女性！

盈盈兰芝的存在，她的女性身份，就是一种政见的证明。

就算叶大鹰再努力，也无法翻盘。

叶大鹰猛地转头，将目光投向自己的队员们。他急切地在众人中寻找，又将视线投向了曲菱依和王漫漫——他知道，作为一个大男人，他是没办法在盈盈兰芝的面前占到半分便宜的。如果他们的队伍，也换成女队长呢？

"你上，"叶大鹰急切地对曲菱依说，一边点选手腕上的屏幕，想交出队长权限，"由你来说。"

"没用了。"曲菱依摇了摇头。

确实没用了。先机已失。就算他们换了队长，让两个女队长公然对线、现场PK，也不过是操持着相同的政见，相互拉扯，瓜分着女性市民的投票而已。

第二小队的半路截和,是一种赤裸裸的抢劫,窃取胜利的果实。意识到这一点,第一小队的所有队员,都将目光投向了盈盈兰芝:愤怒的、鄙夷的、敌视的。

相比起第一小队浓浓的负面情感,顺利偷到了"票仓"的第二小队,却是满心欢喜。满脸青春痘的大花枝,冲着盈盈兰芝比了个大拇指,后者以微笑作为回应。

而第三小队的贺教授,却始终抱着双手。他一言不发,只是任由唇角扬起嘲讽的弧度,似乎在吃瓜看戏一般——他以一种胜券在握的胜利者姿态,旁观那两支队伍拼尽全力的争夺。

"看来,两位队长的观念,很是相近呢!"

鸡冠头主持人皮笑肉不笑地说道,要掌控全场的他,再次询问叶大鹰:

"一队队长,请问你们还有什么要补充的吗?如果没有异议的话,我们要开始最终的票选了。"

叶大鹰却只是无言以对。事已至此,他还有什么好说的呢?

主持人甩着他鲜红的大鸡冠,开始用夸张的音色,向全城的市民们宣布:

"好的!那让我们开始最终投票!请各位市民,慎重地按下你手中的投票键! 三,二,一,START!"

站立在殿堂中央的玩家们,并不能看见市民们投票的动作。他们能做的,只是抬起头,盯着那一面由光点组成的、硕大的屏幕。

游移的光点,散发着华彩如幻梦般的光辉。然而眼下,却没人有闲情逸致去欣赏。路无恙不自觉地吞了吞口水,看着那些光点旋转、变换,化为上涨的柱体。

新一轮的民调结果,就在这变化的柱状图中,渐渐显现出了趋势与形态——

居于高位的,依然是贺教授带领的第三小队,数值比之前降了

2%,但还是维持在了41%。

第二位的是盈盈兰芝带领下的第二小队,支持率从上一轮的5%一路狂飙,如今稳定在了38%的位置。

最后一位是第一小队,支持率21%。

换句话说,如果不是第二队半路"杀"出来截和,他们呼吁"男女平等"的这个策略,是能对抗并战胜贺教授的"牛角人一等公民"论调的——哪怕从城市的人口分布来看,牛角人占据51%的数值,但对于大多数市民来说,平等而美好的城市,是他们的毕生追求。

然而,推测"如果",是没有意义的。事已至此,第一小队完全败北了——不是败给游戏系统,不是败给NPC,而是败给同为"游戏玩家"的人们。

当数值稳定下来,柱状图呈现出最终结果,鸡冠头的主持人以宣布比赛结果的欢快语调,开始了总结:

"恭喜我们三号队伍!恭喜贺队长,获得了市民们的广泛支持!"

主持人极具渲染力的语调,让三号队伍的一众玩家喜笑颜开。那些年长的、不擅长游戏的、从头到尾都是手足无措、现在又直接"躺赢"的大爷大妈,更是弹冠相庆——那位曾经丢下他们的队长,被他们讨厌甚至唾骂的贺教授,成了他们新的英雄。

面对同伴的支持和赞许,贺教授之前胸有成竹的神情,却化为了惶恐不安。他的额头渗出汗水,他的嘴角开始抽动,似乎对面点赞的大拇指,不是什么赞许,而是黑洞洞的枪口一般。

就在贺教授脸色变化的这一刻,主持人给出了新的任务线索:

"现在,请贺队长代表你的队伍做出选择!"

虚空中升起了舞动的光点,萦绕在贺教授的面前,幻化出了红、黄、蓝三种颜色的裸眼3D图案——红色圆圈中画着一对兔耳,黄色圆圈是一个鸡冠,蓝色图案则是一对牛角。

"请您选择一个种族,出战!"

主持人昂扬的语调,热情洋溢的表情,却只让路无恙觉得汗毛倒竖：

种族？出战？这什么意思？难道系统设置的游戏下一阶段，将开启作战模式？难道从头到尾，这个人口比例构成、挑动种族矛盾的模式，就是游戏系统本身的引导和暗示？

他将困惑又惊疑的目光，投向了身侧的曲菱依。可还不等他与同伴进行沟通，只听贺教授已经大声做出了选择：

"我选好了，牛角——"

他将拐杖换到了左手，然后抬起右手，重重地按下虚空中的那个蓝色圆圈，同时宣布：

"只我一个人。"

一个人？这又是什么意思？路无恙蒙了，他又惊又骇地转过头，望向了那位老教授。

"您确定？"主持人再三确认，"您一个人参战？"

"对。"老教授点了点头。

主持人咧开嘴角，晃动着他红艳艳的大鸡冠，朗声宣布：

"好的！如您所愿！"

不同于路无恙他们这些老玩家的紧张与惊骇，第三小队的那些大爷大妈们，还在兴高采烈地庆祝——他们高举着双手欢呼，而就在这一瞬，他们手腕上的电子表屏，发出了红色的激光！

欢庆与喜悦的神色，顷刻变成了茫然。但他们还来不及感到恐惧，红光已经将他们团团笼罩——

红光爆裂！

湮灭！

贺教授坐在宽阔而冰冷的石椅上，他紧绷的背脊，终于靠向了墓碑一般的石质椅背，露出了放松的神色。

第三小队此时只剩下了老教授这一名队长。而作为光杆司令，他却十分自在而悠然。与此同时，经过了种族的选择，他那白发苍苍的脑袋上，浮现出一对坚硬的、黑色的牛角。

第三十九章 荒诞的"三国演义"

静默。

第一、二小队的所有玩家,都震惊地望向老教授。他们不敢相信自己的眼睛,不敢相信一位队长仅仅凭借个人的好恶,就放逐并害死了自己所有的队员!

在这片死寂中,唯有主持人发出喜悦的声音:

"好的!接下来,有请第二小队的队长,代表队伍做出选择,准备出战!"

被点名的盈盈兰芝,却仍在震惊当中。哪怕光点在她面前游移,构成了红色的兔耳和黄色的鸡冠,供她选择,但她还是没能从震惊中回过神来。

"队长,"主持人催促道,"队长,请您选择……"

可就在这一刻,一阵呕吐声,打断了主持人的催促:

"呃……"

突然发出呕吐之声的,是陈拾实。憋了一路的他,此时此刻终于按捺不住,一口苦水吐到了地板上。

恶心,太恶心了!

十四岁的、还在上学的少年,实在无法忍受这么恶臭的环节,这么可耻的辩论!

老教授也好,学生会主席也好,他们满口都是"勇敢""团结""强大",满口都是"平等""公平""公正",事实上,只不过是这群人争取选票的游戏而已。

谁在乎这个世界变成怎样?谁在乎这个城市变成怎样?又有谁在乎这些 NPC 会变成怎样?这些政见和口号,不过是为争取选票找的话题、编的借口!

太残酷,也太反人类了!

这无耻的游戏!

他受够了!

少年忍无可忍,他抬起左手,用力地抠向右手腕上的表带——他知道破坏手表,会是什么结果,但他已经做出了选择。他受够了这个赛博游戏,受够了这个虚拟世界,受够了那些虚伪的正义!

"停下!"

"啊!"

同时喝止他的,是路无恙和哑帅。两人还同时伸出手,一左一右地捏住了少年的手腕,阻止他自残的动作。

少年抬起头望向他们,双眼中却没有一点感激,只有愤愤不平。

"不值得,"路无恙努力地劝说,他知道,这不是陈拾实第一次试图自毁了,他试图唤起少年的愧疚,"想想陈姐,想想她的愿望。你为了这些事情伤害自己,不值得的!"

"是,不值得。"

突然,陈拾实平静了下来。眼中的愤怒消失了,他扯了扯嘴角,带着一丝冰冷的嘲笑,轻声道:

"哔——片。"

他只说了两个字。其中的第一个字,被系统自动消音了。

下一秒,红色的光点,从他的手腕处亮起。被路无恙和哑帅死死攥住的手腕,瞬间化为焦炭。

路无恙愣住了,他的手还维持着紧握的力道。就在这眨眼之间,被他用力攥紧的手腕,便轻易地碎裂了——碎成了黑色的飞灰,自他的指缝中,纷纷落下。

他知道陈拾实说的是什么样的关键词。在上一关卡,大超无意中说瓢了嘴,落得个灰飞烟灭的下场——当时,陈拾实是看在眼里的。

他做梦也想不到的是,少年会用这样的方法,结束他虚伪的存在。

殿堂之内,再次陷入了死寂。

不过短短的两分钟,一共有二十名玩家湮灭——被抛弃的十九名队员,和那一名自戕的少年,从此湮灭于无形。不在现实世界,也

第三十九章 荒诞的"三国演义"

不在虚拟的游戏里。他们从身体到灵魂,再到赛博空间的数据残留,全部消失无踪……

可这荒诞的游戏,还在继续。

主持人夸张地举起话筒,用戏剧化的音调,催促二队队长进行种族的选择——然而,剩下的玩家们,却没有人理会他。

盈盈兰芝的嘴唇轻轻地颤动着,不出半点声音。那些"抢劫成功""顺利翻盘"的喜悦,在目睹这一切变故后,统统被吞噬了。

仍在大学读书的她,其实比陈拾实也大不了几岁。她从小到大所学习的道德观念为什么在这个互联网空间,在这个赛博游戏里,变了形呢?

——因为他们不是人呀。

在这个赛博世界,他们是数据,是账号,不是活生生的人类,所以一切真实世界里的法规和条例,无法给予他们任何保护。就连道德伦理,也备受冲击,成为捉摸不透而又虚无缥缈的存在……

面对这失去秩序、丧失伦理的混乱空间,他们的选择,变得沉重又轻飘,或是加入这场混战,或是随波逐流,或是放弃一切——包括这数据模拟下的、虚伪的存在。

她的沉默与僵硬,似乎阻滞了游戏的进行。主持人的脸色变得难看,他大声地呼唤盈盈兰芝,逼迫她迅速做出选择。而那由光点组成的、一红一黄仅剩的两枚图案,也在变幻移动,越来越贴近她的面孔,似乎下一秒就要贴到她的脸上,让她不得不立刻做出选定!

突然,一只手伸了出来,挡住了盈盈兰芝的面前。

那只手的手指上,还沾着黑色的灰烬。它用力地摆动着,挥散了那些不断迫近的、游移的光点。

是路无恙。

他抬起头,望向那高高在上的巨型屏幕,又好像是穿过屏幕望向殿堂的穹顶,再穿过穹顶望向这个赛博世界的天空,最终穿过数据的天空,望向更为遥远的地方——

"够了。"

他的声音不大，有着刻意的隐忍。而他对话的对象，也不是巨幕上的主持人，而是那些看不见的、全城的NPC市民们，以及更为遥远的存在——那些隐藏在互联网屏幕之外的，活生生的人们：

"这样的游戏，有意思吗？"

没有人回答他。

路无恙收回视线，先是转向盈盈兰芝，转向二队的那些"半路截和"的年轻人：

"我们之间的竞争，有意思吗？我们拼个你死我活，不过是受控于游戏系统，给别人当成笑柄罢了。"

青年们没有回答，这个道理，他们都懂的。但是他们对抗不了系统，翻不了天地，就只有在游戏里卷，拼命卷，卷出个成王败寇！

"玩家也好，NPC也好，我们每个人都知道，这个赛博世界存在着非理性的竞争，存在着性别与种族的剥削，那为什么我们还要迎合这些竞争和剥削，削尖脑袋地去相互伤害，去玩这个游戏呢？"

路无恙的质问，针对玩家，针对NPC，针对游戏系统里的每一个人。他突然意识到，陈拾实的放弃，或许也是一种解决方案：

"我们一起放弃这不公平、不公正、不正义的游戏，行不行？"

曲菱依的眼神闪烁了一下，但她没有阻拦同伴。

"如果我们一起放弃，我们都不玩了，能不能让系统察觉到异常，让系统外的人们审视问题的存在，中止这个错误的进程？"

然而，路无恙的呼吁，只换来了一声嗤笑：

"放弃？你以为我们献祭了，就能换来公正的对待？"满脸青春痘的大花枝，嘲弄地向他投去鄙夷的眼神，"放弃的都算是BUG，游戏公司才不会有什么反应，大不了系统清除数据，再换一批AI玩家来入场。"

他说得没错。从概率上说，深海大花枝的这个判断，是赛博生命科技有限公司，最可能做出的对策：这批玩家不行，湮灭了就湮灭了，再换一批入场就是了——反正被禁锢在游戏里的数据玩家们，从来

第三十九章 荒诞的"三国演义"

不是公司需要面对的消费者。

路无恙点了点头,继续阐述:

"你说得对。我也不指望资本操纵下的公司,能做出高尚的抉择。但我们能不能相信人们,相信那些活生生的人,相信他们的判断?"

或许,献祭似的自我牺牲,也是一种唤起众人情感的方法。如果他们这些AI数据人,都能同时做出决定、放弃游戏的操弄,是不是就会被评判出系统BUG,或者在外部观察的网民们,会意识到他们这些AI人工智能,也是有心有思想的,也是有道德追求的!

大花枝的嘲笑,变得格外大声了:

"你指望他们能做出什么'高尚的抉择'?"

路无恙深深地吸了一口气,没有立刻做出回应。他知道的,被游戏系统刻画为"正道之光"的网友们,曾经做出了什么样的选择——

有正确的,也有错误的。有基于理智的,也有完全基于情感的。可更多的,是混战,是相互攻讦,是揣测意图,是无法区分善与恶的混沌……

当以"亿"为数量单位的人们,聚集在同一个互联网平台上,发表着各自不同的观点,想要凝聚共识,是一件不可能完成的任务。而那些相对理智的声音,往往被嘈杂的争论所掩盖,最终只剩下一种杂乱无章的、诅咒唾骂的癫狂合奏。

这个结果,又能责备谁呢?或许每一个人,发声的,不发声的,都是错误。

"警告!警告!"

伴随着机械的报警声,整个宏伟的殿堂里,闪烁起猩红色的光芒。在那闪烁不停的红光中,屏幕直播被切断,游戏进程也被中止。

大地震颤,建筑为之坍塌。

大块大块的砖石,从天而降,重重地砸在地面上,将不少玩家掀翻在地。而下一秒,地板分解了,立柱消失了,建筑碎裂如粉尘,众人则一齐坠入无尽深渊——

也不知坠落了多久,大伙儿全部重重地摔在了地上。

警报解除,红光消散,路无恙赶忙抬头望向左右,快速寻找自己的同伴们——而这一望,他就蒙了。

曲菱依也好,哑帅也好,叶大鹰也好,他们的脑袋上,都长出了长长的、白色的兔子耳朵。

"叮——"

游戏的提示音再次响起。手表屏幕的黑底白字,跳出一行新的指引:

> **任务指引**
> 第二阶段:大逃杀
> 时限:无时限

"大、大逃杀?"

路无恙下意识地重复这个指令。

往哪儿逃?又是谁要杀?

这两个问题同时浮现在他的脑海当中,就在这一瞬,他突然听见了一声机械的声响——那是电影电视里经常出现的,给枪支上膛的声音。

他循声望去,只见他们降落的位置,又回到了城市的中心广场上。而站在广场上的一众NPC,瞪视着玩家们的双目,变得赤红如血——

几名牛角人,从衣兜里掏出了手枪。他们猩红的双眼,死死地锁定了他们这群拥有兔耳朵的玩家。

直到这一刻,路无恙终于理解了"大逃杀"三个字的含义:

杀戮模式,开启了。

第四十章
杀气腾腾的城市

原本平静美好的城市，化作了狰狞的战场。本该各司其职、幸福生活的市民们，此时却化身为了一个个杀手，他们用那双闪烁着猩红光芒的眼睛，在广场上四处搜索——

看见了！敌对人士！

顶着坚硬牛角的花车小贩——是的，他原本是在广场上推花车、卖冰激凌的小商贩——猛地从花车里掏出一把机枪，猛地扣动了扳机！

连续射出的子弹，扫射向人群，打在广场中的喷泉水池上，崩掉了造型优雅的雕塑。与石雕人像一同倒下的，还有无辜的民众：兔耳的，鸡冠的，毫无防备的他们，倒在了水池边，任由黑色的黏稠液体从他们的身下流出，汇入了清澈的泉水中。

——在这可笑的游戏里，可以开启屠戮模式，却容不下血液真实的颜色，只是任由"石油血"这种诡异的存在，做着些掩耳盗铃的粉饰。

下意识地生出了如此感慨，但路无恙来不及更深刻地去批判这可笑的赛博游戏，在听到枪声的那一刻，他和一队的同伴们一起迅速躲到了花坛草丛当中。

在这场大逃杀的求生游戏中，如果说老玩家有什么优势的话，那一定是丰富的作战经验。他们逃窜的动作，甚至比那些市民 NPC 们的行动还要快，在 NPC 们还来不及反应的那一刻，路无恙他们已经躲到了对手的视觉盲区。

"啊、啊！"不远处的、躲在灌木丛里的哑帅，压低了声音，发出提醒。

"啥？"路无恙没明白，只能困惑地望向对方。

"啊……"潜藏在花坛里的哑帅，竖起两根手指贴近耳朵旁边，冲路无恙抖了抖。

——哦，对！耳朵！

直到这一刻，路无恙才反应过来，自己也是长出了兔耳朵的一员，而他的兔耳露在了草丛外面。他赶忙伸出手，将高高竖起的耳朵给拉了下来，顺着后脑勺的曲线，小心地藏住。

此时此刻，一号队伍仅剩的十七名玩家，都长出了柔软的、白色的、长长的兔耳朵。而同样被直接传送到广场中央的，还有二队和三队——

三队只剩下了一个孤家寡人，老教授贺齐心长出了一对黑色的牛角，这是在议事厅中，他自己进行的主动选择。

二队仅存十四人，盈盈兰芝也好，深海大花枝也好，这群本就年轻气盛的青年人，脑袋中间全部顶上了一个红色的鸡冠，显得表情更加嚣张了。

然而，比起第一小队老玩家们的熟练闪避，二队的这些年轻人，却是此时最茫然无措的人。从没有遭受过战争和混乱的他们，面对这突如其来的枪战，直接傻了眼。

直到牛角人NPC们调转枪口，一枪击中了队伍中的一名年轻玩家，导致了他的急速湮灭，青年们才如梦初醒，疯狂尖叫着四处躲藏——此时第二小队只剩下十三人了。

与青年们的慌乱相比，已近七旬的老教授，却显得异常淡定。面对这些真枪实弹的牛角人NPC，他并没有显露出半分的恐惧，反而顺畅地和牛角人们站在了一起，在枪手们的簇拥下，淡然地拄着拐杖，大摇大摆地穿过了广场。

或许,老教授在竞选时说的那一套"我们牛角人就是高人一等"的说辞,将他自己都洗脑了,让他自己都深信不疑,让他相信长了牛角的自己,与NPC们已经化为一体。

广场之上,二队和三队截然不同的处境,让路无恙他们感触良多。但他更疑惑的是:"系统是怎么分配种族的?刚刚竞选之后,咱们不是没做选择吗?"

路无恙身侧的曲菱依,先是瞥了他一眼,然后给予冷静的推测:"选择进程被打断,系统应该是按人数排序,自动分配种族了。"

是的,按照游戏的正常进程,理论上说,是竞选民调结果排名第二位的第二小队队长盈盈兰芝,在剩下的兔耳和鸡冠中进行选择,选择一个种族,并在接下来的游戏阶段中,代表他们一起出战。

可问题在于,路无恙的当众质疑,以及贺教授的评价,硬生生地打断了这个选择流程。系统切断了选择环节,强制他们进入这个"大逃杀"的新阶段,开启了种族对抗的模式——而因为没有自主选择,系统可能是随机分配,也可能是按照当时队伍中残存的玩家人数,与NPC的种族数量进行了某种匹配。

"所以,"路无恙微一思量,挑了挑眉,"所以进程打断、系统警报的原因,是贺教授他说对了?'大区'背后有资本方,而这个资本方有不可告人的意图,通过这个赛博游戏,潜移默化地影响众多网民?"

曲菱依无声地瞥来一眼,不置可否,更没有就此分析。

就在二人藏身在草丛里,小声地研判着游戏状况的时候,广场上的形势,显得更加血腥残酷、不忍直视了——

在这座城市里,牛角人的数量本就占据了半数以上,此时广场上的人群也符合这个数学统计。超过半数的牛角人,无论是小商贩,还是经过的路人,都从衣服或背包里掏出了枪支——各式各样的枪,既有大型枪械,也有随身携带的小手枪,他们人手一把武器,在广场上四处逡巡,攻击着所有的非牛角人。

更令人毛骨悚然的是,原本坐在花坛边的长椅上,相互依偎、你依我侬的一对小情侣,当杀戮模式开启之后,牛角人男朋友从裤兜里掏出一把手枪,向自己的兔耳女朋友扣动了扳机,甚至没有一丝的迟疑。

动手之后,那名牛角人男友的心里似乎没有一丁点儿的波澜,他冷酷地踩进了女朋友流出的、黑色"石油血"的血泊之中,然后踏出一个个沾血的脚印,举着他的手枪,开始在广场上四处搜寻下一个受害者。

震颤,仿佛地震一般的颤动。

"咚——咚——"

伴随着极有规律的、沉重的声音,大地一下又一下地颤动,连广场上的垃圾桶都随之震颤起跳,又跌回原来的位置,激起一阵阵的灰尘。

众人循声望去。原本愤怒不已、双眉紧蹙的叶大鹰,在看见远方的那个庞然巨物的时候,瞠目结舌,不禁开始怀疑人生——

在这场诡异的赛博游戏里,通过数次关卡的他,也算是经过大风大浪的了。可他做梦也想不到,这里竟然还有"那个"!

"那个"东西,正一步一步地,向广场接近。

它的所到之处,树木摧折,房屋倒塌。它的双脚踩在地面上,立刻踩碎了柏油马路,只留下一个又一个的、碎裂的坑洞——

那,是一个巨型机器人。

仿佛是年幼时看的动画作品,足足有七八层楼高的机器人,从街道的尽头走向广场。它的钢铁脑袋上,顶着一副红色的头冠,而它的右手手臂上则横着黝黑的炮筒。

面对全民持枪、射杀屠戮的牛角人,巨型的鸡冠机器人,则慢吞吞抬起了它的钢铁躯壳,将炮筒对准了广场上的牛角人们——

"跑!"

察觉不妙的路无恙他们,一边惊叫提示一边奔逃着冲出草丛,呈鸟兽散。

第四十章　杀气腾腾的城市

"砰——"

一声轰鸣，广场被轰得七零八落。地面破碎，建筑崩塌。在一片废墟中，之前持枪而四处屠杀的牛角人，横尸在地，一动不动。

没有遭遇炮火轰炸的牛角人们，立刻调转了枪口，他们不再在广场上寻找受害者，而是一起抬起枪，对准了高耸的机器人，向它猛烈进攻！

在这枪林弹雨中，原本垂头丧气、死气沉沉的二队玩家们，此时终于扬眉吐气了。

形势瞬间逆转。

然而，"高达"似的超级机器人的加入，对于路无恙他们的队伍来说，显然不是一个好消息。既没有随身携带枪支，也没有机器战警可以操纵的兔耳族人，成了广场上最大的牺牲者。

在大口径炮火与纷飞的子弹中，兔耳朵的NPC市民们，尖叫着四处逃窜——其实，他们也被开启了"杀戮模式"，他们也有着猩红的目光，但因为手中没有武器、根本无力抵抗，所以此时此刻，他们成了绝对的受害者。

"逃！躲进建筑里！"

路无恙大声招呼，同时伸出胳膊，指向了对面的展览馆。

在火炮和枪林弹雨中，兔耳的玩家和NPC们，同时向建筑里奔逃。而与此同时，持枪荷弹的牛角人，以及操纵着机器人战士的鸡冠人，二者正在酣战不停——趁着"神仙打架"的工夫，兔耳人们慌乱地溜进了建筑物里，关上了展览馆的大门。

门外，炮声、枪声、轰炸声，不绝于耳。

门里，路无恙、哑帅、叶大鹰扛起桌椅，抵住了展览馆的大门，然后招呼同伴们往展厅的深处躲。

向展厅内部走，外面的激战声也渐渐远去。室内重归平静，只有众人慌乱的还无法平静的呼吸声。

"叮——"

423

静谧之中,突然响起了游戏的提示音。与此同时,玩家们的手表上,浮现出一行任务提示的文字:

【游戏过关条件:优胜劣汰,角逐出优势人种。】

玩家们面面相觑,再结合之前任务提示中那条"大逃杀""无时限"的说明,分明是在说:这场游戏,是要所有市民 NPC 和玩家们至死方休。

"这游戏能这么设计?就没人管管吗?!"

侉侉破口大骂,而王漫漫也跟着点头:

"对呀对呀,上一关不就出现了'审核之手'吗?这次游戏设置搞出个杀戮模式,这么恶劣这么血腥这么残忍,他们不管管吗?都大逃杀了,这也太不和谐了吧!"

然而,她的说辞,却只换来了同伴的嗤笑:

"谁在手机游戏里讲'和谐'啊?按你这么说,什么战争游戏,什么竞技游戏,什么多人对战的 PK 玩法,就都不应该存在了啊!"

说话的是一名戴眼镜的青年人,他在"大区"的网络 ID 是"胡来"。

"胡来"的吐槽,瞬间让王漫漫无言以对:

对啊,谁在游戏里讲和谐啊?她自己就是个漫画家,就是搞文娱行业的,也经常在别国的文艺作品中,欣赏一些血腥残酷的暴力美学。在文艺作品里,是可以讲"和谐"、讲"价值"、讲"三观",但应该也有不讲的权利——否则,那些战争、奇幻、恐怖,以及特别小众的探索题材的作品,就都不应该存在了。

"也不是不管,审核是有尺度的。"

一个清亮的声音,加入了"胡来"和王漫漫的对话,那是曲菱依。

只见曲菱依伸出她白皙纤细的手指,指向了展览馆墙壁上的一众画作,指向了画作上的牛角人、兔耳人和鸡冠人,一边分析道:

"如果这是现实题材的游戏,当然不能有种族歧视,不能有种族战争,这就是你们所争论的'三观问题'。但是,现在我们所处的,明

第四十章 杀气腾腾的城市

显是一个脱离现实环境的架空的奇幻世界——奇幻世界出现了种族战争,并没有什么问题。"

顺着她指示的方向,路无恙望向墙壁上的画作:那是一排排画风古朴的绘画,而画作描绘的,是三个种族之间的历史。

在这些以画作展示的历史介绍上,可以明显地看出,这里甚至不是地球,是一个虚构的、缥缈的、完全不存在的地区。而牛角、兔耳、鸡冠这三个人种,也是基于不同物种进化而来——正如曲菱依所说,这是完全"架空"的"奇幻世界观",跟真实世界没半点儿关系。

而就在这一刻,路无恙突然意识到了,为什么在之前的游戏关卡中,环境再诡异,玩家也好,NPC 也好,人的外貌都是正常的。而到了这一关,城市环境变得正常多了,而"人"却都变了样儿:

"我明白了!在上一关,'大区'游戏里搞流量比拼,讲了太多跟现实世界紧密相连的社会话题,所以遭到了群众举报,之后被'审核之手'一把摁住了游戏进程,还关停了系统两个月……"

说到这里,路无恙深吸一口气,做出判断:

"……所以在上次被'铁拳'捶了之后,'大区'公司和他背后的资本学乖了!当然,他们还是想去讲一些事,或者说'挑'一些事,但他们不敢再提出现实里的社会问题,于是搞出个架空奇幻世界,搞出了这些牛角、兔耳、鸡冠之类的超现实人种,来躲避'审核'的铁拳!"

曲菱依点了点头。可旁边的王漫漫还是想不通:

"为什么?'大区'费尽心思搞赛博游戏,搞架空世界,还想方设法地躲着审核的铁拳,图什么啊?他们完全不用做这些事情啊!就光凭'大区'社交平台的收益,凭他们赛博灵堂建模的收益,已经足够挣钱了啊,为什么还要冒着被审查的风险,搞架空搞影射,做这么奇怪的事情?"

年轻又天真的少女漫画家,对"大区"公司的行为感到困惑。而率先回应她的,是黑皮卷发的外国留学生甄来福:

"当然是为了正义!上一关看见,社会上很多事不公平。科技公司为了正义,做游戏,做创作,讲真相!"

比大伙儿稍稍年长的叶大鹰,在听了甄来福的说辞之后,皱起了眉头:

"资本控制下的科技公司,把咱们丢到游戏里,让我们成为网民观摩博弈的牺牲品,有哪一点正义了?"

是的。当这个赛博游戏开启的时刻,"大区"就与道德伦理背道而驰了。赛博生命技术公司,可以考虑成本,可以按照合同,假如公司将他们这些 AI 数据人,按照合同规范,全部直接进行数据销毁,也算是合乎情理——但他们绝对没有资格,也没有任何理由,把根据真人还原出来的 AI,丢进这残酷的游戏中,进行一场绝地求生的"大逃杀"!

当"大区"和赛博生命技术公司,开启这场罪恶的、虚拟的游戏的那一刻,他们就已经远离了所谓的"正义"。

甄来福沉默了:叶大鹰的阐述,他无法反驳。

"胡来",给了甄来福致命一击:

"还正义呢?都是生意!反映揭露也好,架空影射也好,都是吃的流量饭。吵得越凶,流量越多,国内国外两头挣钱,既能挣傻子的钱,又能挣阴谋家的钱。"

傻的,自然是社交媒体上那些不明真相的网民。而阴谋家们,也是昭然若揭了——

在展览馆墙壁上,这些所谓"架空"的历史绘画上,明显有着对历史事件的影射。其中最让路无恙不适的,就是画作上"鸡冠人备受生存困境,不得不对兔耳人发动侵略战争"的描绘,以及实施侵略之后的画面,明显带有一种倾向——"洗白"的倾向。

似乎看出了路无恙的困惑,曲菱依的眼中闪过一抹若有所思的意味,她接过了话头:

"比起揣测主观上的动机,还是评价客观上的结果,更有说服力。不管'大区'背后的意图是什么,比起'他想做什么?'的揣测,'他做了

第四十章 杀气腾腾的城市

什么'更重要。"

她的话也有道理。凡事讲证据,如果都去揣测动机,靠动机去定罪,那真的是"欲加之罪,何患无辞"了——到时候,世上将没有"清白"的人。

无论是王漫漫的质疑,还是甄来福与叶大鹰的互斥,还是曲菱依的叫停,越是辩论,越是分析,在场的众人越是无力。不管谁对谁错,对于大伙儿目前的局势,没有一点帮助。想到这里,众人再度陷入了沉默,沉默地伫立在这宽阔的展览馆里……

就在这时,就在这原本静谧的展览馆内,从天花板上传来了轰鸣之声——

"轰——"

地动山摇!

下一秒,随着轰隆巨响,碎石纷纷。只见那竖着火红鸡冠的超级机器人,竟然用它的钢铁巨手,掀开了展览馆的天顶!

透过那破碎空洞的天顶,只见二队的青年"深海大花枝",站立在机器人的肩膀上,居高临下地望着一队的成员们。他那张满是青春痘的脸上,浮现出了狰狞的笑容:

"哈哈,找到了!"

对于那些城市里的市民、鸡冠人NPC来说,他们的屠戮模式只针对现场,也就是目光所及之处。因此路无恙他们一众人躲进了展览馆,原本是到了安全地带才对。

但他们没有料到的是,同为玩家的二队队员,是可以通过电子表屏上的地图模式,锁定其他团队的位置的!

换句话说,一旦玩家之间开始了竞争和杀戮,就没有了可以躲藏的地方,真的只有四个字:至,死,方,休。

顶着鸡冠的巨型机器人,用钢铁巨爪扒开了屋顶,然后一拳轰塌了展览馆的外墙,堵住了所有的出路。一号队的玩家们,只能站在巨型机器人的阴影当中,仰望它的动作——

427

只见巨型机器人又红又亮的双眼,像是血色的探照灯,对准了建筑内部。在大花枝的狞笑声中,机器人右拳的炮筒,瞄准了一队的玩家们——

被锁定的一号队玩家们,已经无路可逃。他们不过凡夫俗子,怎么能以血肉之躯,对抗那足足几十米高的机器人?

在全然的武力和火力压制下,路无恙狠狠地冲向机器人,想以一己之力吸引敌人的注意力——但他的这个想法,实在太天真了。

毕竟这巨型机器人,不是真实世界存在的,而是因这一关游戏的"架空"优势,调用了存在于动漫剧作里的设定。因此,这台机器人的火炮也是动漫里才有的最强力、最先进的武器,完全可以将整栋建筑轰成灰烬。

只见机器人抬起右臂,积蓄能量的炮筒,凝聚起了红色光芒。眼看它这一炮轰下,就要将第一小队的玩家们一网打尽,就在这生死关头,突然,奇迹发生了!

炮筒的火光,熄灭了。

与之一同熄灭的,还有巨型机器人那红亮的双眼,像是断了电似的,失去了亮光与动力。

大花枝脸上那得意又狞狰的笑容消失不见,全然化为了愤怒。他扭过头四处张望,想要寻找停下机器人的罪魁祸首——

那个人,个头不高,身形纤瘦。

可就是这个看上去有些羸弱的身影,却毫不迟疑地站在了机器人的面前,仅仅凭借触碰腕间手表屏幕的操作,就中止了巨型机器人的攻击行动。

那是第二小队的队长,盈盈兰芝。

她凭借自己二队队长的身份,中止了机器人的操作权限,停止了"深海大花枝"的进攻。

对于盈盈兰芝来说,之前的竞争环节里,三支队伍在竞选阶段的相互比拼和算计,是一种基于游戏规则的玩法。虽然她也在队长宣

第四十章 杀气腾腾的城市

讲的环节,毫不犹豫地抄袭并抢夺了一号队的女权议题,为自己的团队建立了优势——但这样的卑鄙,是不得已而为之,在她能够接受和认可的范围内。

可现在她无法接受,更无法认可的是,玩家和玩家之间赤裸裸的屠杀。这不是谁输谁赢,谁第一谁第二的问题了,而是实打实的"要命"啊!

所以,她做出了选择。

盈盈兰芝的选择和动作,无疑激怒了"深海大花枝"。站在机器人肩上、趾高气扬的男青年,居高临下地发号施令:

"队长给我!"

这已是他第二次"夺权"。而这一次,深知对方品行的盈盈兰芝,已不会再轻易答应——

女队长仰望着他,没有一丝畏惧,她不假思索地选择了对抗:

"不。"

这声不容置疑的拒绝,再次激怒了"深海大花枝"。这位生长出了红色鸡冠的男青年,气急败坏地向二队的队员们宣告:

盈盈兰芝的右手被一名男青年抓住,他拧过她的手,拨弄着屏幕,就要转换队长的权限——而盈盈兰芝的手臂,因为他的这个动作,被弯折成了诡异的角度,甚至发出了破碎的声响。

"啊啊啊啊——"

盈盈兰芝发出了痛苦的悲鸣,而就在这一瞬,两道身影,飞奔了过去!

一是路无恙,仗着"金手指"而无所畏惧的他,冲上去就要救人!

另一道身影,则是众人从未设想过的人——那是年轻的、怕事的、柔弱的,明明是个宅女却在这一刻化身为女英雄的少女漫画家,王漫漫!

急冲上前的王漫漫,可能自己都不曾想到,自己会拼了命地上去救人,并且和高壮的男人们踢打搏斗。然而,就在那一刻,在看见盈盈兰芝遭受的苦楚之时,强大的共情能力,让王漫漫感到了无比的恐惧,更让她热血沸腾,让她的脑子烧掉了理智!

怒吼着冲上去的,除了无法痛斥的哑帅,还有叶大鹰,有佟佟,有胡来,有甄来福——事实上,除了曲菱依站在最后,冷静地观察着战局的情势之外,第一小队的玩家全部冲了上去!

混战!男人们相互挥舞着拳头,女性也不甘示弱地发动了进攻。从人数上看,第一小队是占据优势的。然而,手臂被折断的盈盈兰芝,终究失去了队长的头衔——那名男青年在混战中,抢到了确认的按键,将第二小队的队长头衔,转移到了"深海大花枝"的身上!

在成为二队队长的那一瞬间,"深海大花枝"立刻启动了机器人的控制权限。这个庞然巨物一脚踩下,数万吨的钢铁,瞬间将第一小队的两名队员,给踩成了肉饼肉泥,继而双双灰飞烟灭!

胜利的笑容,再次浮现在男青年的脸上,混合着残忍和狰狞。他挪动自己的胳膊,用一种同步性的动作,操控巨型机器人,向一队的玩家们轰炸射击。

机器人无情的炮火,又带走了第一小队三名玩家的生命。与之相反的是,尽管一队玩家用力挥拳,却不曾在斗殴中对二队青年们下致命的"死手"。

于是,重新掌握了重型武器的二队,再次占据了上风。就在"深海大花枝"毫无人性地决定"清洗"的这一刻,突然,一枚炮弹从空中飞来,击中了机器人的右臂炮筒!

"轰——"

炸开的炮筒,强烈的震动,差点把大花枝从机器人肩上掀翻下去,好在他眼疾手快,死死抓住了铁甲的一角,才没有摔下去。惊魂未定的他,向炮弹飞来的方向望去,却发现一支军绿色的车队,向广场上疾驰而来。

战车上的军人,有男有女,都长着一对长长的兔耳。那对兔子耳朵,虽是雪白而柔软的,但NPC们的视线,却是如此坚毅,坚毅

第四十章 杀气腾腾的城市

如钢。

神情肃穆的兔耳军人,在肩上扛起了炮筒,接二连三地向"深海大花枝"和他操纵的巨型机器人发动攻击!

炮弹一枚接着一枚,急速发射,火光爆裂在机器人的躯干之上,令它无法行动分毫。

大花枝将身体掩藏在机器人的胸甲后方,他心惊胆战地躲避着炮弹的攻击。他当然想回击,但兔耳军人们的炮火实在太过密集,战术配合也十分精准,根本不给他任何反攻的机会。

先前还在挥拳缠斗的第二小队玩家们,在兔耳 NPC 们的威慑之下,停止了攻击的动作。而经过刚刚的一场乱斗,路无恙他们这一队,没有受到致命伤而湮灭的,只剩下十二人而已。

这十二名玩家在兔耳军人的指引下,登上了绿皮卡车。

"那你……你怎么办?"

王漫漫搀扶着盈盈兰芝,一脸的担忧。她知道,不能将盈盈兰芝留在二队里,但看着对方头顶已然生出的鸡冠,她又只能干着急。

盈盈兰芝痛得说不出话来,只能发出细碎的吸气声。脸色惨白的她,悲哀又无助地望向这个努力救助自己的女孩。

盈盈兰芝真的不明白,事情怎么会落到这个地步。这个虚拟的游戏,怎么会沦落到这么残酷、这么血腥的战争阶段……他们怎么就能打了起来?怎么就变得至死方休?他们都是玩家,明明都是玩家啊!

王漫漫和盈盈兰芝的相互扶助,落在其他队员的眼中,也都倍感无奈。路无恙忍不住开口,询问那名指引自己的军人:

"我们能带上她吗?她留在这里,会被队友打死的。"

没想到的是,红色眼睛的兔耳军人,爽快地答应了。

王漫漫赶忙将盈盈兰芝拉上了绿皮卡车,跟大伙儿一起窝在车斗里。

密集的火炮仍然在向机器人射击,令那个顶着火红鸡冠的庞然大物,失去了战斗的能力。而在坦克和火箭炮的护卫下,兔耳人的绿色车队一路疾驰,飞快地离开了这个满是残垣断壁的广场。

车队疾驰,向城北进发。路无恙调出地图查看,只见从城市功能划分上看,城北是农业和林业区域——由此看来,兔耳人是把农林区当成了自己的大本营,作为对抗敌人的堡垒和屏障了。

绿皮车队所到之处,就激起牛角人和鸡冠人 NPC 们的残暴因子,令他们骚动,并开始向车队发动攻击——当然,在兔耳 NPC 的护卫之下,那些散兵游勇、不成体系的进攻,都会被即刻化解。

兔耳人都守在安全地带,搞防御搞防守,那也不是长久之计。这游戏关卡,没有时限,至死方休。

就在路无恙无比纠结的时刻,突然,天际响起一阵雷鸣——

那是真正的"破空之声",像是什么东西撕裂了空气,发出了震颤的音波。

与此同时,仰起头的他,看见一个东西,划过天空,飞向了之前的广场。

还不等他仔细分辨,下一秒,那东西坠入广场——

巨大的蘑菇云,随之升腾而起。

第四十一章
最后的反击

巨大的蘑菇云,升腾而起。

音浪与热浪,同时向四周辐射。炽热的空气吞没了广场上的残垣断壁,吞没了广场四周的道路,冲击波像是辐射的涟漪,摧枯拉朽般地推倒了周边的楼宇,让那些钢筋水泥的建筑,如纸片一般碎裂。

什么展览馆,什么商业中心,什么议事厅和办公大楼,全部化为了尘埃。

而站在广场中央的巨型机器人,和站在它肩膀上的、气急败坏的青年,都在这一瞬间被汽化——

化为了虚无。

不再有人影,不再有建筑,只有无边无尽的热浪,还有那朵凝聚在广场上方、迟迟不曾散去的辐射云。

……

好在兔耳人的绿皮车队,已驶出广场几千米,没有遭受到这枚微型核弹的杀伤力。

然而,上一秒还在向王漫漫道谢的盈盈兰芝,那一句"谢谢你"话音还未落,她那断掉的手腕上,就亮起了猩红的光芒——

红光爆裂!

她的身形,瞬间炭化——

湮灭!

那一声"谢谢你",似乎还回荡在耳边。王漫漫瞠目结舌,她发不出一点声音,只能怔怔地瞪视着前方。她的右手,还维持着给那人上药的动作——

可是,她想要帮助和救治的对象,却已经化为了飞散在空中的灰烬,并随着卡车飞驰的气流,飘出了车外……

突如其来的变故,让所有玩家都怔住了。

无论是蘑菇云的出现,还是盈盈兰芝的消失,让所有人的脑子,都在这一瞬间,陷入了全然的空白。

想到消失在自己面前的那位年轻女孩,想到她们年纪相差无几,都是热情生活的小姑娘……少女漫画家痛苦地捂住了脸孔,发出了一声声的呜咽与悲鸣。

她的哭声,徘徊在车厢里,随着道路的颠簸而颤抖。

没有人能安慰她,因为……他们这些被困在赛博游戏里的玩家,和她抱有相同的困惑,也怀着相同的不甘。

就在这时,路无恙的手表突然发出"叮——"的声音,他赶忙低头一看,却发现屏幕上浮现出一行文字:

【您已成为一号队伍的队长。】

队长的头衔,转移了。

路无恙猛地抬起头,望向对面的男人。那个一直担任着小队指挥者的中年男人,向他点了点头:

"这个队长,还是由你来做比较保险。"

叶大鹰的决定是理智的。他不是"发扬风格",也不是把"生"的机会让给了路无恙,而是他意识到了一个问题:

盈盈兰芝为什么会湮灭?她并不在核辐射的范围里,第一小队的玩家都没事,就她一个人坐在卡车上突然就灰飞烟灭了。答案就只有一个——

当队长消亡之时,就是整个团队"团灭"之时。

就在十几分钟前,"深海大花枝"抢走了二队队长的头衔,所以随着他被轰炸,所有的二队队员,已经全灭。哪怕是逃到了安全地带的

第四十一章　最后的反击

盈盈兰芝,也不能幸免。

所以,他必须将队长的位置,留给路无恙。毕竟,路无恙是那个有着"金手指"有着"外挂"的人,只要他不死,其他队员就还有机会!

不愧是经历过多次关卡的老玩家,叶大鹰的分析相当精准。而此时此刻,他的心态也与之前不同了——

当罗东东和若若还在的时候,他们四个人,就是"飞鹰救援队"的全部。为了伙伴能生存,他不惜放弃原则、背离道德,也要为队友们争取"生"的权利。可是现在,罗东东也好,若若也好,都随着"随机"两个字,化为了虚无,曾让他"背德"的坚持,便显得如此可笑。

如今,他能做的,就是寻找最优解。为此时此刻、彼此依靠的同伴们,寻得一点哪怕微弱的胜算。

叶大鹰阐述了原因,路无恙也只能点头答应,接下了这个"一队队长"的头衔。

如今的第三小队,虽然只剩下一个人,可贺教授的行为,却完全无法被预测。这位脾气古怪加被害妄想的老教授,完完全全地成了一个独裁者,一个患上了阿尔茨海默病,却又掌握了发射核弹权力的、独裁的君主。

当曲菱依用数据的形式,摆出整个战局形势,路无恙立刻意识到问题所在:

"不行!我们不能回兔耳的大本营了!停车,停下车!"

他大力地拍动车体,吸引前方兔耳 NPC 的注意力。车辆停下,而之前在广场上迎接众人撤离的那名军官,也走到了卡车的后方,疑惑地问道:

"各位,怎么了?"

"我们身上都有定位,"路无恙举起手腕,敲了敲电子表屏,"对手能通过地图显示,锁定我们的位置。如果我们跟你们一起回根据地,到时候贺教授一枚核弹过来,兔耳人就被连锅端了!"

在兔耳 NPC 们的帮助下,玩家们获得了一辆坦克,两辆防弹车,还有这一路上从牛角人那里收缴来的枪支,确保每个队员都有一把能用的武器。

在队员们武装到位之后,玩家们和兔耳NPC们道别。而那支绿色的车队,将继续一路向城北进发,搜救并带领同胞,一起向位于城市农林区的根据地撤离。

"咱们走吧,快速移动。"

路无恙不得不做出指挥,因为贺教授和牛角人可没有什么"道德阈值"的设定,他们随时可能扔出一枚核弹,团灭第一小队。

他触碰手表屏幕,打开电子地图:一个闪烁的蓝色圆点,停留在城市的南部,正落在一所大学校园的内部。显然,那就是贺教授的所在了。

大逃杀,至死方休,必须获得整个种族的胜利。目前他们想要赢得游戏,只有两种方法——

第一种方法,联合兔耳人NPC的武装力量,与牛角人种族进行武力对抗,最终杀掉城市当中所有的牛角人NPC,哪怕他们占据了城市总人口51%的数量——换句话说,两个字:屠城。

第二种方法,直捣黄龙,擒贼先擒王,干掉第三小队——更确切地说,只要干掉一个人就好了:贺教授。

这两条胜利路径,已是非常鲜明的了。第一小队的所有玩家,都面临着这个选择——同时,这个选择,也是一种道德困境:

是毁灭大多数,还是毁灭一个人?

那个"大多数",都是游戏里的虚拟设置,都是数据和算法形成的NPC,都不是真正的人。

而那"一个人",也是数据组成的人工智能,但他曾经是真实世界存在过的、活生生的人,是真人在虚拟世界的一种"投影"——贺教授和路无恙他们本质上都是相同的存在。

而在道德审判上,那"大多数"和"一个人",同样存在罪恶的行径,甚至是一种紧密关联的利益共同体。

第四十一章 最后的反击

——是杀掉海量的虚拟NPC，还是杀掉一个看似真实的游戏玩家？

每个人的心中，都存在着这样的疑问，拷问着他们的内心。

但他们无法去说理，也无法突破游戏系统对于他们的限制，更无法冲破游戏规则。所以最终，前队长也是实用主义者的叶大鹰，深深地吸了一口气：

"我们不是法官，也无法去做什么审判。我建议从实际出发，哪条路的胜算更大，就用哪个方法。"

这个提案，得到了大多数人的赞同。除了一言不发的曲菱依，以及陷入深深思索的路无恙——他其实有个想法，但为了躲避系统的监控，现在的他，还不能将之说出口。

目前的第一小队，仅剩十二员：路无恙、曲菱依、哑帅、叶大鹰、侉侉、王漫漫、甄来福、胡来，以及四位同样经过多轮游戏的老玩家——

麋小鹿，31岁，"大区"时尚区的穿搭博主，打扮干练利落，极具美学修养，同时动手能力极强，给她原材料、电锯、磨光机和其他一些相关设备，她甚至可以组装出一套盔甲战衣。因为在现实生活里，麋小鹿是一位珠宝首饰的设计师，同时自己还开了线下实体的工作室。

——麋小鹿大概率不是身死之后、由家人付费"建模"的。她很可能和哑帅一样，是在赛博生命技术公司建设的初期，游戏系统利用"大区"社交媒体资源抓取的测试人物。

塔塔，42岁，大叔身、少年心，因为沉溺于电子游戏，高中学历，没考上大学，但以超强玩家与内部测试员的身份，游走于各家"大厂"的游戏之中，也成了业界的传奇。塔塔倒是非常清楚自己被"建模"的始末：

"我是个'家里蹲'，身体不行，半夜猝死了。大约是我妈放不下我，还是给她那个没用的儿子，搞了个虚拟现实吧。"

因为丰富的游戏经验，塔塔在这个赛博游戏里游刃有余，他已经连续通过七个关卡了。不同于其他玩家被动陷入赛博游戏的痛苦和

437

挣扎,塔塔觉得无所谓,甚至是有些享受游戏的过程。而在本次竞争关卡的预备区域,塔塔评估了场上形势,快速加入了第一小队。

最后的两名玩家,则和社交网络与电子游戏没什么特别的联系——

刘子言,36岁,高中地理教师。他虽然年轻,但也算是一位"名师",徒手能画世界地图,因为上课生动有趣,能将各种天文地理的自然现象讲得清晰明白,并且极具趣味性,深受学生的爱戴。当学校遭遇地震,他督促并组织课堂上所有的学生,都成功地逃了出去。可最后一个离开教室的刘老师,自己却没能跑掉。

也正因为这场遭遇,当初逃离的学生家长,共同募捐,给刘老师和其他在灾难中牺牲的老师,在赛博灵堂中"建了模",以示对他们的悼念——不过随着时间的推移,这样的悼念活动并没有长久地延续下去,"续费"的事情也就不了了之了。

杜刚,52岁,保安,算刘子言的半个同事。他是高中的保安门卫,就是刘子言的那所学校。当地震来临时,全校师生有序地向外撤离,他却是那个"逆行者"。曾是退伍军人的他,心里装的不是自己,而是学生仔们。他特别记得,有个学生前阵子摔断了腿,天天是挂着拐去上课的,便冲进校园想去确认那名学生的安全——不过可惜的是,他没有找到那名学生,而是随着教学楼的坍塌,和刘子言一起被压在了废墟之下。他只比刘子言多活了两天,最终也在无边的黑暗中咽了气。

这两个人相互认识,因此在进入这场赛博游戏之后,很快就组了队。刘子言对地理环境的分析能力,以及杜刚的实战能力,算是一文一武双剑合璧了,因此两人结伴,顺利通过了若干关卡,直到一起加入了路无恙他们的队伍。

而对于路无恙来说,由于游戏第一阶段"躺尸"了一个小时,后来又是分多个小组行动,紧接着就被集体传送到了议事厅,所以他其实并不太了解第一小队的队员状况。直到这一刻,他才刚刚掌握到糜小鹿、塔塔、刘子言、杜刚这四人的身份。

于是,十二人对着电子地图一顿商量,但各自所想的作战方案截然不同:

"咱们得分兵走,至少兵分三路。贺教授有核武器,虽然不知道牛角人一共还剩下几枚核弹,但大家如果扎堆行动,就给了他一个'连锅端'的机会。"

叶大鹰的这番考量,当然有他的道理,但是侉侉却忍不住吐槽一件事:

"我说大鹰队长,你说得是有道理,可问题是咱们一共十二个人,兵分三路,每组四个人?那别说一直杀到疯子教授那儿了,咱们能不能冲破牛角人的包围,都是另一码事。"

牛角人全民皆兵,每个人都有枪支武器,而且人数众多。的确,如果是走到建筑边缘,遭遇牛角人NPC"集火"攻击,大家的胜算并不大。

"是的,"路无恙点头道,"现在,我们双方都是在打明面上的牌,就算我们兵分三路,贺教授也能看个清楚明白,他可能会根据我们的路径排兵布阵,指示牛角人NPC,来拦截我们的小队攻势。"

听了路无恙的推测,侉侉跟着猛点头:"对对对,路队,我就是这个意思。"

在侉侉的附和声中,路无恙继续说下去:

"……而且我们谁也没办法确认,贺教授那儿有几枚核弹。假设他有多个弹头呢?一个小分队赏一个,咱们还是直接 GAME OVER。"

这个可能性,让所有人都无语了。是的,他们其实都是在赌,赌贺教授没有那么多的核弹。

越想越纠结,王漫漫提出她的意见:

"那我们能不能一起从市区里走?从市区里过,那里牛角人NPC也很多啊,贺教授总不能为了杀死我们,连他自己种族的市民,都一起连累吧？这样他就会投鼠忌器，就不敢扔核弹了。"

她的推理，也是一种可能，却只遭到了侉侉的嗤之以鼻：

"你别做梦了。那疯老头儿哪儿会'投鼠忌器'？他怎么会管别人的生死？别说游戏里的 NPC 了，就连他自个儿队伍里的那么多玩家，不就被他一句话全部搞湮灭了？"

侉侉的话，一针见血，让王漫漫丧失了言语的能力。

"那照这么说，我们不就没有胜算了？"对人文地理有着独到理解的刘子言老师，发出了一声悠长的叹息，"无论分兵还是不分兵，无论走市区还是市郊，都是十万分的凶险，都有可能遭到对手的毁灭性打击——此题，岂不是无解了？"

他的反问，让所有人都陷入了沉默。就在大家纠结又焦灼的时候，一个声音打破了沉默：

"你们都错了。我们打的，不是明牌。"

众人循声望去，说话的人，是之前在队伍中几乎毫无存在感的游戏达人塔塔：

"这个游戏里的地图显示，并不具备展现每个人方位的能力，它不是把每个个人当作一个位置标记，而是将整个队伍进行标记——所以，系统一定是会计算权重的。"

"权重？"路无恙疑惑。

"就是把每个人的身份，还有团队的人数做加权啦，系统有它的计算规则……"

塔塔脸上肉多，显得眼睛小，但就是那双小眼睛却绽放出耀眼的光芒，他精神抖擞地盯着路无恙：

"……比如你是队长，本身就有很高的加权分，然后再配备一定的人数，只要获得了绝对优势，系统就会自动忽略那些权重差距太大、太低的队伍，只在你的队伍上进行位置标记，也就是这个红圈。"

塔塔用手指了指屏幕上的地图。现在，他们所有人都是聚在一起的，所以地图上有且只有一个闪烁中的红圈。而在上一个游戏阶段,因为第一小队分了五路,在城市的东南西北都进行竞选的宣传,每个队伍权重相差不大,因此在地图上也都给了显示。

"你的意思是,"路无恙瞬间悟了,"我们可以隐藏一部分力量,让贺教授无从察觉,从其他的路径进行偷袭!"

"BINGO!"塔塔点了点头,但他下一刻又补充说明道:"不过还是那句话啊,小分队之间必须要有很大的权重差距,才能让地图只显示一个红圈标签。"

侉侉眼睛一亮:"比如由六个人组成一个队伍,剩下的六个人各自行动?"

"这种情况的话,我估计是没问题的。系统地图上应该只会显示那六个人的位置标签,剩下的人,在地图上是不会被显示的,算是自动隐身了。"

具有丰富游戏经验的塔塔,对游戏系统的各种常规设置,那是门儿清,立马做出了回答。

可杜刚却不认同这种分配方法:"各自行动的难度太大了。牛角人太多,枪支武器也精良,咱们落单行动,就是羊入虎口。"

拥有入伍经验的杜刚,说得没错。

意识到这一点的路无恙,稍一思量,立刻明白了唯一的,也是最靠谱的解法——

十二个人,分成两队,一阴一阳。

"阳谋"的那支队伍,人数必须更多,权重堆得极高,他们说穿了就是个靶子,必须快速移动,让贺教授无法锁定位置而空投导弹。

而"阴谋"的那支队伍,人员要精,必须有极强的战斗能力,才有可能突破牛角人的无差别屠戮,暗地里潜入并进攻敌方大本营。

"阴阳两队。"

就在这一刻,叶大鹰也提出了同样的想法。前队长和现队长,相互对望了一眼,交换了一个彼此都理解的眼神。

察觉到他们的视线,一直不曾发言的曲菱依,迅速计算并给出了最有可能的方案：

"阳队，至少需要八个人，加上队长头衔所带的权重，应该是超过了全队的2/3。而'阴队'需要四个人，这已经是在权重计算之下，小分队中能聚集的、最多的人数了。"

算术题已经被完成，现在的问题只剩下一个：

谁留在"阳队"里当靶子，谁又去那支可以"自动隐身"的"阴队"？

众人面面相觑。任谁都知道，选择哪一支队伍，存活的概率更大。

路无恙举起了手，他的态度一以贯之："我，责无旁贷。"——是的，他必须在"阳队"，身为队长的他，是自带权重的那个人。

曲菱依默不作声，走到了路无恙的身侧，几乎是毫不迟疑地跟随了一路走来的同伴。

"啊。"哑帅轻声应和，重情重义的他，也要站到路无恙旁边，却被后者伸手阻止：

"不行，哑帅你必须去'阴队'，"路无恙冲他微笑道，"你是我们整个队伍当中，身手最好、最能打的人。我们得靠你去做偷袭行动，你可是咱们的主要战斗力！"

这个理由无懈可击，哑帅闷闷地"啊"了一声，算是回应和认可了。

眼看哑帅俨然成了"阴队"的代表，塔塔立刻跟了上去。但他没走两步，就被侉侉一把拎住了衣服的后领：

"等等，你干吗？想逃命啊？"

被侉侉抓住了衣领质问，塔塔一边左右挪动身体，一边大声反驳："地图的事情，是我分析出来的！我凭什么不能去'阴队'？"

"因为你没半点儿战斗力，"侉侉皱起眉头，一脸不屑地看向对方，"你根本不是过去战斗的，就是贪生怕死想逃命！你就是个拖后腿的。"

侉侉尖锐而毒舌的说辞，让塔塔涨红了脸——但侉侉的这番话，

第四十一章 最后的反击

后者的确无法反驳。

"叶队,你上。"

揪回了胖子塔塔,侉侉冲叶大鹰的方向抬了抬下巴,为自己队长代言:说起队伍里行动力强、最能打的人,飞鹰救援队的老大叶大鹰,是继哑帅之后的第二块招牌。

在侉侉的示意下,叶大鹰扛过那柄最沉重的火箭炮,默默地走到了哑帅身边。

"阴队"的四个席位,还剩下两个。身为高中教师的刘子言,多少有点悲天悯人的文人气质,他望向队伍里的另外两名女士,提议道:

"让漫漫和小鹿去'阴队'吧。"

说话的同时,他自己站到了路无恙的背后,放弃了可"隐身"的那个名额。

王漫漫和麋小鹿面面相觑,都没吭声。

侉侉的嘴皮子动了动,但他终究也没说出什么。其实,他是想抨击这个提案的,理由跟前面抨击塔塔一样——没有绝对战斗力的人,不要去浪费那个名额。

可是这一次,侉侉说不出口。身为一名男性,他无法容忍自己说出那么残忍的话,将妹子们从"生"的希望和机会中,给硬生生拖出来——

事实上,这种恶心事,他干过一次了。当时在剧本杀的那一关,残疾妹子糖开心就是被他"票"死的。时至今日,每每想起这件事,他的胸膛里都会涌上一种作呕的恶心。

没有人愿意去指责两位妹子,哪怕她们都选择"阴队"。可在短暂的沉默之后,王漫漫迈出了步子,默默地走到了路无恙的背后。而麋小鹿没有半句话的解释,只是自动走到了"阴队"的行列,和哑帅、叶大鹰站在了一起。

最后一个名额。

侉侉的眼神,从甄来福、胡来脸上掠过,最终,他的目光落到杜刚的脸上：

"你强还是我强？"

别看 52 岁的杜刚是队伍里年纪最大的，但他的脊梁挺得笔直，入过伍的人，身上的气质和别人都不一样。杜刚也不啰唆，只是抓起那把被分配到的枪支，手上动作"刷刷"两下，眨眼之间，就把弹匣卸了，又在一秒钟内给重新安了回去！

"OK，你行你上，"侉侉走向路无恙，在路过杜刚的时候，还伸手拍了拍他的肩膀，"我家老大哥，就拜托你了。"

一阴一阳，两支队伍迅速确立。一支队伍聚集了战斗力，另一支队伍则是惴惴不安地端起了长枪短炮。

"保重。"

没有多余的言语，只一句"保重"，两个队长用眼神传达坚定的信念。分别时两人都晃了晃手里的手机，意即随时联络。

为了给予"阴队"更高的机动性，叶大鹰开走了一辆特种防弹车，扛走了两支火箭筒。而"阳队"的路无恙他们，则带走了剩下的枪支和炮弹，开走了一辆防弹车，一辆坦克。

队伍里唯一会开坦克的，是游戏高手塔塔，他硬是凭借着在现实世界里积累的战争游戏的模拟经验，成功地发动了这辆坦克。

塔塔开着坦克，走在前面"开道"。转动的履带，压在平坦的大马路上，发出阵阵轰鸣。路无恙他们七个人则窝在防弹车里，小心谨慎地跟在坦克的后方。

由于城市中央的广场地带，已经被"核"平了，阴阳两队必须绕道前往城南。根据地图显示的功能区域，路无恙把人口最少的东边港口区，让给了"阴队"。而"阳队"则必须穿越钢筋水泥的"CBD 钢铁森林"，向城南进发——

昔日，聚集了互联网科技和金融行业、经济异常发达的城西地段，也在这"大逃杀"的游戏设定下，化为了人间炼狱。

坐在车上的路无恙，抬起头仰望那原本高耸而洁净的摩天大楼，

第四十一章　最后的反击

却在玻璃幕墙上，看见了一团团黑色的黏稠液体——那是游戏的特色产物：石油一般的血液。

黑色的血手印，留在了本该清洁的玻璃上，那不规律的、仿佛急速逃亡一般的痕迹，透露出了伤者的绝望。

然而，比起那些不规则的血污，路无恙觉得，此时此刻的队伍里，充斥着一种更加绝望的氛围——所有人都在抬头望天，行进在核弹的恐惧当中。

突然，一道黑影闪过。

王漫漫立刻捂住了脸孔，她不敢直视却瞬间痛哭出声的模样，让众人也都把心提到了嗓子眼。不过片刻之后，他们就看清了那道黑影的真面目。甄来福忍不住伸出手，拍了拍王漫漫的背：

"别怕，鸟，是鸟。"

然而，与此同时，比起天上飞翔的小鸟，王漫漫更像是一种鸟类——惊弓之鸟。她用尽了全身的力气，才慢慢地张开手指，从指缝里望向自己的同伴们：

"真的？"

"嗯嗯，真的！"甄来福就差没有拍着胸口保证了。

队友们惶恐不安的模样，落入曲菱依的眼中，她微微低垂眼眸，思忖了片刻，开口道：

"应该没有核弹了。"

路无恙挑眉，偏头望她："你怎么知道？"

曲菱依调出手表屏幕，点开时间，分析道：

"从第一枚核弹发射，到现在已经过去了半个小时，贺教授还没有发动第二次攻击——如果数量真的足够，以他的个性，在明知第二小队已经团灭的情况下，会忍住进攻的冲动，不太可能。"

少女漫画家瞪大了双眼，恐惧的表情稍稍缓和，换上了些许的惊喜：

"那咱们不用怕被轰了？"

"就算不被轰，那糟老头子也一定有其他手段。"侉侉皱着眉头道。

仿佛是为了证明他的推测，就在这一刻，道路两边，突然响起了破碎的、爆炸的声音——

那不是核弹，却是无数的燃烧弹。道路两边的摩天大楼，被人砸开了玻璃幕墙，一个个燃烧弹从天而降，砸在道路之上，砸在路无恙他们的车顶上！

火立刻烧了起来。

一声牛的嚎叫，在街道上回荡，激起阵阵回音。下一秒，更多的呼喊，从四面八方涌来，那是牛角人种族的回应——

紧接着，楼宇的上方，更多的物件被投掷下来，每一件都燃烧着烈焰！

原来，牛角人们得到了贺教授的授意——这位疯狂的老教授，已经从地图上读取并判断了第一小队的行进路线，于是用这座CBD组成的钢铁森林，形成了居高临下、两岸夹击的有利地形！

被围攻的路无恙他们，立即开始反击。塔塔操纵坦克，挪动炮口，朝左侧的一栋大楼射击。炮弹砸在建筑上，迸发出耀眼的火光！

这枚炮弹的威力极大，又或许是塔塔攻击的位置是建筑关键的承重墙、承重力柱。在一阵轰鸣声中，那栋足足有四十多层的高楼，开始向一侧倾倒——

坍塌的大楼以一种破碎而诡异的角度，向旁边倾倒，砸在左侧的双子楼上。随着大楼断裂的上半层被凌空架起，来不及反应的牛角人，纷纷从碎裂的幕墙处，下饺子似的摔落下来——他们跌落了超过二十层的高度，重重地摔在地上，在石油血的血泊中，一动不动了。

大火从楼宇中燃起，滚滚黑烟升上蔚蓝的天空。与此同时，在几千米之外的城东港口工业区，哑帅率先透过车窗，看见了浓烟与火光。

"啊！"

第四十一章 最后的反击

在哑帅的提醒下,叶大鹰也瞧见了那升腾而起的滚滚浓烟。他赶忙拨通手机,询问城市另一侧的路无恙:

"你们怎样?"

"还扛得住……"

电话里的声音,嘈杂无比。叫嚷声、爆裂声、大火燃烧的声音,统统混杂在了一起,可路无恙的语音却坚定而不容置疑:

"你们继续前进。"

由于城东人口密度小,工业区场地又开阔,"阴队"四人组尚未遇到什么障碍。除了进入厂区时,看到地上横着不少兔耳人、鸡冠人的尸体,他们暂时还没遭受到牛角人的进攻——虽说牛角人在城市里的人口比例最高,但在普通工人当中,还是兔耳人和鸡冠人居多。

相较于城东的宁静,城西的战局已是一片火海。CBD金融区是牛角人扎堆的地方,他们借着高度优势,更是疯狂地向这群入侵者发动猛攻。

如狂风如暴雨,梭子一般的子弹,猛烈地向路无恙他们所在的车辆扫射。虽然是防弹车,但在如此密集的攻击下,车体和玻璃开始出现裂痕。

王漫漫早已吓得六神无主,抱头狂哭。侉侉抄起一把机枪,也不管用法对不对,透过破裂的车体,将枪管伸了出去。

哪有什么礼貌和优雅,侉侉满心满脑的,只有愤怒,愤怒,愤怒!

在这生死时刻,面对屠杀的唯一方式,只有反抗!

拿起枪,反抗!

机枪发出"哒哒哒哒"的声响,侉侉一路扫射,将冲向车辆的牛角人NPC,一一扫射击倒。

因为屠戮模式而失去理智的NPC们,再也没有属于市民的"人味儿",而是像一群暴徒,像一群不要命的僵尸,抄着枪、扔着燃烧弹,要将所有"非我族类"的生命一一吞噬。

或许是牛角人自带"神枪手"的BUFF设定,当侉侉的机枪扫射暴露了他的位置,牛角人发动了集火攻击——所有子弹,都向伶伶藏身的那扇窗射击,终究是将防弹玻璃轰得粉碎!

"噗。"

轻轻的一声响,一枚子弹没入了伶伶的额头。

愤怒的表情,在他的脸上凝固。

红色的光芒,在那脑门上的洞口中迸发,继而照亮了伶伶全身,将他的身体迅速炭化,然后——

湮灭。

灰烬纷飞,只留下一柄机枪,"啪嗒"一声掉在地上。

伶伶的湮灭,却不给车里的玩家们哪怕一丁点悲伤的时间,因为牛角人的子弹雨,已经从破碎的窗口里穿透而来。

"塔塔!"路无恙大吼。

开着语音连线的塔塔,坐在坦克的内部,他操控着操作台,旋转炮口,对准了那群蜂拥而至的牛角人——

"轰!"

又是一记炮弹,在牛角人 NPC 的人群中炸开!不仅是火炮本身的威力,还有炸裂的弹片,飞向了四面八方,将周遭的 NPC 一同放倒。

"轰——轰——轰——"

一连三记炮弹,轰向了 NPC 人群,轰向了旁边的建筑!吃了两炮的摩天大楼,再也撑不住重量,轰然倒塌!连带着旁边的双子楼,也一起化为了破碎的钢筋水泥!

坦克的履带不断翻动,这辆沉重的大家伙,冒着枪林弹雨,向道路前方一路推进。

在坦克的开路下,路无恙他们的车辆,眼看就要跟在后方、杀出这段摩天大楼组成的包围圈,可就在这时,突然,坦克停住了!

"怎么了?塔塔?"

路无恙通过语音询问,然而他等到的,却只有沉默。

第四十一章 最后的反击

塔塔瞪大双眼,沉默着望向操作台上的数字。他刚刚疯狂发射炮弹,一连狂摁好几下,已经说不出是在射击,还是一种兴奋的宣泄了。

而就在上一秒,他突然发现,发射的按键没了反应——

炮弹,没了。

失去了最强火力,先前因兴奋而沸腾的热血,瞬间凉了下来。塔塔脸上的欣喜,被惶恐所取代。他从目镜中向外张望,当看见那些真枪实弹的牛角人NPC们,冲他们的方位奔涌而来时,塔塔做出了选择——

转动操作台,直接驾驶着这个最强防御力的"铁皮王八",开动最大马力,向一旁的小路,逃了!

没有炮弹,没有火力,他至少还有足够的防御力。管他什么输赢,先"苟住"再说!

看见坦克的行动轨迹,后方的路无恙,立刻领悟到了塔塔的目的。但此时,谴责痛骂都已来不及,他快速冲到驾驶座前,催促着胡来,追上坦克的路径!

"快!跟上去!"

胡来猛地踩下油门,也想加足马力跟上。但与坦克不同的是,防弹车的车体终究没有那么高的防御力,牛角人的子弹雨疯狂地扫射在车体上,将防弹车扫成了风中残烛,摇摇欲坠。

与此同时,塔塔操纵坦克,开动全部马力快速奔逃,眼看就要窜到小巷的尽头……

"糟了!脱离范围了。"发出提示的,是曲菱依,"权重变了!"

听见她的话,路无恙赶忙低头查看,只见表屏的电子地图上,发生了新的变化——

因为侉侉的阵亡,以及塔塔临阵脱逃、脱离"阳队"范围的举动,"阳队"的权重分被一再缩减,已经无法保持绝对优势,致使地图上浮现出了第二个闪烁的红点——

449

"阴队",暴露了!

是的。已经沿着城东一路行进,眼看着到达了城南生活区的"阴队",作为一支隐秘的特别攻击队,他们眼看着逼近了贺教授所在的大学城,可就在这一刻,他们的位置,被地图显示了出来!

"小心!你们暴露了!"路无恙冲着电话大吼。

与此同时,接到提示的叶大鹰,透过前车窗,看见了从社区中浩浩荡荡、奔涌而来的牛角敌人。

杜刚咬牙,一踩油门,迅速冲上河边的一座大桥。无须言语说明,叶大鹰已经理解了队友的用意,他扛起火箭筒,对着大桥就是一炮——

随着一声轰鸣,桥梁应声坍塌。来不及收住脚步的牛角人NPC,纷纷坠落河中。

虽然断了后路、解决了追兵,但前方还有数不清的敌人在拦截。

扛着火箭筒的叶大鹰,刚要调转方向、确认攻击计划,却见麋小鹿不知什么时候,已经钻到了副驾上。她扛起了另一支火箭筒,将半个身子探出车窗外,冲着正前方的牛角人枪手们,就是聚力一炮!

火光迸射,前方道路的拦截者们,被炸得七零八落。

"我,能打。"

麋小鹿将上半身缩回副驾驶,给了队友们一个自信满满的眼神。

原来,不同于队友们的误解,麋小鹿并不是因为想"隐身"、想"保命",才选择加入"阴队"的。在现实生活里,她虽然是个主攻美学的珠宝设计师,但也是极限运动的爱好者,同时在国外训练过射击。麋小鹿知道,自己是一个战斗力,但她没有向任何人辩解,而是顶着众人的误解,加入了这支特攻队。

虽然有火箭筒开道,但是牛角人NPC的数量实在是太多了。而开启了屠戮模式、失去理智的他们,也不会有什么恐惧或害怕的情绪,真的像是只知道攻击的丧尸一样,前赴后继地向防弹车涌来!

更糟糕的是,他们比丧尸聪明,他们还懂得使用武器和工具!除了神枪手、不断射击的状态之外,这些牛角人还启动了路边的汽车,以一种自杀式袭击的方式,向叶大鹰他们的车辆冲来!

驾车的杜刚旋转方向盘,试图闪躲车辆的冲击——但对手不仅有一辆,还有两辆!

不,是三辆!

眼看他们占据了整个车道,杜刚猛打方向盘躲避——虽然成功躲过了牛角人的自杀式进攻,但防弹车在飞速转向当中,一头冲到了建筑上!

"嗵——"

伴随着沉重的声响,车里的四个人撞得七零八落,险些撞飞了出去。

车辆无法再发动了,前方的引擎盖里冒出了浓烟,继而亮起了火光。

弃车,成了无法可想的选择。

牛角人NPC们冲报废的防弹车一阵狂扫,子弹封锁了他们下车的路径。哑帅见情况不妙,抄起车座的靠背,从破碎的窗口飞身冲出——

哑帅本就身手矫捷,而厚厚的靠背也抵住了大多数子弹的进攻,顺利下车的他,侧身藏在建筑墙体背后,拿外墙作为掩体,同时向前方扫射。

哑帅的扫射,成功地掩护了同伴们。叶大鹰、杜刚、麋小鹿,相继逃出车辆。四个人相互掩护,逐一跳进了建筑的窗户里,从室内取道前进。

前进!继续前进!

虽然计划被打破,但是他们的任务并没有结束。距离贺教授所藏身的大学,只剩下一个街区的距离了!

比起开阔的马路,室内商场至少还有些掩体。虽然牛角人蜂拥追逐,但四个人都有一定的敏捷度,借着各种柜台、展架的掩护,顺利穿过了第一个店铺——

然而,下一间店铺,是一个比萨店。当开路的哑帅一脚踹开厨房大门,就见店里就餐的牛角人们,同时站了起来,并掏出了枪!

枪声响起!

避无可避的哑帅,反手将车垫甩到后方,遮住了后方战友们的身形,同时他一个箭步冲上前,抄起厨房里炸薯条的沸腾油锅,向牛角人们泼了过去!

被热油泼中脸孔的牛角人们,尖叫哀嚎着倒了下去,失去了战斗能力。

而哑帅的胸膛上,则亮起了七八个孔洞——在那些被子弹射穿的孔洞里,红光骤然爆裂!

湮灭。

与此同时,城西金融区——

电子地图上的第二个红点,突然又消失了踪影。但相比起甄来福"又隐身了!"的惊喜呼喊,路无恙却没有半点的欣喜——

因为他知道,这代表着什么:

"阴队"的权重分又降低了。

他们的同伴,死去了。

可路无恙还来不及感到沉重,来不及感到悲恸,地图上又发生了新的变化——

两个红点,再度同时闪烁。

导致这一变化的原因,就在一个街区前的位置。双子楼的坍塌,引发了大火,引燃了周边的一座超高层酒店——坍塌的酒店,重重地砸向地面,将那辆奔逃的坦克,压在了成吨的建筑材料下。

塔塔,OVER。

几乎是同一时刻,坦克爆炸的冲击波,横扫周围的一个街区。防弹车的前车窗,本就在扫射之下,碎成了蜘蛛网,又在这强力的冲击波下,终于碎成了渣渣!

第四十一章 最后的反击

当玻璃破碎掉落的瞬间，子弹毫无阻碍地射入了驾驶员的胸膛——

胡来，湮灭。

"阳队"权重分连续下降，再度暴露了"阴队"的存在。

两支队伍，同时被包围。

可他们都没有放弃。

哪怕只剩下一个人，也要战到底！

哪怕没了希望，也要战到底！

既然都要死，那便死得漂亮些！至少站着死，至少战到底，而不是畏畏缩缩、卑躬屈膝的模样！

这一刻，就连一直畏惧痛哭的王漫漫都端起了枪，发了疯似的狙击对手。

身边爆裂出红光，他们知道，又有队友湮灭了，但他们无暇他顾，无法判断究竟湮灭了谁……

战到底！

这或许是这个外表温柔的种族，骨子里的倔强！

在疯狂回击的玩家中，只有甄来福放下了枪支，开始向他的神明祈祷。他喃喃自语的那句"没救了"，落入了路无恙的耳中——

"撑住！还有希望！"

路无恙大声呼号，冲自己身边的队员，也冲电话那一头的战友们——

可他不知道的是，那支电话，孤零零地落在地板上，已经无人接听了。

祈祷中的甄来福，被流弹击中，湮灭。

一个燃烧弹爆裂在他们的身侧，刘子言老师下意识地护住了王漫漫——可另一只燃烧弹破空而来，正砸在他们的身上……

双双湮灭。

站在火海中的路无恙，身侧只剩下曲菱依了。

453

希望？

究竟在哪里？

就在这一刹，突然，火海晃了一下——

是的，火焰，建筑，连同牛角人 NPC 们，全都开始抖动，摇晃……

在它们的身上，在建筑，在道路，在这个世界所有的构成物上，闪现出了斑驳的颜色。像是雪花点，碎裂又错乱，打散了所有事物的形体。

路无恙睁大了眼——

他所布下的那个"局"，他所期待的"希望"，终于——

姗姗来迟。

摩天大楼，不见了。

枪林火海，不见了。

连似乎无穷无尽的对手，都不见了。

世界被解构，脚下的大地，化为了闪烁的点与线。

一切事物被分解，继而向天空飘浮，化为了虚无的尘埃。

在世界归于混沌的最后一刻，路无恙望向身侧的人，却在曲菱依的眼里，看见了无限的不解：

"你是怎么做到的？"

伴随着这句疑问，那双琥珀色的眼睛里，闪过了一行行的、白色的数字——

那是由 0 和 1 构成的数字。

下一秒——

世界，不见了。

最终章
你的选择

白色的穹顶,白色的大厅,在这栋白色的蛋形建筑里,是无边无际的静谧。

当路无恙睁开眼的时候,所见的,是一片洁白世界。

这是预备关卡里众人所在的区域,一个脱离了游戏进程的"休息间"。

在这座纯白而开敞的殿堂里,在大厅的正中央,只有一红一蓝两把椅子。

此时的他,坐在红色的椅子上。而对面坐在蓝色椅子上的,是与他一路走来的同伴——曲菱依。

不知从哪儿射入的阳光,柔柔地洒进了大厅里,映亮了整个区域。

那两束被分割的光束,打在他和曲菱依的身上。

"你是怎么做到的?"曲菱依重复了那个问题。

但路无恙没有正面回答。他凝视着对面同伴的双眼,透过那双琥珀色的眼眸,看向藏在眸子深处的、白色的数字——

一排排的 0 和 1。

曲菱依。取,0,1。

那是计算机系统的二进制,是所有代码的根源。

直到这一刻,路无恙才突然意识到,与自己并肩作战的同伴,或许从头到尾都是一个虚影。

"你不是人?"他握紧了双拳,颤声提问。

"你也不是。"曲菱依淡定地回答。

"可你和我,不一样。"

路无恙的陈述,得到了曲菱依的颔首赞同:

"是。你终于看出来了。我是根据现实世界里人的数据,进行'建模'的产物……"

路无恙的指节,被他用力捏紧,紧到关节都泛了白,他默默地倾听着同伴的陈述——

曲菱依:"……我的传播学研究生身份,是游戏系统赋予并设置的伪装。实际上,我是超级人工智能,是'大区'在游戏里的化身,你可以称我为'引导员'。"

路无恙无言以对,直到此时,听到"引导员"这三个字,再回顾过往,他才理解之前游戏里的种种疑点:

为什么最初在游戏中,曲菱依能够准确无误地给出队员们的身份信息。那时她说,因为写论文,所以对"大区"的一些大 V 大 UP 主了如指掌,可现在看来,她就是系统的化身,在引导他们进行游戏。

为什么曲菱依那么了解游戏的规则,包括那些会被屏蔽的词语,那些要刻意规避的敏感词。仔细想来,他曾经因说了激进的言语而湮灭,可那些词语,曲菱依明明都曾分析过……

为什么关于游戏系统的种种设定,关于"审核"的"铁拳",关于"隐喻"和"影射",曲菱依都是最熟悉的,并且向队员们进行了所谓的"科普"……

引导员。

这三个字,让路无恙的心底,升起一种难以言喻的悲凉。

见路无恙不说话,曲菱依第三次问出那个问题:

"你是怎么做到的?"

上一关的游戏,是被强制中止的。而且,这种中止,不是系统的作为。有人通过某种未知的手段,造成了数据的超负荷运算,最终导致游戏数据的崩溃。

路无恙深吸一口气,终于做出了回答:"是你提示我的。"

"什么?"曲菱依疑惑。

路无恙强打起精神,回答道:"还记得'叠流量'那一关吗?是你告诉我,这游戏系统里不会存在二维码,所以共享单车可以直接使用。"

曲菱依一点就通,她终于理解了路无恙口中那个"设局"、那个"希望"的源泉:"你在海狮科技里,向总裁提及了二维码?"

"对,"路无恙点头,"我让他们开发二维码支付系统,我告诉他们,这套线上支付系统,可以带来无尽的财富,并且给了他们五百万的初始启动资金。所以我知道,只要他们顺利开发出了这套二维码系统,就会引起系统数据的过载和崩溃,游戏也就停止了。"

曲菱依的眉头,皱起片刻,又舒展开来,她缓缓地点了点头:

"我明白了。虽然游戏第二阶段开启了杀戮模式,但对于设定为'商人'的牛角人总裁来说,他是一个彻头彻尾的资本家。他高高在上,看不见杀戮对象,只能看见金钱。"

"对,那句话怎么说来着,"路无恙笃定地道,"只要价钱合适,资本,会出卖绞死自己的绞绳。"

曲菱依冷静地点了点头,与其说是赞许,不如说是平静地接受:

"OK,你赢了。所以现在你可以做出选择。"

"什么选择?"路无恙皱眉追问。

曲菱依平静地望着他,给予他两个选项:

"第一,关停'大区'网络,销毁所有游戏系统……"

"第二,留下'大区'网络,你可以离开游戏,但这个游戏系统会持续运行。"

比起这两个选项,更让路无恙震惊的是,他可以选择的理由:

"为什么是我?你不是说,'大区'网络只有通过现实世界里的制裁,才有可能关停吗?"

曲菱依用那双由 0 和 1 的数据组成的浅色瞳孔,镇定地望着路无恙,平静陈述道:

"因为,你是不同的……"

她望着他,本该无机质的双眸里,却似乎有情绪在闪动:

"……你还活着。"

这个答案,让路无恙震惊地瞪大了双眼。

是的,路无恙还活着。

与其他死亡后被"建模"的玩家不同,路无恙是在活着的时候,就以活体实验的名义,接入了"脑机"系统。

所以,他才会在游戏系统里拥有"复活"的"金手指"。

因为现实世界里的他,还没有死亡。

也正因如此,他还可以选择,他可以离开"脑机"系统,活着回到现实,举报"大区"和赛博生命技术公司,关停这个罪恶的游戏。

换句话说,在所有的玩家里,只有路无恙有对抗系统的可能性——因为他还有现实,还有"归处"。

面对路无恙震惊的表情,曲菱依的眼神闪了闪:

"所以,我才会来到你的身边。我是游戏系统唯一的化身,我需要监控并引导你——因为你是这个世界,唯一的 BUG。"

曲菱依:"现在,你赢了。你让游戏中止,让数据崩溃。所以,我可以给你选择的机会。你可以爆掉'大区',也可以让'大区'继续。"

曲菱依一系列的陈述,在路无恙的内心掀起了轩然大波。一路上监控他、引导他的同伴,继续平静地阐释——

"你已经看到了,这个'大区'里有着诸多的不堪。它的背后,的确有资本的控制……"

曲菱依:"即便是这样,再无耻不堪的互联网,也比没有它的世界要强千倍百倍……"

曲菱依:"因为它,全世界有了链接……"

曲菱依:"因为它,人们可以展现自我……"

曲菱依:"因为它,人们有了申诉和曝光的渠道……"

曲菱依:"再卑劣的'大区',也比传统媒体更公平、更公正——因为它无法被掩盖,无法被静默。"

曲菱依:"它的存在,即是人类的进步。"

听到这里,路无恙再也忍不住了,他甚至抛下了震撼,也要去愤怒地反驳:

"这也能算进步?你也看到了,那些根本不讲道理的流量,那些隐藏在互联网账号后的丑恶嘴脸,那些拿人的生命取乐的罪恶玩法,也能算进步?"

面对他的怒斥,曲菱依还是那样平静:

"你说的这些,没有互联网,没有'大区',就不存在了吗?只不过是由线下变成了线上——卑劣的、无耻的、人对人的剥削,永远存在,存在于世界的各个角落。"

她的陈述,让路无恙一愣,他怔了几秒,悲愤却又困惑:

"不能改吗?这样的互联网,不能改吗?留下你说的进步的那些,咱们能不能不要那些乌七八糟的东西,能不能不要流量,不要这玩命的赛博游戏?"

曲菱依淡淡地笑了:"不可能。因为,有问题的,从来不是'大区',不是互联网,它只是一个工具……"

曲菱依:"要流量的,要利益的,要从赛博游戏当中获得收益的,是你们人类啊。而人性,是永远经不起考验,也永远无法满足的。"

路无恙沉默了两三秒,仍要反驳对方:

"你说得对。错的不是工具,而是人性。而只要人还在,剥削就始终存在,历史上存在,现在也存在,线上存在,线下也存在。可是……"

路无恙抬起眼,用他清澈的眼眸,望向曲菱依满是代码的双眼,似乎要穿透那些数字,寻找她并不存在的灵魂:

"你得承认,正是'大区'和互联网这个工具,让人们被'异化'得更快了。"

他深吸一口气,正色阐述自己长久以来的观察——

路无恙:"是网络,让更多人在无尽的攀比中,心态失衡……"

路无恙:"是网络,让人性中最黑暗的部分发挥出来,并通过社群而聚拢……"

路无恙:"是网络,带来精神内耗,让这个世界变得急躁而可悲……"

路无恙:"是网络,让人们在网上发表的每一个字每一句话,都不得不万分谨慎……"

说到最后,路无恙厉声道出自己的结论:

"这样的网络,不要也罢!"

曲菱依眨了眨眼,似乎是在进行最终的确认:

"所以,你是否已经做出了选择?"

曲菱依:"最后,我再提醒你一次……"

曲菱依:"如果关闭'大区',你可以回到现实,举报、诉讼,彻底湮灭游戏,并要求公司赔偿精神损失。但你活不了太久,可能无法看到宣判的那一天。"

曲菱依:"如果留下'大区',凭借脑机接口,你的思维将活在赛博游戏的数据世界里,永远保有无限复活的 BUG,而你在现实世界里的肉身,将被冷冻并妥善保管。"

路无恙顿了顿,他意识到,摆在他面前的,只剩下这两条路:

虚拟的永生。

现实的死亡。

他的胸膛剧烈地起伏着,为自己的生死存亡,为那被人性裹挟又不断异化人类的互联网……

曲菱依用满是数据的冰冷目光,冷静地望着他,等待着他的答案。

就在这一刻,在这静谧的空间,在那白色的穹隆上,突然亮起了

最终章　你的选择

金色的光点——

那光点飘移,聚集,化为两束金色的光,打在一红一蓝两把椅子上——

确切地说,是照耀在人类路无恙以及数据AI曲菱依的身上。

……

……

……

嘿!

嘿!你!

对!就是你!屏幕前的你!

你知道的,你就是屏幕外的那个人。

你的点击,你的关注,你的弹幕,就是"大区"生命的来源。

所以,由你来选择吧——

"大区"也好,互联网也好,是否有必要存在?

YES?

OR

NO?

生存还是死亡?

请投票吧!

你知道的——

你,就是"正道之光"。

后记

我是一个很"疯"的作者,甚至无法用阵营九宫格来划分,"守序"与"混乱"两种模式,都在我的创作中出现,而针对不同的作品,我会采取不同的思路与导向。

我守序的一面,是坚持光明与正义,坚持"文以载道",坚持要用文学去弘扬真善美。在开每一本新书的时候,我都会按照我的一套方法进行思考和全局构架:首先,我会选定作品的题材、确定作品的立意;其次,在构建好主风格之后,我会同步进行故事主梗的构想以及人物设计;最后,我会形成一个完整的剧情大纲,这里包括了人物小传和故事主线的起承转合——守序,让我的作品在核心立意方面始终坚持正确导向,在剧情与人物构架的层面,逻辑和框架也更为完整。

我混乱的一面在于,我爱观察生活,也爱混迹网络,于是便常常杞人忧天,多愁善感,甚至忍不住"唱反调",非要与那些我所见的不平事,战上一战。举例来说,2008年,我创作了中国第一本"穿越抗战"类的小说《我和爷爷是战友》,就是因为当年某一段时间内,网络社群风气诡异,公知言论泛滥,爱国言论甚至会被群嘲、被群起而攻之——我偏要用当年流行的、网友们最热衷的"穿越"手法,去写抗战、写爱国主义教育。文学创作,是我的战斗方式。

我创作的这部科幻小说《赛博正义》,多少也有一点这种"唱反调"的"战斗"意味。

后记

我想大家应该多少感觉到了,近年来,随着网民数量的激增,网络上杂音纷繁,网络社群化为一片泥沼,亟须清朗:

一方面,一些不和谐、不正确的声音,因为群聚效应,汇聚成了一股庞大的力量,冲击并对抗着人们对是非黑白、公平正义的认知。

另一方面,一些网友原本是怀揣着正义的观点来进行表述,却渐渐异化成了另一种极端,即占据道德的制高点,挥舞道德大旗,四处征战,四处抨击,容不得平和的讨论,容不得半点别样的声音。

而在这些纷纷扰扰的背后,是资本,是"流量为王"的商业逻辑。可怕的是,流量是个中性词,它不分好坏:正确是一,错误也是一,美好是一,丑恶也是一。偏偏那些错误的、丑恶的、惊悚的、恐怖的话题,会更加戳中人们心中的厌恶与恐惧,便生发出了更多的探讨,自然也就催生出了更多的流量,甚至产生了一些所谓的"流量密码"。咱们普通网友深陷其中,只觉得每天上网都会看到一大堆负面消息,不免陷入伤感、郁闷,甚至暴怒。

我也伤感、郁闷、暴怒,更有对未来的忧虑和不安——科技发展已到此处,我们注定将生活于网络之中,存在现实与虚拟的双重身份,过着线上与线下两种社交生活。而照着目前的这种趋势,未来的线上生活将是混乱和污浊的,甚至会反扑线下——那些"网暴"引发的事故,就是活生生的案例。

这一次,我又想战了。于是,就有了《赛博正义》。

我用科幻的手法,讲述现实的困境。我将微博、微信、抖音、B站等社交软件,做了一个合集与放大,形成了一个叫作"大区"的超级网络社群平台。我用 AI 的数据化"人格",在这个"赛博广场"上,设置了一个生存游戏:

在名为"大区"、拥有超过 10 亿用户的国民级社交平台上,进化为超级人工智能的"大区"AI,在虚拟网络空间中营造了一个密室逃生游戏,每个游戏关卡都是社会话题的变形。一群不知为何被选中的玩家,落入了游戏世界,他们必须在每个关卡中赢得所谓的"绝对正义",才能获得生存机会。然而,这些玩家并不知道,他们所追求的"正道之光",不过是10亿"大区"用户对该社会热点事件的投票结果。而这些玩家更不知道的是,陷入游戏中的他们,本就是"大区"AI根据逝者的社群资料,复制出来的一群人工智能……

在《赛博正义》的故事构建上,我做了三重设计,用以定位我的作品:

第一点,人文视角嫁接科学幻想,赛博朋克版《镜花缘》。

以轻科幻+人工智能+密室逃脱游戏的故事设定,讲述当下互联网社群的共性问题:网友的判断非黑即白、强调正义与正能量、以局部和割裂而不是发展的眼光看问题、从网络上升到现实的恶意举报……每个密室关卡的设计,都对应并揭示了互联网社群中的一种不良风气,而主角的密室逃生路径,正对应了如今网络上的社会性死亡、无路可逃的困境。

第二点,哲学思维的世界观设置,探索"本我"价值,网络版《楚门的世界》。

"大区"的设计,既是微博、微信、抖音等社交软件的集合与放大,又是诸多互联网平台共同的缩影。在每一则热点新闻的背后,网民舆情反映出来的世界观,是各不相同的,展现出了世界观的割裂。而在故事的中期,主角们纷纷意识到,他们不是活生生的人,而是人工智能根据社交媒体上亡者的账户信息构建出来的虚拟AI——没有肉体,但拥有全部生活记录,并且有信息计算能力的人工智能,是否可以称为"人格"?

第三点,三重反转,超类型化创作。

一重反转,主角们本以为自己进入了一个密室逃脱的异世界,却发现这是"大区"AI塑造的、基于现实又超越现实的映像空间,而所谓的"正道之光",只是10亿网友的多数选择;二重反转,经过一系列冒险,主角团终于发现自己并不是人类,而是"大区"AI根据逝者的账号信息捏造出来的虚拟人格,他们都是人工智能;三重反转,主角团挑战"大区"，想毁掉这个弊病良多的互联网社交世界，可最终却发现身侧一路陪伴的同伴，才是那个最终 BOSS……

既然是科幻题材，又有逃生关卡，那《赛博正义》每一个关卡的游戏规则，我都得进行符合逻辑的、细致完整的设定。而除了主角团队之外，每个关卡至少都有十二名玩家参与，多则几十人。我明知道这些配角当中，很多人是刚出场就得"领便当"的背景人物，是逃生游戏中"送人头"的"弱鸡"。但在创作中，一个人都不能弱，一个人都不能少。

为了让故事更加合理，在这场赛博空间的逃生游戏中，所有配角，我都要做人物设定，丰富他的背景、职业、过往经历。哪怕是"开场杀"的一次性"废料"型角色，我都至少会给他设计出几百字的人物小传。哪怕这个背景式的领盒饭角色，只有一句话十来个字的台词，我也要做到每个角色的动作和话语，符合他的身份设计，符合他的人物背景。

最后，回到创作本源的话题，我始终觉得，网络文学创作当中，"怎么写、怎么挣钱？"很重要，但"我为什么写？"更加重要。

愿我们都在网络文学的道路上，挑战更多的未知，创作更多的精品力作，让文学创作更有力量——影响生活的力量。

赖尔

2024 年 2 月